D1335411

HHhH

Laurent Binet est né à Paris. Il a effectué son service militaire en Slovaquie et a partagé son temps entre Paris et Prague pendant plusieurs années. Agrégé de lettres, il est professeur de français en Seine-Saint-Denis depuis dix ans et chargé de cours à l'Université. Auteur de *Forces et faiblesses de nos muqueuses* en 2000 et *La Vie professionnelle de Laurent B.* en 2004, *HHhH* est son premier roman, couronné du prix Goncourt du premier roman en 2010.

LAURENT BINET

HHhH

ROMAN

GRASSET

© Éditions Grasset & Fasquelle, 2009.
ISBN : 978-2-253-15734-2 – 1ʳᵉ publication LGF

Première partie

« A nouveau la pensée du prosa-
teur fait des taches sur l'arbre de
l'Histoire, mais ce n'est pas à nous
de trouver la ruse qui permettrait de
faire rentrer l'animal dans sa cage
portative. »

Ossip MANDELSTAM,
« La Fin du roman ».

1

Gabčík, c'est son nom, est un personnage qui a vraiment existé. A-t-il entendu, au-dehors, derrière les volets d'un appartement plongé dans l'obscurité, seul, allongé sur un petit lit de fer, a-t-il écouté le grincement tellement reconnaissable des tramways de Prague ? Je veux le croire. Comme je connais bien Prague, je peux imaginer le numéro du tramway (mais peut-être a-t-il changé), son itinéraire, et l'endroit d'où, derrière les volets clos, Gabčík attend, allongé, pense et écoute. Nous sommes à Prague, à l'angle de Vyšehradska et de Trojička. Le tramway nº 18 (ou 22) s'est arrêté devant le Jardin botanique. Nous sommes surtout en 1942. Dans *Le Livre du rire et de l'oubli,* Kundera laisse entendre qu'il a un peu honte d'avoir à baptiser ses personnages, et bien que cette honte ne soit guère perceptible dans ses romans, qui regorgent de Tomas, Tamina et autres Tereza, il y a là l'intuition d'une évidence : quoi de plus vulgaire que d'attribuer arbitrairement, dans un puéril souci d'effet de réel ou, dans le meilleur des cas, simplement de commodité, un nom inventé à un personnage inventé ? Kundera aurait dû, à mon avis, aller plus loin : quoi de plus vulgaire, en effet, qu'un personnage inventé ?

Gabčík, lui, a donc vraiment existé, et c'était bel et bien à ce nom qu'il répondait (quoique pas toujours). Son histoire est tout aussi vraie qu'elle est exceptionnelle. Lui et ses camarades sont, à mes yeux, les auteurs d'un des plus grands actes de résistance de l'histoire humaine, et sans conteste du plus haut fait de résistance de la Seconde Guerre mondiale. Depuis longtemps, je souhaitais lui rendre hommage. Depuis longtemps, je le vois, allongé dans cette petite chambre, les volets clos, fenêtre ouverte, écouter le grincement du tramway qui s'arrête devant le Jardin botanique (dans quel sens ? Je ne sais pas). Mais si je couche cette image sur le papier, comme je suis sournoisement en train de le faire, je ne suis pas sûr de lui rendre hommage. Je réduis cet homme au rang de vulgaire personnage, et ses actes à de la littérature : alchimie infamante mais qu'y puis-je ? Je ne veux pas traîner cette vision toute ma vie sans avoir, au moins, essayé de la restituer. J'espère simplement que derrière l'épaisse couche réfléchissante d'idéalisation que je vais appliquer à cette histoire fabuleuse, le miroir sans tain de la réalité historique se laissera encore traverser.

2

Je ne me souviens pas exactement quand mon père m'a parlé pour la première fois de cette histoire, mais je le revois, dans ma chambre de HLM, prononcer les mots de « partisans », « tchécoslovaques », peut-être « attentat », très certainement « liquider », et puis cette date : « 1942 ». J'avais trouvé dans sa bibliothèque une *Histoire de la Gestapo*, écrite par Jacques Delarue, et commencé à en lire quelques pages. Mon père, me voyant ce livre à la main, m'avait fait quelques commentaires en passant : il avait mentionné Himmler, le chef de la SS, et puis son bras droit, Heydrich, protecteur de Bohême-Moravie. Et il m'avait parlé d'un commando tchécoslovaque envoyé par Londres, et de cet attentat. Il n'en connaissait pas les détails (et je n'avais de toute façon guère de raisons de lui en demander, à l'époque, cet événement historique n'ayant pas encore pris la place qu'il a maintenant dans mon imaginaire) mais j'avais senti chez lui cette légère excitation qui le caractérise lorsqu'il raconte (en général pour la centième fois, car, déformation professionnelle ou bien simple tendance naturelle, il aime à se répéter) quelque chose qui l'a frappé d'une façon ou d'une autre. Je ne crois pas que lui-même ait jamais eu conscience de l'importance qu'il accordait à cette anecdote car lorsque je lui ai parlé, récemment, de mon intention de faire un livre sur le sujet, je n'ai senti chez lui qu'une curiosité polie, sans trace d'émotion particulière. Mais je sais que cette histoire l'a toujours fasciné, quand bien même elle n'a pas produit sur lui une impression aussi forte que sur moi. C'est aussi pour lui rendre cela que j'entreprends ce livre : les fruits de quelques mots dispensés à un adolescent par ce père qui, à l'époque, n'était pas encore prof d'histoire mais qui, en quelques phrases mal tournées, savait bien la raconter.

L'Histoire.

3

Bien avant la séparation des deux pays, alors que j'étais encore un enfant, je faisais déjà la distinction, grâce au tennis, entre Tchèques et Slovaques. Par exemple, je savais qu'Ivan Lendl était tchèque alors que Miroslav Mecir était slovaque. Et si Mecir le Slovaque était un joueur plus fantaisiste, plus talentueux et plus sympathique que Lendl le Tchèque, laborieux, froid, antipathique (mais tout de même numéro 1 mondial pendant 270 semaines, record seulement battu par Pete Sampras avec 286 semaines), j'avais également appris de mon père que, pendant la guerre, les Slovaques avaient collaboré tandis que les Tchèques avaient résisté. Dans ma tête (dont la capacité à percevoir l'étonnante complexité du monde était alors très limitée), cela signifiait que tous les Tchèques avaient été des résistants, et tous les Slovaques des collabos, comme par nature. Pas une seconde je n'avais pensé au cas de la France, qui pourtant remettait en cause un tel schématisme : n'avions-nous pas, nous, Français, à la fois résisté *et* collaboré ? A vrai dire, c'est seulement en apprenant que Tito était croate (tous les Croates n'avaient donc pas collaboré, et par là même tous les Serbes n'avaient peut-être pas résisté) que j'ai commencé à avoir une vision plus claire de la situation en Tchécoslovaquie pendant la guerre : d'un côté il y avait la Bohême-Moravie (autrement dit la Tchéquie actuelle) occupée par les Allemands et annexée au Reich (c'est-à-dire, ayant le peu enviable statut de *Protectorat*, considérée comme partie intégrante de la Grande Allemagne) ; de l'autre il y avait l'Etat slovaque, théoriquement indépendant mais satellisé par les nazis. Cela ne préjugeait en rien, évidemment, du comportement individuel de chacun.

4

Lorsque je suis arrivé à Bratislava, en 1996, avant d'aller officier comme prof de français dans une académie militaire de Slovaquie orientale, l'une des premières choses que je demandai au secrétaire de l'attaché de défense à l'ambassade (après des nouvelles de mes bagages qui s'étaient égarés vers Istanbul) concernait cette histoire d'attentat. Ce brave homme, un adjudant-chef anciennement spécialisé dans les écoutes téléphoniques en Tchécoslovaquie et reconverti dans la diplomatie depuis la fin de la guerre froide, me donna les premiers détails de l'affaire. Tout d'abord, ils étaient deux à faire le coup : un Tchèque et un Slovaque. J'étais content d'apprendre qu'un ressortissant de mon pays d'accueil avait participé à l'opération (il y avait donc bien eu des résistants slovaques). Sur le déroulement de l'opération elle-même, peu de chose, si ce n'est, je crois, que l'une des armes s'était enrayée au moment de tirer sur la voiture d'Heydrich (et j'apprenais par la même occasion qu'Heydrich était en voiture au moment des faits). Mais c'est surtout la suite qui aiguisa ma curiosité : comment les deux partisans s'étaient réfugiés avec leurs amis dans une église, et comment les Allemands avaient essayé de les y noyer… Drôle d'histoire. Je voulais davantage de précisions. Mais l'adjudant-chef n'en savait guère plus.

5

Peu de temps après mon arrivée en Slovaquie, je rencontrai une très belle jeune femme slovaque dont je tombai éperdument amoureux et avec laquelle j'allais vivre une histoire passionnelle qui devait durer près de cinq ans. C'est par elle que je pus obtenir des renseignements supplémentaires. Le nom des protagonistes, d'abord : Jozef Gabčík et Jan Kubiš. Gabčík était le Slovaque, et Kubiš le

Tchèque – il paraît qu'à la consonance de leurs patro-nymes respectifs, on ne peut pas se tromper. Les deux hommes, en tout cas, semblaient faire partie intégrante du paysage historique : Aurélia, la jeune femme en question, avait appris leur nom à l'école, comme tous les petits Tchèques et tous les petits Slovaques de sa génération, je crois. Pour le reste, elle connaissait l'épisode dans ses grandes lignes, mais n'en savait guère plus que mon adjudant-chef. Il me fallut attendre deux ou trois ans pour réelle-ment prendre conscience de ce que j'avais toujours soupçonné : que cette histoire dépassait en romanes-que et en intensité les plus improbables fictions. Et cela, je le découvris presque par hasard.

J'avais loué pour Aurélia un appartement situé dans le centre de Prague, entre le château de Vyšeh-rad et Karlovo náměstí, la place Charles. Or, de cette place part une rue, Resslova ulice, qui rejoint le fleuve, là où l'on trouve cet étrange immeuble de verre qui semble onduler dans les airs et que les Tchèques appellent « Tančící Dům », la maison qui danse. Dans cette rue Resslova, sur le trottoir de droite en descendant, il y a une église. Sur le flanc de cette église, un soupirail autour duquel on peut voir dans la pierre de nombreux impacts de balles, et une plaque, qui mentionne entre autres les noms de Gabčík et de Kubiš, ainsi que celui d'Heydrich, auquel leur destin est désormais lié pour toujours. Je suis passé des dizaines de fois devant ce soupirail sans remarquer ni les impacts ni la plaque. Mais un jour, je me suis arrêté : j'avais trouvé l'église où les parachutistes s'étaient réfugiés après l'attentat.

Je suis revenu avec Aurélia à une heure où l'église était ouverte, et nous avons pu visiter la crypte.

Dans la crypte, il y avait tout.

6

Il y avait les traces encore terriblement fraîches du drame qui s'est achevé dans cette pièce voilà plus de soixante ans : l'envers du soupirail aperçu de l'extérieur, un tunnel creusé sur quelques mètres, des impacts de balles sur les murs et le plafond voûté, deux petites portes en bois. Mais il y avait aussi les visages des parachutistes sur des photos, dans un texte rédigé en tchèque et en anglais, il y avait le nom d'un traître, il y avait un imperméable vide, une sacoche, un vélo réunis sur une affiche, il y avait bien une mitraillette Sten qui s'enraye au pire moment, il y avait des femmes évoquées, il y avait des imprudences mentionnées, il y avait Londres, il y avait la France, il y avait des légionnaires, il y avait un gouvernement en exil, il y avait un village du nom de Lidice, il y avait un jeune guetteur qui s'appelait Valčík, il y avait un tramway qui passe, lui aussi, au pire moment, il y avait un masque mortuaire, il y avait une récompense de dix millions de couronnes pour celui ou celle qui dénoncerait, il y avait des capsules de cyanure, il y avait des grenades et des gens pour les lancer, il y avait des émetteurs radio et des messages codés, il y avait une entorse à la cheville, il y avait la pénicilline qu'on ne pouvait se procurer qu'en Angleterre, il y avait une ville entière sous la coupe de celui qu'on surnommait « le bourreau », il y avait des drapeaux à croix gammée et des insignes à tête de mort, il y avait des espions allemands qui travaillaient pour l'Angleterre, il y avait une Mercedes noire avec un pneu crevé, il y avait un chauffeur, il y avait un boucher, il y avait des dignitaires autour d'un cercueil, il y avait des policiers penchés sur des cadavres, il y avait des représailles terribles, il y avait la grandeur et la folie, la faiblesse et la trahison, le courage et la peur, l'espoir et le chagrin, il y avait toutes les passions humaines réunies dans quelques mètres carrés, il y avait la guerre et il y avait la mort, il y avait des Juifs déportés, des familles massacrées, des soldats sacrifiés, il y avait de la vengeance et du calcul politique, il y avait un homme qui, entre autres, jouait du violon et pratiquait l'escrime, il y avait un serrurier qui n'a jamais pu exercer son métier, il y avait l'esprit de la Résistance qui s'est gravé à jamais dans ces murs, il y avait les traces de la lutte entre les forces de la vie et celles de la mort, il y avait la Bohême, la Moravie, la Slovaquie, il y avait toute l'histoire du monde contenue dans quelques pierres.

Il y avait sept cents SS dehors.

7

En pianotant sur Internet, j'ai découvert l'existence d'un film, intitulé *Conspiracy*, dans lequel Kenneth Branagh joue le rôle d'Heydrich. Pour cinq euros, frais de port compris, je me suis empressé de commander le DVD, qui m'est parvenu sous trois jours.

Il s'agit d'une reconstitution de la conférence de Wannsee durant laquelle, le 20 janvier 1942, Heydrich, assisté d'Eichmann, fixa en quelques heures les modalités d'application de la Solution finale. A cette date, les exécutions massives avaient déjà commencé en Pologne et en URSS, mais elles avaient été confiées aux commandos d'extermination SS, les *Einsatzgruppen*, qui se contentaient de rassembler leurs victimes par centaines, voire par milliers, souvent dans un champ ou dans une forêt, avant de les abattre à la mitrailleuse. Le problème de cette méthode était qu'elle mettait les nerfs des bourreaux à rude épreuve et qu'elle nuisait au moral des troupes, même aussi endurcies que le SD ou la Gestapo – Himmler lui-même allait s'évanouir en assistant à l'une de ces exécutions de masse. Par la suite les SS avaient pris l'habitude d'asphyxier leurs victimes dans des camions bondés à l'intérieur desquels ils avaient retourné le pot d'échappement, mais la technique restait relativement artisanale. Après Wannsee, confiée par Heydrich aux bons soins de son fidèle Eichmann, l'extermination des Juifs fut gérée comme un projet logistique, social, économique, de très grande envergure.

L'interprétation de Kenneth Branagh est assez fine : il parvient à conjuguer une affabilité extrême avec un autoritarisme cassant, ce qui rend son personnage très inquiétant. Toutefois, je n'ai lu nulle part que le véritable Heydrich sut faire preuve d'amabilité, réelle ou feinte, en quelque circonstance que ce soit. Cependant une très courte scène du film restitue bien le personnage dans sa dimension à la fois psychologique et historique. Deux des participants discutent en aparté. L'un confie à l'autre qu'il a entendu dire qu'Heydrich avait des origines juives et lui demande s'il croit possible que cette rumeur soit fondée. Le second lui répond fielleusement : « Pourquoi ne pas aller lui poser la question directement ? » Son interlocuteur blêmit rien que d'y penser. Or il se trouve en effet qu'une rumeur tenace faisant de son père un Juif a longtemps poursuivi Heydrich et empoisonné sa jeunesse. Il semble que cette rumeur ait été infondée mais, à vrai dire, si tel n'avait pas été le cas, Heydrich, en tant que chef des services secrets du parti nazi et de la SS, aurait pu sans peine faire disparaître toute trace suspecte dans sa généalogie.

Quoi qu'il en soit, ce n'est pas la première fois que le personnage d'Heydrich aura été porté à l'écran, puisque moins d'un an après l'attentat, dès 1943, Fritz Lang tournait un film de propagande intitulé *Les bourreaux meurent aussi* sur un scénario de Bertolt Brecht. Ce film retraçait les événements de façon totalement fantaisiste (Fritz Lang ignorait certainement comment les choses s'étaient réellement passées, et l'eût-il su qu'il n'aurait pas voulu prendre le risque de le divulguer, naturellement) mais assez ingénieuse : Heydrich était assassiné par un médecin tchèque, membre de la Résistance intérieure, qui trouvait refuge chez une jeune fille dont le père, un universitaire, était raflé par l'occupant avec d'autres personnalités locales et menacé d'exécution en représailles si l'assassin ne se dénonçait pas. La crise, traitée de façon extrêmement dramatique (Brecht oblige, sans doute), se dénouait quand la Résistance parvenait à faire porter le chapeau à un traître collabo, dont la mort terminait l'affaire et le film. Dans la réalité, ni les partisans ni les populations tchèques ne s'en tirèrent à si bon compte.

Fritz Lang a choisi de représenter assez grossièrement Heydrich comme un pervers efféminé, un dégénéré complet maniant une cravache pour souligner à la fois sa férocité et ses mœurs dépravées. Il est vrai que le véritable Heydrich passait pour un détraqué sexuel et qu'il était affublé d'une voix de fausset qui tranchait avec le reste du personnage, mais sa morgue, sa raideur, son profil d'Aryen absolu n'avaient rien à voir avec la créature qui se dandine dans le film. A vrai dire, si l'on voulait rechercher une représentation un peu plus ressemblante, on gagnerait à revoir *Le Dictateur* de Chaplin : on y voit Hinkel, le dictateur, flanqué de deux sbires, dont un gros fat adipeux qui prend manifestement Göring pour modèle, et un grand mince beaucoup plus rusé, froid et raide : celui-là, ce n'est pas Himmler, petit moustachu chafouin et mal dégrossi, mais bien plutôt Heydrich, son très dangereux bras droit.

8

Pour la centième fois, je suis revenu à Prague. Accompagné d'une autre jeune femme, la splendide Natacha (française, celle-ci, en dépit de son nom : fille de communistes, comme nous tous), je suis retourné à la crypte. Le premier jour, elle était fermée pour cause de fête nationale, mais en face, je ne m'en étais jamais avisé auparavant, il y a un bar qui s'appelle « Aux parachutistes ». A l'intérieur, les murs sont tapissés de photos, de documents, de fresques et d'affiches relatifs à l'affaire. Au fond, une grande peinture murale représente la Grande-Bretagne, avec des points qui indiquent les différentes bases militaires où les commandos de l'armée tchèque en exil se préparaient à leurs missions. J'ai bu une bière avec Natacha.

Le lendemain, nous sommes revenus à une heure ouvrable et j'ai montré la crypte à Natacha, qui a pris quelques photos à ma demande. Dans le hall, un petit film était projeté, qui reconstituait l'attentat : j'ai essayé de repérer les lieux du drame pour me rendre sur place mais c'est assez loin du centre-ville, en banlieue. Les noms des rues ont changé, j'ai encore du mal à situer précisément l'endroit exact de l'attaque. A la sortie de la crypte, j'ai récupéré un prospectus bilingue qui annonçait une exposition intitulée « Atentát » en tchèque, « Assassination » en anglais. Entre les deux titres, une photo montrait Heydrich, entouré d'officiels allemands et flanqué de son bras droit local, le Sudète Karl Hermann Frank, tous en grand uniforme, en train de gravir des escaliers lambrissés. Sur le visage d'Heydrich, une cible rouge avait été imprimée. L'exposition avait lieu au musée de l'Armée, non loin de Florenc, la station de métro, mais il n'y avait aucune indication de date (seuls les horaires d'ouverture du musée étaient mentionnés). Nous nous y sommes rendus le jour même.

A l'entrée du musée, une petite dame assez âgée nous a accueillis avec beaucoup de sollicitude : elle semblait heureuse de voir des visiteurs et nous a invités à parcourir les différentes galeries du bâtiment. Mais une seule m'intéressait, que je lui ai désignée : celle dont l'entrée était décorée d'un énorme carton-pâte annonçant, à la manière d'une affiche de film d'horreur hollywoodien, l'exposition sur Heydrich. Je me suis demandé si cette exposition était permanente. En tout cas, elle était gratuite, comme l'ensemble du musée, et la petite dame, qui s'est enquise de notre nationalité, nous a remis un fascicule d'accompagnement en anglais (elle était navrée de ne pouvoir nous proposer qu'anglais ou allemand).

L'exposition dépassait toutes mes espérances. Là, il y avait vraiment tout : outre des photos, des lettres, des affiches et des documents divers, j'ai vu les armes et les effets personnels des parachutistes, leurs dossiers remplis par les services anglais, avec notes, appréciations, évaluations des compétences, la Mercedes d'Heydrich, avec son pneu crevé et son trou dans la portière arrière droite, la lettre fatale de l'amant à sa maîtresse qui fut la cause du massacre de Lidice, à côté de leurs passeports respectifs avec leur photo, et quantité d'autres traces authentiques et bouleversantes de ce qui s'est passé. J'ai pris fébrilement des notes, tout en sachant qu'il y avait beaucoup trop de noms, de dates, de détails. En sortant, j'ai demandé à la petite dame s'il était possible d'acheter le fascicule qu'elle m'avait remis pour la visite, dans lequel toutes les légendes et commentaires de l'exposition étaient retranscrits : elle m'a dit que non, d'un air désolé. Ce livret, très bien fait, était broché à la main, et n'avait manifestement pas été destiné à la commercialisation. Me voyant perplexe, et sans doute touchée par mes efforts pour baragouiner le tchèque, la petite dame a fini par me prendre le fascicule des mains et, avec un air déterminé, l'a fourré dans le sac à main de Natacha. Elle nous a fait signe de nous taire, et de partir. Nous l'avons saluée avec effusion. Il est vrai que vu le nombre de visiteurs du musée, le fascicule n'a assurément fait défaut à personne. Mais quand même, c'était vraiment gentil. Le surlendemain, une heure avant le départ de notre bus pour Paris, je suis retourné au musée pour offrir des chocolats à cette petite dame qui, toute confuse, ne voulait pas les accepter. La richesse du fascicule qu'elle m'a offert est telle que sans lui – et donc sans elle –, ce livre n'aurait sans doute pas eu la forme qu'il va prendre maintenant. Je regrette de n'avoir pas osé lui demander son nom, pour pouvoir la remercier encore un peu plus solennellement ici.

Quand elle était au lycée, Natacha a participé deux ans de suite au concours de la Résistance, et les deux fois elle a terminé première, ce qui, à ma connaissance, ne s'était jamais produit auparavant et ne s'est jamais reproduit depuis. Cette double victoire lui donna l'occasion, entre autres, de faire le porte-drapeau dans une cérémonie commémorative et de visiter un camp de concentration en Alsace. Or, durant le trajet en car, elle était assise à côté d'un ancien résistant qui se prit d'affection pour elle. Il lui prêta des livres, des documents, et ils se perdirent de vue. Dix ans plus tard, lorsqu'elle m'a raconté cette histoire, avec la culpabilité qu'on imagine puisqu'elle avait toujours en sa possession les documents prêtés et qu'elle ne savait même pas si son résistant était encore en vie, je l'ai incitée à reprendre contact et, bien qu'il eût déménagé à l'autre bout de la France, j'ai retrouvé sa trace.

C'est ainsi que nous lui avons rendu visite chez lui, dans une belle maison toute blanche, du côté de Perpignan, où il s'était installé avec sa femme.

En sirotant du muscat, nous l'écoutions raconter comment il était entré dans la Résistance, comment il avait pris le maquis, quelles étaient ses activités. En 1943, il avait 19 ans et il travaillait à la laiterie de son oncle qui, d'origine suisse, parlait allemand, si bien que les soldats qui venaient se ravitailler avaient pris l'habitude de s'attarder un peu pour discuter avec quelqu'un qui parlait leur langue. Tout d'abord, on lui demanda s'il pouvait glaner des informations intéressantes dans les propos échangés par les soldats avec son oncle, sur des mouvements de troupes par exemple. Puis on lui fit faire des parachutages, c'est-à-dire qu'il aidait à récupérer des caisses de matériel parachutées de nuit par des avions alliés. Enfin, quand il fut en âge d'être réquisitionné pour le STO et donc menacé d'être envoyé en Allemagne, il prit le maquis où il servit dans des unités combattantes et participa à la libération de la Bourgogne, apparemment activement si l'on se réfère au nombre d'Allemands qu'il semble avoir tués.

J'étais sincèrement intéressé par son histoire, mais j'espérais aussi apprendre quelque chose qui puisse m'être utile pour mon livre sur Heydrich. Quoi exactement, je n'en avais aucune idée.

Je lui demandai s'il avait suivi une instruction militaire après avoir rejoint le maquis. Aucune, me dit-il. Par la suite, on lui enseigna le maniement d'une mitrailleuse lourde, et il eut quelques séances d'entraînement : démontage-remontage les yeux bandés, et exercices de tir. Mais à son arrivée, on lui colla une mitraillette dans les pattes et c'est tout. Une mitraillette anglaise, une Sten. Une arme absolument pas fiable, paraît-il : il suffisait de frapper le sol avec la crosse pour vider tout le chargeur dans les airs. De la saloperie. « La Sten, c'était une vraie merde, on peut pas le dire autrement ! »

Une vraie merde, tiens donc...

J'ai dit que l'éminence grise d'Hynkel-Hitler dans *Le Dictateur* de Chaplin s'inspirait d'Heydrich mais c'est faux. Je passe sur le fait qu'en 1940, Heydrich était un homme de l'ombre largement inconnu du plus grand nombre, a fortiori des Américains. Le problème n'est évidemment pas là : Chaplin aurait pu *deviner* son existence, et tomber juste. La vérité est que le sbire du dictateur dans le film est certes présenté comme un serpent dont l'intelligence tranche avec le ridicule de celui qui parodie le gros Göring, mais le personnage est également chargé d'une part de bouffonnerie et de veulerie dans laquelle on ne peut pas reconnaître le futur boucher de Prague.

A propos des représentations filmiques d'Heydrich, je viens de voir à la télé un vieux film de Douglas Sirk intitulé *Hitler's Madman*. Il s'agit d'un film de propagande, américain, tourné en une semaine, sorti très peu de temps avant celui de Fritz Lang, *Les bourreaux meurent aussi*, en 1943. L'histoire, totalement fantaisiste (tout comme celle de Lang), situe le cœur de la Résistance à Lidice, le village martyr qui finira comme Oradour. L'enjeu est l'engagement des villageois au côté d'un parachutiste venu de Londres : vont-ils l'aider ou bien se tenir à l'écart, voire le trahir ? Le problème du film est qu'il réduit quelque peu l'organisation de l'attentat à une initiative locale, fondée sur une suite de hasards et coïncidences (Heydrich traverse par hasard le village de Lidice, qui abrite par hasard un parachutiste, et c'est encore par hasard que l'on apprend l'heure de passage de la voiture du protecteur, etc.). L'intrigue est donc beaucoup moins forte que celle du film de Lang où, avec Brecht au scénario, la puissance dramatique se déploie dans la constitution d'une véritable épopée nationale.

En revanche, l'acteur qui incarne Heydrich dans le film de Douglas Sirk est excellent. D'abord, il lui ressemble physiquement. Ensuite, il parvient à restituer la brutalité du personnage sans l'affubler de tics trop outrés, facilité à laquelle Lang avait cédé sous prétexte de souligner son âme dégénérée. Or, Heydrich était un porc maléfique et sans pitié, mais ce n'était pas Richard III. L'acteur en question, c'est John Carradine, le père de David Carradine, alias Bill chez Tarantino. La scène du film la plus réussie est celle de l'agonie : Heydrich, mourant, alité et rongé par la fièvre, tient à Himmler un discours cynique qui n'est pas, pour le coup, sans résonance shakespearienne, mais qui m'a semblé également assez vraisemblable : ni lâche ni héroïque, le bourreau de Prague s'éteint sans repentir ni fanatisme, avec le seul regret de quitter une vie à laquelle il était attaché – la sienne.

J'ai dit « vraisemblable ».

Des mois s'écoulent, qui deviennent des années, pendant lesquels cette histoire ne cesse de grandir en moi. Et tandis que ma vie se passe, faite comme pour tout un chacun de joies, de drames, de déceptions et d'espoirs personnels, les rayonnages de mon appartement se couvrent de livres sur la Seconde Guerre mondiale. Je dévore tout ce qui me tombe sous la main dans toutes les langues possibles, je vais voir tous les films qui sortent – *Le Pianiste*, *La Chute*, *Les Faussaires*, *The Black Book*, etc. –, ma télé reste bloquée sur la chaîne Histoire du câble. J'apprends une foule de choses, certaines n'ont qu'un lointain rapport avec Heydrich, je me dis que tout peut servir, qu'il faut s'imprégner d'une époque pour en comprendre l'esprit, et puis le fil de la connaissance, une fois qu'on a commencé à tirer, continue à se dérouler tout seul. L'ampleur du savoir que j'accumule finit par m'effrayer. J'écris deux pages pendant que j'en lis mille. A ce rythme, je mourrai sans avoir évoqué ne seraient-ce que les préparatifs de l'attentat. Je sens bien que ma soif de documentation, saine à la base, devient quelque peu mortifère : au bout du compte, un prétexte pour reculer le moment de l'écriture.

En attendant, j'ai l'impression que tout, dans ma vie quotidienne, me ramène à cette histoire. Natacha prend un studio à Montmartre, le code de la porte d'entrée est 4206, je pense aussitôt juin 42. Natacha m'annonce la date du mariage de sa sœur, je m'exclame gaiement : « 27 mai ? Incroyable ! Le jour de l'attentat ! » (Natacha est consternée.) Nous passons par Munich l'été dernier en revenant de Budapest : sur la grande place de la vieille ville, rassemblement hallucinant de néonazis, les Munichois honteux me disent qu'ils n'ont jamais vu ça (je ne sais pas si je dois les croire). Je regarde pour la première fois de ma vie un Rohmer, en DVD : le personnage principal, un agent double dans les années 30, rencontre Heydrich en personne. Dans un Rohmer ! C'est amusant de constater comment, lorsqu'on s'intéresse de près à un sujet, tout semble nous y ramener.

Je lis aussi beaucoup de romans historiques, pour voir comment les autres se débrouillent avec les contraintes du genre. Certains savent faire preuve d'une rigueur extrême, d'autres s'en foutent un peu, d'autres enfin parviennent à contourner habilement les murs de la vérité historique sans pour autant trop affabuler. Je suis frappé tout de même par le fait que dans tous les cas, la fiction l'emporte sur l'Histoire. C'est logique mais j'ai du mal à m'y résoudre.

Un modèle de réussite, selon moi, c'est *Le Mors aux dents*, de Vladimir Pozner, qui raconte l'histoire du baron Ungern, celui que croise Corto Maltese dans *Corto Maltese en Sibérie*. Le roman de Pozner se divise en deux parties : la première se déroule à Paris, et rend compte des recherches de l'écrivain qui recueille des témoignages sur son personnage. La deuxième nous plonge brutalement au cœur de la Mongolie, et l'on bascule d'un coup dans le roman proprement dit. L'effet est saisissant et très réussi. Je relis ce passage de temps en temps. En fait, pour être précis, les deux parties sont séparées par un petit chapitre de transition intitulé : « Trois pages d'Histoire », qui s'achève par cette phrase : « 1920 venait de commencer. »

Je trouve ça génial.

12

Maria essaie maladroitement de jouer du piano depuis peut-être une heure quand elle entend ses parents rentrer. Bruno, le père, ouvre la porte pour sa femme, Elizabeth, qui porte un bébé dans les bras. Ils appellent la petite fille : « Viens voir, Maria ! Regarde, c'est ton petit frère. Il est tout petit et il faudra être bien gentille avec lui. Il s'appelle Reinhardt. » Maria acquiesce vaguement. Bruno se penche délicatement sur le nouveau-né. « Comme il est beau ! » dit-il. « Comme il est blond ! dit Elizabeth. Il sera musicien. »

13

Bien sûr, je pourrais, peut-être même devrais-je, pour faire comme Victor Hugo, par exemple, décrire longuement, en guise d'introduction, sur une dizaine de pages, la bonne ville de Halle, où est né Heydrich, en 1904. Je parlerais des rues, des commerces, des monuments, de toutes les curiosités locales, de l'organisation municipale, des diverses infrastructures, des spécialités gastronomiques, des habitants et de leur état d'esprit, de leurs manières, de leurs tendances politiques, de leurs goûts, de leurs loisirs. Puis je zoomerais sur la maison des Heydrich, la couleur des volets, celle des rideaux, l'agencement des pièces, le bois de la table au milieu du salon. S'ensuivrait une minutieuse description du piano, accompagnée d'un long propos sur la musique allemande au début du siècle, sa place dans la société, ses compositeurs, la question de la réception des œuvres, l'importance de Wagner... et là, seulement, débuterait mon récit proprement dit. Je me souviens d'une interminable digression d'au moins quatre-vingts pages, dans *Notre-Dame de Paris*, sur le fonctionnement des institutions judiciaires au Moyen Age. J'avais trouvé ça très fort. Mais j'avais sauté le passage.

Je prends donc le parti de styliser quelque peu mon histoire. Ça tombe plutôt bien parce que, même si pour certains épisodes ultérieurs il me faudra résister à la tentation d'étaler mon savoir en détaillant trop telle ou telle scène sur laquelle je suis surdocumenté, je dois avouer qu'en l'occurrence, sur la ville natale d'Heydrich, mes connaissances flottent un peu. Il y a deux villes qui portent le nom de Halle en Allemagne, et je ne sais même pas de laquelle je parle en ce moment. Je décide, provisoirement, que ce n'est pas important. On va bien voir.

Le maître appelle les élèves un par un : « Rein-hardt Heydrich ! » Reinhardt s'avance, mais un enfant lève le doigt : « Monsieur ! Pourquoi vous ne l'appelez pas par son vrai nom ? » Un frémissement de plaisir parcourt la classe. « Il s'appelle Süss, tout le monde le sait ! » La classe explose, les élèves hurlent. Reinhardt ne dit rien, il serre les poings. Il ne dit jamais rien. Il a les meilleures notes de la classe. Tout à l'heure, il sera le meilleur à la gym-nastique. Et il n'est pas juif. Du moins l'espère-t-il. C'est sa grand-mère qui s'est remariée avec un Juif, paraît-il, mais cela n'a rien à voir avec sa famille à lui. Entre la rumeur publique et les dénégations indignées de son père, c'est ce qu'il a cru compren-dre, mais à vrai dire il n'en est pas tout à fait sûr. En attendant, il va tous les faire taire à la gymnas-tique. Et ce soir, quand il rentrera, avant que son père ne lui donne sa leçon de violon, il pourra lui dire qu'il a encore été premier, et son père sera fier de lui, et le félicitera.

Mais ce soir, la leçon de violon n'aura pas lieu, et Reinhardt ne pourra même pas raconter l'école à son père. Quand il rentrera, il apprendra que c'est la guerre.

— Pourquoi c'est la guerre, papa ?

— Parce que la France et l'Angleterre sont jalouses de l'Allemagne, mon fils.

— Pourquoi elles sont jalouses ?

— Parce que les Allemands sont plus forts qu'elles.

Rien n'est plus artificiel, dans un récit historique, que ces dialogues reconstitués à partir de témoignages plus ou moins de première main, sous prétexte d'insuffler de la vie aux pages mortes du passé. En stylistique, cette démarche s'apparente à la figure de l'hypotypose, qui consiste à rendre un tableau si vivant qu'il donne au lecteur l'impression de l'avoir sous les yeux. Quand il s'agit de faire revivre une conversation, le résultat est souvent forcé, et l'effet obtenu est l'inverse de celui désiré : je vois trop les grosses ficelles du procédé, j'entends trop la voix de l'auteur qui veut retrouver celle des figures historiques qu'il tente de s'approprier.

Il n'y a que trois cas où l'on peut restituer un dialogue en toute fidélité : à partir d'un document audio, vidéo ou sténographique. Encore ce dernier mode n'est-il pas une garantie tout à fait sûre de la teneur exacte du propos, à la virgule près. En effet, il arrive que le sténographe condense, résume, reformule, synthétise sur les bords, mais disons que l'esprit et le ton du discours sont quand même restitués de façon globalement satisfaisante.

Quoi qu'il en soit, mes dialogues, s'ils ne peuvent se fonder sur des sources précises, fiables, exactes au mot près, seront inventés. Toutefois, dans ce dernier cas, il leur sera assigné, non une fonction d'hypotypose, mais plutôt, disons, au contraire, de parabole. Soit l'extrême exactitude, soit l'extrême exemplarité. Et pour qu'il n'y ait pas de confusion, tous les dialogues que j'inventerai (mais il n'y en aura pas beaucoup) seront traités comme des scènes de théâtre. Une goutte de stylisation, donc, dans l'océan du réel.

16

Le petit Heydrich, bien mignon, bien blond, bon élève, appliqué, aimé de ses parents, violoniste, pianiste, petit chimiste, possède une voix de crécelle qui lui vaut un surnom, le premier d'une longue liste : à l'école, on l'appelle « la chèvre ».

C'est l'époque où l'on peut encore se moquer de lui sans risquer la mort. Mais c'est aussi cette période délicate de l'enfance où l'on apprend le ressentiment.

17

Dans *La mort est mon métier,* Robert Merle reconstitue la biographie romancée de Rudolf Höss, le commandant d'Auschwitz, à partir des témoignages et des notes que celui-ci a laissés en prison avant d'être pendu en 1947. Toute la première partie est consacrée à son enfance, à son éducation incroyablement mortifère par un père ultraconservateur complètement psychorigide. L'intention de l'auteur est évidente : il s'agit de trouver des causes, sinon des explications, à la trajectoire de cet homme. Robert Merle essaie de deviner – je dis deviner, pas comprendre – comment on devient commandant d'Auschwitz.

Je n'ai pas cette intention – je dis intention, pas ambition – avec Heydrich. Je ne prétends pas qu'Heydrich est devenu le responsable de la Solution finale parce que ses petits camarades l'appelaient « la chèvre » quand il avait dix ans. Je ne pense pas non plus que les brimades dont il a été victime parce qu'on le prenait pour un Juif doivent nécessairement expliquer quoi que ce soit. Je ne mentionne ces faits que pour la coloration ironique qu'ils confèrent à son destin : « la chèvre » va devenir celui qu'on appellera, au faîte de sa puissance, « l'homme le plus dangereux du IIIe Reich ». Et le Juif Süss va se muer en Grand Planificateur de l'Holocauste. Qui aurait pu deviner une chose pareille ?

18

J'imagine la scène.

Reinhardt et son père, penchés sur une carte d'Europe étalée sur la grande table du salon, déplacent des petits drapeaux. Ils sont concentrés car l'heure est grave, la situation est devenue très sérieuse. Des mutineries ont affaibli la glorieuse armée de Guillaume II. Mais elles ont aussi ravagé l'armée française. Et la Russie a carrément été emportée par la révolution bolchevique. Heureusement, l'Allemagne n'est pas la Russie, ce pays arriéré. La civilisation germanique repose sur des piliers si solides que jamais les communistes ne pourront la détruire. Ni eux ni la France. Ni les Juifs, évidemment. A Kiel, Munich, Hambourg, Brême, Berlin, la discipline allemande va reprendre les rênes de la raison, du pouvoir et de la guerre.

Mais la porte s'ouvre. Elizabeth, la mère, fait irruption dans la pièce. Elle est complètement affolée. Le Kaiser a abdiqué. La république est proclamée. Un socialiste est nommé à la chancellerie. Ils veulent signer l'armistice.

Reinhardt, muet de stupeur, les yeux écarquillés, se tourne vers son père. Celui-ci, après de longues secondes, parvient à murmurer une seule phrase : « Ce n'est pas possible. » Nous sommes le 9 novembre 1918.

19

Je ne sais pas pourquoi Bruno Heydrich, le père, était antisémite. Ce que je sais, en revanche, c'est qu'on le considérait comme un homme très drôle. C'était, paraît-il, un joyeux drille, un vrai boute-en-train. On disait d'ailleurs que ses blagues étaient trop drôles pour qu'il ne soit pas juif. Au moins, cet argument ne pourra pas être utilisé contre son fils, qui ne se distinguera jamais par un très grand sens de l'humour.

20

L'Allemagne a perdu, le pays est désormais en proie au chaos et, selon une frange grandissante de la population, les Juifs et les communistes le mènent à la ruine. Le jeune Heydrich fait vaguement le coup de poing, comme tout le monde. Il s'enrôle dans les Freikorps, ces milices qui veulent se substituer à l'armée en combattant tout ce qui est à la gauche de l'extrême droite.

Cela dit, les Corps francs, ces organisations para-militaires dédiées à la lutte contre le bolchevisme, voient leur existence officialisée par un gouvernement social-démocrate. Mon père dirait qu'il n'y a là rien d'étonnant puisque, d'après lui, les socialistes ont toujours trahi. Pactiser avec l'ennemi serait une seconde nature pour eux. Il a toujours des tas d'exemples. En l'occurrence, c'est bien un socialiste qui écrase la révolution spartakiste et fait liquider Rosa Luxemburg. Par les Corps francs.

Je pourrais donner des précisions sur l'engagement d'Heydrich dans ces Corps francs mais cela ne me semble pas nécessaire. Il suffit de savoir qu'en tant qu'adhérent, il a fait partie des « troupes de secours techniques », dont la vocation était d'empêcher les occupations d'usines et d'assurer le bon fonctionnement des services publics en cas de grève générale. Déjà ce sens de l'Etat si aigu !

Ce qui est bien, avec les histoires vraies, c'est qu'on n'a pas à se soucier de l'effet de réel. Je n'ai pas besoin de mettre en scène le jeune Heydrich à cette période de sa vie. Entre 1919 et 1922, il vit toujours à Halle (Halle-an-der-Saale, j'ai vérifié), chez ses parents. Pendant ce temps, les Corps francs prolifèrent un peu partout. L'un d'eux est issu de la célèbre brigade de marine « blanche » du capitaine de corvette Ehrhardt. Il a pour insigne une croix gammée, et son chant de guerre s'intitule : *Hakenkreuz am Stahlhelm* (« Croix gammée au casque d'acier »). Voilà qui pose le décor mieux que la plus longue description du monde, à mon avis.

21

C'est donc la crise, le chômage ravage l'Allemagne, les temps sont durs. Le petit Heydrich voulait être chimiste, ses parents avaient rêvé d'en faire un musicien. Mais en temps de crise, c'est l'armée qui constitue la valeur refuge. Fasciné par les exploits du légendaire amiral von Luckner, un ami de la famille qui s'est lui-même surnommé « le démon des mers » dans le best-seller éponyme qu'il a écrit à sa gloire, Heydrich s'engage dans la marine. Un matin de 1922, le grand jeune homme blond se présente à l'école d'officiers de Kiel, tenant à la main un étui à violon noir, cadeau de son père.

22

Le *Berlin* est un croiseur de la marine allemande, qui a pour commandant en second le lieutenant de vaisseau Wilhelm Canaris, héros de la première guerre, ex-agent secret et futur chef du contre-espionnage de la Wehrmacht. Sa femme, violoniste, organise des soirées musicales chez eux, le dimanche. Or, il advient qu'une place est vacante dans son quatuor à cordes. Le jeune Heydrich, qui sert sur le *Berlin*, est donc convié pour compléter l'orchestre. Apparemment, il joue bien, et ses hôtes, contrairement à ses camarades, apprécient sa compagnie. Il devient un habitué des soirées musicales de *Frau* Canaris, durant lesquelles il écoute les histoires de son chef qui ne laissent pas de l'impressionner. « L'espionnage ! » se dit-il. Et il rêvasse, sans doute.

23

Heydrich est un fringant officier de la *Kriegsmarine* et un redoutable escrimeur. Sa réputation de bretteur dans les différents tournois lui vaut le respect de ses camarades, à défaut de leur amitié.

Dresde, cette année-là, organise un tournoi pour les officiers allemands. Heydrich concourt au sabre, l'arme la plus brutale, sa spécialité. Le sabre, contrairement au fleuret, qui touche uniquement avec la pointe, se frappe d'estoc, mais surtout de taille, avec le tranchant, et les coups portés comme des coups de fouet sont infiniment plus violents. L'engagement physique des sabreurs est également plus spectaculaire. Tout cela sied parfaitement au jeune Reinhardt. Ce jour-là, pourtant, on le voit malmené au premier tour. Qui est son adversaire ? Mes recherches ne m'ont pas permis de le savoir. J'imagine un gaucher, rapide, malin, brun, peut-être pas juif quand même, ça ferait beaucoup, ou alors un quart. Un joueur pas impressionnable, qui se dérobe, refuse le combat, multiplie les feintes de corps qui sont autant de petites provocations. Pourtant Heydrich est largement favori. Alors il s'énerve de plus en plus, ses frappes manquent l'homme et se perdent dans l'air, il parvient toutefois à revenir au score. Mais sur l'ultime touche, à bout de nerfs, il tombe dans le piège tendu, s'engage trop vigoureusement, et encaisse une parade-riposte qui le touche à la tête. Il sent la lame de l'autre claquer sur son casque. Il est éliminé au premier tour. De rage, il fracasse son sabre sur le sol. Les commissaires lui infligent un blâme.

Le 1ᵉʳ mai, en Allemagne comme en France, c'est la fête du travail, dont l'origine remonte à une lointaine décision de la IIᵉ Internationale prise en hommage à une grande grève ouvrière qui eut lieu un 1ᵉʳ mai à Chicago en 1886. Mais c'est aussi l'anniversaire d'un événement dont l'importance n'a pu être mesurée sur le coup, dont pourtant les conséquences auront été incalculables et qu'il n'est évidemment question de fêter dans aucun pays : le 1ᵉʳ mai 1925, Hitler créait un corps d'élite originellement destiné à assurer sa sécurité, une garde rapprochée constituée de fanatiques surentraînés répondant à des critères raciaux extrêmement stricts. C'est l'*échelon de protection*, la *Schutzstaffel*, autrement dit la *SS*.

En 1929, cette garde spéciale se transforme en véritable milice, organisation paramilitaire confiée aux bons soins d'Himmler. Après la conquête du pouvoir en 1933, celui-ci déclare, lors d'une allocution à Munich :

« Chaque Etat a besoin d'une élite. L'élite de l'Etat national-socialiste, c'est la SS. Elle est le lieu où se perpétuent, sur la base de la sélection raciale, conjuguée aux exigences du temps présent, la tradition militaire allemande, la dignité et la noblesse allemandes et l'efficacité de l'industriel allemand. »

Je ne me suis toujours pas procuré le livre écrit après la guerre par la femme d'Heydrich, *Leben mit einem Kriegsverbrecher* (« Vivre avec un criminel de guerre », en français, sauf que l'ouvrage n'a jamais été traduit, ni en français ni en anglais). J'imagine que ce livre serait une mine d'informations pour moi, mais je n'arrive pas à mettre la main dessus. C'est, semble-t-il, un ouvrage extrêmement rare, dont le prix, sur Internet, est compris en général entre 350 et 700 euros. Je suppose que les néonazis allemands, fascinés par Heydrich, un nazi tel qu'ils n'auraient jamais osé en rêver, sont responsables de cette cote exorbitante. Je l'ai trouvé une fois à 250 euros, et j'ai voulu faire la folie de le commander. Fort heureusement pour mon budget, la librairie allemande qui l'avait mis en vente n'acceptait pas les paiements par carte. Il fallait, si je voulais recevoir le précieux volume, ordonner à ma banque de faire un virement sur un compte en Allemagne. Il y avait toute une interminable série de nombres et de lettres, et l'opération ne pouvait pas se faire directement par Internet, il fallait que je me déplace jusqu'à mon agence bancaire. Cette seule perspective, avec tout ce qu'elle implique de profondément déprimant pour n'importe quel individu moyen, m'a dissuadé de poursuivre l'opération. De toute façon, vu que j'ai un niveau de classe de 5e en allemand (bien que j'en aie fait huit ans à l'école), l'investissement était aléatoire.

Je dois donc me passer de ce document capital. Or, j'en arrive déjà au stade de l'histoire où il me faut rapporter la rencontre d'Heydrich avec sa femme. Nul doute que, ici plus que pour aucun autre passage, le rarissime et onéreux ouvrage m'aurait été d'un grand secours.

Quand je dis : « il me faut », je ne veux pas dire, bien sûr, que c'est absolument nécessaire. Je pourrais très bien raconter toute l'opération « Anthropoïde » sans mentionner une seule fois le nom de Lina Heydrich. D'un autre côté, si je campe le personnage d'Heydrich, comme je semble très désireux de le faire, il m'est difficile d'occulter le rôle joué par son épouse dans son ascension au sein de l'Allemagne nazie.

En même temps, je ne suis pas forcément mécontent d'éviter la version romantique de leur idylle, que Mme Heydrich n'aura pas manqué de livrer dans ses Mémoires. J'évite ainsi la tentation d'une scène à l'eau de rose. Non pas que je refuse de considérer les aspects humains d'un être tel qu'Heydrich. Je ne suis pas de ceux qui se sont offusqués du film *La Chute* parce que l'on y voit (entre autres) un Hitler aimable avec ses secrétaires et affectueux avec son chien. Je suppose naturellement qu'Hitler pouvait, de temps en temps, être aimable. Je ne doute pas non plus, si j'en juge par les fac-similés des lettres qu'il lui adressait, qu'Heydrich soit tombé sincèrement amoureux de sa femme lorsqu'il l'a rencontrée. A l'époque, c'était une jeune fille au sourire avenant, qui pouvait même passer pour jolie, loin de la marâtre au visage dur qu'elle allait devenir.

Mais leur rencontre, telle qu'elle est relatée par un biographe qui se fonde manifestement sur les souvenirs de Lina, est vraiment trop kitsch : pendant un bal où elle redoute de s'ennuyer toute la soirée parce qu'il n'y a pas assez de garçons, elle et sa copine se font aborder par un officier aux cheveux noirs, accompagné d'un blondinet timide. Coup de foudre pour le timide. Rendez-vous deux jours plus tard au parc Hohenzollern de Kiel (très joli, j'ai vu les photos), promenade romantique au bord d'un petit lac. Théâtre le lendemain, puis chambrette où, j'imagine, ils couchent ensemble, bien que le biographe reste très pudique sur ce point : la version officielle est qu'Heydrich débarque dans son plus bel uniforme, ils vont boire un coup après la pièce, restent silencieux devant leur verre et soudain, sans crier gare, Heydrich la demande en mariage. « *Mein Gott*, Herr Heydrich, vous ne savez rien sur moi ni sur ma famille ! Vous ne savez même pas qui est mon père ! La marine ne laisse pas ses officiers épouser n'importe qui. » Mais comme il est précisé par ailleurs que Lina avait récupéré les clés d'une chambre, je suppose qu'avant ou après la demande, ce soir-là, ils ont consommé. Il se trouve que Lina von Osten, issue d'une famille d'aristocrates quelque peu déclassés, est un parti très convenable. Donc, ils se sont mariés.

Cette histoire en vaut une autre. Je n'avais juste pas envie de faire la scène du bal, et encore moins la promenade dans le parc. Il était donc préférable que je n'aie pas eu connaissance de plus de détails ; comme ça, je n'ai pas été tenté de les raconter. Quand je tombe sur des éléments qui me permettent de reconstituer minutieusement une scène entière de la vie d'Heydrich, il m'est souvent difficile d'y renoncer, même si la scène en soi ne me semble pas d'un intérêt bouleversant. Or, je suppose que les Mémoires de Lina sont remplis d'histoires de ce genre.

Finalement, je vais peut-être pouvoir me passer de ce bouquin hors de prix.

Malgré tout, il y a quand même quelque chose qui m'a intrigué dans la rencontre des deux tourtereaux : l'officier brun qu'accompagnait Heydrich s'appelait von Manstein. Je me suis d'abord demandé si c'était le même Manstein qui serait à l'origine de l'offensive des Ardennes pendant la campagne française, qu'on retrouverait général d'armée sur le front russe, à Leningrad, Stalingrad, Koursk, et qui dirigerait l'opération « Citadelle » en 1943, lorsqu'il s'agirait pour la Wehrmacht d'encaisser du mieux qu'elle peut la contre-offensive de l'Armée rouge. Le même aussi qui, pour justifier le travail des *Einsatzgruppen* d'Heydrich sur le front russe, déclarerait en 1941 : « Le soldat doit faire preuve de compréhension à l'égard de la nécessité des sévères mesures d'expiation menées à l'encontre des Juifs, qui sont les dépositaires spirituels de la terreur bolchevique. Cette expiation est nécessaire pour étouffer dans l'œuf tous les soulèvements qui sont, pour la plupart, organisés par des Juifs. » Le même, enfin, qui mourrait en 1973, ce qui signifie que, pendant un an, j'aurai vécu sur la même planète que lui. A vrai dire, c'est peu probable, l'officier brun est présenté comme un jeune homme, alors que Manstein, en 1930, a déjà

43 ans. Peut-être quelqu'un de sa famille, un neveu ou un petit-cousin.

La jeune Lina, à 18 ans, était déjà, d'après ce que l'on en sait, une nazie convaincue. C'est elle, prétend-elle, qui convertira Heydrich. Certains indices laissent à croire, cependant, que dès avant 1930 Heydrich était déjà politiquement bien plus à droite que la moyenne des militaires, et largement attiré par le national-socialisme. Mais évidemment, la version de la « femme-derrière-tout-ça » a toujours quelque chose de plus séduisant…

26

Il est sans doute hasardeux de vouloir déterminer les moments dans la vie où une existence bascule. Je ne sais même pas si de tels moments existent. Eric-Emmanuel Schmitt a écrit ce livre, *La Part de l'autre*, où il imagine qu'Hitler réussit son concours des beaux-arts. Du coup, son destin et celui du monde en sont entièrement changés : il collectionne les aventures, se transforme en bête de sexe, épouse une Juive à laquelle il fait deux ou trois enfants, rejoint le groupe des surréalistes à Paris et devient un peintre célèbre. Parallèlement, l'Allemagne se contente d'une petite guerre avec la Pologne et c'est tout. Pas de guerre mondiale, pas de génocide, et un Hitler radicalement différent du vrai.

Toutes facéties fictionnelles mises à part, je doute

que le destin d'une nation, et du monde entier a fortiori, dépende jamais d'un seul homme. En même temps, force est de constater qu'une personnalité aussi complètement maléfique qu'Hitler aurait pu difficilement trouver d'équivalent. Et il est probable que ce concours des beaux-arts a été une circonstance décisive dans sa destinée individuelle, puisque c'est après cet échec qu'Hitler s'est retrouvé clochard à Munich, période pendant laquelle il aura fatalement développé un ressentiment appuyé contre la société.

Si l'on devait déterminer un tel moment clé dans la vie d'Heydrich, il serait situé sans aucun doute ce jour de 1931 où il a ramené chez lui ce qu'il croyait être une fille de plus. Sans cette fille, tout aurait été très différent, pour Heydrich, pour Gabčík, Kubiš et Valčík, ainsi que pour des milliers de Tchèques et, peut-être, des centaines de milliers de Juifs. Je ne vais pas jusqu'à penser que sans Heydrich, les Juifs auraient été épargnés. Mais l'invraisemblable efficacité dont il va faire preuve tout au long de sa carrière chez les nazis laisse à penser qu'Hitler et Himmler auraient eu bien du mal à se débrouiller sans lui.

En 1931, Heydrich n'est qu'un enseigne de vaisseau de 1re classe, officier dans la marine, promis à une brillante carrière militaire. Il est fiancé à une jeune aristocrate, et son avenir se présente au mieux. Mais c'est aussi un queutard invétéré, qui multiplie les conquêtes féminines et les visites au bordel. Un soir, il a ramené chez lui une jeune fille qu'il avait rencontrée dans un bal à Potsdam et qui était venue tout exprès à Kiel pour lui rendre visite. Je ne sais pas exactement si la jeune fille est tombée enceinte, mais en tout cas les parents ont demandé réparation. Heydrich n'a pas daigné donner suite, vu qu'il devait déjà se marier avec Lina von Osten, dont le pedigree lui convenait mieux, semble-t-il, sans négliger non plus le fait qu'il semblait sincèrement épris d'elle, et non de l'autre. Malheureusement pour lui, le père de ladite jeune fille était un ami de l'amiral Raeder en personne, rien de moins que le chef de la marine. Il a fait un gros scandale. Heydrich s'est embrouillé dans des explications vaseuses qui lui ont permis de se disculper auprès de sa fiancée, mais pas de l'institution militaire. Il a été traduit en cours martiale, convaincu d'indignité et pour finir chassé de l'armée.

En 1931, au plus fort de la crise économique qui dévaste l'Allemagne, le jeune officier promis à une brillante carrière se retrouve sans emploi, un chômeur parmi cinq millions.

Heureusement pour lui, sa fiancée ne l'a pas lâché. Antisémite enragée, elle le pousse à entrer en contact avec un nazi assez haut placé dans l'organigramme de cette nouvelle organisation d'élite à la renommée grandissante : la SS.

Le 30 avril 1931, jour où Heydrich se fait chasser ignominieusement de la marine, scelle-t-il pour autant son destin et celui de ses futures victimes ? On ne peut pas vraiment en être sûr, d'autant que dès les élections de 1930, Heydrich déclarait : « Maintenant le vieux Hindenburg n'aura pas d'autre choix que de nommer Hitler chancelier. Et ensuite notre heure va venir. » Mis à part le fait qu'il se trompe de trois ans sur la nomination d'Hitler, on voit quelles étaient les opinions politiques d'Heydrich dès 1930, et on peut donc supposer que même en restant officier de marine, il aurait fait une belle carrière chez les nazis. Mais peut-être pas aussi monstrueuse.

27

En attendant, il retourne chez ses parents et, paraît-il, pleure comme un enfant pendant plusieurs jours.

Puis il s'engage dans la SS. Mais en 1931, être lampiste chez les SS ne paie pas son homme. C'est presque du bénévolat, pour ainsi dire. A moins de monter dans l'organigramme.

28

Il y aurait quelque chose de comique dans ce face-à-face s'il n'augurait la mort de millions de personnes. D'un côté, le grand blond en uniforme noir, visage chevalin, voix haut perchée, bottes bien cirées. De l'autre, un petit hamster à lunettes, châtain foncé, moustachu, à l'allure somme toute très peu aryenne. C'est dans cette dérisoire volonté de ressembler par la moustache à son maître Adolf Hitler que se manifeste physiquement le lien d'Heinrich Himmler avec le nazisme, sans quoi peu évident de prime abord, compte non tenu des différents déguisements vestimentaires déjà mis à sa disposition.

Contre toute logique raciale, c'est le hamster qui commande. Sa position s'est déjà considérablement affirmée au sein du parti en passe de gagner les élections. En conséquence de quoi, devant ce curieux petit personnage à tête de rongeur mais à l'influence croissante, Heydrich le grand blond essaie d'afficher un air tout en même temps respectueux et sûr de lui. C'est la première fois qu'il rencontre Himmler, le chef suprême du corps auquel il appartient. En tant qu'officier SS, Heydrich, recommandé par un ami de sa mère, postule à la direction du service de renseignements qu'Himmler souhaite mettre en place au sein de son organisation. Himmler hésite. Un autre candidat s'est déclaré, qui a sa préférence. Il ignore que ce candidat est un agent de la République chargé d'infiltrer l'appareil nazi. Il est si convaincu que cet homme fera l'affaire qu'il a voulu reporter *sine die* son entretien avec Heydrich. Mais quand elle l'a su, Lina a jeté son mari dans le premier train pour Munich, afin qu'il se rende séance tenante au domicile de l'ex-éleveur de poulets, futur Reichsführer Himmler, celui qu'Hitler n'appellera bientôt plus que « mon fidèle Heinrich ».

Heydrich, en forçant le rendez-vous, a donc imposé sa présence à un Himmler assez mal disposé.

Or, s'il ne veut pas rester instructeur pour riches plaisanciers dans un yacht-club de Kiel, il a tout intérêt à faire rapidement bonne impression.

D'un autre côté, il dispose d'un atout : la remarquable incompétence d'Himmler dans le domaine de l'*intelligence*.

En allemand, *Nachrichtenoffizier* signifie « officier de transmission », tandis que *Nachrichtendienstoffizier* signifie « officier de renseignements ». C'est parce qu'Himmler, ignorant notoire des choses militaires, ne fait pas la distinction entre les deux termes qu'Heydrich, ex-officier de transmission dans la marine, est assis aujourd'hui en face de lui. En fait, Heydrich n'a quasiment aucune expérience du renseignement. Et ce que lui demande Himmler, c'est ni plus ni moins de créer au sein de la SS un service d'espionnage qui puisse concurrencer l'Abwehr de l'amiral Canaris, soit dit en passant son ancien chef dans la marine. Maintenant qu'il est là, Himmler attend de lui qu'il lui expose les grandes lignes de son projet. « Vous avez vingt minutes. »

Heydrich ne veut pas rester instructeur nautique toute sa vie. Donc il se concentre pour rassembler ses connaissances en la matière. Celles-ci se limitent principalement à ce qu'il a retenu des nombreux romans d'espionnage anglais qu'il dévore depuis des années. Qu'à cela ne tienne ! Heydrich a compris qu'Himmler maîtrisait encore moins la question, donc il décide de bluffer. Il esquisse quelques diagrammes en prenant soin de multiplier les termes militaires. Et ça marche. Himmler est favorablement impressionné. Oubliant son second candidat, l'agent double de Weimar, il engage le jeune homme pour un salaire de 1 800 marks par mois, six fois plus que son salaire moyen depuis qu'il a été chassé de la marine. Heydrich va venir s'installer à Munich. Les fondations du sinistre SD sont posées.

29

SD : *Sicherheitsdienst*, service de sécurité. La moins connue et la pire de toutes les organisations nazies, Gestapo comprise.

Au début, pourtant, une petite officine aux moyens réduits : Heydrich constitue ses premiers fichiers dans des boîtes à chaussures, et dispose d'une demi-douzaine d'agents. Mais déjà, il a intégré l'esprit du renseignement : tout savoir, sur tout le monde. Sans exception. Heydrich, au fur et à mesure que le SD va étendre sa toile, se découvrira un don hors du commun pour la bureaucratie, qui est la qualité première pour la gestion d'un bon réseau d'espionnage. Sa devise pourrait être alors : des fiches ! des fiches ! toujours plus de fiches ! De toutes les couleurs. Dans tous les domaines. Heydrich y prend goût très vite. L'information, la manipulation, le chantage et l'espionnage deviennent ses drogues.

A cela s'ajoute une mégalomanie quelque peu puérile. Ayant eu vent que le chef du Secret Intelligence Service anglais se fait appeler M (oui, comme dans

James Bond), il décide sobrement de se faire appeler H. C'est en quelque sorte son premier véritable *alias*, avant l'ère des surnoms dont il sera bientôt affublé : « le bourreau », « le boucher », « la bête blonde », et, celui-ci donné par Adolf Hitler en personne, « l'homme au cœur de fer ».

Je ne crois pas que *H* se soit imposé comme une appellation très répandue auprès de ses hommes (qui lui préféreront « la bête blonde », plus parlant). Sans doute trop de *H* éminents au-dessus de lui risquaient-ils d'engendrer de regrettables confusions : Heydrich, Himmler, Hitler… par prudence, il a dû de lui-même laisser tomber cet enfantillage. Pourtant, *H comme Holocauste…* ça aurait très bien pu servir de mauvais titre à sa biographie.

30

Natacha feuillette distraitement le numéro du *Magazine littéraire* qu'elle m'a gentiment acheté. Elle s'arrête sur la critique d'un livre consacré à la vie de Bach, le musicien. L'article commence par une citation de l'auteur : « Y a-t-il un biographe qui ne rêve d'affirmer : Jésus de Nazareth avait le tic de lever le sourcil gauche lorsqu'il réfléchissait ? » Elle me lit la phrase en souriant.

Sur le moment, je ne prends pas tout de suite la mesure de la formule et, fidèle à mon vieux dégoût pour les romans réalistes, je me dis : beurk ! Et puis je lui demande de me faire voir le magazine et je relis la phrase. Je suis obligé de convenir que j'aimerais bien, en effet, disposer de ce genre de détail concernant Heydrich. Natacha alors rigole franchement : « Oui, je te vois trop bien écrire : Heydrich avait le tic de lever le sourcil gauche lorsqu'il réfléchissait ! »

31

Dans l'imaginaire des thuriféraires du IIIe Reich, Heydrich est toujours passé pour l'Aryen idéal, parce qu'il était grand et blond, et qu'il avait les traits assez fins. Les biographes complaisants le décrivent en général comme un beau garçon, un séducteur plein de charme. S'ils étaient honnêtes, ou moins aveuglés par la trouble fascination qu'exerce sur eux tout ce qui relève du nazisme, ils verraient, en observant mieux les photos, qu'Heydrich, non seulement n'est pas exactement une gravure de mode, mais qu'en plus il possède certains traits physiques peu compatibles avec les exigences de la classification aryenne : des lèvres épaisses, certes non dénuées d'une certaine sensualité, mais de type presque négroïde, ainsi qu'un long nez busqué qui pourrait aisément passer pour crochu s'il était porté par un Juif. Ajoutées à cela de grandes oreilles relativement décollées et un visage allongé dont tous s'accordent à reconnaître le caractère chevalin, et l'on obtient un résultat qui n'est pas forcément laid mais s'éloigne quand même pas mal des standards de Gobineau.

32

Les Heydrich, nouvellement installés dans un bel appartement munichois qui plaît à Lina (j'avoue, j'ai fini par acheter son livre, et je me le suis fait mettre en fiches par une jeune étudiante russe qui a grandi en Allemagne – j'aurais pu trouver une Allemande, mais c'est très bien comme ça), ont mis les petits plats dans les grands. Ce soir, ils reçoivent Himmler à dîner, et un autre invité de marque : Ernst Röhm en personne, le chef des SA. Il ressemble physiquement à un porc, avec son gros ventre, sa grosse tête, ses petits yeux enfoncés, son cou épais enroulé dans un anneau de graisse et son nez mutilé retroussé comme un groin, souvenir de 14-18. Fier de ses manières de soldat, il a aussi l'habitude de se comporter comme un porc. Mais il est à la tête d'une armée irrégulière de plus de 400 000 chemises brunes, et on dit qu'il tutoie Hitler. Aux yeux des Heydrich, il est donc parfaitement recommandable. Et de fait, la soirée se passe dans la plus grande convivialité. On rit beaucoup. Après un bon repas mitonné par la maîtresse de maison, les hommes désirent fumer autour d'un digestif. Lina leur apporte des allumettes et descend à la cave leur chercher du cognac. Soudain, elle entend une déto-

nation. Elle remonte précipitamment et comprend :
dans sa fébrilité à servir ses hôtes de marque, elle a
confondu les allumettes ordinaires avec celles du
nouvel an. Tout le monde s'esclaffe. Il ne manque
que les rires enregistrés.

33

Vieux compagnon d'Hitler, membre du NSDAP
depuis sa création, Gregor Strasser dirige l'*Arbeiter
Zeitung*, le journal berlinois qu'il a fondé à sa sortie
de prison, en 1925. Son prestige et sa position expliquent sans doute que l'on s'adresse à lui dans certaines affaires. Or, en voilà une qui dépasse le cadre
d'un simple règlement par la section locale du Parti.
En 1932, la mise en cause d'un officier supérieur
de la SS n'est pas sans risques, même pour un haut
fonctionnaire nazi, et la réputation croissante de
l'ordre noir incite à la prudence. C'est pourquoi le
Gauleiter de Halle-Merseburg, alerté par ses admi-
nistrés, a préféré transférer ce dossier délicat : dans
la vieille édition d'une encyclopédie musicale, on
trouve mentionné « Heydrich, Bruno, de son vrai
nom, Süss ».
Ainsi le nouveau protégé d'Himmler serait fils de
Juif ! Gregor Strasser, sans doute désireux de prouver qu'il faut encore compter avec lui, ordonne une
enquête. Veut-il s'offrir la peau d'un jeune loup qui
monte ? S'agit-il de redorer son étoile qui pâlit au

sein du parti qu'il a fondé ? Est-ce la crainte réelle de voir la gangrène juive s'infiltrer au cœur de l'appareil nazi ? Toujours est-il qu'un rapport est envoyé à Munich, qui atterrit sur le bureau d'Himmler.

Celui-ci est consterné. Il a déjà eu l'occasion de vanter les mérites de sa jeune recrue auprès du Führer, et il craint pour sa propre crédibilité si l'accusation se vérifie. Aussi suit-il avec beaucoup d'attention l'enquête menée par le Parti. Les soupçons concernant la branche paternelle doivent être abandonnés assez rapidement : le nom Süss est celui du deuxième mari de la grand-mère d'Heydrich, auquel il n'est donc pas affilié, et de toute façon, l'homme n'était pas juif, en dépit de son patronyme. En revanche, l'enquête aurait fait naître des doutes sur la pureté de la branche maternelle. Faute de preuves, Heydrich finit par être officiellement disculpé. Mais Himmler se demande tout de même s'il ne vaudrait pas mieux s'en débarrasser, car il sait que désormais Heydrich restera éternellement à la merci de la rumeur. D'un autre côté, les activités du jeune Heydrich l'ont déjà révélé au sein de la SS comme un élément, sinon indispensable, du moins très prometteur. Indécis, Himmler décide de s'en remettre à la sagesse du Führer en personne.

Hitler convoque Heydrich, avec lequel il s'entretient longuement en tête à tête. Ce qu'a pu lui dire Heydrich, je l'ignore, mais à l'issue de cette rencontre, son opinion est faite. Il explique à Himmler : « Cet homme est extraordinairement doué et extraordinairement dangereux. Nous serions stupides de nous passer de ses services. Le Parti a besoin d'hommes comme lui, et ses talents, dans l'avenir, seront particulièrement utiles. De plus, il nous sera éternellement reconnaissant de l'avoir gardé et il obéira aveuglément. » Himmler, vaguement inquiet d'avoir sous ses ordres un homme capable d'inspirer une telle admiration au Führer, acquiesce néanmoins, car il n'est pas dans ses habitudes de discuter les avis de son maître.

Heydrich a donc sauvé sa tête. Mais il a revécu le cauchemar de son enfance. Quelle étrange fatalité permet qu'on l'accuse d'être juif, lui qui incarne si manifestement la race aryenne dans toute sa pureté ? Sa haine croît contre le peuple maudit. En attendant, il retient le nom de Gregor Strasser.

34

Je ne sais à quelle époque exactement, mais j'incline à penser que c'est dans ces années-là qu'il décide d'une petite modification à l'orthographe de son prénom. Il fait sauter le *t* final : Reinhardt devient Reinhard. Quelque chose de plus dur.

J'ai dit une bêtise, victime à la fois d'une erreur de mémoire et d'une imagination quelque peu intrusive. En fait, le chef des services secrets anglais, à cette époque, se faisait appeler « C », et non pas « M » comme dans *James Bond*. Heydrich aussi s'est fait appeler « C », et non pas « H ». Mais il n'est pas sûr que, ce faisant, il ait voulu copier les Anglais, l'initiale désignant probablement plus simplement *der Chef*.

Par contre, en vérifiant mes sources, je suis tombé sur cette confidence, faite à je ne sais pas qui, mais qui montre qu'Heydrich avait une idée bien arrêtée de sa fonction : « Dans un système de gouvernement totalitaire moderne, le principe de la sécurité de l'Etat n'a pas de limites, donc celui qui en a la charge doit s'attacher à acquérir un pouvoir presque sans entrave. »

On pourra reprocher beaucoup de choses à Heydrich, mais pas de ne pas tenir ses promesses.

36

Le 20 avril 1934 est un jour à marquer d'une pierre blanche dans l'histoire de l'ordre noir : Göring cède la Gestapo, qu'il a créée, aux deux chefs de la SS. Himmler et Heydrich prennent possession des superbes locaux de la Prinz Albrecht

Strasse, à Berlin. Heydrich choisit son bureau. Il s'y installe. S'attable. Se met au travail immédiatement. Il pose du papier devant lui. Prend sa plume. Et commence à faire des listes.

Ce n'est évidemment pas de gaieté de cœur que Göring abandonne la direction de sa police secrète, d'ores et déjà l'un des joyaux du régime nazi. Mais c'est le prix à payer pour s'assurer du soutien d'Himmler contre Röhm : le petit-bourgeois de la SS l'inquiète moins que l'agitateur socialisant de la SA. Röhm se plaît à clamer que la révolution national-socialiste n'est pas finie. Mais Göring ne voit pas les choses sous cet angle : ils ont eu le pouvoir, leur unique tâche désormais consiste à le garder. A coup sûr, Heydrich, même si Röhm est le parrain de son fils, souscrit à ce point de vue.

37

Tout Berlin bruisse d'une atmosphère de complot à cause d'un document qui circule en ville. C'est une liste tapée à la machine. Les observateurs neutres sont frappés du manque de précaution avec lequel cette feuille de papier s'échange dans les cafés, passant de main en main sous les yeux des serveurs dont tout le monde sait qu'ils sont des indicateurs à la solde d'Heydrich.

C'est ni plus ni moins l'organigramme d'un hypothétique cabinet ministériel. Dans ce futur gouvernement, Hitler reste chancelier, mais les noms de Papen ou Göring disparaissent. En revanche, ceux de Röhm et de ses amis, ceux de Schleicher, Strasser, Brüning y figurent.

Heydrich montre la liste à Hitler. Celui-ci, qui n'aime rien moins que de pouvoir conforter ses tendances paranoïaques, étouffe de rage. Cependant l'hétérogénéité de la coalition le laisse perplexe : Schleicher, par exemple, n'a jamais compté parmi les amis de Röhm, qu'il méprise souverainement. Heydrich rétorque que le général von Schleicher a été vu en grande discussion avec l'ambassadeur de France, preuve qu'il complote.

En fait, l'attelage hétéroclite de cette étrange coalition montre surtout qu'Heydrich doit encore affiner ses connaissances en matière de politique intérieure, puisque c'est lui qui a rédigé et fait diffuser cette liste. Le principe qui a prévalu à sa rédaction était très simple : tout naturellement, il y a inscrit les noms des ennemis de ses deux maîtres, Himmler et Göring, et des siens.

38

De l'extérieur, l'imposant bâtiment de pierre grise ne révèle rien. On devine tout au plus une activité anormale dans le va-et-vient des silhouettes qui entrent et qui sortent. Mais il règne à l'intérieur de la ruche SS une agitation frénétique : des hommes courent en tous sens, des éclats de voix retentissent dans le grand hall blanc, les portes claquent à tous les étages, les téléphones sonnent dans les bureaux sans discontinuer. Au cœur de l'édifice et du drame, Heydrich joue déjà ce qui va devenir son meilleur rôle, celui du bureaucrate tueur. Autour de lui, des tables, des téléphones et des hommes en noir qui décrochent et qui raccrochent. Il prend toutes les communications :

— Allô ! Il est mort ?... Laissez le corps sur place. Officiellement, c'est un suicide. Placez-lui votre arme dans la main... Vous avez tiré dans la nuque ?... Bon, ça n'a aucune importance. Suicide.

— Allô ! C'est fait ?... Très bien... La femme aussi ?... Bon, vous direz qu'ils ont résisté à l'arrestation... Oui, la femme aussi !... Voilà, elle a voulu s'interposer, ça ira très bien !... Les domestiques ?... Combien ?... Prenez les noms, on s'en occupera ultérieurement.

— Allô ! Terminé ?... Bon, vous me jetez tout ça dans l'Oder.

— Allô !... Quoi ?... A son tennis-club ? Il jouait au tennis ?... Il a franchi les haies et il a disparu dans les bois ? Vous vous foutez de ma gueule ?... Vous ratissez tout ça et vous le retrouvez !

— Allô !... Comment ça, « un autre » ? Comment ça, « le même nom » ?... Le prénom aussi ?... Bon, amenez-le, on l'enverra à Dachau en attendant de retrouver le bon.

— Allô !... Où a-t-il été vu pour la dernière fois ?... L'hôtel Adlon ? Mais tout le monde sait

que les serveurs travaillent pour nous, c'est stupide !
Il a dit qu'il voulait se rendre ?... Très bien, retour-
nez l'attendre chez lui et envoyez-le chez nous.

— Allô ! Passez-moi le Reichsführer !... Allô ?
Oui, c'est fait... Oui, aussi... C'est en cours... C'est
fait... Et où en êtes-vous avec le numéro un ?... Le
Führer refuse ? Mais pourquoi ?... Il est impératif
que vous parveniez à convaincre le Führer !... Insis-
tez sur ses mœurs ! Et tous les scandales que nous
avons dû étouffer ! Rappelez-lui la malle oubliée au
bordel !... Entendu, j'appelle Göring tout de suite.

— Allô ? Heydrich à l'appareil. Le Reichsführer
me dit que le Führer veut épargner le SA Führer !...
Naturellement, à aucun prix !... Il faut lui dire que
l'armée n'acceptera jamais ! Nous avons exécuté des
officiers de la Reichswehr : si Röhm reste en vie,
Blomberg refusera de cautionner l'opération !...
Oui, voilà, une question de justice, tout à fait !...
Entendu, j'attends votre appel.

Un SS entre. Il a l'air soucieux. Il s'approche
d'Heydrich et se penche pour lui parler à l'oreille.
Tous les deux quittent la pièce. Heydrich revient au
bout de cinq minutes, seul. On ne peut rien déceler
sur son visage. Il reprend le fil de ses communications.

— Allô !... Brûlez le cadavre ! Vous enverrez les
cendres à sa veuve !

— Allô !... Non, Göring refuse qu'on y touche... Vous laissez six hommes devant chez lui...
Personne ne rentre et personne ne sort !

— Allô !... etc.

En même temps, il remplit méthodiquement de petites fiches blanches.

La scène dure tout un week-end.

Finalement, la nouvelle tombe, à laquelle il était suspendu : le Führer a cédé. Il va donner l'ordre d'exécuter Röhm, le chef de la *Sturmabteilung*, son plus vieux complice. Röhm est aussi le parrain du premier fils d'Heydrich, mais c'est surtout le supérieur direct d'Himmler. En décapitant la direction des SA, Himmler et Heydrich affranchissent la SS, qui devient une organisation autonome n'ayant de comptes à rendre qu'à Hitler. Heydrich est nommé Gruppenführer, un grade équivalent à celui de général de division. Il a 30 ans.

39

Gregor Strasser déjeune avec sa petite famille, ce samedi 30 juin 1934, quand on sonne à la porte de son domicile. Huit hommes armés sont là pour l'arrêter. Sans lui laisser même le temps de dire au revoir à sa femme, ils l'embarquent au siège de la Gestapo. Il n'y subit aucun interrogatoire mais se retrouve incarcéré dans une cellule en compagnie de plusieurs SA qui s'agglutinent autour de lui : s'il est vrai qu'il n'exerce plus aucune responsabilité politique depuis plusieurs mois, son prestige de vieux compagnon du Führer les rassure. Lui ne comprend pas la raison de sa présence parmi eux, mais il connaît suffisamment bien les arcanes du Parti pour en redouter la part d'arbitraire et d'irrationnel.

A 17 heures, un SS vient le chercher pour le conduire dans une cellule individuelle, percée d'une large lucarne. Strasser, isolé, ignore que la Nuit des longs couteaux a commencé, mais il en devine toutefois les grandes lignes. Il ne sait pas s'il doit craindre pour sa vie. Certes, il est une figure historique du Parti, lié à Hitler par le souvenir des combats passés. La prison, après tout, ils l'ont connue ensemble après le putsch de Munich. Mais il sait aussi qu'Hitler n'est pas un sentimental. Et même s'il ne parvient pas à saisir en quoi lui-même pourrait constituer une menace comparable à Röhm ou Schleicher, il doit prendre en compte l'incalculable paranoïa du Führer. Strasser se rend vite compte qu'il va devoir jouer serré pour sauver sa peau.

Il en est là de ses réflexions lorsqu'il sent dans son dos une ombre qui passe. Avec l'instinct sûr des vieux combattants habitués à la clandestinité, il comprend qu'il est en danger et se baisse au moment où un coup de feu éclate. Quelqu'un a passé un bras par la lucarne et lui a tiré dessus à bout portant. Il s'est baissé, mais pas assez vite. Il s'écroule.

A plat ventre sur le sol de la cellule, Strasser entend le verrou tourner dans la porte, puis des bruits de bottes autour de lui, l'haleine d'un homme qui se penche sur sa nuque, et des voix :

— Il vit encore.

— Qu'est-ce qu'on fait ? On l'achève ?

Il entend le claquement d'un pistolet qu'on arme.

— Attendez, je vais en référer.

Une paire de bottes s'éloigne. Un moment s'écoule. Les bottes reviennent accompagnées. Claquements de talons à l'entrée du nouvel arrivant. Un bruit de flaque. Silence. Et soudain cette voix de fausset qu'il reconnaîtrait entre mille et qui achève de lui glacer l'échine :

— Il n'est pas encore mort ? Laissez-le saigner comme un porc !

La voix d'Heydrich est la dernière voix humaine qu'il entendra avant de mourir. Enfin, humaine, façon de parler...

40

Fabrice me rend visite, et me parle de mon futur livre. C'est un vieux copain de fac qui, comme moi, se passionne pour l'histoire, et qui, entre autres qualités, a celle de s'intéresser à ce que j'écris. Ce soir d'été, nous mangeons sur ma terrasse, et il me commente le début avec un enthousiasme encourageant. Il s'arrête sur la construction du chapitre concernant la Nuit des longs couteaux : cet enchaînement de coups de téléphone, selon lui, restitue bien à la fois la dimension bureaucratique et le traitement à la chaîne de ce qui fera la marque du nazisme – le meurtre. Je suis flatté, cependant j'ai un soupçon, et crois bon de préciser : « Mais tu sais que chaque coup de téléphone correspond à un cas réel ? Je pourrais te retrouver presque tous les noms, si je voulais. » Il est surpris, et me répond ingénument qu'il croyait que j'avais inventé. Vaguement inquiet, je lui demande : « Et pour Strasser ? » Heydrich qui se déplace en personne, donnant ordre de laisser agoniser le mourant dans sa cellule : ça aussi, il pensait que j'avais inventé. Je suis un peu mortifié, et je m'exclame : « Mais non, tout est vrai ! » Et je pense : « Putain, c'est pas gagné... » J'aurais dû être plus clair au niveau pacte de lecture.

Ce même soir, je regarde à la télé un documentaire sur un vieux film hollywoodien consacré au général Patton. Le film est sobrement intitulé *Patton*. L'essentiel du documentaire consiste à montrer des extraits du film, puis à interviewer des témoins qui expliquent : « En fait, ça ne s'est pas passé comme ça... » Il n'a pas fait face à deux Messerschmitt en train de canarder la base, armé de son seul Colt (mais nul doute, selon le témoin, qu'il l'aurait fait, si les Messerschmitt lui en avaient laissé le temps). Il n'a pas tenu tel propos devant toute l'armée, mais en privé, et d'ailleurs il n'a pas dit ça. Il n'a pas appris au dernier moment qu'il allait être envoyé en France, mais en avait été informé plusieurs semaines à l'avance. Il n'a pas désobéi aux ordres lorsqu'il a pris Palerme, mais l'a fait avec l'aval du haut commandement allié et de son chef direct. Il n'a certainement pas dit à un général russe d'aller se faire foutre, même s'il n'aimait pas les Russes, etc. Bref, le film parle d'un personnage fictif dont la vie est fortement inspirée par la carrière de Patton, mais qui manifestement n'est pas lui. Et pourtant, le film s'intitule *Patton*. Et ça ne choque personne, tout le monde trouve ça normal, bidouiller la réalité pour faire mousser un scénario, ou donner une cohérence à la trajectoire d'un personnage dont le parcours réel comportait sans doute trop de cahots hasardeux et pas assez lourdement signifiants. C'est à cause de ces gens-là, qui trichent de toute éternité avec la vérité historique pour vendre leur soupe, qu'un vieux camarade, rompu à tous les genres fictionnels et donc fatalement habitué à ces procédés de falsification tranquille, peut s'étonner innocemment, et me dire : « Ah bon, c'est pas inventé ? »

Non, ce n'est pas inventé ! Quel intérêt, d'ailleurs, y aurait-il à « inventer » du nazisme ?

41

Toute cette histoire, on l'aura compris, me fascine, et en même temps je crois qu'elle me tape sur les nerfs.

Une nuit, j'ai fait un rêve. J'étais un soldat allemand, vêtu de l'uniforme vert-de-gris de la Wehrmacht, et j'assurais un tour de garde dans un paysage enneigé, non identifié mais délimité par des barbelés que je devais longer. Ce décor s'inspirait clairement de ceux des nombreux jeux vidéo qui prennent pour sujet la Seconde Guerre mondiale et auxquels j'ai parfois la faiblesse de m'adonner : *Call of Duty*, *Medal of Honor*, *Red Orchestra*…

Soudain, pendant ma ronde, j'étais surpris par Heydrich en personne, qui venait faire une inspection. Je me mettais au garde-à-vous et je retenais mon souffle pendant qu'il tournait autour de moi avec un air inquisiteur. J'étais terrorisé à l'idée qu'il puisse trouver quelque chose à me reprocher. Mais je me suis réveillé avant de savoir.

Natacha, pour me taquiner, fait souvent mine de s'inquiéter du nombre impressionnant d'ouvrages sur le nazisme qui prolifèrent chez moi, et du risque de conversion idéologique qu'ils me feraient, selon elle, encourir. Pour rire avec elle, je ne manque jamais de lui mentionner les innombrables sites tendancieux – voire franchement néonazis – que je suis amené à croiser sur Internet dans le cadre de mes recherches. Il est bien entendu qu'à aucun moment, moi, fils d'une mère juive et d'un père communiste, nourri aux valeurs républicaines de la petite-bourgeoisie française la plus progressiste et imprégné par mes études littéraires aussi bien de l'humanisme de Montaigne et de la philosophie des Lumières que des grandes révoltes surréalistes et des pensées existentialistes, je n'ai pu et ne pourrai être tenté de « sympathiser » avec quoi que ce soit qui évoquerait le nazisme, de près ou de loin.

Mais force est de m'incliner, une fois de plus, devant l'incommensurable et néfaste pouvoir de la littérature. En effet, ce rêve prouve formellement que, par son indiscutable dimension romanesque, Heydrich *m'impressionne*.

Anthony Eden, alors ministre des Affaires étrangères britanniques, écoute avec stupéfaction. Le nouveau président tchèque, Edvard Beneš, témoigne
d'une confiance sidérante dans sa capacité à résoudre
la question des Sudètes. Non seulement il prétend
pouvoir contenir les velléités expansionnistes de
l'Allemagne, mais, de plus, y parvenir seul, c'est-
à-dire sans l'aide de la France et de la Grande-Bretagne. Eden ne sait que penser de ce discours. « Sans
doute, pour être tchèque ces jours-ci, faut-il être optimiste… » se dit-il. Nous sommes seulement en 1935.

En 1936, le commandant Moravec, chef des services secrets tchécoslovaques, passe un examen
pour accéder au rang de colonel. Entre autres
sujets de devoirs, on lui propose cette hypothèse :
« Les circonstances font que la Tchécoslovaquie est
attaquée par l'Allemagne. La Hongrie et l'Autriche
sont également hostiles. La France n'a pas mobilisé
et la Petite Entente peine à se mettre en place.
Quelles sont les solutions militaires pour la Tchécoslovaquie ? »
Analyse du sujet : l'Autriche-Hongrie démem-
brée en 1918, Vienne et Budapest lorgnent naturellement sur leurs anciennes provinces, à savoir la

Bohême-Moravie, qui dépendait de l'Autriche, et la Slovaquie, qui était sous contrôle hongrois. De plus, la Hongrie est dirigée par un fasciste ami de l'Allemagne, l'amiral Horthy. Quant à l'Autriche, très affaiblie, elle résiste tant bien que mal aux pressions de ceux qui, de part et d'autre de la frontière allemande, réclament le rattachement du pays au grand frère germanique. L'accord signé avec Hitler, qui promet de ne pas intervenir dans les affaires autrichiennes, ne vaut guère plus qu'un bout de papier. En cas de conflit avec l'Allemagne, la Tchécoslovaquie devra donc faire face également aux deux têtes de l'Empire déchu. La Petite Entente, signée en 1922 par la Tchécoslovaquie avec la Roumanie et la Yougoslavie pour se garder de leurs anciens maîtres austro-hongrois, ne constitue pas à proprement parler une alliance stratégique très dissuasive. Et les réticences de la France à tenir ses engagements envers son allié tchèque en cas de conflit sont déjà manifestes. La situation proposée comme hypothèse par le sujet est donc tout à fait réaliste. La réponse de Moravec tient en trois mots : « Problème militairement insoluble. » Il passe son examen avec succès et devient colonel.

44

Si je devais rapporter tous les complots dans lesquels Heydrich a trempé, ça n'en finirait pas. Il m'arrive, lorsque je me documente, de tomber sur une histoire que je décide de ne pas relater, soit parce qu'elle me semble trop anecdotique, soit parce que les détails me manquent ou que je ne parviens pas à rassembler toutes les pièces du puzzle, soit parce que je la trouve sujette à caution. Il arrive aussi que j'aie plusieurs versions d'une même histoire, et parfois ces versions sont absolument contradictoires. Dans certains cas, je me permets de trancher, sinon je laisse tomber.

J'avais décidé de ne pas mentionner le rôle d'Heydrich dans la chute de Toukhatchevsky. D'abord parce que ce rôle me semblait secondaire, voire illusoire. Ensuite parce que la politique soviétique des années 1930 débordait quelque peu de l'entonnoir narratif dans lequel j'enfourne mes chapitres. Enfin, probablement, par peur de m'engager sur un nouveau terrain historique : les purges staliniennes, la carrière du maréchal Toukhatchevsky, les origines de son contentieux avec Staline, tout ceci requérait à la fois érudition et minutie. Cela risquait de m'emporter un peu loin.

Mais j'avais quand même imaginé une scène, en quelque sorte pour le plaisir : on y voyait le jeune général Toukhatchevsky contemplant la déroute de l'armée bolchevique aux portes de Varsovie. Nous sommes en 1920. La Pologne et l'URSS sont en guerre. « La Révolution passera sur le cadavre de la Pologne ! » a dit Trotski. Il faut dire qu'en s'alliant à l'Ukraine, en rêvant à une confédération qui inclurait aussi la Lituanie et la Biélorussie, la Pologne menace l'unité fragile de la Russie soviétique naissante. D'autre part, si les bolcheviques veulent aller faire triompher la révolution en Allemagne, ils sont de toute façon bien obligés de traverser la région.

En août 1920, la contre-attaque soviétique a mené l'Armée rouge aux portes de Varsovie, et le sort des Polonais semble scellé. Mais l'indépendance de la jeune nation va se prolonger encore dix-neuf ans. Ce qu'elle ne saura pas faire en 1939 face aux Allemands, la Pologne le fait ce jour-là face aux Russes : elle les repousse. C'est le « miracle de la Vistule ». Toukhatchevsky est vaincu par un stratège hors pair, Jozef Pilsudski, le héros de l'indépendance, de presque trente ans son aîné.

Les forces en présence sont équilibrées : 113 000 Polonais font face à 114 000 Russes. Toukhatchevsky est pourtant certain de l'emporter, c'est lui qui a l'initiative. Il engage le gros de ses forces au nord, où Pilsudski l'a attiré en lui faisant croire à une concentration de troupes imaginaire. En fait, Pilsudski attaque au sud, à revers. C'est à ce moment précis que l'épisode s'engouffre dans l'entonnoir d'« Anthropoïde ». Toukhatchevsky appelle en renfort la Ire armée de cavalerie du non moins légendaire général Boudienny, qui bataille sur le front sud-ouest pour la prise de Lvov. La cavalerie de Boudienny est redoutable, Pilsudski sait que son intervention peut renverser le sort des armes. Mais il se produit alors quelque chose d'incroyable : le général Boudienny refuse d'obéir aux ordres et son armée reste à Lvov. Pour les Polonais, voilà sans doute le véritable miracle de la Vistule. Pour Toukhatchevsky, en revanche, la défaite est amère, et il veut en comprendre la raison. Il n'a pas à aller chercher bien loin : le commissaire politique responsable du front sud-ouest, à l'autorité duquel Boudienny était donc soumis, avait fait de la prise de Lvov une question de prestige. Il n'était donc pas question de se priver de ses meilleures troupes, même pour éviter un désastre militaire par ailleurs, dès l'instant que le secteur du désastre ne relevait pas de sa responsabilité. Peu importe que le sort de la guerre se soit joué là. Les ambitions personnelles de ce commissaire ont souvent passé avant toute autre considération. Il s'appelait Joseph Dougachvili, son nom de guerre était Staline.

Quinze ans plus tard, Toukhatchevsky a succédé à Trotski à la tête de l'Armée rouge, pendant que Staline a succédé à Lénine à la tête du pays. Les deux hommes se détestent, ils sont au faîte de leur puissance, et leurs analyses politico-stratégiques divergent : tandis que Staline cherche à retarder un conflit avec l'Allemagne nazie, Toukhatchevsky préconise de passer à l'offensive sans attendre.

Je ne savais pas encore tout ça lorsque j'ai vu *Triple agent* d'Eric Rohmer. Mais j'ai décidé de me pencher sérieusement sur la question quand j'ai entendu le personnage principal, le général Skoblin, un éminent Russe blanc réfugié à Paris, dire à sa femme : « Tu te souviens ? Je t'ai dit qu'à Berlin, je suis allé voir le grand chef de l'espionnage allemand, un certain Heydrich. Et tu sais ce que je n'ai pas voulu lui dire ? Des choses au sujet de mon camarade Toukhatchevsky que j'avais rencontré en secret à Paris au moment de son voyage en Occident pour les obsèques du roi d'Angleterre. Oh, bien sûr, il ne m'avait pas ouvert son cœur, mais de ses propos très réservés j'avais pu quand même faire quelques déductions. La Gestapo a dû avoir vent de cette rencontre ; Heydrich d'un air indifférent m'a questionné, j'ai répondu de façon évasive, il m'a gratifié d'un regard glacial et nous en sommes restés là. »

Heydrich dans un Rohmer, je n'en suis toujours pas revenu.

Dans la suite du dialogue, la femme de Skoblin demande :

« Et ce M. Heydrich, pourquoi voulait-il ce renseignement ? »

Skoblin se contente de répondre :

« Oh, il est logique de penser que les Allemands avaient tout intérêt à compromettre le chef de l'Armée rouge qu'ils savaient probablement déjà en défaveur auprès de Staline… enfin je suppose. »

Skoblin se défend ensuite de toute accointance avec les nazis, et c'est aussi, semble-t-il, la thèse de Rohmer, bien que le metteur en scène prenne beaucoup de soin à cultiver l'ambiguïté de son personnage (blanc, rouge, brun ?). Mais j'ai du mal à croire que ce Skoblin ait pris la peine d'aller rencontrer Heydrich à Berlin pour ne rien lui dire.

Je pense plutôt que Skoblin est bien allé voir Heydrich pour l'informer qu'un complot contre Staline était ourdi par Toukhatchevsky, mais qu'en fait Skoblin agissait pour le compte du NKVD, c'est-à-dire pour Staline lui-même. Le but ? Propager la rumeur du complot afin de crédibiliser une accusation de haute trahison (accusation qui semble avoir été dénuée de fondement).

Heydrich a-t-il cru Skoblin ? En tout cas, il a vu l'occasion d'éliminer un adversaire dangereux du Reich : écarter Toukhatchevsky, en 1937, c'est décapiter l'Armée rouge. Il décide d'alimenter la rumeur. Il sait qu'une telle affaire relève de l'Abwehr de Canaris, puisqu'il s'agit d'une question militaire. Mais grisé par l'envergure de son projet, il parvient à convaincre Himmler, et Hitler lui-même, de lui confier le soin d'une minutieuse opération d'intoxication. Pour ce faire, il fait appel à son meilleur homme de main, Alfred Naujocks, spécialiste des basses besognes. Pendant trois mois, celui-ci va forger toute une série de faux visant à compromettre le maréchal russe. Il n'a aucune peine à trouver sa signature : il lui suffit de puiser dans les archives de la République de Weimar ; à l'époque de nombreux documents officiels avaient été visés par Toukhatchevsky, lorsque les deux pays entretenaient des relations diplomatiques plus amicales.

Quand le dossier est prêt, Heydrich charge un de ses hommes de le vendre à un agent du NKVD. La rencontre donne lieu à une magnifique passe d'armes d'espionnage : le Russe achète le faux dossier de l'Allemand qu'il paie avec de faux roubles. Chacun croit duper l'autre, tout le monde trompe tout le monde.

En définitive, Staline obtient ce qu'il veut : des preuves que son plus sérieux rival prépare un coup d'Etat. Les historiens ne savent pas trop l'importance qu'il faut attribuer à la manœuvre d'Heydrich dans cette affaire, mais il faut noter que le dossier a été transmis en mai 1937, et que Toukhatchevsky s'est fait exécuter en juin. Pour moi, la proximité des dates suggère fortement un rapport de cause à conséquence.

Finalement, qui a dupé qui ? Je pense qu'Heydrich a servi les intérêts de Staline, en lui permettant de se débarrasser du seul homme susceptible alors de lui faire de l'ombre. Mais cet homme était aussi le plus apte à diriger une guerre contre l'Allemagne. La désorganisation totale de l'Armée rouge, prise de court par l'invasion allemande en juin 41, sera l'ultime séquelle de cette sombre histoire. En fin de compte, ce n'est pas exactement Heydrich qui a réalisé un coup de maître, mais c'est Staline qui s'est tiré une balle dans le pied. Cependant, alors que celui-ci entame une série de purges sans précédent, Heydrich exulte. Lui en effet n'hésite pas à s'attribuer tout le mérite de l'affaire.

C'est de bonne guerre, si j'ose dire.

45

J'ai 33 ans, déjà nettement plus âgé que Toukhatchevsky en 1920. Nous sommes le 27 mai 2006, jour anniversaire de l'attentat contre Heydrich. La sœur de Natacha se marie aujourd'hui. Je ne suis pas invité au mariage. Natacha m'a traité de « petite merde », je crois qu'elle ne me supporte plus. Ma vie ressemble à un champ de ruines. Je me demande si Toukhatchevsky s'est senti plus mal que moi quand il a compris qu'il avait perdu la bataille, quand il a vu son armée en déroute et qu'il a pris conscience d'avoir lamentablement échoué. Je me demande s'il a cru qu'il était cuit, fini, lessivé, s'il a maudit le sort, l'adversité, ceux qui l'ont trahi, ou s'il s'est maudit lui-même. En tout cas, je sais qu'il a rebondi. C'est encourageant, même si c'était pour se faire écraser quinze ans plus tard par son pire ennemi. La roue tourne, c'est ce que je me dis. Natacha ne rappelle pas. Je suis en 1920, devant les murailles tremblantes de Varsovie, et à mes pieds s'écoule, indifférente, la Vistule.

46

Cette nuit, j'ai rêvé que je rédigeais le chapitre de l'attentat, et cela commençait ainsi : « Une Mercedes noire filait sur la route comme un serpent. » C'est alors que j'ai compris qu'il fallait commencer à écrire tout le reste, puisque tout le reste devait converger vers cet épisode décisif. En remontant à l'infini la chaîne des causalités, cela me permettrait de retarder le moment d'affronter le soleil en face, le morceau de bravoure du roman, la scène à faire.

Il faut imaginer un planisphère, et des cercles concentriques qui se resserrent autour de l'Allemagne. Cet après-midi du 5 novembre 1937, Hitler expose ses projets aux chefs des armées, Blomberg, Fritsch, Raeder, Göring, et à son ministre des Affaires étrangères, Neurath. Le but de la politique allemande, rappelle-t-il (et je crois que tout le monde avait compris), consiste à assurer la sécurité de la communauté raciale, à assurer son existence et à favoriser son développement. C'est par conséquent une question d'*espace vital* (le fameux *Lebensraum*), et c'est là que nous pouvons commencer à tracer des cercles sur le planisphère. Non pas du plus étroit au plus large, pour embrasser d'un seul coup d'œil les visées expansionnistes du Reich, mais au contraire du plus large au plus étroit, afin d'accompagner le mouvement focal qui va se refermer impitoyablement sur les premières cibles de l'ogre. Pour des raisons qu'il juge inutile de préciser, Hitler décrète que les Allemands ont droit à un espace vital plus grand que celui des autres peuples. L'avenir de l'Allemagne dépend entièrement de la solution du problème posé par ce besoin d'espace. Où trouver cet espace ? Non pas dans quelque lointaine colonie d'Afrique ou d'Asie, mais au cœur de l'Europe – on trace un cercle autour du Vieux Continent – dans le voisinage immédiat du Reich – donc le cercle n'englobe que la France, la Belgique, la Hollande, la Pologne, la Tchécoslovaquie, l'Autriche, l'Italie et la Suisse, plus la Lituanie, si l'on se souvient du bout d'Allemagne qui à l'époque s'étend de Dantzig à Memel et qui jouxte les pays baltes. La question que pose Hitler est alors la suivante : où l'Allemagne peut-elle obtenir le plus gros profit au moindre prix ? Sa puissance militaire présumée et ses liens avec la Grande-Bretagne excluent la France du cercle, et avec elle la Belgique et la Hollande, pour l'intérêt stratégique qu'elles représentent aux yeux de l'état-major français. L'Italie mussolinienne est naturellement exclue d'emblée. Une expansion à l'est vers la Pologne et les pays baltes se heurterait prématurément à des susceptibilités soviétiques. La Suisse, comme d'habitude, est préservée par sa vocation de coffre-fort, beaucoup plus que par sa neutralité. Le cercle s'est donc rétréci et déplacé au-dessus d'une zone qui se réduit à deux pays : « Notre premier objectif consiste à battre simultanément l'Autriche et la Tchécoslovaquie, afin de supprimer le danger d'une attaque de flanc dans toute éventuelle opération contre l'Ouest. » Comme on voit, à peine avait-il ciblé son « premier objectif » qu'Hitler pensait déjà à élargir le cercle.

Göring et Raeder mis à part, tous deux nazis authentiques, les projets d'Hitler tétanisèrent son assistance, aussi bien au sens propre puisque Neurath fit plusieurs crises cardiaques dans les jours qui suivirent l'exposé de ce brillant programme. Blomberg et Fritsch, respectivement ministre de la Guerre et commandant en chef des forces armées pour le premier, commandant en chef de l'armée de terre pour le second, protestèrent quant à eux avec une véhémence tout à fait inappropriée aux mœurs du IIIᵉ Reich. La vieille armée croyait encore, en 1937, qu'elle pouvait être une force qui compte face au dictateur qu'elle avait imprudemment aidé à s'emparer du pouvoir.

Elle n'avait rien compris à Hitler, mais Blomberg et Fritsch allaient payer pour apprendre à le connaître.

Peu de temps après cette conférence houleuse, Blomberg, qui s'était remarié avec sa secrétaire, eut le déplaisir de voir révéler (et peut-être l'apprenait-il lui-même) que sa femme, nettement plus jeune que lui, était une ancienne prostituée. Et comme le scandale devait être maximal, des photos d'elle dénudée circulèrent dans les ministères. Courageusement, Blomberg refusa de divorcer, mais il fut immédiatement démissionné. Ecarté de toute responsabilité militaire, il demeura fidèle à sa seconde femme jusqu'au bout, c'est-à-dire jusqu'en 1946 et Nuremberg, où il mourut dans l'attente de son procès.

Fritsch, lui, fut victime d'une machination encore plus scabreuse, savamment montée, comme il se doit, par Heydrich.

48

Heydrich, comme Sherlock Holmes, joue du violon (mais mieux que lui). Et, comme Sherlock Holmes, il s'occupe d'enquêtes criminelles. Sauf que, à la différence du détective, lui ne cherche pas la vérité ; il la fabrique, c'est autre chose.

Sa mission est de compromettre le général von Fritsch, commandant en chef des armées. Heydrich n'a pas besoin d'être le chef du SD pour connaître les sentiments antinazis de Fritsch, car celui-ci n'en a jamais fait mystère. A Sarrebruck, en 1935, lors d'un défilé, on a pu l'entendre, en pleine tribune, se répandre en sarcasmes contre la SS, le Parti, et plusieurs de ses membres éminents. Il serait sans doute assez facile d'inventer un complot qu'il aurait ourdi.

Mais Heydrich préfère quelque chose de plus humiliant pour le vieux baron. Il sait avec quelle morgue et quelle susceptibilité l'aristocratie prussienne se targue de rectitude morale. C'est pourquoi il décide de compromettre Fritsch, à l'instar de Blomberg, dans une affaire de mœurs.

Contrairement à Blomberg, Fritsch, lui, est apparemment un célibataire endurci. Heydrich décide de partir de là. Pour ce genre de profil, l'angle d'attaque est évident. Afin de concocter le dossier, il s'adresse au service ad hoc de la Gestapo, le « département pour la suppression de l'homosexualité ».

Et voilà ce qu'il trouve : un individu louche, connu des services de police pour des activités de chantage à l'encontre d'homosexuels, a déclaré avoir *vu* Fritsch, dans une ruelle sombre près de la gare de Potsdam, en train de forniquer avec un certain « Jo le Bavarois ». Incroyablement, l'histoire semble vraie, mais à un détail près tout de même. Que le Fritsch en question ne soit qu'un homonyme mal orthographié n'a guère d'importance aux yeux d'Heydrich, il se trouve que c'est un officier de cavalerie en retraite, donc un militaire, ce qui favorisera la confusion, d'autant plus que le petit maître chanteur est prêt à reconnaître qui on veut sous la pression de la Gestapo.

Heydrich a de l'imagination, et c'est une qualité dans son métier, mais ce type de machination, si l'on veut qu'elle ait une chance de fonctionner, requiert aussi un perfectionnisme dont il n'a pas abusé dans cette affaire. Pourtant, cela va presque suffire.

Confronté, dans les bureaux mêmes de la Chancellerie, devant Göring et Hitler en personne, au petit maître chanteur, dont on a rapporté qu'il avait l'air d'un dégénéré complet, le hautain baron ne daigne pas répondre aux accusations qui sont portées contre lui. Or, se draper dans sa dignité n'est pas une attitude très payante dans les hautes sphères du IIIᵉ Reich. Hitler exige de Fritsch qu'il démissionne immédiatement. Jusqu'ici, tout se déroule donc comme prévu.

Mais Fritsch refuse. Il demande à passer en cour martiale. Et soudain, la position d'Heydrich se trouve extrêmement fragilisée. Une cour martiale implique une enquête préliminaire menée, non plus par la Gestapo, mais par l'armée elle-même. Or, Hitler hésite. Pas plus qu'Heydrich, il n'a envie d'un procès en bonne et due forme, mais il craint encore un peu les réactions de la vieille caste militaire.

En quelques jours, la situation se renverse complètement : non seulement les militaires découvrent la vérité, mais ils parviennent en plus à arracher des griffes de la Gestapo les deux témoins clés de l'affaire, le maître chanteur et l'officier de cavalerie. Le plan d'Heydrich est donc complètement éventé, et à ce moment-là sa tête ne tient plus qu'à un fil : si Hitler autorise le procès, la supercherie éclatera au grand jour, ce qui entraînera au minimum le limogeage d'Heydrich, et la fin de ses ambitions. Il se retrouvera quasiment au même point qu'en 1931, après son renvoi de la marine.

Heydrich vit très mal cette perspective. Le tueur glacé devient proie affolée. Schellenberg, son bras droit, se souvient qu'un jour, au bureau, pendant la crise, il demande qu'on lui apporte une arme. Le chef du SD est aux abois.

Mais il a tort de douter d'Hitler. Finalement, Fritsch est mis en congé pour raison de santé. Pas de démission, pas de procès, c'est plus simple, et tous les problèmes sont résolus. Heydrich avait tout de même un atout considérable dans sa manche : son intérêt convergeait avec celui d'Hitler, qui avait *décidé* de prendre lui-même le commandement de l'armée ; Fritsch devait donc être éliminé coûte que coûte, c'était la volonté inébranlable du chef.

Le 5 février 1938, le *Völkischer Beobachter* titre en gros caractères : « Concentration de tous les pouvoirs entre les mains du Führer ».

Heydrich n'avait pas à s'en faire.

Le procès aura quand même lieu, finalement, mais, entre-temps, les rapports de force se modifient radicalement : après l'incroyable délire provoqué par l'Anschluss, l'armée s'incline devant le génie du

Führer, et renonce à faire des problèmes. Fritsch acquitté, on fait liquider le maître chanteur, et puis on n'en parle plus.

49

Hitler n'a jamais rigolé avec les mœurs. Depuis 1935, et les lois de Nuremberg, il est formellement interdit à un Juif d'avoir des relations sexuelles avec une Aryenne, et tout aussi interdit à un Aryen d'avoir des relations sexuelles avec une Juive. La faute est passible de prison.

Mais, étonnamment, seul l'homme peut être poursuivi. C'était apparemment la volonté d'Hitler que la femme, qu'elle soit juive ou aryenne, ne soit pas inquiétée juridiquement.

Heydrich, plus royaliste que le roi, ne l'entend pas ainsi. Cette forme de discrimination entre hommes et femmes blesse, semble-t-il, son sens de l'équité (mais uniquement dans le cas où la femme est juive). C'est pourquoi, en 1937, il donne des instructions secrètes à la Kripo et à la Gestapo afin que toute condamnation prononcée contre un Allemand pour cause de relation avec une Juive entraîne automatiquement l'arrestation de sa partenaire et sa déportation discrète dans un camp de concentration.

Lorsque était exigée d'eux, exceptionnellement, une certaine modération, les chefs nazis ne craignaient donc pas de contrecarrer les ordres de leur Führer. C'est intéressant si l'on songe que l'obéissance aux ordres, au nom de l'honneur militaire et du serment prêté, fut le seul argument invoqué après guerre pour justifier tous leurs crimes.

50

Une bombe éclate, c'est l'Anschluss. L'Autriche a finalement « décidé » de se « rattacher » à l'Allemagne. C'est la première étape de la naissance du IIIe Reich. C'est aussi un tour de passe-passe qu'Hitler saura bientôt renouveler : conquérir un pays sans coup férir.

La nouvelle est donc une déflagration en Europe. Le colonel Moravec, alors, est à Londres, et veut logiquement rentrer à Prague de toute urgence, mais impossible de trouver un avion disponible. Il parvient quand même à s'envoler pour la France et se retrouve à La Hague. Là, il décide de faire le reste du trajet en train. Le train, c'est bien, mais il y a tout de même un léger problème. Pour rallier Prague, quand on vient de France, il faut traverser… l'Allemagne.

Incroyablement, Moravec décide de prendre le risque.

Nous avons donc cette situation originale où, le 13 mars 1938, pendant plusieurs heures, le chef des services secrets tchécoslovaques traverse l'Allemagne nazie en train.

J'essaie d'imaginer le voyage. De son côté, lui essaie naturellement d'être le plus discret possible. Il parle allemand, certes, mais je ne suis pas sûr que son accent soit au-dessus de tout soupçon. En même temps, l'Allemagne n'est pas encore en guerre et les Allemands, même chauffés par les discours du Führer sur la juiverie internationale et l'ennemi intérieur, ne sont pas autant sur le qui-vive qu'ils pourront le devenir. Par précaution, cependant, Moravec choisit sans doute, pour acheter son billet, le guichetier dont la mine lui semble la plus avenante, ou l'air le plus demeuré.

Une fois monté dans le train, je suppose qu'il a cherché un compartiment vide, et qu'il s'est installé :

1. près de la fenêtre, pour tourner le dos à d'éventuels compagnons de voyage, afin de décourager toute velléité d'entamer la conversation en faisant semblant de regarder le paysage, tout en surveillant le compartiment dans le reflet de la vitre,

ou

2. près de la porte, pour pouvoir surveiller les allées et venues dans le couloir du wagon.

Mettons près de la porte.

Ce que je sais, c'est qu'il a songé, conscient et peut-être assez fier de son importance, que la Gestapo paierait cher pour savoir qui ce jour-là les chemins de fer allemands transportaient.

Chaque mouvement dans le wagon a dû lui éprouver les nerfs.

Chaque arrêt dans les gares.

Un homme, de temps à autre, montait dans le train et s'asseyait dans le compartiment, qui fut bientôt largement rempli d'individus obligatoirement suspects. Des pauvres gens, des familles sans doute, et dans ce cas c'était plutôt rassurant, mais aussi des hommes mieux habillés.

Un homme sans chapeau, peut-être, passe dans le couloir, et ce détail intrigue Moravec. Il se souvient de son voyage d'études en URSS, quand on lui avait confié que là-bas, un homme avec un chapeau était forcément un membre du NKVD ou un étranger. Dans ce cas, que signifie, en Allemagne, un homme sans chapeau ?

Je suppose qu'il y a des changements, des correspondances, des heures d'attente, et c'est autant de stress supplémentaire. Moravec entend les vendeurs de journaux à la criée, hystériques et triomphants pour brailler les gros titres. Il doit sûrement recommencer le manège du guichet plusieurs fois, ne serait-ce que pour dissimuler le plus longtemps possible sa destination finale.

Et puis arrive la douane. Je présume que Moravec possède des faux papiers, mais j'ignore de quelle nationalité. Et d'ailleurs, cela ne paraît pas tout à fait certain, puisqu'il était à Londres, pour une mission qu'il effectuait en accord avec les autorités anglaises. Avant Londres, il avait séjourné quelques jours dans les pays baltes, où il avait rendu visite, je crois, à ses homologues locaux. Il n'avait donc besoin d'aucune couverture, et peut-être n'en avait-il prévu aucune.

Peut-être, tout simplement, son passeport étant en règle, le douanier, après l'avoir consciencieusement examiné, pendant ces secondes spéciales dans la vie où le temps s'arrête, le lui a-t-il rendu sans autre forme de procès.

Toujours est-il qu'il est passé.

Quand il est descendu du train, foulant le sol natal, hors de danger, il s'est laissé envahir par un immense soulagement.

Il déclara beaucoup plus tard que ce fut la dernière sensation agréable qu'il allait éprouver avant longtemps.

51

L'Autriche est la première prise du Reich. Du jour au lendemain, le pays devient une province allemande, et 150 000 Juifs autrichiens se retrouvent subitement à la merci d'Hitler.

En 1938, on ne songe pas encore raisonnablement à les exterminer. La tendance est plutôt de les inciter à émigrer.

Pour organiser l'émigration des Juifs autrichiens, un jeune sous-lieutenant SS, mandaté par le SD, débarque à Vienne. Il prend très vite la mesure de la situation et il a plein d'idées. Celle dont il est le plus fier, si l'on se fie aux déclarations qu'il tiendra lors de son procès, vingt-deux ans plus tard, c'est l'idée du tapis roulant : pour obtenir l'autorisation d'émigrer, les Juifs doivent constituer un épais dossier fait de tout un tas de pièces diverses. Lorsqu'ils ont leur dossier complet, ils peuvent se rendre à l'Office de l'émigration juive, où ils déposent leurs documents sur un tapis roulant. Concrètement, le but de la procédure est de les dépouiller de tous leurs biens en un minimum de temps, qu'ils ne partent pas avant d'avoir cédé légalement ce qu'ils possèdent. En bout de chaîne, ils récupèrent un passeport dans un panier.

Cinquante mille Juifs autrichiens pourront ainsi s'échapper du piège hitlérien avant qu'il ne se referme sur eux. A cette époque, d'une certaine manière, cette solution arrange tout le monde : les Juifs peuvent s'estimer heureux de s'en sortir à si bon compte, tandis que les nazis font main basse sur des sommes considérables. De Berlin, Heydrich considère donc l'opération comme un succès, et l'on envisagera, pour un temps encore, l'émigration de tous les Juifs du Reich comme une solution réaliste, la meilleure réponse à la « question juive ».

Et Heydrich retiendra le nom du petit lieutenant qui fait du si bon travail avec les Juifs : Adolf Eichmann.

52

C'est à Vienne qu'Eichmann invente la méthode qui formera la base de toute la politique de déportation et d'extermination, consistant à réclamer des victimes une coopération active. En effet, celles-ci seront toujours invitées à se présenter d'elles-mêmes aux autorités allemandes. Dans la grande majorité des cas, aussi bien pour émigrer en 1938 que pour être envoyés à Treblinka ou à Auschwitz en 1943, les Juifs se rendront aux convocations de leurs ennemis. Sans cela, confrontée à des problèmes de recensement insolubles, aucune politique d'extermination de masse n'aurait réellement été possible. Autrement dit, il y aurait sans doute eu d'innombrables crimes, mais tout porte à croire que l'on ne parlerait pas de génocide.

Heydrich, avec l'intuition qui le caractérise, a immédiatement reconnu en Eichmann un bureaucrate de talent, dont il saura se faire un auxiliaire précieux. Aucun des deux, alors, ne peut se douter que 1938 prépare 1943. En revanche, tous les regards commencent déjà à se tourner vers Prague. Mais tous les deux ignorent encore quel rôle ils joueront là-bas.

53

Cela dit, il y a des signes, quand même. Depuis des années, Heydrich commande de nombreuses études sur la question juive à ses chefs de département. Et il reçoit ce genre de réponse :

« Il convient de priver les Juifs de leurs moyens de vivre – et pas seulement dans la sphère économique. L'Allemagne doit être un pays sans avenir pour eux. Seule la vieille génération doit être autorisée à mourir ici en paix, mais pas les jeunes, en sorte que subsiste l'incitation à émigrer. Quant aux moyens, l'antisémitisme bagarreur doit être rejeté. On ne combat pas les rats avec un revolver, mais avec du poison et des gaz. »

Métaphore, fantasme, inconscient qui affleure, en tous les cas, on sent que ce chef de service a déjà une idée derrière la tête. Le rapport date de mai 1934 : un visionnaire !

54

Au cœur de la vieille Bohême ancestrale, à l'est de Prague, sur la route d'Olomouc, se dresse une petite ville. Inscrite au patrimoine mondial de l'Unesco, Kutná Hora possède des ruelles pittoresques, une belle cathédrale gothique, et surtout un magnifique ossuaire, véritable curiosité locale où s'entremêlent des crânes humains pour former des voûtes et des ogives à la blancheur sépulcrale.

En 1237, Kutná Hora ne peut pas se douter qu'elle porte en ses entrailles le germe infectieux de l'Histoire, qui s'apprête encore à ouvrir l'un de ses chapitres ironiques, longs et cruels, dont elle a le secret. Celui-là va durer sept cents ans.

Venceslas Ier, fils de Přemysl Otakar Ier, apparenté à la glorieuse et fondatrice lignée des Přemyslides, règne sur les contrées de Bohême et de Moravie. Le

souverain a épousé une princesse allemande, Kun-
huta, fille de Philippe de Souabe, roi de Rome et
gibelin, c'est-à-dire affilié à la redoutable maison des
Hohenstaufen. Dans la querelle des guelfes, alliés au
pape, et des gibelins, partisans de l'empereur, Venceslas a donc choisi le camp du Saint Empire romain
germanique, et si celui-ci durant cette période subira
des revers infligés par la Curie pontificale, le pouvoir
de celui-là se trouvera renforcé par cette alliance.
En attendant, le lion à queue bifide orne désormais
les armoiries du royaume, remplaçant le vieil aigle
flammé. Le pays se hérisse de donjons. L'esprit de
chevalerie souffle.

Prague aura bientôt sa synagogue Vieille-Neuve.

Kutná Hora n'est encore qu'un petit bourg, pas
l'une des plus grandes villes d'Europe.

Ce pourrait être comme une scène de western
moyenâgeux. A la nuit tombée, une taverne falstaf-
féenne accueille les habitants de Kutná Hora ainsi
que les rares voyageurs. Les habitués boivent et plai-
santent avec les serveuses dont ils pincent les fesses,
les voyageurs mangent et se taisent, fatigués, les
voleurs observent et préparent leurs mauvais coups
devant des verres qu'ils ne touchent presque pas.
Dehors, il pleut, et de l'écurie voisine on entend
quelques hennissements. Sur le seuil apparaît un
vieil homme à barbe blanche. Son méchant vêtement est trempé, ses chausses sont maculées de
boue, son bonnet de toile ruisselle. Tout le monde
le connaît à Kutná Hora, c'est une sorte de vieux
fou de la montagne, et personne ne fait réellement
attention à lui. Il commande à boire, et à manger,

et encore à boire. Il exige que l'on tue un cochon. Les rires fusent aux tables voisines. Méfiant, l'aubergiste lui demande s'il a de quoi payer. Alors un éclair de triomphe passe dans les yeux du vieil homme. Il pose sur la table une petite bourse de mauvais cuir, dont il défait lentement les lacets. Il en sort un petit caillou grisâtre qu'il soumet d'un air faussement négligent à l'examen de l'aubergiste. Celui-ci fronce les sourcils, prend le caillou entre ses doigts, le porte à hauteur du regard, à la lumière des torches accrochées aux murs. La stupeur passe sur son visage et, soudain impressionné, il a un mouvement de recul. Il a reconnu le métal. C'est une pépite d'argent.

55

Přemysl Otakar II, fils de Venceslas Ier, porte, tout comme son grand-père, le nom de son aïeul, Přemysl le Laboureur qui, en des temps immémoriaux, fut pris pour époux par la reine Libuše, légendaire fondatrice de Prague. Plus qu'aucun autre, à ce titre, son grand-père excepté sans doute, Přemysl Otakar II se sent dépositaire de la grandeur du royaume. Et, sur ce point, personne ne peut l'accuser d'avoir démérité : grâce à ses ressources argentifères, la Bohême a dégagé en moyenne, depuis le début de son règne, un revenu annuel de 100 000 marks argent, ce qui en fait, au XIIIe siècle, l'une des régions les plus riches d'Europe, cinq fois plus riche que la Bavière, par exemple.

Mais celui que l'on surnomme « le roi de fer et d'or », ce qui, soit dit entre parenthèses, ne rend guère justice au métal qui fit sa fortune, ne veut pas, comme tous les rois, se contenter de ce qu'il a. Il sait que la prospérité du royaume est étroitement liée à ses mines d'argent, et il veut en accélérer l'exploitation. Tous ces gisements qui dorment, encore inviolés, lui ôtent le sommeil. Il lui faut plus de main-d'œuvre. Et les Tchèques sont des paysans, pas des mineurs.

Otakar, songeur, contemple Prague, sa ville. Des hauteurs de son château, il aperçoit les marchés qui prolifèrent autour de l'immense pont Judith, l'un des premiers édifiés en pierre pour remplacer les anciens faits de bois, situé sur l'emplacement du futur pont Charles, qui relie la Vieille Ville au quartier de Hradčany, pas encore Mala Strana. De petits points colorés s'affairent autour de marchandises en tout genre, étoffes, viande, fruits et légumes, bijoux, métaux ouvragés. Tous ces commerçants sont allemands, il le sait. Les Tchèques sont un peuple de terriens, pas de citadins, et il y a peut-être une pointe de regret, sinon de mépris, dans cette réflexion du souverain. Otakar sait aussi que ce sont les villes qui font le prestige des royaumes, et qu'une noblesse digne de ce nom ne reste pas sur ses terres, mais vient former ce que les Français appellent la cour, auprès du roi. A l'époque, toute l'Europe s'évertue à copier ce modèle, et Otakar, comme les autres, n'échappe pas à l'influence de la courtoisie française, mais la France pour lui ne possède qu'une réalité lointaine et donc assez abstraite. Quand Otakar pense à ce beau concept de chevalerie, ce sont des chevaliers Teutoniques qu'il se représente, parce qu'il a combattu à leurs côtés en Prusse, pendant la croisade de 1255. N'a-t-il pas lui-même fondé Königsberg à la pointe de son épée ? Otakar est entièrement tourné vers l'Allemagne parce que les cours allemandes incarnent à ses yeux la noblesse et la modernité. Pour en faire profiter son royaume, il a décidé, contre l'avis de son conseiller palatin et surtout contre l'avis du prévôt de Vyšehrad, son chancelier, d'engager une vaste politique d'immigration allemande en Bohême, justifiée par les besoins de main-d'œuvre pour ses mines. Il s'agira d'inciter des centaines de milliers de colons allemands à venir s'implanter dans son beau pays. En les favorisant, en leur accordant des privilèges fiscaux, et des terres, Otakar espère du même coup trouver des alliés qui affaibliront les positions de la noblesse locale, les Ryzmburk, les Vítek, les Falkenštejn, toujours trop menaçants et avides, qui ne lui inspirent que défiance et dédain. L'Histoire montrera, avec la montée en puissance du patriciat allemand à Prague, à Jihlava, à Kutná Hora, puis dans toute la Bohême et la Moravie, que la stratégie n'était que trop bonne, même si Otakar ne vivra pas assez pour en profiter.

Mais à long terme, il s'agissait quand même d'une très mauvaise idée.

56

Au lendemain de l'Anschluss, l'Allemagne, avec une prudence qu'on ne lui connaissait pas, multiplie les communiqués d'apaisement adressés à la Tchécoslovaquie : celle-ci n'a aucunement à craindre une agression prochaine, quand bien même l'annexion de l'Autriche, et le sentiment d'encerclement qu'elle engendre, pourrait légitimement inquiéter les Tchèques.

Ordre est d'ailleurs donné, pour éviter toute tension inutile, que les troupes allemandes qui pénètrent en Autriche ne s'approchent nulle part à moins de 15 ou 20 kilomètres de la frontière tchèque.

Mais dans les Sudètes, la nouvelle de l'Anschluss provoque un enthousiasme extraordinaire. Aussitôt on ne parle plus que de ce fantasme ultime : le rattachement au Reich. Les manifestations, les provocations se multiplient. Une atmosphère de conspiration généralisée s'installe. Les tracts, les brochures de propagande prolifèrent. Les fonctionnaires et les employés allemands entreprennent de saboter systématiquement les ordres du gouvernement tchécoslovaque visant à contenir l'agitation séparatiste. Le boycott des minorités tchèques dans les zones de langue allemande prend une ampleur sans précédent. Beneš dira dans ses Mémoires qu'il a été frappé par cette espèce de romantisme mystique dont tous les Allemands de Bohême ont soudain semblé habités.

57

« Le concile de Constance s'est rendu coupable d'avoir appelé nos ennemis naturels, tous les Allemands qui nous entourent, à une lutte injuste contre nous, bien qu'ils n'aient aucune raison de se dresser contre nous, sinon leur inapaisable fureur contre notre langue. »

(Manifeste hussite, vers 1420)

58

Une fois, une seule, la France et l'Angleterre ont dit non à Hitler pendant la crise tchécoslovaque. Et encore ! L'Angleterre vraiment du bout des lèvres…

Le 19 mai 1938, des mouvements de troupes allemands sont signalés à la frontière tchèque. Le 20, la Tchécoslovaquie décrète une mobilisation partielle de ses propres troupes, envoyant du même coup un message très clair : si elle subit une agression, elle se défendra.

La France, réagissant avec une fermeté qu'on n'attendait déjà plus d'elle, déclare immédiatement qu'elle tiendra ses engagements envers la Tchécoslovaquie, c'est-à-dire qu'elle lui viendra en aide militairement en cas d'agression allemande.

L'Angleterre, désagréablement surprise par l'attitude française, s'aligne néanmoins sur la position de son alliée. Avec cette petite restriction toutefois qu'il ne sera jamais question, de façon explicite, d'une intervention certaine des forces britanniques en cas de conflit armé. Chamberlain veille à ce que ses diplomates ne franchissent pas le seuil de cette formule embarrassée : « Dans l'éventualité d'un conflit européen, il est impossible de savoir si la Grande-Bretagne ne se trouvera pas entraînée à y prendre part. » On a connu plus décidé.

Hitler se souviendra de ces circonvolutions, mais sur le coup, il s'effraie et recule. Le 23 mai, il fait savoir que l'Allemagne n'a aucune intention agressive envers la Tchécoslovaquie, et fait retirer comme si de rien n'était les troupes massées à la frontière. La version officielle est qu'il s'agissait de simples manœuvres de routine.

Mais Hitler est fou de rage. Il a l'impression d'avoir été humilié par Beneš et il sent cette pulsion guerrière monter en lui. Le 28 mai, il convoque les officiers supérieurs de la Wehrmacht pour leur aboyer ceci : « La Tchécoslovaquie sera rayée de la carte, c'est ma volonté la plus formelle ! »

59

Beneš, inquiet du manque d'enthousiasme manifesté par la Grande-Bretagne pour honorer ses engagements, appelle son ambassadeur à Londres pour avoir des nouvelles. La conversation, enregistrée par les services secrets allemands, ne laisse aucun doute sur le peu d'illusions des Tchèques envers leurs homologues anglais, à commencer par Chamberlain, qui s'en prend plein la gueule :

— Le maudit bâtard ne demande qu'à lécher le cul d'Hitler !

— Bourrez-lui encore le crâne ! Faites-lui reprendre ses esprits.

— D'esprit, le vieux chameau n'en a plus, si ce n'est pour flairer le tas de sable nazi et tourner tout autour.

— Alors causez avec Horace Wilson. Dites-lui de prévenir le Premier ministre que l'Angleterre sera elle aussi en danger si nous ne nous montrons pas tous résolus. Pouvez-vous lui faire comprendre ça ?

— Comment voulez-vous parler avec Wilson ? Ce n'est qu'un chacal !

Les Allemands s'empressèrent de transmettre les bandes d'enregistrement aux Anglais. Chamberlain, paraît-il, fut atrocement vexé et ne pardonna jamais aux Tchèques.

Pourtant, c'est à ce même Wilson, conseiller spécial de Chamberlain, venu proposer de sa part une tentative de conciliation entre Allemands et Tchèques, avec arbitrage britannique, que, peu de temps après, Hitler parlera en ces termes :

« Qu'est-ce que j'en ai à foutre, d'une représentation britannique ! Le vieux chien merdeux est fou s'il pense me posséder de cette façon ! »

Wilson s'étonnera :

« Si Herr Hitler se réfère au Premier ministre, je peux lui assurer que le Premier ministre n'est pas fou, mais seulement intéressé au sort de la paix. »

Hitler, alors, se laissera franchement aller :

« Les remarques de ses lèche-culs ne m'intéressent pas. La seule chose qui m'intéresse, c'est mon peuple de Tchéquie ; mon peuple torturé, assassiné par cet immonde pédéraste de Beneš ! Je ne le supporterai pas davantage. C'est plus qu'un bon Allemand n'en peut supporter ! Vous m'entendez, stupide pourceau ? »

Donc il y a au moins un point sur lequel les Tchèques et les Allemands semblent avoir été d'accord : Chamberlain et sa clique étaient de gros lèche-culs.

Mais, curieusement, Chamberlain se formalisait beaucoup moins des insultes allemandes que des tchèques, et on peut estimer a posteriori que c'est dommage.

60

C'est un discours édifiant que prononce sur les ondes, le 21 août 1938, Edouard Daladier, notre bon président du Conseil :

« En face d'Etats autoritaires qui s'équipent et qui s'arment sans aucune considération de la durée du travail, à côté d'Etats démocratiques qui s'efforcent de retrouver leur prospérité et d'assurer leur sécurité et qui ont adopté la semaine des 48 heures, la France, plus appauvrie en même temps que plus menacée, s'attardera-t-elle à des controverses qui risquent de compromettre son avenir ? Tant que la situation internationale demeurera aussi délicate, il faut qu'on puisse travailler plus de 40 heures, et jusqu'à 48 heures dans les entreprises qui intéressent la défense nationale. »

En lisant la retranscription de son discours, je me suis dit que décidément, remettre les Français au travail était un fantasme éternel de la droite française. J'étais scandalisé que les élites réactionnaires, prenant si peu la mesure de la situation, ne songent qu'à utiliser la crise des Sudètes pour régler leurs comptes avec le Front populaire. Il faut dire qu'en 1938, dans la presse bourgeoise, les éditorialistes stigmatisaient sans vergogne les travailleurs qui ne pensaient qu'à profiter de leurs petits congés payés.

Mais mon père m'a opportunément rappelé que Daladier était un radical-socialiste, en conséquence de quoi il avait dû participer au Front populaire. Je viens de vérifier et en effet, c'est stupéfiant : Daladier était ministre de la Défense nationale dans le gouvernement de Léon Blum ! J'en ai le souffle coupé. C'est à peine si je parviens à récapituler : Daladier, ancien ministre de la Défense nationale du Front populaire, invoque des questions de défense nationale, non pas pour empêcher Hitler de démembrer la Tchécoslovaquie, mais pour revenir sur la semaine de 40 heures, c'est-à-dire justement l'un des acquis du Front populaire. A ce degré de bêtise politique, la trahison devient presque une œuvre d'art.

26 septembre 1938, Hitler doit haranguer les foules massées au Palais des Sports de Berlin. Il se fait la main sur une délégation britannique qui vient lui communiquer le refus des Tchèques d'évacuer les Sudètes séance tenante : « On traite les Allemands comme des nègres ! Le 1er octobre, je ferai ce qu'il me plaira de la Tchécoslovaquie. Si la France et l'Angleterre décident d'attaquer, grand bien leur fasse ! Je m'en fous complètement ! Inutile de poursuivre les négociations, cela ne rime à rien ! » Et il sort.

Puis, à la tribune, devant son public fanatisé :

« Pendant vingt ans, les Allemands de Tchécoslovaquie ont dû subir les persécutions des Tchèques. Pendant vingt ans, les Allemands du Reich ont contemplé ce spectacle. Je veux dire plutôt qu'ils ont été forcés de rester spectateurs : non pas que le peuple allemand ait jamais accepté cette situation, mais il était sans armes, il ne pouvait aider ses frères contre ceux qui les martyrisaient. Aujourd'hui, c'est différent. Et le monde des démocraties s'indigne ! Nous avons appris, durant ces années, à mépriser les démocrates de ce monde. Dans toute notre époque, nous n'avons rencontré qu'un seul Etat comme grande puissance européenne, et, à la tête de cet Etat, un seul homme qui ait de la compréhension pour la détresse de notre peuple : c'est mon grand ami Benito Mussolini (la foule crie : *Heil Duce !*). M. Beneš est à Prague, persuadé qu'il ne peut rien lui arriver parce qu'il a derrière lui la France et l'Angleterre (hilarité prolongée). Mes compatriotes, je crois que le moment est venu de parler clair et net. M. Beneš a un peuple de sept millions d'individus derrière lui, et ici il y a un peuple de soixante-quinze millions d'hommes (applaudissements enthousiastes). J'ai assuré le Premier ministre britannique qu'une fois ce problème résolu, il n'y aurait plus de problèmes territoriaux en Europe. Nous ne voulons pas de Tchèques dans le Reich, mais je déclare au peuple allemand : en ce qui concerne la question des Sudètes, ma patience est à bout. Maintenant, M. Beneš a la paix ou la guerre entre ses mains. Ou bien il acceptera cette offre et donnera enfin la liberté aux Allemands des Sudètes, ou bien nous irons chercher cette liberté nous-mêmes.

Que le monde le sache bien. »

62

C'est à la crise des Sudètes que l'on doit les premiers témoignages formels de la folie du Führer. A cette époque, l'évocation de Beneš et des Tchèques le mettait dans une telle rage qu'il pouvait perdre complètement le contrôle de lui-même. C'est ainsi qu'on rapporte l'avoir vu se jeter sur le plancher et mâcher les bords du tapis. Ces crises de démence lui valurent très vite, dans les milieux encore hostiles au nazisme, le surnom de *Teppichfresser* (« bouffeur de tapis »). Je ne sais pas s'il a conservé par la suite cette habitude de mâchouilleur enragé, ou si ce symptôme a disparu après Munich [1].

63

28 septembre 1938, trois jours avant les accords. Le monde retient son souffle. Hitler est plus menaçant que jamais. Les Tchèques savent que s'ils abandonnent aux Allemands la barrière naturelle que constitue pour eux la région des Sudètes, ils sont morts. Chamberlain déclare : « N'est-il pas effroyable, fantastique, inouï, que nous soyons en train de creuser des abris à cause d'une querelle surgie dans un pays lointain, entre des gens dont nous ne connaissons rien ? »

---

1. Certains prétendent que « bouffer le tapis » est une expression en allemand comparable à « manger son chapeau » en français et que les correspondants étrangers, à l'époque, ont eu le tort de la comprendre au sens propre, ce qui valut à Hitler d'être gratifié de cette légende burlesque. Pourtant, je me suis renseigné et n'ai trouvé trace nulle part de cette expression idiomatique.

Saint-John Perse appartient à cette famille d'écrivains-diplomates, tels Claudel ou Giraudoux, qui me dégoûte comme la gale. Dans son cas, cette répugnance instinctive me semble particulièrement justifiée, si l'on considère son comportement pendant septembre 1938.

Alexis Leger (c'est son vrai nom, et léger, il le fut en effet) accompagne Daladier à Munich en tant que secrétaire général du Quai d'Orsay. Pacifiste jusqu'auboutiste, il a œuvré sans relâche pour convaincre le président du Conseil français de céder à toutes les exigences allemandes. Il est présent quand on fait entrer les représentants tchèques afin de les informer de leur sort, douze heures après la signature de l'accord décidé sans eux.

Hitler et Mussolini sont déjà partis, Chamberlain bâille ostensiblement et Daladier dissimule mal sa nervosité derrière une hauteur embarrassée. Lorsque les Tchèques anéantis demandent si on attend de leur gouvernement une réponse ou une déclaration quelconque, il est possible que ce soit la honte qui lui ôte la parole (que ne l'a-t-elle étouffé, lui et les autres !). C'est donc son collaborateur qui se charge de répondre, avec une arrogance et une désinvolture que le ministre tchèque des Affaires étrangères, son interlocuteur, a commentées par la suite d'une remarque laconique sur laquelle nous devrions tous méditer : « C'est un Français. »

L'accord étant conclu, aucune réponse n'est attendue. En revanche, le gouvernement tchèque doit envoyer son représentant à Berlin aujourd'hui même, à 15 heures au plus tard (il est 3 heures du matin) pour assister à la séance de la commission chargée d'appliquer l'accord. Samedi, un officier tchécoslovaque devra également se rendre à Berlin pour régler les détails de l'évacuation. Le ton du diplomate se durcit au fur et à mesure qu'il profère ses injonctions. En face de lui, l'un des deux représentants tchèques fond en larmes. Impatienté, et comme pour justifier sa brutalité, il ajoute que l'atmosphère commence à devenir dangereuse pour le monde entier. Sans blague !

C'est donc un poète français qui prononce quasi performativement la sentence de mort de la Tchécoslovaquie, le pays que j'aime le plus au monde.

65

Aux portes de son hôtel à Munich, un journaliste l'interroge :

— Mais enfin, monsieur l'Ambassadeur, cet accord, c'est quand même un soulagement, non ?

Silence. Puis le secrétaire du Quai d'Orsay soupire :

— Ah oui, un soulagement… comme lorsqu'on a fait dans sa culotte !

Cette révélation tardive doublée d'un bon mot ne suffit pas à rattraper son attitude infâme. Saint-John Perse s'est conduit comme une grosse merde. Lui aurait dit, avec cette préciosité ridicule de diplomate compassé, « un excrément ».

66

Dans le *Times*, sur Chamberlain : « Jamais conquérant à la suite d'une victoire remportée sur un champ de bataille n'était revenu paré de plus nobles lauriers. »

67

Chamberlain au balcon à Londres : « Mes chers amis, dit-il, pour la seconde fois dans notre histoire la paix dans l'honneur a été rapportée d'Allemagne à Downing Street. Je crois que cette fois, c'est la paix notre vie durant. »

68

Krofta, le ministre des Affaires étrangères tchèque : « On nous a imposé cette situation ; maintenant c'est notre tour ; demain ce sera celui des autres. »

Par une forme de pédanterie puérile, je me faisais scrupule de ne pas mentionner la plus célèbre phrase française de toute cette sombre affaire, mais je ne peux pas ne pas citer Daladier, à sa descente d'avion, acclamé par la foule : « Ah, les cons ! Les cons, s'ils savaient ce qui les attend !… »

Certains doutent d'ailleurs qu'il ait jamais prononcé ces mots, qu'il ait eu cette lucidité, et ce résidu de panache. C'est Sartre qui aurait propagé la citation apocryphe, dans son roman *Le Sursis*.

Dans tous les cas, les propos que Churchill tient à la Chambre des communes se signalent par plus de clairvoyance, et, comme toujours, plus de grandeur :

« Nous avons essuyé une défaite totale et absolue. »

(Churchill doit s'interrompre de longues minutes jusqu'à ce que les sifflets et les cris de protestation cessent.)

« Nous sommes au sein d'une catastrophe d'une ampleur sans seconde. Le chemin des bouches du Danube, le chemin de la mer Noire est ouvert. L'un après l'autre tous les pays d'Europe centrale et de la vallée du Danube seront entraînés dans le vaste système de la politique nazie émanant de Berlin. Et n'allez pas croire que ce soit la fin, non, ce n'est que le commencement… »

Peu de temps après, Churchill fait la synthèse en prononçant son chiasme immortel :

« Vous deviez choisir entre la guerre et le déshonneur. Vous avez choisi le déshonneur. Et vous aurez la guerre. »

71

« Elle sonne, elle sonne, la cloche de la trahison
Qui sont ces mains qui l'ont mise en branle ?
La douce France, la fière Albion,
Et nous les avons aimées. »

(František Halas)

72

« Sur le demi-cadavre d'une nation trahie, la France est rendue à la belote et à Tino Rossi. »

(Montherlant)

Face aux prétentions arrogantes de l'Allemagne, les deux grandes démocraties de l'Ouest se sont écrasées, Hitler peut jubiler. Mais bien au contraire, il rentre à Berlin de fort méchante humeur, maudissant Chamberlain : « Cet individu m'a privé de mon entrée à Prague ! » Qu'a-t-il à faire, en effet, de quelques montagnes de plus ? En contraignant le gouvernement tchèque à toutes les concessions, la France et l'Angleterre, ces deux nations sans courage, ont momentanément ôté au dictateur allemand la possibilité de réaliser son véritable objectif : non pas seulement amputer, mais « rayer la Tchécoslovaquie de la carte », c'est-à-dire la transformer en province du Reich. Sept millions de Tchèques, soixante-quinze millions d'Allemands… partie remise…

En 1946, à Nuremberg, le représentant de la Tchécoslovaquie demandera à Keitel, chef de l'état-major allemand : « Le Reich aurait-il attaqué la Tchécoslovaquie en 1938, si les puissances occidentales avaient soutenu Prague ? » A quoi Keitel répondra : « Certainement non. Militairement, nous n'étions pas assez forts. »

Hitler peut bien pester. La France et l'Angleterre lui ont grand ouvert une porte dont il n'avait pas la clé. Et, bien évidemment, l'ont incité, en affichant une telle complaisance, à recommencer.

75

C'est ici que tout a commencé, au Bürgerbräukeller, la grande brasserie de Munich, il y a exactement quinze ans. Mais ce soir, pour une fois, l'heure n'est pas vraiment aux commémorations, quand bien même trois mille personnes se sont encore déplacées. Les orateurs se sont succédé à la tribune et tous ont crié vengeance ; avant-hier, à Paris, un Juif de 17 ans a tué un secrétaire de l'ambassade d'Allemagne, parce qu'on avait déporté son père. Heydrich est bien placé pour savoir que la perte n'est pas bien grande : le secrétaire d'ambassade était surveillé par la Gestapo parce qu'il était convaincu d'antinazisme. Mais il y a là une occasion à saisir. Göbbels lui a confié une mission d'envergure. Tandis que la soirée bat son plein, Heydrich dicte ses ordres : les manifestations spontanées auront lieu dans la nuit. Tous les bureaux de la police d'Etat doivent immédiatement prendre contact avec les responsables du Parti et avec ceux de la SS. Les manifestations qui vont avoir lieu ne seront pas réprimées par la police. Seules devront être prises des mesures ne comportant aucun danger pour la vie et les biens des Allemands (par exemple, les synagogues ne seront incendiées que si le feu ne risque pas d'atteindre les bâtiments avoisinants). Les maisons de commerce et les appartements privés des Juifs peuvent être détruits mais non pillés. On devra arrêter autant de Juifs, surtout les riches, que peuvent en contenir les prisons actuellement existantes. Dès leur arrestation, il conviendra de se mettre immédiatement en rapport avec les camps de concentration appropriés, afin de les interner le plus tôt possible. L'ordre est transmis à 1 h 20.

Les SA se sont déjà mis en route, les SS leur emboîtent le pas. Dans les rues de Berlin, et de toutes les grandes villes d'Allemagne, les vitres des magasins juifs volent en éclats, les meubles des appartements juifs passent par la fenêtre, et les Juifs eux-mêmes sont molestés, quand ils ne sont pas arrêtés, voire abattus. On a vu des machines à écrire, des machines à coudre, et même des pianos écrasés sur le sol. Toute la nuit, les exactions se poursuivent. Les honnêtes gens se terrent chez eux, les plus curieux assistent au spectacle, en se gardant d'intervenir, comme des fantômes silencieux, sans que l'on puisse déterminer la nature de leur silence, complice, désapprobateur, incrédule, satisfait. Quelque part en Allemagne, on frappe à la porte d'une vieille dame de 81 ans. Quand elle ouvre aux SA, elle ricane : « J'ai des visiteurs de marque, ce matin ! » Mais quand les SA lui demandent de s'habiller et de les suivre, elle s'assoit sur son canapé et déclare : « Je ne m'habillerai pas et je n'irai nulle part. Faites de moi ce que vous voulez. » Et quand elle répète : « Faites de moi ce que vous voulez », le chef de l'escouade dégaine et lui tire dans la poitrine. Elle s'écroule sur son canapé. Il lui loge une deuxième balle dans la tête. Elle tombe du canapé et roule sur elle-même. Mais elle n'est pas encore morte. La tête tournée vers la fenêtre, elle émet un léger râle. Alors le chef lui tire une troisième balle, au milieu du front, à dix centimètres.

Ailleurs, un SA monte sur le toit d'une synagogue saccagée et brandit des rouleaux de la Torah en hurlant : « Torchez-vous avec, Juifs ! » Et il les lance comme des serpentins de carnaval. Déjà ce style inimitable.

Dans le rapport du maire d'une petite ville, on peut lire : « L'action contre les Juifs s'est déroulée avec célérité et sans tension particulière. Suite aux mesures prises, un couple juif s'est jeté dans le Danube. »

Toutes les synagogues brûlent, mais Heydrich, qui connaît son métier, a ordonné qu'on transfère toutes les archives qu'on pourrait y trouver au QG du SD. Des caisses de documents parviennent à la Wilhelmstrasse. Les nazis aiment brûler les livres, mais pas les registres. Efficacité allemande ? Qui sait si des SA ne se sont pas torchés avec de précieuses archives…

Le lendemain, c'est à Göring qu'Heydrich fait parvenir un premier rapport confidentiel : l'importance des destructions en ce qui concerne les boutiques et les maisons juives ne peut être encore vérifiée par les chiffres. Huit cent quinze magasins détruits, 171 maisons d'habitation incendiées ou détruites n'indiquent qu'une fraction des véritables dégâts. Le feu a été mis à 119 synagogues et 76 autres ont été complètement détruites. Vingt mille Juifs ont été arrêtés. On a signalé 36 morts. Les blessés graves sont également au nombre de 36. Les tués et les blessés sont tous juifs.

On a aussi informé Heydrich de cas de viols : en l'espèce, il s'agit d'une violation caractérisée des lois raciales de Nuremberg. En conséquence de quoi, les coupables seront arrêtés, chassés du Parti et remis à la Justice. Ceux qui ont tué, en revanche, ne seront pas inquiétés.

Deux jours plus tard, au ministère des Transports aériens, Göring préside une réunion afin de trouver un moyen de faire endosser par les Juifs le coût des dégâts occasionnés. En effet, comme le fait remarquer le porte-parole des compagnies d'assurances, rien que le prix des carreaux cassés s'élève à cinq millions de marks (c'est pourquoi on parlera de « nuit de cristal »). Or, il se trouve que les propriétaires des boutiques juives sont souvent des Aryens, qu'il faut indemniser. Göring fulmine. Personne n'avait pensé au coût économique de l'opération, et le ministre de l'Economie moins qu'un autre, apparemment. Il crie à Heydrich qu'il aurait mieux valu tuer deux cents Juifs que de détruire autant d'objets précieux. Heydrich, vexé, lui répond qu'il y a eu 35 Juifs tués.

Au fur et à mesure que l'on trouve des solutions pour faire payer les dégâts par les Juifs eux-mêmes, Göring se calme et l'ambiance devient plus légère. Heydrich l'écoute plaisanter avec Göbbels sur la création de réserves de Juifs dans la forêt. Selon Göbbels, il faudrait y introduire certains animaux qui ont foutrement l'air juif, comme l'élan, avec son nez crochu. Toute l'assistance rit de bon cœur, sauf le responsable des compagnies d'assurances, pas convaincu par le plan de financement élaboré par le feld-maréchal. Et sauf Heydrich.

À la fin de la réunion, quand on a décidé de confisquer tous leurs biens aux Juifs et de leur interdire toute forme de participation aux affaires, il juge utile de recentrer le débat :

— Même si les Juifs sont éliminés de la vie économique, le problème majeur demeure. Il consiste à chasser les Juifs hors d'Allemagne. En attendant, suggère-t-il, il faudrait les affubler d'un signe distinctif pour qu'on puisse les reconnaître.

— Un uniforme ! s'exclame Göring, toujours friand des choses vestimentaires.

— Un insigne, plutôt, répond Heydrich.

76

La réunion, toutefois, ne s'achève pas sur cette note prophétique. Les Juifs sont dorénavant exclus des écoles publiques, des hôpitaux publics, des plages et des stations balnéaires. Ils doivent faire leurs courses à des horaires restreints. En revanche, suite aux objections de Göbbels, on renonce à leur réserver un wagon ou un compartiment à part dans les transports en commun : qu'arriverait-il en effet en cas de forte affluence ? Les Allemands s'entasseraient tandis que les Juifs auraient leur wagon pour eux tout seuls ! Bref, le niveau des débats atteint des sommets de technicité et de précision.

Heydrich propose encore d'autres restrictions de déplacement. Göring, complètement remis de sa colère passagère, soulève alors, mine de rien, une question fondamentale : « Mais, mon cher Heydrich, vous ne pourrez éviter de créer des ghettos sur une très grande échelle, dans toutes les grandes villes. Il faudra bien en arriver là. »

Heydrich répond, paraît-il, sur un ton péremptoire :

« Sur le problème des ghettos, je voudrais tout de suite définir ma position. Du point de vue policier, j'estime impossible d'établir un ghetto sous forme d'un quartier complètement isolé, où ne vivraient que des Juifs. On ne peut pas contrôler un ghetto où le Juif se mêle à toute la population juive. Cela fait forcément un abri de criminels, et aussi un foyer d'épidémies. Nous ne voulons pas laisser les Juifs habiter les mêmes immeubles que la population allemande ; mais actuellement, dans les îlots d'habitation ou dans les immeubles, les Allemands forcent le Juif à se tenir correctement. Il vaut mieux le contrôler en le maintenant sous les regards vigilants de toute la population que de l'entasser par milliers dans un quartier où je ne peux pas contrôler convenablement sa vie quotidienne avec des agents en uniforme. »

Raoul Hilberg voit dans ce « point de vue policier » la conception qu'Heydrich se fait à la fois de son métier et de la société allemande : la population tout entière est considérée comme une sorte de police auxiliaire, à charge pour elle de surveiller et de lui signaler tout comportement suspect chez les Juifs. L'insurrection du ghetto de Varsovie en 1943, que l'armée allemande mettra trois semaines à écraser, validera son analyse : les Juifs, il faut quand même s'en méfier. Par ailleurs, il sait aussi que les microbes ne font pas de distinctions de races.

77

Physiquement, Mgr Tiso est un petit gros. Historiquement, sa place est aux côtés des plus grands collaborateurs. Sa haine du pouvoir central tchèque aura scellé son destin de Pétain slovaque. L'archevêque de Bratislava a œuvré sa vie entière pour l'indépendance de son pays et aujourd'hui, grâce à Hitler, il touche au but. Le 13 mars 1939, alors que les divisions de la Wehrmacht sont sur le point d'envahir la Bohême et la Moravie, le chancelier du Reich reçoit le futur président slovaque.

Comme toujours, Hitler parle, et son interlocuteur écoute. En l'occurrence, Tiso ne sait pas s'il doit se réjouir ou trembler. Pourquoi ce qu'il a souhaité depuis toujours doit-il advenir sous forme d'ultimatum et de chantage ?

Hitler explique : la Tchécoslovaquie doit à la seule Allemagne de ne pas avoir été mutilée davantage. Le Reich, en se contentant d'annexer la région des Sudètes, a fait preuve d'une grande mansuétude.

Pourtant, les Tchèques ne lui ont manifesté aucune reconnaissance. Au cours des dernières semaines, la situation est devenue impossible. Trop de provocations. Les Allemands qui résident encore là-bas sont opprimés et persécutés. C'est l'esprit du gouvernement Beneš qui revient (à ce nom, Hitler s'échauffe).

Les Slovaques l'ont déçu. Après Munich, il s'est brouillé avec ses amis les Hongrois parce qu'il n'a pas permis qu'ils s'emparent de la Slovaquie. Il croyait alors que les Slovaques voulaient leur indépendance.

La Slovaquie désire-t-elle, oui ou non, son indépendance ? C'est une question, non pas de jours, mais d'heures. Si la Slovaquie veut son indépendance, il l'aidera, et la prendra sous sa protection. Mais si elle refuse de se séparer de Prague, ou si même elle hésite, il abandonnera la Slovaquie à son destin : elle sera le jouet d'événements dont il ne sera plus responsable.

A ce moment précis, Hitler se fait remettre par Ribbentrop un rapport, dont il prétend qu'il vient d'arriver, qui révèle des mouvements de troupes hongroises à la frontière slovaque. Cette petite mise en scène permet à Tiso, s'il en était besoin, de bien saisir l'urgence de la situation, ainsi que les deux termes de l'alternative : soit la Slovaquie déclare son indépendance pour faire allégeance à l'Allemagne, soit elle se fait avaler par la Hongrie.

Tiso répond : les Slovaques sauront se montrer dignes de la bienveillance du Führer.

En échange de la cession des Sudètes à l'Allemagne, la Tchécoslovaquie s'était vu garantir à Munich
l'intégrité de ses nouvelles frontières par la France
et l'Angleterre. Mais l'indépendance de la Slovaquie
modifie la donne. Peut-on protéger un pays qui
n'existe plus ? L'engagement a été pris avec la Tchécoslovaquie, pas avec la Tchéquie seule. C'est ce
que répondent les diplomates anglais à leurs homologues de Prague venus demander leur aide. Nous
sommes à la veille de l'invasion allemande. La
lâcheté de la France et de l'Angleterre, cette fois-ci,
peut s'exercer en toute légalité.

79

Le 14 mars 1939, à 22 h 40, un train en prove-
nance de Prague entre en gare d'Anhalt, à Berlin.
Il en descend un vieillard vêtu de noir, la lèvre
pendante, le cheveu rare, l'œil éteint. Le président
Hácha, qui a remplacé Beneš après Munich, est
venu supplier Hitler d'épargner son pays. Il n'a pas
pris l'avion parce qu'il est malade du cœur, sa fille
l'accompagne, ainsi que son ministre des Affaires
étrangères.

Hácha redoute ce qui l'attend ici. Il sait que des
troupes allemandes ont déjà franchi la frontière, et
se massent tout autour de la Bohême. Une invasion

est imminente, et il n'a fait le déplacement que pour négocier une reddition honorable. Je suppose qu'il serait tout prêt à accepter des conditions similaires à celles imposées à la Slovaquie : un statut de nation indépendante mais sous tutelle allemande. Ce qu'il craint, c'est ni plus ni moins la disparition totale de son pays.

Aussi, lorsqu'il pose le pied sur le quai, quelle n'est pas sa surprise d'être accueilli par une garde d'honneur. Le ministre des Affaires étrangères, Ribbentrop, s'est déplacé en personne. Il offre une magnifique gerbe de fleurs à sa fille. Le cortège qui emmène la délégation tchèque est digne d'un chef d'Etat, ce qu'il est encore. Hácha respire un peu mieux. Les Allemands l'ont installé dans la plus belle suite du somptueux hôtel Adlon. Sur son lit, sa fille trouve une boîte de chocolats, cadeau personnel du Führer.

Le président tchèque est conduit à la Chancellerie, où là ce sont des SS qui forment la garde d'honneur. Hácha se rassérène quelque peu.

Son impression, toutefois, se nuance lorsqu'il pénètre dans le bureau du chancelier. Aux côtés d'Hitler, il reconnaît Göring et Keitel, dont la présence, en tant que chefs de l'armée allemande, n'augure rien de bon. La mine d'Hitler n'est pas non plus celle qu'il pouvait espérer au vu du bon accueil qu'on lui avait réservé jusque-là. Le peu d'assurance qu'il s'était recomposé s'envole, et Emil Hácha, à ce moment précis, s'enfonce irrémédiablement dans la tourbe de l'Histoire.

« Je puis assurer le Führer, dit-il au traducteur, que je ne me suis jamais mêlé de politique. Je n'ai pour ainsi dire jamais croisé Beneš et Masaryk, et pour autant que cela m'est arrivé, je les ai trouvés antipathiques. J'ai toujours eu la plus grande aversion pour le gouvernement Beneš, à tel point qu'après Munich je me suis demandé si c'était une bonne chose que nous restions un Etat indépendant. Je suis convaincu que la destinée de la Tchécoslovaquie est entre les mains du Führer, et je suis convaincu qu'elle est entre de bonnes mains. Le Führer, j'en suis sûr, est précisément homme à comprendre mon point de vue lorsque je lui dis que la Tchécoslovaquie a droit à une existence nationale. On blâme la Tchécoslovaquie parce qu'il y a encore trop de partisans de Beneš, mais mon gouvernement s'emploie par tous les moyens à les réduire au silence. »

Hitler prend à son tour la parole et ses propos, selon le témoignage du traducteur, changent Hácha en statue de pierre :

« Le voyage entrepris par le président, malgré son âge, peut être très profitable à son pays. L'Allemagne, en effet, se prépare à intervenir dans les heures qui viennent. Je ne nourris aucune inimitié contre aucune nation. Si l'Etat-moignon de Tchécoslovaquie a continué d'exister, c'est uniquement parce que je l'ai bien voulu, et que j'ai loyalement respecté mes engagements. Mais même après le départ de Beneš, l'attitude de la Tchécoslovaquie n'a pas changé ! Je vous avais prévenus ! J'avais dit que si les provocations continuaient, je détruirais intégralement l'Etat tchécoslovaque ! Et elles n'ont jamais cessé ! Maintenant les dés sont jetés… J'ai donné ordre aux troupes allemandes *d'envahir le pays et décidé d'incorporer la Tchécoslovaquie dans le Reich allemand.* »

Le traducteur a déclaré, à propos d'Hácha et de son ministre : « Seuls leurs yeux montraient qu'ils étaient vivants. »

Hitler poursuit :

« Demain à 6 heures, l'armée allemande pénétrera en Tchécoslovaquie de tous les côtés à la fois et l'aviation allemande occupera les aérodromes. Deux éventualités sont possibles.

Ou bien l'entrée des troupes allemandes donne lieu à des combats – dans ce cas la résistance sera brisée par la force brutale.

Ou bien l'entrée des troupes allemandes a lieu de manière pacifique, et j'accorderai alors sans difficulté à la Tchéquie un régime qui lui soit propre dans une large mesure… l'autonomie et une certaine liberté nationale.

Ce n'est pas la haine qui m'anime, mon seul but est la protection de l'Allemagne, mais si la Tchécoslovaquie n'avait pas cédé à Munich, j'aurais exterminé le peuple tchèque sans hésitation, et personne n'aurait pu m'en empêcher ! Aujourd'hui, si les Tchèques veulent se battre, l'armée tchèque aura cessé d'exister dans les deux jours. Naturellement, il y aura aussi des victimes parmi les Allemands, ce qui alimentera une haine contre le peuple tchèque qui me contraindra, par souci d'autoconservation, à ne pas accorder l'autonomie.

Le monde se moque de votre sort. Quand je lis la presse étrangère, la Tchécoslovaquie me fait pitié. Elle me fait penser à la célèbre citation d'*Othello* : "Le Maure a fait son devoir, le Maure peut partir…" »

Il paraît que cette citation est proverbiale en Allemagne, mais je ne comprends pas bien pourquoi Hitler l'a placée ici, ni ce qu'il a voulu dire… Qui est le Maure ? La Tchécoslovaquie ? Mais en quoi a-t-elle fait son devoir ? Et où pourrait-elle partir ?

Première hypothèse : du point de vue allemand, la Tchécoslovaquie a servi les démocraties occidentales par son existence même, en affaiblissant l'Allemagne après 1918. Maintenant qu'elle a rempli sa mission, elle peut cesser d'exister. Mais c'est pour le moins inexact : la création de la Tchécoslovaquie a entériné le démantèlement de l'Autriche-Hongrie, pas de l'Allemagne. De plus, si le devoir de la Tchécoslovaquie avait été d'affaiblir l'Allemagne, 1939 semble un moment peu opportun pour l'abandonner, à l'heure où l'Allemagne reconstitue sa puissance, annexe l'Autriche et se fait de plus en plus menaçante.

Ou alors, deuxième hypothèse : le Maure représente les démocraties de l'Ouest, qui ont fait ce qu'elles ont pu à Munich pour limiter la casse (le Maure a fait son devoir), mais qui se garderont bien d'intervenir désormais (le Maure peut partir)… Sauf qu'on sent bien que dans la bouche d'Hitler, le Maure incarne la victime, l'étranger qu'on utilise, et désigne la Tchécoslovaquie.

Troisième hypothèse : Hitler ne sait pas trop lui-même ce qu'il a voulu dire ; il n'a simplement pas résisté à l'envie de placer une citation, et sa mince culture littéraire ne lui a pas permis d'en trouver une plus adéquate. Dans ce cas, il aurait peut-être pu se contenter d'un « *Vae victis !* » plus adapté à la situation, simple mais toujours efficace. Ou bien carrément se taire, puisque, comme dit Shakespeare, justement, « le crime, bien que dénué de parole, s'exprime avec une merveilleuse éloquence »…

80

Devant le Führer, Hácha s'est complètement écrasé. Il a déclaré que la situation était très claire et que résister serait une folie. Mais il est déjà 2 heures du matin, cela ne lui laisse que quatre heures pour empêcher le peuple tchèque de se défendre. Selon Hitler, la machine militaire allemande est déjà en marche (c'est vrai) et rien ne pourra l'arrêter (en tout cas personne ne semble désireux d'essayer). Il faut qu'Hácha signe la capitulation immédiatement, et en informe Prague. L'alternative présentée par Hitler est très simple : soit la paix maintenant et une longue collaboration entre les deux peuples, soit l'anéantissement de la Tchécoslovaquie.

Complètement pétrifié, le président Hácha a été remis entre les mains de Göring et Ribbentrop.

Assis à une table, il est face au document, qu'il n'a plus qu'à signer. Il a déjà le stylo à la main, mais sa main tremble. Le stylo s'arrête avant de se poser sur le papier. En l'absence du Führer, qui reste rarement pour régler les détails, Hácha a un sursaut. « Je ne peux pas signer ça, dit-il. Si je signe la capitulation, je serai à jamais maudit par mon peuple. » C'est parfaitement exact.

Aussi Göring et Ribbentrop doivent-ils s'employer à convaincre Hácha qu'il est trop tard pour reculer. Cela engendre cette scène burlesque où, d'après les témoignages, les deux ministres nazis se mettent littéralement à pourchasser Hácha autour de la table, lui remettant sans cesse le stylo dans la main, le sommant de s'asseoir et de signer ce foutu document. En même temps, Göring vocifère sans interruption : si Hácha persévère dans son refus, la moitié de Prague sera détruite dans deux heures par l'aviation allemande… pour commencer ! Des centaines de bombardiers n'attendent qu'un ordre pour décoller, ordre qu'ils recevront à 6 heures si la capitulation n'est pas signée.

Sur ces entrefaites, Hácha titube, et s'évanouit. Maintenant, ce sont les deux nazis qui sont pétrifiés devant son corps inerte. Il faut absolument le ranimer car, s'il meurt, on accusera Hitler de l'avoir fait assassiner, en pleine Chancellerie. Fort heureusement, on possède sous la main un as de la piqûre, le docteur Morell, celui qui dopera Hitler aux amphétamines jusqu'à sa mort à raison de plusieurs injections par jour (ce qui au passage ne sera probablement pas sans rapport avec la démence croissante du Führer). Morell surgit donc et pique Hácha, qu'il parvient à réveiller. On lui met aussitôt un téléphone dans la main – vu l'urgence, le papier attendra. Ribbentrop avait pris soin d'installer une ligne spéciale en liaison directe avec Prague. Hácha rassemble ses maigres forces ; il informe le cabinet tchèque à Prague de ce qui se passe à Berlin et conseille la capitulation. On lui fait encore une piqûre, et on le reconduit devant le Führer, qui lui présente à nouveau le document maudit. Il est près de 4 heures du matin, Hácha signe. « J'ai sacrifié l'Etat pour sauver la nation », croit-il, l'imbécile. C'est comme si la bêtise de Chamberlain était contagieuse…

81

« Berlin, 15 mars 1939

A leur requête, le Führer a reçu aujourd'hui à Berlin le Docteur Hácha, président de Tchécoslovaquie [les Allemands, semble-t-il, n'avaient pas encore entériné officiellement l'indépendance de la Slovaquie, qu'ils avaient pourtant orchestrée euxmêmes], et le Docteur Chvalkovsky, ministre des Affaires étrangères de Tchécoslovaquie, en présence de M. von Ribbentrop, ministre des Affaires étrangères. Au cours de cette réunion, la grave situation créée par les événements des dernières semaines dans l'actuel territoire tchécoslovaque a été examinée avec une complète franchise.

Les deux parties se sont déclarées l'une et l'autre convaincues que tous les efforts devaient être faits pour maintenir le calme, l'ordre et la paix dans cette partie de l'Europe centrale. Le président de l'Etat tchécoslovaque a déclaré que, pour atteindre ce but et pour parvenir à la pacification définitive, il a remis avec confiance le destin du pays et du peuple tchèques entre les mains du Führer du Reich allemand. Le Führer a enregistré cette déclaration ; il a exprimé son intention de placer le peuple tchèque sous la protection du Reich allemand et de lui garantir le développement autonome de sa vie ethnique, tel qu'il convient à son caractère propre. »

82

Hitler exulte. Il embrasse toutes ses secrétaires, auxquelles il déclare : « Mes enfants, c'est le plus beau jour de ma vie ! Mon nom restera dans l'Histoire, je serai considéré comme le plus grand Allemand qui ait jamais vécu ! »

Pour fêter ça, il décide de se rendre à Prague.

La plus belle ville du monde est comme agitée de spasmes sporadiques. Les Allemands locaux cherchent à déclencher une émeute. Des manifestants défilent sur Václavske náměstí, l'immense avenue surplombée par l'imposant Muséum d'histoire naturelle. Des provocateurs cherchent à en découdre, mais la police tchèque a reçu l'ordre de ne pas intervenir. Les violences, les pillages, les vandalismes de ceux qui attendent l'arrivée de leurs frères nazis sont des cris de guerre dont le silence de la capitale ne renvoie aucun écho.

C'est la nuit qui s'abat sur la ville. Un vent glacé vient balayer les rues de Prague. Seuls une poignée d'adolescents excités adressent encore quelques insultes à des policiers en faction aux abords de la *Deutsches Haus*, la Maison de l'Allemagne. Sous l'horloge astronomique, place de la Vieille Ville, le petit squelette tire sur sa cordelette comme il le fait toutes les heures depuis des lustres. Minuit sonne. Le grincement caractéristique des volets de bois se fait entendre, mais ce soir, je gage que personne ne prend la peine de regarder le défilé des petits automates qui réintègrent bien vite les entrailles de la tour où ils seront, peut-être, en sécurité. J'imagine des nuées de corbeaux voler autour de Notre-Dame-de-Týn, la sombre cathédrale hérissée de ses sinistres tourelles de guet. Sous le pont Charles coule la Vltava. Sous le pont Charles coule la Moldau. Le fleuve paisible qui traverse Prague a deux noms, l'un tchèque, l'autre allemand, et c'est sans doute symptomatiquement un de trop.

Les Tchèques essaient nerveusement de trouver le sommeil. Ils espèrent encore que des concessions supplémentaires calmeront l'appétit des Allemands – mais à quelles concessions n'ont-ils pas déjà consenti ? Pour attendrir l'ogre hitlérien, ils comptent sur la servilité de leur président Hácha. Leur volonté de résistance a été brisée à Munich par la trahison de la France et de l'Angleterre. Ils n'ont plus que leur passivité à opposer au bellicisme nazi. Ce qui reste de la Tchécoslovaquie n'aspire qu'à être une petite nation pacifique, mais la gangrène inoculée il y a des siècles par Přemysl Otakar II s'est propagée dans tout le pays, l'amputation des Sudètes n'y pourra rien changer. Avant l'aube, la radio annonce les termes de l'accord conclu entre Hácha et Hitler. C'est l'annexion pure et simple. La nouvelle éclate comme une bombe dans chaque foyer tchèque. Le jour ne s'est pas encore levé que les rues commencent à bruisser d'abord d'une rumeur sourde, qui se transforme progressivement en brouhaha, puis en un tumulte général. Peu à peu les gens sortent de chez eux. Certains portent une petite valise : ce sont ceux qui se précipitent aux portes des ambassades pour demander asile et protection, qu'on leur refuse en général. Des premiers cas de suicide sont signalés.

A 9 heures, enfin, le premier char allemand pénètre dans la ville.

En fait, je ne sais pas si c'est un char qui pénètre en premier dans Prague. Les unités les plus avancées semblaient être massivement constituées de motos et de side-cars.

A 9 heures, donc, des soldats allemands motorisés entrent dans la capitale tchèque. Ils y découvrent à la fois des Allemands locaux les acclamant comme des libérateurs, ce qui fait retomber la tension nerveuse qui les habite depuis plusieurs jours, et des Tchèques brandissant le poing, criant des slogans hostiles, chantant leur hymne national, ce qui les inquiète davantage.

Une foule compacte s'est rassemblée sur Václavske náměstí, l'équivalent tchèque des Champs-Elysées, et dans les grandes artères de la ville les camions de la Wehrmacht sont rapidement bloqués par la trop grande densité des manifestants. A ce moment-là, les Allemands ne savent pas trop à quoi s'en tenir.

Mais nous sommes loin d'un mouvement insurrectionnel. En fait de soulèvement populaire, les manifestations de résistance se limiteront à… des jets de boules de neige sur l'envahisseur.

Les objectifs stratégiques prioritaires sont atteints sans coup férir : prise de contrôle de l'aéroport, du ministère de la Guerre, et surtout du Hradčany, le château perché sur sa haute colline, cœur du pouvoir. Avant 10 heures, des batteries d'artillerie sont disposées sur les remparts et pointées sur la ville basse.

Les seuls problèmes rencontrés sont d'ordre logistique : c'est le blizzard qui a le plus durement éprouvé les véhicules allemands, et çà et là on rencontre des camions en panne, des chars immobilisés par des ennuis mécaniques. Les Allemands ont également du mal à se repérer dans le dédale des rues de Prague : on en voit demander leur chemin à des policiers tchèques qui semblent leur répondre avec obligeance – le respect pavlovien de l'uniforme, sans doute… La belle rue Nerudova, qui monte au château, ornée de ses enseignes ésotériques, est bloquée par un blindé égaré. Pendant que le chauffeur est allé demander sa route à la légation italienne, le soldat resté seul sur sa tourelle surveille, le doigt crispé sur la gâchette de son fusil-mitrailleur, la foule silencieuse des badauds tchèques massés autour de lui. Mais rien ne se passe. Le général qui commande l'avant-garde allemande n'aura à déplorer que des actes de sabotage mineurs pour le moins : quelques pneus crevés.

Hitler peut préparer tranquillement sa visite. Avant la fin du jour, la ville est « sécurisée ». Des troupes à cheval défilent tranquillement sur les rives de la Vltava. Un couvre-feu est décrété, qui interdit aux Tchèques de circuler dehors après 8 heures du soir. L'entrée des hôtels et des bâtiments officiels s'orne de sentinelles allemandes équipées de longs fusils à baïonnette. Prague est tombée sans se battre. Les pavés de la ville sont maculés de neige sale. Un très long hiver commence pour les Tchèques.

Remontant l'interminable colonne de soldats qui avance comme un long serpent sur la route verglacée, un cortège de Mercedes s'achemine laborieusement vers Prague. Les membres les plus éminents de la clique hitlérienne sont du voyage : Göring, Ribbentrop, Bormann. Et dans la voiture personnelle du Führer, aux côtés d'Himmler, Heydrich.

A quoi pense-t-il, quand, après ce long voyage, ils arrivent enfin à destination ? Est-il saisi par la beauté méandreuse de la ville aux cent tours ? Est-il totalement occupé à goûter l'insigne privilège de sa position ? S'irrite-t-il de ce que le cortège se perd et peine à trouver sa route dans la ville dont le Führer prend possession ce matin même ? Ou bien dans son cerveau calculateur l'idée germe déjà d'un plan de carrière qui passe par l'ex-capitale tchèque ?

Le futur « bourreau de Prague », celui que les Tchèques surnommeront également « le boucher », découvre la cité des rois de Bohême : les rues sont désertes, vidées par le couvre-feu ; le passage des véhicules de l'armée allemande a laissé des traces très visibles dans la boue et la neige sur la chaussée ; un calme impressionnant règne dans une ville conquise le jour même ; les vitrines des boutiques exposent de la vaisselle de cristal ou de la charcuterie à profusion ; l'Opéra se dresse au cœur de la vieille ville, où fut créé *Don Giovanni* de Mozart ; les voitures roulent à gauche, comme en Angleterre ; le trajet serpente, qui mène au château, magnifiquement isolé sur sa colline ; de splendides et inquiétantes statues ornent le portail de l'entrée principale gardée par des SS.

Le cortège pénètre dans ce qui servait jusqu'à hier de palais présidentiel. Aujourd'hui, c'est différent : c'est un drapeau à croix gammée qui flotte sur le château, signalant la présence des nouveaux maîtres dans la place. Quand Hácha rentrera de Berlin – car son train n'est toujours pas arrivé, ayant été opportunément retardé en Allemagne –, on le fera passer par l'entrée de service. Je suppose qu'il sentira toute l'ironie de cette humiliation, lui qui la veille se réjouissait de l'accueil de chef d'Etat qu'on lui avait réservé à Berlin. Le président n'est plus qu'un fantoche, et on tiendra à le lui faire savoir.

Le cortège hitlérien prend ses quartiers au sein du château. Le Führer monte à l'étage. Il existe une célèbre photo où l'on voit Hitler, les mains appuyées sur le rebord d'une fenêtre ouverte, contempler la ville d'un air satisfait. Puis il redescend se faire servir un dîner aux chandelles dans l'une des salles à manger. Heydrich note obligatoirement que le Führer mange une tranche de jambon et boit une Pilsner Urquell, la plus fameuse bière tchèque, lui qui d'ordinaire ne boit pas et qui est végétarien. Il va répétant que la Tchécoslovaquie a cessé d'exister, et veut sans doute marquer l'importance historique de cette journée du 15 mars 1939 en dérogeant à ses habitudes alimentaires.

Le lendemain, 16 mars 1939, Hitler fait cette proclamation :

« Pendant mille ans, les provinces de Bohême
et de Moravie ont fait partie de l'espace vital du
peuple allemand. La Tchécoslovaquie a prouvé
qu'elle était fondamentalement incapable de survivre et, de fait, elle est aujourd'hui réduite à un état
de complète dissolution. Le Reich allemand ne peut
tolérer l'existence de troubles continuels sur ce territoire. C'est pourquoi, en vertu de la loi d'autoconservation, le Reich allemand est maintenant résolu
à intervenir et à employer des mesures décisives
pour établir les bases d'un ordre raisonnable en
Europe centrale. Au cours des mille années de son
histoire, il a en effet déjà prouvé qu'en raison de
la grandeur et des qualités du peuple allemand,
le Reich est seul qualifié pour entreprendre cette
tâche. »

Puis, au début de l'après-midi, Hitler quitte Prague pour ne plus jamais y remettre les pieds. Heydrich l'accompagne, mais, lui, il va revenir.

« Pendant mille ans, les provinces de Bohême et
de Moravie ont fait partie de l'espace vital du peuple
allemand. »

Il est exact qu'au Xe siècle, soit mille ans plus tôt, Václav Ier, le fameux saint Wenceslas, dut faire allégeance au non moins fameux Henri Ier l'Oiseleur, à une époque où la Bohême n'était pas encore un royaume, ni le roi de Saxe à la tête du Saint Empire romain germanique. Cependant Václav put conserver sa souveraineté, et ce n'est que trois siècles plus tard que des colons allemands s'installèrent massivement – mais pacifiquement – en Bohême. Pour autant, la Bohême a toujours joui d'un statut de premier plan au sein de l'Empire. A partir du XIVe siècle, le roi de Bohême fut l'un des sept princes électeurs aptes à désigner l'empereur, parmi lesquels il possédait le titre honorifique de grand échanson. Il arriva qu'un empereur fut aussi roi de Bohême, le très illustre Charles IV, Luxembourg par son père mais Přemyslide par sa mère. Moitié tchèque, moitié allemand donc, il fit de Prague sa capitale, y fonda la première université d'Europe centrale, et remplaça le vieux pont Judith par le plus beau pont du monde, ce pont de pierre qui porte son nom encore aujourd'hui.

Bref, il est exact que les pays tchèques et allemands ont toujours entretenu d'étroites relations. Il est exact aussi que la Bohême fut presque sans discontinuer dans la sphère d'influence allemande. Mais il me semble tout à fait abusif de parler d'espace vital allemand à propos de la Bohême.

C'est encore Henri l'Oiseleur, icône nazie, idole d'Himmler, qui inaugura le *Drang nach Osten*, la ruée vers l'est dont se réclamera Hitler pour légitimer ses prétentions à envahir l'Union soviétique.

Mais Henri l'Oiseleur n'a jamais cherché à envahir ni à coloniser la Bohême. Il s'est juste contenté de lui réclamer un tribut annuel. Par la suite, d'ailleurs, il n'y a, à ma connaissance, jamais eu de colonisation allemande imposée de force en Bohême-Moravie. L'afflux de colons allemands au XIVe siècle répondait à la demande du souverain tchèque, qui cherchait de la main-d'œuvre qualifiée. Enfin personne, jusqu'alors, n'avait encore songé à vider la Bohême-Moravie de ses habitants tchèques. On peut donc dire qu'en termes de projet politique, les nazis, une fois de plus, vont innover. Et Heydrich, bien sûr, sera dans le coup.

<h1 style="text-align:center">88</h1>

À quoi juge-t-on qu'un personnage est le personnage principal d'une histoire ? Au nombre de pages qui lui sont consacrées ? C'est, je l'espère, un peu plus compliqué.

Lorsque je parle du livre que je suis en train d'écrire, je dis : « mon bouquin sur Heydrich ». Pourtant, Heydrich n'est pas censé être le personnage principal de cette histoire. Depuis des années que je porte ce livre en moi, je n'ai jamais pensé à l'intituler autrement qu'*Opération Anthropoïde* (et si jamais ce n'est pas le titre que vous pouvez lire sur la couverture, vous saurez que j'ai cédé à l'éditeur qui ne l'aimait pas : trop SF, trop Robert

Ludlum, paraît-il…). Or, Heydrich est la cible, et non l'acteur de l'opération. Tout ce que je raconte sur lui revient à poser le décor, en quelque sorte. Mais il faut bien reconnaître que, d'un point de vue littéraire, Heydrich est un beau personnage. C'est comme si un docteur Frankenstein romancier avait accouché d'une créature terrifiante à partir des plus grands monstres de la littérature. Sauf qu'Heydrich n'est pas un monstre de papier.

Je sens bien que mes deux héros tardent à entrer en scène. Mais s'ils se font attendre, peut-être que ce n'est pas plus mal. Peut-être qu'ils n'en auront que plus de corps. Peut-être la marque qu'ils ont laissée dans l'Histoire et dans ma mémoire pourra-t-elle s'imprimer d'autant plus profondément dans mes pages. Peut-être que cette longue station dans l'antichambre de mon cerveau leur restituera un peu de leur réalité, et pas seulement de la vulgaire vraisemblance. Peut-être, peut-être… mais rien n'est moins sûr ! Heydrich ne m'impressionne déjà plus. Ce sont eux qui m'intimident.

Et pourtant, je les vois. Ou disons que je commence à les apercevoir.

89

Aux confins de la Slovaquie orientale, il y a cette ville que je connais bien, Košice (prononcez « Kochitsé »). C'est dans cette ville que j'ai fait mon service militaire : j'étais le sous-lieutenant français chargé d'apprendre ma langue natale à de jeunes futurs officiers de l'armée de l'air slovaque. C'est la ville d'où est originaire Aurélia, la belle jeune femme avec qui j'ai entretenu cinq ans de passion ardente, voilà déjà bientôt dix ans. C'est accessoirement la ville au monde où j'ai vu la plus grande concentration de jolies filles, et quand je dis jolies, je veux dire d'une exceptionnelle beauté.

Je ne vois pas de raison pour que cet état de fait ait été différent en 1939. Les jolies filles déambulent de toute éternité sur Hlavna ulica, la très longue rue principale qui constitue le cœur de la ville, bordée de splendides demeures baroques aux couleurs pastel, et rivée en son centre par une merveille de cathédrale gothique. Sauf qu'en 1939, on rencontre aussi des uniformes allemands qui saluent discrètement au passage des jeunes filles. La Slovaquie a certes gagné son indépendance, pour prix de sa trahison envers Prague, mais elle se voit imposer l'amicale et envahissante tutelle de l'Allemagne.

Jozef Gabčík, quand il remonte cette gigantesque artère, voit forcément tout ça : les jolies filles, et les uniformes allemands. Et il réfléchit, ce petit homme, depuis plusieurs mois, maintenant.

Voici deux ans qu'il a quitté Košice pour aller travailler à Žilina, dans une usine de produits chimiques. Il y revient aujourd'hui pour rencontrer ses amis du 14ᵉ régiment d'infanterie, où il a servi pendant trois ans. Le printemps tarde à venir et la neige tenace crisse sous ses bottes.

Les cafés, à Košice, ont rarement pignon sur rue. Il faut en général pénétrer sous un porche, voire descendre ou monter des escaliers, pour accéder à une salle bien chauffée. C'est dans l'un d'eux que Gabčík retrouve ses anciens camarades, le soir venu. Chacun se réjouit de ces retrouvailles autour d'une pinte de Steiger (une bière brassée dans la région de Banská Bystrica). Mais Gabčík n'est pas venu faire une simple visite de courtoisie. Il veut savoir où en est l'armée slovaque, et comment elle se positionne par rapport au gouvernement de Tiso, le cardinal collaborateur.

— Les officiers supérieurs se sont rangés à Tiso ; tu sais, Jozef, pour eux, la rupture avec l'état-major tchèque, c'est la perspective de promotions rapides !…

— L'armée n'a pas bronché, ni les officiers ni la troupe. En tant que nouvelle armée slovaque, on est tenu d'obéir au nouveau gouvernement indépendant, c'est normal.

— On voulait l'indépendance depuis longtemps et peu importe comment on l'a obtenue ! C'est bien fait pour les Tchèques ! Ils nous auraient traités avec davantage de considération, on n'en serait peut-être pas arrivé là ! Tu sais très bien que les Tchèques avaient toujours les meilleurs postes partout. Au gouvernement, dans l'armée, l'administration, partout ! C'était dégueulasse !

— De toute façon, c'était le seul moyen : si Tiso n'avait pas dit oui à Hitler, on se serait fait bouffer comme eux. D'accord, je sais bien que ça ressemble à une semi-occupation, mais finalement, on a quand même plus d'autonomie qu'avec les Tchèques.

— Tu sais qu'à Prague, ils ont décrété l'allemand langue officielle ! Ils ferment toutes les universités tchèques, ils censurent toute activité culturelle tchèque, ils ont même fusillé des étudiants ! C'est ça que tu voudrais ? Crois-moi, c'était la meilleure solution…

— C'était la seule solution, Jozef !

— Pourquoi on se serait battus alors que c'est Hácha lui-même qui a demandé la capitulation ? On n'a fait qu'obéir aux ordres.

— Beneš, ouais, ouais, mais il continue tranquillement le combat à Londres, c'est plus facile. Nous, les pauvres cons, on est sur place.

— Et puis tout ça, c'est sa faute. Il a signé Munich, non ? Il nous a pas envoyés nous battre pour les Sudètes, tu te souviens ? A l'époque, notre armée aurait pu peut-être – je dis bien peut-être ! – rivaliser avec l'armée allemande… mais maintenant, qu'est-ce qu'on pouvait faire ? Tu as vu les chiffres de la Luftwaffe ? Tu sais combien ils ont de bombardiers en service ? Ils sont entrés comme dans du beurre, ils nous auraient massacrés.

— Moi, je veux pas mourir pour Hácha, ni pour Beneš !

— Ni pour Tiso !

— Bon, on a quelques Allemands en uniforme qui traînent en ville, et alors ? Je vais pas te dire que j'aime ça, mais c'est moins pire qu'une vraie occupation militaire. Va demander à tes amis tchèques !

— Moi, j'ai rien contre les Tchèques, mais ils

nous ont toujours traités comme des ploucs. Je suis allé une fois à Prague, les mecs faisaient semblant de pas me comprendre, à cause de mon accent ! Ils nous ont toujours méprisés. Maintenant, qu'ils se démerdent avec leurs nouveaux compatriotes ! On verra s'ils préfèrent l'accent allemand !

— Hitler a eu ce qu'il voulait, il a dit qu'il n'aurait plus aucune revendication territoriale. Et nous, on n'a jamais été en zone allemande. Sans lui, c'est la Hongrie qui nous aurait bouffés, Jozef ! Il faut voir les choses en face.

— Qu'est-ce que tu veux ? Un coup d'Etat ? Aucun général n'aurait les couilles de faire ça. Et puis ensuite, quoi ? On repousse l'armée allemande à nous tout seuls ? Tu crois que la France et l'Angleterre vont soudain voler à notre aide ? On les a attendus pendant un an !

— Crois-nous, Jozef, tu as un boulot tranquille, retourne à Žilina, trouve-toi une fille gentille, et laisse tomber toute cette histoire. On s'en sort pas si mal, finalement.

Gabčík a fini sa bière. Il est déjà tard, lui et ses camarades sont un peu gris, la neige tombe dehors. Il se lève pour prendre congé, salue la compagnie, va chercher son manteau au vestiaire. Pendant qu'une jeune fille le lui tend, l'un de ses compagnons de table le rejoint. Il lui glisse :

— Ecoute, Jozef, si tu veux savoir, lorsque les Tchèques ont été démobilisés, après l'arrivée des Allemands, certains ont refusé de retourner à la vie civile. C'était peut-être par patriotisme, ou peut-être parce qu'ils voulaient pas se retrouver au chômage, j'en sais rien. En tout cas, ils sont passés en Pologne, et ils ont formé une armée de libération tchécoslovaque. Je crois pas qu'ils pèsent très lourd, mais je sais qu'il y a aussi des Slovaques parmi eux. Ils se sont basés à Cracovie. Moi, tu vois, si je fais ça, je serai considéré comme déserteur, et je peux pas laisser ma femme et mes gosses. Mais si j'avais ton âge, si j'étais libre... Tiso est une crapule, c'est ce que je pense, et la plupart des gars aussi. On n'est pas tous devenus nazis, tu sais. Mais on a la trouille, quoi. A Prague, il paraît que c'est vraiment terrible ce qui se passe, ils exécutent tous ceux qui font mine de protester. Moi, je vais essayer de m'accommoder de la situation, tu vois, sans faire de zèle, mais je vais me tenir tranquille. Tant qu'on nous demande pas de déporter des Juifs...

Gabčík lui sourit. Il enfile son manteau, le remercie, et sort. Dehors, il fait nuit, les rues sont désertes, et la neige craque sous ses pas.

90

De retour à Žilina, Gabčík a pris sa décision. A la fin de sa journée de travail, à l'usine, il salue ses camarades comme si de rien n'était, mais décline l'invitation rituelle au bar du coin. Il repasse rapidement chez lui, ne prend pas de valise, juste un petit sac de toile, met deux manteaux l'un sur l'autre, chausse ses bottes les plus solides, ses bottes de soldat, et part en refermant la porte derrière lui. Il s'arrête chez l'une de ses sœurs, celle dont il est le plus proche, l'une des seules personnes à être au courant de son projet, pour lui laisser les clés. Elle lui offre un thé, qu'il boit en silence. Il se lève. Elle le serre dans ses bras en pleurant un peu. Puis il se dirige vers la gare routière. Là, il attend un bus qui va l'emmener au nord, vers la frontière. Il grille quelques cigarettes. Il se sent parfaitement calme. Il n'est pas seul à attendre sur le quai, mais personne ne fait attention à lui, malgré son accoutrement : pour un mois de mai, il est trop chaudement vêtu. Le bus arrive. Gabčík s'engouffre dedans et se tasse sur un siège. Les portes se referment. Le bus redémarre dans un ronflement. Par la fenêtre, Gabčík regarde s'éloigner Žilina, qu'il ne reverra plus jamais. Les tours romanes et baroques du centre historique se découpent dans l'horizon obscur qu'il laisse derrière lui. Lorsque Gabčík jette un dernier coup d'œil au château de Budatín, situé au confluent de deux des trois rivières qui traversent la ville, il ignore que celui-ci sera presque totalement détruit dans les années qui viennent. Il ne sait pas non plus qu'il quitte la Slovaquie pour toujours.

91

Cette scène est parfaitement crédible et totalement fictive, comme la précédente. Quelle impudence de marionnettiser un homme mort depuis longtemps, incapable de se défendre ! De lui faire boire du thé alors que si ça se trouve, il n'aimait que le café. De lui faire enfiler deux manteaux alors qu'il n'en avait peut-être qu'un seul à se mettre. De lui faire prendre le bus alors qu'il a pu prendre le train. De décider qu'il est parti un soir, et non un matin. J'ai honte.

Mais ça pourrait être pire. J'ai épargné à Kubiš un semblable traitement fantaisiste, sans doute parce que je connais moins la Moravie, d'où il est originaire, que la Slovaquie. Kubiš, lui, a attendu le mois de juin 1939 avant de passer en Pologne, d'où il a gagné la France, je ne sais pas comment, pour s'engager dans la Légion étrangère. C'est tout ce que j'ai à dire. J'ignore s'il est passé par Cracovie, premier point de rassemblement des soldats tchèques qui ont refusé la capitulation. Je suppose qu'il a intégré la Légion à Agde, dans le sud de la France, avec le 1er bataillon d'infanterie des forces armées tchécoslovaques de l'extérieur. Ou bien le bataillon, dont les rangs grossissaient de jour en jour, était-il déjà devenu un régiment. Quelques mois plus tard, ce sera carrément une division entière qui combattra aux côtés de l'armée française pendant la drôle de guerre. Je pourrais faire une note assez longue sur l'intégration des forces tchèques libres dans l'armée française, ses 11 000 soldats, composés de 3 000 volontaires et de 8 000 Tchèques expatriés mobilisés d'office, ainsi que ses valeureux pilotes, entraînés à Chartres, qui abattront ou contribueront à abattre plus de 130 avions ennemis pendant la bataille de

France... En même temps, j'ai dit que je ne voulais pas faire un manuel d'histoire. Cette histoire-là, j'en fais une affaire personnelle. C'est pourquoi mes visions se mélangent quelquefois aux faits avérés. Voilà, c'est comme ça.

92

Enfin non, ce n'est pas comme ça, ce serait trop simple. En relisant l'un des livres qui constituent le socle de ma documentation, un recueil de témoignages sobrement rassemblés par un historien tchèque, Miroslav Ivanov, sous le titre *L'Attentat contre Heydrich,* publié dans la vieille collection verte « Ce jour-là » (celle où l'on trouve aussi *Le Jour le plus long* et *Paris brûle-t-il ?*), je m'aperçois avec horreur de mes erreurs concernant Gabčík.

Déjà, depuis novembre 1938, Košice n'appartenait plus à la Tchécoslovaquie mais à la Hongrie, la ville était occupée par l'armée de l'amiral Horthy, il est donc très peu probable que Gabčík ait rendu visite à ses camarades du 14e régiment. D'autre part, le 1er mai 1939, lorsque celui-ci quitte la Slovaquie pour passer en Pologne, il a été transféré depuis presque deux ans dans une usine aux alentours de Trenčin, et ne vit donc vraisemblablement plus à Žilina. Le passage où je raconte son dernier coup d'œil aux tours du château de sa ville natale me semble soudain ridicule. En fait, il n'a jamais quitté l'armée et c'est en tant que sous-officier qu'il travaille dans cette usine de produits chimiques dont la production est destinée à des fins militaires. Or, j'ai oublié de mentionner qu'il n'a pas quitté son poste sans accomplir un acte de sabotage : il a versé de l'acide dans de l'ypérite, ce qui semble avoir causé tort, comment je n'en ai aucune idée, à l'armée allemande. Oubli grave ! D'abord, je spolie Gabčík d'un premier acte de résistance, certes mineur, mais déjà courageux. Ensuite, j'omets un maillon dans la grande chaîne causale des destinées humaines : Gabčík lui-même explique, dans une notice biographique qu'il a rédigée en Angleterre afin de se porter candidat pour des missions spéciales, qu'il a quitté le pays suite à cet acte de sabotage, pour lequel il allait immanquablement se faire arrêter, s'il restait.

En revanche, il est bien passé par Cracovie, comme je l'avais supposé. Après s'être battu aux côtés des Polonais, lors de l'attaque allemande qui a déclenché la Seconde Guerre mondiale, il s'est peut-être enfui par les Balkans, comme un grand nombre de Tchèques et Slovaques qui ont gagné la France, traversant la Roumanie, la Grèce, puis rejoignant Istanbul, l'Egypte, et enfin Marseille. Ou peut-être est-il plus simplement passé par la Baltique, ce qui semblerait plus pratique, partant du port de Gdynia pour arriver à Boulogne-sur-Mer, avant de rejoindre le Sud. Quoi qu'il en soit, je suis sûr que ce périple est une épopée qui mériterait un livre entier. Le point d'orgue, pour moi, en serait la rencontre avec Kubiš. Où et quand se sont-ils rencontrés ? En Pologne ? En France ? Pendant le voyage entre les deux ? Plus tard, en Angleterre ? C'est ce que j'aimerais savoir. Je ne sais pas encore si je vais « visualiser » (c'est-à-dire inventer !) cette rencontre, ou non. Si je le fais, ce sera la preuve définitive que, décidément, la fiction ne respecte rien.

93

Un train entre en gare. Dans le vaste hall de Victoria Station, le colonel Moravec, en compagnie de quelques autres compatriotes en exil, attend sur le quai. Un petit homme sérieux, à moustaches, le front dégarni, descend du train. C'est Beneš, l'ancien président qui a démissionné au lendemain de Munich. Mais aujourd'hui, 18 juillet 1939, date de son arrivée à Londres, c'est surtout l'homme qui a proclamé, au lendemain du 15 mars, que la Première République tchécoslovaque existait encore, malgré l'agression dont elle était victime. Les divisions allemandes, a-t-il dit, ont balayé les concessions arrachées à Prague par ses ennemis et par ses alliés au nom de la paix, de la justice, du bon sens, des douces raisons invoquées lors de la crise de 1938. Maintenant, le territoire tchécoslovaque est occupé. Mais la République, elle, n'est pas morte. Elle doit continuer à se battre même hors de ses frontières. Beneš, reconnu par les patriotes tchécoslovaques comme seul président légitime, veut former aussi vite que possible un gouvernement provisoire en exil. Un an avant l'appel du 18 juin, Beneš, c'est un peu de Gaulle + Churchill. L'esprit de Résistance est en lui.

Malheureusement, ce n'est pas encore Churchill qui tient les rênes de la destinée anglaise et mondiale, mais l'ignoble Chamberlain, dont la veulerie n'a d'égale que la cécité. Il a dépêché un employé des Affaires étrangères, d'un rang particulièrement subalterne, pour accueillir l'ancien président. Et, en fait d'accueil, le rond-de-cuir se montre immédiatement désagréable. Il notifie à Beneš, celui-ci à peine descendu du train, les conditions de son exil : la Grande-Bretagne n'accepte d'accorder l'asile politique au ressortissant tchèque qu'à la condition expresse que celui-ci s'engage à se tenir éloigné de toute activité politique. Beneš, déjà reconnu de fait comme le chef d'un mouvement de libération par ses amis et ses ennemis, encaisse l'insulte en faisant preuve de sa dignité coutumière. Lui plus qu'aucun autre aura dû endurer, avec un stoïcisme proprement surhumain, la bêtise méprisante de Chamberlain. Rien qu'à ce titre, sa figure historique me paraît presque plus imposante que celle de De Gaulle.

Voilà quatorze jours que le SS-Sturmbannführer Alfred Naujocks est arrivé incognito dans la petite ville de Gleiwitz, à la frontière germano-polonaise, en Silésie allemande. Il a minutieusement préparé son coup et maintenant, il attend. Heydrich l'a appelé hier à midi pour lui demander de régler un dernier détail avec « Gestapo » Müller, qui s'est déplacé en personne, et qui loge dans la ville voisine d'Oppeln. Müller doit lui fournir ce qu'ils appellent la « boîte de conserve ».

Il est 4 heures du matin quand le téléphone sonne dans sa chambre d'hôtel. Il décroche, on lui demande de rappeler la Wilhelmstrasse. À l'autre bout du fil, la voix aiguë de Heydrich lui dit : « Grand-maman est morte. » C'est le signal, l'opération « Tannenberg » peut commencer. Naujocks rassemble ses hommes et se rend à la station radio qu'il projette d'attaquer. Mais avant de passer à l'action, il doit distribuer un uniforme polonais à chaque membre de l'expédition et réceptionner la « conserve » : un détenu qu'on a spécialement sorti d'un camp de concentration, lui aussi habillé en soldat polonais, inconscient mais encore vivant, semble-t-il, bien que Müller, selon les directives, lui ait administré une injection létale.

L'assaut débute à 8 heures. Les employés sont neutralisés sans heurts, et quelques coups de feu sont tirés en l'air pour la forme. La « conserve » est déposée en travers de la porte, et c'est Naujocks, très vraisemblablement, même s'il ne l'avouera jamais à son procès, qui l'achève d'une balle dans le cœur, afin de laisser une preuve concrète de l'attaque polonaise (une balle dans la nuque aurait trop signalé l'exécution et une balle dans la tête risquait de retarder l'identification). Il s'agit maintenant de diffuser en polonais le petit discours préparé par Heydrich. L'un des SS, choisi pour ses compétences linguistiques, est chargé de le prononcer. L'ennui, c'est que personne ne sait comment faire fonctionner la radio. Naujocks panique quelque peu, mais finalement, vaille que vaille, on parvient à émettre. Le discours est lu dans un polonais fébrile. C'est une courte allocution déclarant que suite aux provocations allemandes, la Pologne a décidé de passer à l'attaque. L'émission ne dure pas plus de quatre minutes. De toute façon, l'émetteur n'est pas assez puissant et, hormis quelques bourgades frontalières, le monde ne l'entendra pas. Qui s'en soucie ? Naujocks, surtout, qu'Heydrich a préalablement averti : « Si vous échouez, vous mourrez. Et moi aussi, peut-être. »

Mais Hitler tient son incident, et les aléas de la technique l'indiffèrent. Quelques heures plus tard, il s'adresse aux députés du Reichstag : « La Pologne, cette nuit, pour la première fois, et sur le territoire allemand, a fait ouvrir le feu par ses soldats réguliers. Depuis ce matin, l'Allemagne a engagé la riposte. A partir de maintenant, l'Allemagne rendra bombe pour bombe. »

La Seconde Guerre mondiale vient de commencer.

C'est en Pologne qu'Heydrich inaugure sa plus diabolique création : les *Einsatzgruppen*. Des troupes de SS spéciales, constituées de membres du SD ou de la Gestapo, chargées de nettoyer les zones occupées par la Wehrmacht. Chaque unité reçoit un petit livret dans lequel, en minuscules caractères, sur du papier extra-fin, sont consignées toutes les informations nécessaires. A savoir : la liste de toutes les personnes à liquider au fur et à mesure de l'occupation du pays. C'est-à-dire communistes, évidemment, mais aussi enseignants, écrivains, journalistes, prêtres, industriels, banquiers, fonctionnaires, commerçants, paysans enrichis, notables en tout genre… Des milliers de noms sont mentionnés, avec leur adresse et leur téléphone, ainsi que la liste de leur entourage, au cas où les éléments subversifs se seraient réfugiés chez des parents ou des amis. Chaque nom est accompagné d'une description physique, et parfois même d'une photo. Les services de renseignements d'Heydrich ont déjà atteint un niveau d'efficacité impressionnant.

Cependant, cette méticulosité est sans doute quelque peu superflue, eu égard au comportement des unités sur le terrain, qui se distinguent immédiatement par leur propension à ne pas faire dans le détail. Parmi les premières victimes civiles de la campagne polonaise, un groupe de scouts âgés de 12 à 16 ans : alignés contre un mur, sur la place du marché, ils sont fusillés. Le prêtre qui s'est dévoué pour leur administrer les derniers sacrements : aligné avec, et fusillé aussi. C'est seulement après que les Einsatzgruppen s'occupent de leurs objectifs : les marchands et les notables locaux, alignés à leur tour, fusillés. A partir de là, le travail des Einsatzgruppen, dont le compte rendu détaillé nécessiterait des milliers de pages, pourra se résumer par trois lettres terribles : *etc.* Jusqu'en URSS, où là-bas, même l'infinie ouverture du *et caetera* ne suffira plus.

96

C'est incroyable à quel point, concernant la politique du IIIe Reich, et spécialement dans ce qu'elle a de plus terrifiant, on retrouve toujours Heydrich au centre de tout.

Le 21 septembre 1939, il transmet aux services concernés une circulaire signée de sa main, relative au « problème juif dans les territoires occupés ». Cette circulaire décide du regroupement des Juifs dans des ghettos, et ordonne la création de conseils juifs, les *Judenrat* de sinistre mémoire, directement soumis à l'autorité du RSHA. Le *Judenräte*, sans aucun doute, s'inspire des idées d'Eichmann telles qu'Heydrich les a vu appliquées en Autriche : la clé consiste à faire collaborer les victimes à leur propre destin. Spoliation hier, destruction demain.

Le 22 septembre 1939, Himmler officialise la création du RSHA.

-   Le RSHA, Office central de sécurité du Reich *(Reichssicherheitshauptamt)*, fusionne le SD, la Gestapo et la Kripo (la police criminelle). Les attributions de cette monstrueuse organisation dépassent en puissance tout ce qu'on peut imaginer. A sa tête, Himmler nomme Heydrich. Service d'espionnage, police politique, police criminelle, placés entre les mains d'un seul homme. Autant le nommer directement « homme le plus dangereux du IIIe Reich ». C'est d'ailleurs devenu très vite son nouveau surnom. Une seule police lui échappe, l'*Ordnungpolizei*, la police en uniforme chargée du maintien de l'ordre, confiée à ce nul de Dalüge, responsable directement devant Himmler. Une broutille comparée au reste, qu'Heydrich, dans sa soif de pouvoir, n'est pas du genre à ne pas prendre au sérieux, mais une broutille quand même, selon moi, qui n'ai pas, il est vrai, les aptitudes ni l'expérience d'Heydrich pour en juger. En tout cas, l'hydre qu'est le RSHA a suffisamment de têtes pour l'occuper. Il est d'ailleurs obligé de déléguer. Il attribue chacune des sept divisions du RSHA à des collaborateurs qu'il sélectionne avant tout, c'est assez rare pour le signaler dans cet asile de fous qu'est l'appareil nazi, en fonction de leurs compétences, et non d'après des critères politiques. Par exemple, Heinrich Müller, à qui il confie la Gestapo, et qui s'identifiera si bien à elle qu'on ne l'appellera bientôt plus que « Gestapo Müller », est un ancien démocrate-chrétien, ce qui ne l'empêchera pas d'être considéré comme l'un des plus féroces instruments du régime. Les autres bureaux du RSHA sont confiés à des intellectuels brillants, des jeunes comme Schellenberg (SD extérieur) et Ohlendorf (SD intérieur) ou des universitaires chevronnés comme Six (Documentation et conception du monde), ce qui là encore tranche avec la cohorte d'illettrés, d'illuminés et de dégénérés mentaux qui peuplent les sommets du parti.

Une sous-branche de la Gestapo, sans rapport avec son importance réelle, mais il vaut toujours mieux rester discret avec les sujets sensibles, est consacrée aux Affaires juives. Pour la diriger, Heydrich sait déjà qui il veut : ce petit Hauptsturmführer autrichien qui fait du si bon travail, Adolf Eichmann, est tout indiqué. Il travaille en ce moment sur un dossier tout à fait original : le projet Madagascar. L'idée est de déporter tous les Juifs là-bas. A creuser. Il faut d'abord vaincre l'Angleterre, sans quoi l'acheminement des Juifs sera impossible par mer, et ensuite on verra.

98

Hitler a décidé l'invasion de l'Angleterre. Mais pour réussir un débarquement sur les côtes britanniques, l'Allemagne a d'abord besoin de s'assurer la maîtrise des airs. Or, en dépit des promesses du gros

Göring, les Spitfire et les Hurricane de la RAF continuent à danser au-dessus de la Manche. Jour après
jour, nuit après nuit, les héroïques pilotes anglais
repoussent les attaques des bombardiers et des chasseurs allemands. Prévue pour le 11 septembre 1940,
l'opération « Otarie » (nom de code donné au projet
d'invasion dont la tonalité burlesque provient de la
traduction française, car en allemand c'est « lion de
mer ») est reportée une première fois au 14, puis au
17. Mais le 17 septembre, un rapport de la Kriegsmarine indique : « L'aviation ennemie n'est toujours
pas battue, en aucune façon. Au contraire, elle montre une activité croissante. Dans l'ensemble, les
conditions atmosphériques ne nous permettent pas
d'espérer une période de calme. » Le Führer décide
donc de retarder « Otarie » sine die.

Ce même jour, pourtant, Heydrich, chargé par
Göring d'organiser répression et épuration sitôt que
l'invasion sera commencée, donne ses consignes à
l'un de ses collaborateurs, le Standartenführer
Franck Six, ancien doyen de la faculté économique
de l'Université de Berlin, reconverti dans le SD.
C'est lui qu'il a choisi pour s'installer à Londres et
commander aux Einsatzgruppen qu'il a mis sur pied
tout spécialement : six petites unités qui seront
basées à Londres, Bristol, Birmingham, Liverpool,
Manchester et Edimbourg, ou Glasgow si jamais le
pont du Firth of Forth est détruit entre-temps.
« Votre tâche, lui dit Heydrich, est de combattre,
avec les moyens requis, toutes les organisations, institutions et groupes d'opposition. » Concrètement,
le travail de ces Einsatzgruppen sera le même qu'en

Pologne, le même que plus tard en Russie : ce sont toujours des « unités mobiles de tuerie » chargées d'exterminer à tour de bras.

Mais ici, la mission se complique avec la *Sonderfahndungliste GB*, la liste spéciale de recherches pour la Grande-Bretagne, qu'Heydrich remet à Six. Il s'agit d'une liste de quelque 2 300 personnalités qu'il faudra trouver, arrêter et livrer à la Gestapo le plus vite possible. En tête de liste, on trouve, sans surprise, Churchill. Avec lui, d'autres hommes politiques, anglais ou étrangers, et notamment Beneš et Masaryk, les représentants du gouvernement tchécoslovaque en exil. Jusque-là, c'est logique. Mais apparaissent également des écrivains tels que H.G. Wells, Virginia Woolf, Aldous Huxley, Rebecca West... Freud y figure, bien que mort en 1939... Et aussi Baden-Powell, l'inventeur des scouts. Rétrospectivement, l'exécution des petits scouts en Pologne est plus qu'un excès de zèle, c'est une faute puisque les scouts sont considérés comme des sources d'information potentielles de tout premier ordre pour les services secrets allemands. Au total, tous ces noms forment un ensemble assez baroque. Il paraît que ce n'est pas Heydrich, mais Schellenberg qui a dressé la liste. C'est sans doute parce que celui-ci était très occupé à préparer à Lisbonne l'enlèvement du duc de Windsor que le travail semble avoir été quelque peu bâclé.

Cette liste se révèle assez fantaisiste, l'enlèvement du duc échouera, la Luftwaffe va perdre la bataille d'Angleterre et l'opération « Otarie » ne sera jamais déclenchée. Quelques pierres dépareillées dans le jardin de l'efficacité allemande, donc.

99

Je ne suis déjà pas toujours bien certain de la véracité des anecdotes que je collecte sur Heydrich, mais pour celle-là, c'est pire : le témoin et protagoniste de la scène que je me propose de rapporter n'est pas sûr lui-même de ce qui lui est arrivé. Schellenberg est le bras droit d'Heydrich au SD. C'est un bureaucrate féroce et sans scrupules, mais c'est aussi un brillant jeune homme, cultivé, élégant, qu'Heydrich invite parfois, outre leurs virées au bordel, à sortir avec Lina, au théâtre, à l'Opéra. Le jeune homme est donc presque un intime du couple. Un jour qu'Heydrich a dû se rendre à une réunion lointaine, Lina appelle Schellenberg pour lui proposer une balade bucolique autour d'un lac. Les deux jeunes gens prennent un café, parlent de littérature, de musique. Je n'en saurai pas plus. Quatre jours plus tard, Heydrich, après le travail, embarque Schellenberg et « Gestapo » Müller pour une tournée des boîtes. La soirée commence dans un restaurant chic de l'Alexanderplatz. C'est Müller qui sert les apéritifs. L'ambiance est détendue, tout a l'air normal, jusqu'à ce que Müller dise à Schellenberg : « Alors, il paraît que vous avez pris du bon temps, l'autre jour ? » Schellenberg comprend immédiatement. Heydrich, le teint blême, ne dit rien. « Souhaitez-vous être informé du déroulement de l'excursion ? » lui demande Schellenberg en adoptant un ton administratif presque malgré lui. Et soudain la soirée bascule. Heydrich répond d'une voix sifflante : « Vous venez de boire du poison. Il peut vous tuer dans les six heures. Si vous me dites la vérité complète et absolue, je vous donnerai l'antidote. Mais je veux la vérité. » Le rythme cardiaque de Schellenberg s'accélère. Il commence à résumer l'après-midi en essayant de contenir les tremblements de sa voix. Müller l'interrompt : « Après le café, vous êtes allé faire une promenade à pied avec la femme du chef. Pourquoi le cachez-vous ? Vous comprenez bien que vous étiez sous surveillance, n'est-ce pas ? » Oui, mais si Heydrich savait déjà tout, alors à quoi rimerait ce cinéma ? Schellenberg avoue une promenade d'un quart d'heure et rend compte des sujets de conversation qui ont été abordés. Heydrich reste songeur pendant de longues minutes. Puis il rend son verdict : « Allons, je suppose que je dois vous croire. Mais donnez-moi votre parole d'honneur que plus jamais vous ne recommencerez ce genre d'escapade. » Schellenberg, sentant que le plus gros danger est passé, parvient à dominer sa peur et répond d'un ton agressif qu'il donnera sa parole après avoir bu l'antidote car un serment extorqué dans ces conditions n'aurait aucune valeur. Il se risque même à demander : « Comme ancien officier de la marine, estimeriez-vous honorable de procéder autrement ? » Quand on sait comment s'est terminée la carrière d'Heydrich dans la marine, on peut reconnaître un certain culot à son interlocuteur. Heydrich fixe Schellenberg. Puis il lui verse un Martini dry. « Etait-ce un effet de mon imagination, écrit Schellenberg dans ses Mémoires, mais il me parut plus amer que de raison. » Il boit, présente ses excuses, donne sa parole d'honneur, et la soirée reprend son cours.

100

A force de fréquenter les bordels, Heydrich a une idée géniale : ouvrir le sien.

Ses plus proches collaborateurs, Schellenberg, Nebe, Naujocks, sont mobilisés pour mener à bien cette entreprise. Schellenberg trouve une maison dans un quartier chic des faubourgs de Berlin. Nebe, qui a travaillé des années à la mondaine, recrute les filles. Et Naujocks s'occupe de l'aménagement des locaux : chaque chambre est truffée de micros et de caméras. Il y en a derrière les tableaux, dans les lampes, sous les fauteuils, sur les armoires. Un centre d'écoute est installé à la cave.

L'idée est géniale de simplicité : au lieu d'aller espionner les gens chez eux, on les fait venir. Il s'agit donc de monter un bordel de grand standing, pour attirer une clientèle prestigieuse de personnalités éminentes.

Quand tout est prêt, le salon Kitty ouvre ses portes, et le bouche à oreille en fait bientôt un

établissement renommé dans les milieux diplomatiques. Les écoutes fonctionnent vingt-quatre heures
sur vingt-quatre. Les caméras servent à faire chanter
les clients.

Kitty, la patronne, est une ambitieuse maquerelle
de Vienne, distinguée, compétente, et passionnée
par son travail. Elle adore pouvoir se vanter de la
visite d'une célébrité. La venue du comte Ciano,
ministre des Affaires étrangères italiennes et gendre
de Mussolini, la rend folle de joie. Je suppose qu'il
y aurait aussi un livre passionnant à écrire sur elle.

Assez vite, Heydrich vient procéder à des visites
d'inspection. Il débarque tard le soir, ivre en général, et monte avec une fille.

Au matin, il arrive une fois que Naujocks tombe
sur l'enregistrement de son chef. Par curiosité, il
écoute la bande – je ne sais pas s'il y a eu un film
– et décide prudemment d'effacer l'enregistrement,
après avoir bien rigolé. Je n'ai pas les détails, mais
apparemment, la prestation d'Heydrich prêtait à
rire.

101

Naujocks se tient debout dans le bureau d'Heydrich, qui ne l'a pas invité à s'asseoir, sous un
énorme lustre dont la pointe menace comme une
épée de Damoclès au-dessus de sa tête dont il sent
bien, ce matin, qu'elle ne tient plus qu'à un fil.

Heydrich est assis devant l'immense tapisserie murale sur laquelle est brodé un aigle gigantesque enserrant une croix gammée dessinée dans un style très runique. Il tape du poing sur la plaque de marbre posée sur une table en bois massif, et le choc fait tressauter la photo de sa femme et de ses enfants.

— Comment diable avez-vous pu prendre l'initiative de faire enregistrer ma visite au salon Kitty la nuit dernière !

Même s'il se doutait du motif de sa convocation matinale dans le bureau du patron, Naujocks blêmit intérieurement.

— Enregistrer ?

— Oui, ne le niez pas !

Naujocks calcule rapidement qu'Heydrich n'a aucune preuve matérielle, puisqu'il a pris soin d'effacer la bande lui-même. Il adopte donc la stratégie qu'il croit être la plus rentable. Connaissant bien son patron, il sait qu'il joue sa peau.

— Mais je le nie ! Je ne sais même pas dans quelle chambre vous étiez ! Personne ne me l'a dit !

Le long silence qui suit éprouve les nerfs du super-agent.

— Vous mentez ! Ou alors vous devenez négligent.

Naujocks se demande quelle est, aux yeux de son chef, la pire de ces deux hypothèses. Heydrich reprend d'un ton plus calme, et d'autant plus inquiétant :

— Vous auriez dû savoir où j'étais. Cela fait partie de vos attributions. Et c'est également votre

devoir de fermer les microphones et les magnéto-
phones quand je suis là. Vous ne l'avez pas fait la
nuit dernière. Si vous croyez pouvoir vous moquer
de moi, Naujocks, vous feriez mieux d'y réfléchir à
deux fois. Sortez.

Naujocks, l'homme à tout faire, celui qui, à Gleiwitz, déclencha la guerre, est mis au placard. Il ne
devra qu'à son remarquable instinct de survie de ne
pas se faire purement et simplement liquider. En
l'occurrence, suite à ce regrettable incident, il passera le plus clair de son temps à essayer de se faire
oublier. C'est finalement assez peu cher payé pour
s'être foutu de la gueule d'Heydrich, son chef, Heydrich, bras droit d'Himmler, numéro deux SS, chef
suprême du RSHA, maître du SD et de la Gestapo,
Heydrich la bête blonde qui, par sa férocité mais
aussi par ses prestations sexuelles, mérite donc dou-
blement son surnom, ou au contraire ne le mérite
guère, doit se dire Naujocks entre deux montées
d'angoisse.

102

Ce dialogue est l'exemple même des difficultés
que je rencontre. Certainement Flaubert n'a pas eu
les mêmes problèmes avec *Salammbô*, parce que
personne n'a consigné les conversations d'Hamilcar,
le père d'Hannibal. Mais quand je fais dire à Heydrich : « Si vous croyez pouvoir vous moquer de

moi, vous feriez mieux d'y réfléchir à deux fois »,
je ne fais que reprendre les propos tels qu'ils sont
rapportés par Naujocks lui-même. On ne peut guère
espérer meilleur témoin, pour rapporter une phrase,
que l'interlocuteur direct qui l'a entendue et à qui
elle était adressée. Cependant, je doute qu'Heydrich
ait formulé sa menace ainsi. Ce n'est pas son style,
c'est Naujocks qui se remémore une phrase des
années après, réécrite par celui qui recueille son
témoignage, et ensuite par le traducteur. Du coup,
Heydrich, la bête blonde, l'homme le plus dangereux du Reich, disant : « Si vous croyez pouvoir
vous moquer de moi, Naujocks, vous feriez mieux
d'y réfléchir à deux fois », ça fait con. Il est beaucoup plus vraisemblable qu'Heydrich, personnage
grossier et imbu de sa puissance, alors en colère, ait
balancé quelque chose comme : « Vous voulez vous
foutre de ma gueule ? Prenez garde, je vais vous
arracher les couilles ! » Mais que vaut ma vision des
choses face à un témoin direct ?

Si cela ne tenait qu'à moi, j'écrirais :

— Dites-moi, Naujocks, où ai-je passé la nuit ?

— Je vous demande pardon, mon général ?

— Vous avez parfaitement compris la question.

— Eh bien… je ne sais pas, mon général.

— Vous ne savez pas ?

— Non, mon général.

— Vous ne savez pas que j'étais chez Kitty ?

— …

— Qu'avez-vous fait de l'enregistrement ?

— Je ne comprends pas, mon général.

— Arrêtez de vous foutre de ma gueule ! Je vous demande si vous avez gardé l'enregistrement !

— Mon général... je ne savais pas que vous étiez là !... Personne ne m'a prévenu ! Naturellement, j'ai détruit l'enregistrement dès que je vous ai reconnu... enfin, dès que j'ai reconnu votre voix !...

— Arrêtez de jouer au con, Naujocks ! Vous êtes payé pour tout savoir, et spécialement où je suis, parce que c'est moi qui vous paie ! A l'instant même où je prends une chambre chez Kitty, vous fermez les micros ! La prochaine fois que vous essayez de vous foutre de ma gueule, je vous expédie à Dachau où on vous pendra par les couilles, est-ce que je suis clair ?

— Très clair, mon général.

— Foutez-moi le camp !

Ce serait, me semble-t-il, un peu plus réaliste, un peu plus vivant, et probablement plus proche de la vérité. Mais ce n'est pas sûr. Heydrich pouvait être ordurier, mais il savait aussi jouer le bureaucrate glacial quand il le fallait. Donc à tout prendre, entre la version de Naujocks, même déformée, et la mienne, il vaut sans doute mieux choisir celle de Naujocks. Cependant je reste persuadé qu'Heydrich, ce matin-là, aurait bien voulu lui arracher les couilles.

Par l'une des très hautes fenêtres de la tour nord du château de Wewelsburg, Heydrich contemple la plaine de Westphalie. Au milieu de la forêt, il peut apercevoir les baraquements et les clôtures barbelées du plus petit camp de concentration d'Allemagne. Mais probablement son attention est-elle davantage retenue par le champ de manœuvre sur lequel s'activent les troupes de ses Einsatzgruppen. Le déclenchement de « Barbarossa » est prévu pour dans une semaine. Dans deux, ces hommes seront en Biélorussie, en Ukraine, en Lituanie, et ils entreront en action. On leur a promis qu'ils seraient rentrés chez eux à Noël, une fois leur travail achevé. En réalité, Heydrich n'a aucune idée de la durée de la guerre qui se prépare. Au sein du parti et de l'armée, pourtant, tous ceux qui sont dans la confidence rivalisent d'optimisme. Les prestations de l'Armée rouge, médiocres en Pologne, franchement lamentables en Finlande, laissent espérer un succès rapide de la toujours invincible Wehrmacht. Sur la foi des rapports du SD, Heydrich est toutefois plus circonspect. Les forces de l'ennemi, le nombre de ses chars, par exemple, ou celui de ses divisions de réserve, lui semblent dangereusement sous-évalués. Mais le haut commandement des forces armées, qui dispose, en l'Abwehr, de son propre service de renseignements, a préféré ignorer les mises en garde d'Heydrich pour se fier aux conclusions plus encourageantes de l'amiral Canaris, son ancien maître. Heydrich, pour qui son renvoi de la marine reste une blessure jamais refermée, doit en étouffer de rage. Hitler a pourtant déclaré : « Le début d'une guerre ressemble toujours à l'ouverture d'une porte dans une pièce plongée dans l'obscurité. On ne sait jamais ce qui s'y cache. » C'est admettre implicitement que les mises en garde du SD ne sont peut-être pas sans fondement. Mais la décision d'attaquer l'Union soviétique a quand même été prise. Heydrich observe avec inquiétude les nuages qui s'amoncellent sur la plaine.

Derrière lui, il entend la voix d'Himmler qui s'adresse à ses généraux.

Pour Himmler, la SS est un ordre de chevaliers. Lui-même se prend pour le descendant d'Henri l'Oiseleur, le roi saxon qui, en repoussant les Magyars, au Xe siècle, posa les fondations du Saint Empire romain germanique et passa le plus clair de son règne à exterminer des Slaves. En se réclamant d'un tel lignage, le Reichsführer avait besoin d'un château. Quand il a trouvé celui-ci, c'était une ruine. Il a dû faire venir quatre mille prisonniers de Sachsenhausen pour le remettre en état. Près d'un tiers sont morts pendant les travaux mais, désormais, l'édifice se dresse impérieusement au-dessus de l'Alme qui coule dans la vallée. Ses deux tours et son donjon, reliés par des remparts, forment un triangle dont la pointe, tournée vers la Thulé mythique, terre natale des Aryens, représente l'*Axis mundi*, le centre symbolique du monde.

C'est précisément là, au cœur du donjon, dans l'ancienne chapelle rebaptisée *Obergruppenführersaal*, que se tient la réunion organisée par Himmler, à laquelle Heydrich n'a pas pu échapper. Au milieu de cette grande pièce circulaire, les plus hauts dignitaires SS sont rassemblés autour d'une énorme table en chêne massif, que leur chef a souhaitée ronde et à douze places afin de reproduire la symbolique de la geste arthurienne. Mais la quête du Graal du Reich en 1941 se présente un peu différemment de celle de Perceval : « Affrontement ultime entre deux idéologies… nécessité de s'emparer d'un nouvel espace vital… » Heydrich connaît ce refrain par cœur, comme à l'époque la totalité des Allemands. « Question de survie… lutte raciale sans pitié… vingt à trente millions de Slaves et de Juifs… » Ici Heydrich, friand de chiffres, doit dresser l'oreille : « Vingt à trente millions de Slaves et de Juifs périront par les actions militaires et les problèmes d'approvisionnement en nourriture. »

Heydrich ne laisse rien paraître de son irritation. Il fixe le magnifique soleil noir incrusté de runes qui est dessiné dans le marbre du sol. Actions militaires… problèmes d'approvisionnement… on n'est pas plus évasif. Heydrich sait pertinemment que sur certains sujets sensibles il faut éviter d'être par trop explicite, mais vient toujours un moment où il faut appeler un chat un chat et il peut légitimement penser que ce moment est venu. Ou sinon, faute de consignes claires, les hommes risquent de faire n'importe quoi. Or, c'est lui qui a la responsabilité de cette mission.

Lorsque Himmler lève la réunion, Heydrich traverse à la hâte les couloirs encombrés d'armures, blasons, tableaux, signes runiques en tout genre. Il sait qu'ici travaillent en permanence des alchimistes, occultistes, mages, sur des problèmes ésotériques dont il n'a cure. Voici deux jours qu'il est coincé dans cet asile de fous, il veut rentrer à Berlin au plus tôt.

Mais dehors, les nuages se sont entassés dans la vallée et, s'il tarde trop, son avion ne pourra pas décoller. On le conduit au champ de manœuvres où c'est à lui que revient l'honneur de passer les troupes en revue. Il se dispense de longs discours et file entre les rangs. C'est à peine s'il jette un œil sur le ramassis d'assassins sélectionnés pour aller exterminer les sous-hommes de l'Est. Au total, près de trois mille hommes. Leur tenue, de toute façon, est impeccable. Heydrich s'engouffre dans l'avion qui l'attend, moteurs en marche, en bout de piste. Il décolle juste avant que l'orage éclate. Sous des trombes d'eau, les troupes des quatre Einsatzgruppen se mettent immédiatement en marche.

104

A Berlin, il n'y a pas de table ronde ni de magie noire, l'ambiance est bureaucratique et Heydrich rédige studieusement ses directives. Göring lui a demandé de faire court et simple. Le 2 juillet 1941, soit quinze jours après le déclenchement de « Barbarossa », il fait diffuser cette note auprès des responsables SS opérant derrière le front :

« Sont à exécuter tous les fonctionnaires du Komintern, les fonctionnaires du Parti, les commissaires du peuple, les Juifs occupant des fonctions au sein du Parti ou de l'Etat, les autres éléments radicaux (saboteurs, propagandistes, francs-tireurs, assassins, agitateurs). »

Simple en effet mais prudent encore, et même curieux : pourquoi cette précision sur les Juifs fonctionnaires alors que les fonctionnaires doivent être exécutés de toute façon, juifs ou pas ? C'est qu'alors Heydrich ignore quel accueil les soldats de l'armée régulière vont faire aux exactions de ses Einsatzgruppen. Il est vrai que la fameuse « directive des commissaires », signée par Keitel le 6 juin 1941, et donc approuvée par la Wehrmacht, autorise les massacres, mais ceux-ci officiellement se limitent aux ennemis politiques. C'est donc tout d'abord uniquement en tant qu'ennemis politiques que les Juifs soviétiques sont désignés comme cible. L'effet de redondance produit dans la note est comme la trace d'un ultime scrupule. Naturellement, si des populations locales désirent organiser des pogromes, ceux-ci seront discrètement encouragés. Mais au début du mois de juillet, il n'est pas encore question d'assumer à visage découvert le projet d'une extermination des Juifs pour la seule raison qu'ils sont juifs.

Deux semaines plus tard, balayée par l'euphorie des victoires, la gêne aura disparu. Tandis que la Wehrmacht enfonce l'Armée rouge sur tous les fronts, alors que l'invasion progresse au-delà des prévisions les plus optimistes et que trois cent mille soldats soviétiques sont déjà faits prisonniers, Heydrich réécrit sa directive. Il en reprend les points essentiels, élargit sa liste en la détaillant quelque peu (par exemple, il y inclut les anciens commissaires de l'Armée rouge). Et enfin il remplace *les Juifs occupant des fonctions au sein du Parti et de l'Etat* par *tous les Juifs*.

105

Le Hauptmann Heydrich, à bord d'un Messerschmitt 109 dont la carlingue, frappée des initiales *RH* en caractères runiques, indique qu'il s'agit de son appareil personnel, survole le territoire soviétique à la tête d'une formation de chasseurs de la Luftwaffe. Lorsque les avions allemands distinguent au sol des colonnes de soldats russes qui battent péniblement en retraite, ils s'abattent sur eux comme des tigres et, prenant la colonne en enfilade, les massacrent à la mitrailleuse.

Aujourd'hui pourtant, ce ne sont pas des colonnes de fantassins qu'Heydrich repère sous lui, mais un Yak. Il reconnaît sans peine la silhouette dodue du petit chasseur soviétique. En dépit des énormes quantités d'avions ennemis détruits au sol par les bombardiers allemands au début de l'offensive, l'espace aérien soviétique n'a pas été complètement nettoyé, et il reste çà et là des résistances sporadiques : ce Yak en est la preuve. Mais la supériorité de l'aviation allemande ne souffre aucune discussion, tant en termes de qualité que de quantité. Aucun chasseur soviétique ne peut réellement, en l'état actuel des forces en présence, prétendre rivaliser avec le Me109. Heydrich, impétueux, vaniteux, intime à son escadrille de rester en formation. Il veut offrir une démonstration à ses hommes, et abattre l'avion russe tout seul. Il descend à sa hauteur, et se glisse dans son sillage. Le pilote du Yak ne l'a pas vu. Le but de la manœuvre est de s'approcher de la cible pour faire feu à environ cent cinquante mètres de distance. L'avion allemand est beaucoup plus rapide, il se rapproche. Quand il distingue nettement la queue de l'avion russe dans son viseur, Heydrich tire. Aussitôt, le Yak bat des ailes comme un oiseau affolé. Mais il n'est pas touché par la première salve, et en réalité il ne s'affole pas. Il décroche en piquant vers le sol. Heydrich essaie de le suivre, mais son virage est désespérément large par rapport à celui du pilote russe. Cet imbécile de Göring avait prétendu que l'aviation soviétique était complètement obsolète et en cela, comme pour à peu près tout ce que pensaient les nazis de l'Union soviétique, il se trompait : certes, le Yak ne peut se mesurer aux chasseurs allemands en termes de performances, mais il sait compenser sa lenteur relative par une manœuvrabilité proprement diabolique. Le petit avion russe continue à descendre, tout en effectuant des lacets toujours plus serrés. Heydrich le suit, sans parvenir à le caler dans son viseur. On dirait un lièvre poursuivi par un lévrier. Heydrich veut ramener une victoire et peindre un petit avion sur le fuselage de son appareil, alors il s'entête, sans s'apercevoir que le Yak, tout en multipliant les changements de direction pour échapper aux salves de son poursuivant, ne fait pas n'importe quoi mais se dirige vers un point précis. Lorsque des explosions retentissent soudain autour de lui, Heydrich comprend : le pilote russe l'a amené au-dessus d'une batterie de DCA soviétique et lui, imbécile, s'est jeté dans le piège.

Un choc violent ébranle la carlingue. Une fumée noire s'échappe de la queue. L'avion d'Heydrich s'écrase.

106

C'est comme si on avait giflé Himmler en pleine face. Le sang lui monte aux joues et il sent son cerveau gonfler dans sa boîte crânienne. Il vient de recevoir la nouvelle : lors d'un combat aérien au-dessus de la Bérézina, le Messerschmitt 109 de Heydrich a été abattu. Bien sûr, si Heydrich est mort, c'est une grosse perte pour la SS, homme dévoué, collaborateur zélé, etc. Mais c'est surtout s'il est vivant que c'est une catastrophe. Car le chasseur est allé s'écraser *derrière* les lignes soviétiques. S'il faut informer le Führer que son chef de la sécurité est tombé aux mains de l'ennemi, Himmler s'attend à une scène très pénible. Il recense mentalement le nombre d'informations détenues par Heydrich susceptibles d'intéresser Staline. Ça paraît vertigineux.

Et encore le Reichsführer SS ignore-t-il exactement tout ce que sait son subordonné. Politiquement, stratégiquement, si Heydrich parle, le désastre peut être gigantesque, les conséquences incalculables. Himmler ne parvient pas à les mesurer. Derrière ses petites lunettes rondes et sa petite moustache, il transpire.

A vrai dire, ce n'est même pas là son problème le plus urgent. Si Heydrich est mort, ou prisonnier des Russes, la priorité absolue est de récupérer ses dossiers. Dieu seul sait ce qu'ils peuvent contenir, et sur qui. Il faudra saisir le coffre, à son bureau et aussi à son domicile. Pour la Prinz-Albert-Strasse, prévenir Müller, qui s'occupera du RSHA, avec Schellenberg. Pour chez lui, mettre les formes avec Lina, mais tout fouiller. En attendant, attendre : Heydrich est porté disparu, il n'y a rien d'autre à faire. Passer chez Lina, pour préparer le terrain, et donner des ordres sur le front afin qu'on mette tout en œuvre pour le retrouver, lui ou son cadavre.

On peut être en droit de se demander ce que foutait le chef des services secrets nazis dans un chasseur allemand au-dessus d'une zone de combats soviétique. C'est que parallèlement à ses responsabilités chez les SS, Heydrich était officier de réserve dans la Luftwaffe. En prévision de la guerre, il avait pris des cours de pilotage et, quand l'invasion de la Pologne a commencé, il a absolument voulu répondre à l'appel du devoir. Si prestigieux qu'ait été son poste de chef du SD, il estimait quand même qu'il s'agissait d'un travail de bureaucrate, et puisqu'il y avait la guerre, il fallait se comporter comme un vrai chevalier Teutonique et se battre. C'est ainsi qu'il s'est tout d'abord retrouvé mitrailleur dans un bombardier. Mais, sans surprise, ce rôle trop secondaire ne lui a pas plu, et il préféra prendre les commandes d'un Messerschmitt 110, pour effectuer des vols de reconnaissance au-dessus de la Grande-Bretagne, puis surtout d'un Messerschmitt 109 (l'équivalent allemand du Spitfire anglais) dans lequel il se cassa un bras lors d'un décollage mal négocié pendant la campagne de Norvège. Une biographie légèrement apologétique que je me suis procurée rapporte avec admiration comment il effectua des vols le bras en écharpe. Par la suite, il prit part, paraît-il, à des combats contre la RAF.

Pendant ce temps, Himmler s'inquiétait déjà pour lui comme un père. J'ai sous les yeux une lettre datée du 15 mai 1940, écrite depuis son train spécial (le Sonderzug « Heinrich », *sic*), adressée à son « très cher Heydrich », qui rend bien compte de la sollicitude du chef pour son bras droit : « Donnez-moi de vos nouvelles tous les jours si possible. » Par tout ce qu'il savait, Heydrich, en effet, valait très cher.

Ce n'est que deux jours plus tard qu'il fut récupéré par une « patrouille » allemande, des hommes à lui du Einsatzgruppe D, qui venaient de liquider quarante-cinq Juifs et trente otages. Apparemment, il avait donc été abattu par la DCA soviétique, s'était posé en catastrophe, était resté caché pendant deux jours et deux nuits, et avait finalement rejoint à pied les lignes allemandes. Crasseux et hirsute lorsqu'il rentra chez lui, il était aussi, d'après sa femme, passablement énervé par sa mésaventure, pour laquelle il obtint tout de même ce qu'il était allé chercher : la croix de fer première classe, décoration hautement respectée chez les militaires allemands. Après ce coup d'éclat, néanmoins, il n'eut plus jamais l'autorisation de prendre part à des actions aériennes sur aucun front. Hitler en personne, horrifié rétrospectivement par l'histoire de la Bérézina, semble s'y être formellement opposé. En dépit de ses efforts et de son indéniable impétuosité, Heydrich ne comptait aucune victoire. Sa carrière de pilote s'est donc arrêtée sur ce pauvre bilan.

107

Natacha lit le chapitre que je viens d'écrire. A la deuxième phrase, elle s'exclame : « Comment ça, "le sang lui monte aux joues" ? "Son cerveau gonfle dans sa boîte crânienne" ? Mais tu inventes ! »

Ça fait déjà des années que je la fatigue avec mes théories sur le caractère puéril et ridicule de l'invention romanesque, héritage de mes lectures de jeunesse (« la Marquise sortit à cinq heures », etc.), et il est juste, je suppose, qu'elle ne laisse pas passer cette histoire de boîte crânienne. De mon côté, je me croyais bien décidé à éviter ce genre de mentions qui n'ont, a priori, d'autre intérêt que de donner au texte la couleur du roman, ce qui est assez laid. En plus, même si je dispose d'indices sur la réaction d'Himmler et son affolement, je ne peux pas être vraiment sûr des symptômes de cet affolement : peut-être est-il devenu tout rouge (c'est comme ça que je l'imagine), mais aussi bien est-il devenu tout blanc. Bref, l'affaire me semble assez grave.

Avec Natacha, sur le coup, je me défends mollement : il est plus que probable qu'Himmler ait eu effectivement mal à la tête et de toute façon, cette histoire de cerveau qui gonfle n'est qu'une métaphore un peu *cheap* pour exprimer l'angoisse qui s'est emparée de lui à l'annonce de la nouvelle. Mais je ne suis pas moi-même très convaincu. Le lendemain, je supprime la phrase. Malheureusement, cela crée un vide que je trouve désagréable. Je ne sais pas trop pourquoi, je n'aime pas l'enchaînement de « Himmler giflé en pleine face » avec « Il vient de recevoir la nouvelle », trop abrupt, on perd le liant auparavant assuré par ma boîte crânienne. Je me sens donc obligé de remplacer la phrase supprimée par une autre, plus prudente. Je réécris quelque chose comme : « J'imagine que sa tête de petit rat à lunettes a dû virer au rouge. » C'est vrai qu'Himmler avait une tête de rongeur, avec ses bajoues et sa moustache, mais évidemment la formule perd en sobriété. Je décide d'enlever « à lunettes ». L'effet produit par « petit rat », même sans les lunettes, me dérange toujours, mais on voit l'avantage de cette option, toute en modalisation circonspecte : « J'imagine... », « a dû... ». Avec une hypothèse ouvertement présentée comme telle, j'évite ainsi tout coup de force sur le réel. Je ne sais pour quelle raison je me sens obligé de rajouter : « Il est tout congestionné. »

J'avais cette vision d'Himmler tout rouge, et comme très enrhumé (peut-être parce que je traîne moi-même une sale crève depuis quatre jours) et mon imagination tyrannique n'en démordait pas : je voulais une précision de ce type sur la gueule du Reichsführer. Mais décidément le résultat ne me plaisait pas : à nouveau j'ai tout viré. J'ai longuement contemplé l'espace réduit à néant entre la première et la troisième phrase. Et, lentement, je me suis remis à taper : « Le sang lui monte aux joues, et il sent son cerveau gonfler dans sa boîte crânienne. »

Je pense à Oscar Wilde, comme d'habitude, c'est toujours la même histoire : « Toute la matinée, j'ai corrigé un texte, pour finalement ne supprimer qu'une virgule. L'après-midi, je l'ai rétablie. »

108

Heydrich, que j'imagine calé au fond de sa Mercedes noire, serre sa serviette sur ses genoux, car celle-ci contient sans doute le document le plus décisif de sa carrière et de l'histoire du IIIe Reich.

La voiture file à travers les faubourgs de Berlin. Dehors, il fait bon, c'est l'été, la soirée avance et on imagine mal que le ciel se remplira bientôt de masses noires qui largueront des bombes. Quelques bâtiments abîmés, quelques maisons détruites, quelques passants pressés rappellent tout de même avec insistance l'extraordinaire opiniâtreté de la Royal Air Force.

Voilà plus de quatre mois qu'Heydrich a fait rédiger par Eichmann le brouillon de ce document pour le soumettre à l'approbation de Göring. Mais il fallait également l'accord de Rosenberg, en tant que ministre désigné pour les territoires de l'Est. Et c'est cette nullité qui regimbait ! Depuis, Eichmann a bien travaillé, le texte a été remanié, et normalement toutes les difficultés sont désormais aplanies.

Nous sommes au cœur de la forêt, au nord de Berlin. La Mercedes s'arrête devant le portail d'une villa gardée par des SS lourdement armés. C'est Karinhall, le petit palais baroque que Göring s'est fait construire pour se consoler de la mort de sa première femme. Les gardes saluent, les grilles s'ouvrent, la voiture s'engouffre dans l'allée. Sur le perron, Göring est déjà là, jovial et sanglé dans l'un de ces uniformes excentriques qui lui ont valu le surnom de « Néron parfumé », sans doute. Il salue Heydrich avec effusion, trop heureux de pouvoir rencontrer en tête à tête le redoutable chef du SD. Heydrich sait qu'il passe déjà pour l'homme le plus dangereux du Reich, et il en tire vanité, mais il sait aussi que si tous les dignitaires nazis le courtisent avec tant d'insistance, c'est avant tout pour essayer d'affaiblir son chef, Himmler. Pour ces gens-là, Heydrich est un instrument, pas encore un rival. Certes, dans le couple infernal qu'il forme avec Himmler, il est considéré comme le cerveau (« HHhH », dit-on dans la SS : *Himmlers Hirn heißt Heydrich* – le cerveau d'Himmler s'appelle Heydrich), mais il reste le bras droit, le subordonné, le numéro deux. L'ambition d'Heydrich ne saurait se contenter éternellement de cette situation, mais pour l'heure, quand il étudie l'évolution des rapports de force au sein du parti, il se félicite d'être resté fidèle à Himmler, dont le pouvoir ne cesse de s'élargir, tandis que Göring se morfond dans une semi-disgrâce, depuis l'échec de la Luftwaffe en Angleterre.

Göring, pourtant, est encore officiellement responsable de la question juive, et c'est la raison pour laquelle Heydrich est là ce soir.

Cependant, il doit d'abord subir les enfantillages de son hôte. Le gros Hermann veut lui montrer son train électrique, un cadeau du Théâtre national de Prusse dont il est très fier, et avec lequel il joue tous les soirs. Heydrich prend son mal en patience. Après s'être encore extasié devant une salle de cinéma privée, des bains turcs, un salon à la hauteur de plafond pharaonique, et même un lion prénommé César, il parvient enfin à se retrouver assis en face de Göring, au milieu des boiseries d'un bureau lambrissé. Il peut alors sortir son précieux papier, qu'il soumet à la lecture du Reichmarschall. Göring lit :

« Le Maréchal du Reich de la Grande Allemagne
Délégué du plan de quatre ans
Président du Conseil des ministres pour la défense du Reich
A l'attention du
Chef de la Police de Sécurité et du SD
SS-Gruppenführer Heydrich

Berlin

En complément de la tâche qui vous a été confiée par l'édit du 24 janvier 1939 de résoudre la question juive par le moyen de la migration ou de l'évacuation de la façon la plus avantageuse, étant donné les conditions actuelles, je vous charge d'effectuer tous les préparatifs nécessaires concernant les aspects organisationnels, pratiques et financiers en vue d'une solution globale de la question juive dans la sphère d'influence allemande en Europe.

Dans la mesure où les compétences d'autres organisations centrales sont concernées, elles doivent être impliquées. »

Göring s'arrête et sourit. Eichmann a rajouté ce paragraphe pour satisfaire Rosenberg. Heydrich sourit aussi, mais sans pouvoir dissimuler le mépris qu'il voue à tous ces bureaucrates des ministères. Göring reprend :

« En outre, je vous charge de me soumettre dans les plus brefs délais un plan d'ensemble des mesures préliminaires de nature organisationnelle, pratique et financière, nécessaires à l'exécution de la solution finale de la question juive telle qu'elle est envisagée. »

En silence, Göring date et signe ce qui va devenir pour l'Histoire l'*Ermächtigung* : l'autorisation. Heydrich ne peut réprimer un rictus de contentement. Il range le précieux papier dans sa serviette. Nous sommes le 31 juillet 1941, c'est l'acte de naissance de la Solution finale, et il va en être le principal artisan.

109

Lors du premier jet, j'avais écrit : « sanglé dans un uniforme bleu ». Je ne sais pas pourquoi, je le voyais bleu. Il est vrai qu'on voit souvent Göring dans un uniforme bleu clair sur les photos. Mais ce jour-là, je ne sais pas s'il le portait. Il pouvait aussi bien être en blanc, par exemple.

Je ne sais pas non plus si ce genre de scrupules a encore un sens à ce stade de l'histoire.

110

« Bad Kreuznach, août 41. Les championnats d'escrime allemands viennent de se dérouler pour la seconde fois. Les douze meilleurs de la *Reichs-sonderklasse* [littéralement "classe exceptionnelle du Reich"] ont été distingués et vont recevoir l'agrafe d'or ou d'argent de la NSRL (Société national-socialiste pour la gymnastique). Au 5e rang vient un Obergruppenführer [erreur de grade ou flagornerie par promotion anticipée ?] de la SS et général de la police : c'est Reinhard Heydrich, le chef de la police de sécurité et du SD. Il reçoit avec joie les congratulations, mais toute son attitude respire la modestie du vainqueur. Celui qui le connaît sait bien que le repos est pour lui une notion inconnue. Ne s'accorder aucun repos ni relâchement, tel est son principe fondamental, qu'il s'agisse de sport ou de service. »

(Article paru dans le magazine spécialisé *Gymnastique et Education physique*.)

Celui qui le connaît sait surtout qu'il vaut mieux ne pas lésiner sur les louanges envers ce génial athlète de 36 ans, ni aborder la question du stress des arbitres au moment de valider une touche contre le chef de la Gestapo. Ni évoquer Commode ou Caligula qui se battaient dans l'arène contre des gladiateurs qui avaient parfaitement compris qu'ils avaient plutôt intérêt à ne pas avoir le bras trop lourd en face de l'empereur.

Cela dit, il paraît que pendant les tournois, l'Obergruppenführer Heydrich avait un comportement correct. Un jour qu'il pestait contre une décision d'arbitrage, le directeur de la rencontre l'avait remis sèchement à sa place en lui disant, devant tout le public : « Sur la piste d'escrime, les seules lois sont celles du sport, et rien d'autre ! » Abasourdi par le courage de l'homme, Heydrich n'avait pas moufté.

Il réservait ses accès d'*hubris* pour en dehors, semble-t-il, puisque c'est en marge de ce tournoi de Bad Kreuznach qu'il aurait confié à deux amis (mais depuis quand Heydrich a-t-il des amis ?), en termes très vifs, qu'il n'hésiterait pas à mettre hors d'état de nuire Hitler en personne, le cas échéant, si « le vieux fout sa merde ».

Qu'entendait-il par là exactement ? J'aurais bien aimé le savoir.

Cet été, au zoo de Kiev, un homme est entré dans la fosse au lion. A un visiteur qui voulait le retenir, il a dit, en enjambant la barrière : « Dieu me sauvera. » Et il s'est fait dévorer vivant. Si j'avais été là, je lui aurais dit : « Il ne faut pas croire tout ce qu'on raconte. »

Dieu n'a été d'aucune utilité aux gens qui sont morts à Babi Yar.

En russe, *yar* signifie ravin. Babi Yar, le « ravin de la grand-mère », était un immense dénivelé naturel situé à la périphérie de Kiev. Il n'en reste aujourd'hui qu'un fossé gazonné, assez peu profond, entourant une impressionnante sculpture érigée dans un style très socialiste à la mémoire des morts qui sont tombés là. Mais lorsque j'ai voulu m'y rendre, le chauffeur de taxi qui m'y conduisait a tenu à me montrer jusqu'où, à l'époque, s'étendait Babi Yar. Il m'a mené à une espèce de fossé boisé, où, m'a-t-il expliqué, par l'intermédiaire d'une jeune Ukrainienne qui m'accompagnait et me servait de traductrice, l'on jetait les corps qui dévalaient du talus. Puis nous sommes remontés dans la voiture et il m'a déposé à l'emplacement du mémorial, *situé à plus d'un kilomètre*.

Entre 1941 et 1943, les nazis ont fait du « fossé de la grand-mère » ce qui est probablement le plus grand charnier de toute l'histoire de l'humanité : comme l'indique la plaque commémorative, traduite en trois langues (ukrainien, russe et hébreu), ici ont péri plus de cent mille personnes, victimes du fascisme.

Plus d'un tiers ont été exécutées en moins de quarante-huit heures.

Ce matin de septembre 1941, les Juifs de Kiev se rendirent par milliers au lieu de rassemblement où ils avaient été convoqués, avec leurs petites affaires, résignés à être déportés, sans se douter du sort que l'Allemand leur réservait.

Ils comprirent tous trop tard, certains dès leur arrivée, d'autres seulement au bord de la fosse. Entre ces deux moments, la procédure était expéditive : les Juifs remettaient leurs valises, leurs objets de valeur, et leurs papiers d'identité, qui étaient déchirés devant eux. Puis ils devaient passer entre deux rangées de SS sous une pluie de coups. Les Einsatzgruppen les frappaient à grands coups de matraque ou de gourdin, en faisant preuve d'une violence extrême. Si un Juif tombait, ils lâchaient les chiens sur lui, ou il était piétiné par la foule affolée. Au sortir de ce couloir infernal, débouchant sur un terrain vague, les Juifs éberlués étaient sommés de se déshabiller entièrement, puis étaient conduits complètement nus au bord d'un fossé gigantesque. Là, les plus obtus ou les plus optimistes devaient laisser toute espérance. L'absolue terreur qui les envahissait à cet instant précis les faisait hurler. Au fond du fossé s'empilaient les cadavres.

Mais l'histoire de ces hommes, de ces femmes et de ces enfants ne s'arrête pas tout à fait au bord de cet abîme. En effet, dans un souci d'efficacité très allemand, les SS, avant de les abattre, faisaient d'abord descendre leurs victimes au fond de la fosse, où les attendait un « entasseur ». Le travail de l'entasseur ressemblait presque en tout point à celui des hôtesses qui vous placent au théâtre. Il menait chaque Juif sur un tas de corps et, lorsqu'il lui avait trouvé une place, le faisait étendre sur le ventre, vivant nu allongé sur des cadavres nus. Puis un tireur, marchant sur les morts, abattait les vivants d'une balle dans la nuque. Remarquable taylorisation de la mort de masse. Le 2 octobre 1941, l'Einsatzgruppe en charge de Babi Yar pouvait consigner dans son rapport : « Le Sonderkommando 4a, avec la collaboration de l'état-major du groupe et de deux commandos du régiment Sud de police, a exécuté 33 771 Juifs à Kiev, les 29 et 30 septembre 1941. »

112

J'ai eu vent d'une histoire extraordinaire qui s'est déroulée à Kiev pendant la guerre. Elle a eu lieu à l'été 1942, et ne concerne aucun des acteurs d'« Anthropoïde » ; elle n'a donc pas sa place, a priori, dans mon roman. Mais c'est un des grands avantages du genre que la liberté presque illimitée qu'il confère au raconteur.

A l'été 1942, donc, l'Ukraine est administrée par les nazis avec la brutalité qui les caractérise. Cependant, les Allemands ont souhaité organiser des matchs de foot entre les différents pays occupés ou satellisés à l'Est. Or, il advient bientôt qu'une équipe se distingue, engrangeant les victoires contre ses adversaires roumains ou hongrois : le FC Start, monté à la va-vite à partir de l'ossature du défunt Dynamo Kiev, interdit depuis les débuts de l'occupation mais dont les joueurs ont été rappelés pour l'occasion.

La rumeur des succès de cette équipe parvient aux Allemands, qui décident d'organiser un match de prestige à Kiev, entre l'équipe locale et l'équipe de la Luftwaffe. Les joueurs ukrainiens sont tenus, lors de la présentation des équipes, d'effectuer le salut nazi.

Le jour du match, les deux équipes pénètrent dans le stade, plein à craquer, et les joueurs allemands tendent le bras en criant : « Heil Hitler ! » Les joueurs ukrainiens tendent le bras à leur tour, et c'est sans doute une déception pour le public qui, bien évidemment, voit dans ce match l'occasion d'une démonstration de résistance symbolique à l'envahisseur. Mais au lieu de ponctuer leur geste du « Heil Hitler » convenu, les joueurs referment le poing, replient leur bras sur la poitrine, et crient : « Vive la culture physique ! » Le slogan, imprégné d'une connotation soviétique, fait exploser le public.

A peine le match commencé, un attaquant ukrainien se fait fracturer la jambe par un joueur allemand. Or, à l'époque, il n'y a pas de remplaçants. Le FC Start doit donc jouer le match à dix. En supériorité numérique, les Allemands ouvrent le score. Ça se présente très mal. Cependant, les joueurs de Kiev refusent d'abdiquer. Ils égalisent sous les vivats de la foule. Puis ils marquent un second but et le stade explose.

A la mi-temps, le général Ebherardt, superintendant de Kiev, rend visite aux joueurs ukrainiens dans leur vestiaire, et leur tient ce discours : « Bravo, vous avez pratiqué un excellent jeu et nous avons apprécié. Seulement, maintenant, durant la seconde mi-temps, vous devrez perdre. Vous le devez ! L'équipe de la Luftwaffe n'a jamais perdu, spécialement en territoires occupés. C'est un ordre ! Si vous ne perdez pas, vous serez exécutés. »

Les joueurs ont écouté en silence. De retour sur le terrain, sans concertation préalable, après un bref moment d'incertitude, ils prennent leur décision : ils jouent. Ils marquent un but, puis un autre, et finissent par l'emporter 5-1. Le public ukrainien est en délire. Le côté allemand gronde. Des coups de feu sont tirés en l'air. Mais personne parmi les joueurs n'est encore inquiété, car les Allemands pensent qu'ils vont laver l'affront sur le terrain.

Trois jours plus tard, un match revanche est organisé dont la promotion est faite à grand renfort d'affiches. Entre-temps, les Allemands font venir en catastrophe des joueurs professionnels de Berlin pour renforcer leur équipe.

Le second match démarre. Le stade est à nouveau plein à craquer, mais cette fois des troupes de SS sont déployées autour, officiellement afin de maintenir l'ordre. Les Allemands ouvrent encore le score. Mais les Ukrainiens ne lâchent rien, et l'emportent 5-3. A la fin du match, les supporters ukrainiens délirent de joie, mais les joueurs sont livides. Les

Allemands tirent des coups de feu. La pelouse est envahie. Dans la confusion, trois joueurs ukrainiens disparaissent dans la foule. Ils survivront à la guerre. Le reste de l'équipe est arrêté et quatre joueurs sont immédiatement emmenés à Babi Yar, où ils sont exécutés. A genoux devant la fosse, le capitaine et gardien de but, Nikolaï Trusevich, a le temps de crier, avant de recevoir une balle dans la nuque : « Le sport rouge ne mourra jamais ! » Par la suite, les autres joueurs seront assassinés à leur tour. Aujourd'hui, un monument leur est dédié devant le stade du Dynamo.

Il existe un nombre incroyable de versions de ce « match de la mort » légendaire. Certaines affirment qu'il y eut encore un troisième match durant lequel les Ukrainiens l'emportèrent… 8-0 ! et que c'est seulement à l'issue de ce match que les joueurs furent arrêtés et exécutés. Mais la version que je livre ici me semble la plus crédible, et de toute façon, toutes s'accordent sur les grandes lignes. J'ai peur d'avoir commis quelques inexactitudes, parce que je n'ai pas pris le temps de mener une enquête approfondie sur un sujet qui n'a pas de rapport direct avec Heydrich, mais je ne voulais pas parler de Kiev sans raconter cette incroyable histoire.

113

Sur le bureau d'Hitler, les rapports du SD s'entassent, pour dénoncer le scandaleux laxisme qui règne dans le Protectorat. Relations du Premier ministre tchèque Aloïs Eliáš avec Londres, actes de sabotage, réseaux de Résistance encore actifs, multiplication des propos séditieux entendus en public, marché noir en pleine expansion, baisse de la production de 18 %, la situation telle qu'elle est brossée par les hommes d'Heydrich semble explosive. Or, avec l'ouverture du front russe, le rendement de l'industrie tchèque, l'une des meilleures d'Europe, commence à prendre un caractère vital pour le Reich. Il faut que les usines Škoda tournent à plein régime pour soutenir l'effort de guerre.

Tout paranoïaque qu'il est, Hitler n'est sans doute pas totalement dupe : il doit savoir qu'Heydrich, qui convoite la place de Neurath, le protecteur de Bohême-Moravie, a tout intérêt à noircir le tableau pour discréditer la politique du vieux baron. Mais en même temps, Hitler n'aime pas les mous (ni les barons, d'ailleurs). Et les dernières nouvelles sont la goutte d'eau qui fait déborder le vase. Un appel au boycott des journaux d'occupation, lancé depuis Londres par Beneš et sa clique, a été remarquablement suivi par la population locale pendant toute une semaine. En soi, le mal n'est pas bien grand, mais il s'agit d'une démonstration magistrale de l'influence qu'a conservée le gouvernement tchèque en exil, et cela révèle un état d'esprit général déplaisant pour l'occupant. Quand on se souvient de la haine qu'Hitler voue à Beneš, on devine sans mal dans quelle rage cette information l'a plongé.

Hitler sait qu'Heydrich est un arriviste prêt à tout pour parvenir à ses fins, mais cela ne le choque pas, et pour cause. Lui-même a-t-il jamais été autre chose ? Hitler respecte Heydrich parce qu'il marie férocité et efficacité. Si l'on y ajoute une loyauté jamais démentie envers le Führer, nous obtenons les trois termes qui donnent la formule du nazi parfait. Sans parler de ce pur physique d'Aryen. Himmler a beau être le « fidèle Heinrich », il ne peut pas rivaliser sur ce plan. Il est donc probable qu'Hitler admire Heydrich. Avec Staline, ce serait alors l'une des seules personnes vivantes qui ait eu cet honneur. Il semble aussi qu'Hitler n'ait pas eu peur d'Heydrich, ce qui, pour un paranoïaque comme lui, semble étonnant. Peut-être voulait-il attiser la concurrence entre Heydrich et Himmler. Peut-être pensait-il, comme il l'avait confié à son Reichsführer, que le dossier sur la supposée judéité d'Heydrich était une garantie certaine de son dévouement. Ou peut-être la bête blonde incarnait-elle à ce point l'idéal nazi qu'Hitler ne pouvait envisager aucune trahison, aucune défection, chez cet homme-là.

Toujours est-il qu'il a dû appeler Bormann pour organiser une réunion de crise dans son QG de Rastenburg. Sont convoqués sur-le-champ : Himmler, Heydrich, Neurath et son adjoint Frank, le libraire des Sudètes.

Frank arrive le premier. C'est un homme d'environ 50 ans, grand, affublé d'une tête de mafieux aux rides déjà très creusées. Au cours du déjeuner, il dresse à Hitler un tableau du Protectorat qui confirme en tout point les rapports du SD. Himmler et Heydrich débarquent ensuite. Heydrich fait un brillant exposé dans lequel il pose les problèmes et propose des solutions. Hitler est favorablement impressionné. Neurath, retardé par le mauvais temps, arrive le lendemain, lorsque son sort est scellé. Hitler procède avec lui comme il le fait avec ses généraux lorsqu'il veut leur retirer un commandement : vacances forcées pour raisons de santé. La place de protecteur est à prendre.

114

27 septembre 1941, l'agence de presse tchèque, contrôlée par les Allemands, publie ce communiqué :

« Le Protecteur du Reich de Bohême-Moravie, ministre du Reich et citoyen d'honneur Herr Konstantin von Neurath a considéré qu'il était de son devoir de solliciter du Führer un congé prolongé pour raisons de santé. Dans la mesure où l'état de guerre actuel nécessite le service à temps plein du Protecteur du Reich, Herr von Neurath a demandé au Führer de lui retirer temporairement ses fonctions, et de nommer un remplaçant pour toute la durée de son absence. Vu les circonstances, le Führer ne pouvait manquer d'accéder à la demande du Protecteur et a nommé l'Obergruppenführer et

Général de Police Heydrich au poste de Protecteur de Bohême-Moravie pour toute la durée de la maladie du ministre du Reich von Neurath. »

115

Pour occuper un poste aussi prestigieux, Heydrich a été promu Obergruppenführer, le deuxième plus haut grade dans la hiérarchie SS, si l'on excepte le titre de Reichsführer, réservé à Himmler. Seul le grade d'Oberstgruppenführer le surpasse, que personne n'a encore atteint en septembre 1941 (ils seront seulement quatre, à la fin de la guerre, à y être parvenus).

Heydrich savoure donc cette étape décisive dans son irrésistible quoique méandreuse ascension. Il téléphone à sa femme, apparemment pas d'emblée séduite par l'idée de s'installer à Prague (elle prétend lui avoir dit : « Oh, si seulement tu étais devenu facteur ! », mais elle révélera par la suite une fatuité qui s'accorde mal avec l'expression d'un tel regret). Et Heydrich de répondre : « Essaie de comprendre ce que ça représente pour moi ! Ça va me changer des sales besognes ! Je vais enfin être autre chose que la poubelle du Reich ! » Poubelle du Reich, c'est comme ça qu'il définissait ses fonctions de chef de la Gestapo et du SD, fonctions qu'il va pourtant continuer à remplir avec toujours la même efficacité.

Heydrich débarque à Prague le jour même où sa nomination est annoncée au peuple tchèque. Son avion se pose à l'aéroport de Ruzyn en fin de matinée, ou en début d'après-midi, à bord d'un trimoteur Junker modèle Ju 52.

Il descend à l'hôtel Esplanade, l'un des plus beaux de la ville, mais ne s'y attarde pas puisque le soir même, Himmler peut lire le rapport que son collaborateur lui envoie par télétype :

« A 15 h 10, l'ex-Premier ministre Eliaš a été arrêté comme prévu.

A 18 heures, également comme prévu, l'arrestation de l'ex-ministre Havelka a eu lieu.

A 19 heures, la radio tchèque a annoncé ma nomination par le Führer.

Eliaš et Havelka sont actuellement interrogés. Pour des raisons diplomatiques, je dois faire convoquer une assemblée spéciale pour traduire le Premier ministre Eliaš devant un tribunal populaire. »

Eliaš et Havelka sont les deux membres les plus importants du gouvernement tchèque qui collabore avec les Allemands sous la présidence du vieil Hácha. Or ils entretiennent des contacts réguliers avec Beneš à Londres, ce que les services d'Heydrich n'ignorent pas. C'est pourquoi ils vont être immédiatement condamnés à mort, mais, après réflexion, Heydrich décide de ne pas exécuter la sentence tout de suite. Cela, naturellement, n'est qu'un sursis.

117

Le lendemain matin, à 11 heures, la cérémonie d'investiture d'Heydrich a lieu au château Hradčany, le *Hradchine* en allemand. L'immonde Karl Hermann Frank, le libraire des Sudètes devenu général SS et secrétaire d'Etat, l'accueille en grande pompe dans la cour du château, au son de l'hymne nazi, le *Horst Wessel Lied* joué par un orchestre spécialement convoqué pour l'occasion. Heydrich passe en revue la garde, tandis qu'on hisse, à côté du drapeau à croix gammée, une seconde bannière, signe qu'un barreau supplémentaire vient de se gravir sur l'échelle de la terreur : le drapeau noir frappé des deux S runiques flotte sur le château et la ville. Désormais, la Bohême-Moravie devient quasi officiellement le premier Etat SS.

118

Le jour même, deux grands chefs de la Résistance tchèque, le général d'armée Josef Bílý et le général de division Hugo Vojta, qui fomentaient un soulèvement armé, sont fusillés. Le général Bílý tombe sous les balles du peloton après avoir crié : « Longue vie à la République tchécoslovaque ! Tirez, bande de chiens ! » Ces deux hommes – deux de plus – n'ont aucun véritable rôle dans mon histoire, mais j'aurais l'impression de les mépriser si je ne citais pas leur nom.

Avec Bílý et Vojta, dix-neuf ex-officiers de l'armée tchèque sont exécutés, dont quatre autres généraux. Et les premières mesures tombent dans les jours qui suivent : l'état d'urgence est décrété partout dans le pays. Tout rassemblement, à l'intérieur comme à l'extérieur, est interdit, en vertu de la loi martiale. Les tribunaux n'ont plus que deux options : l'acquittement ou la peine de mort, quels que soient les chefs d'inculpation. Des condamnations à mort sont prononcées à l'encontre de Tchèques ayant distribué des tracts, pratiqué le marché noir, ou simplement écouté des radios étrangères. Les affiches rouges bilingues annonçant chaque nouvelle mesure se multiplient sur les murs. Les Tchèques apprennent très vite qui est leur nouveau maître.

Et parmi eux, les Juifs, bien sûr, l'apprennent encore plus vite. Le 29 septembre, Heydrich décrète la fermeture des synagogues et l'arrestation des Tchèques qui, pour protester contre l'obligation récente faite aux Juifs de porter une étoile jaune, en arborent une eux-mêmes. En 1942, en France, on observera des manifestations de solidarité similaires, et l'on déportera « avec leurs amis juifs » les imprudents qui s'y seront risqués. Mais dans le Protectorat, tout ceci n'est qu'un prélude.

Le 2 octobre 1941, Heydrich expose au palais Čzernín, aujourd'hui hôtel Savoy, situé à l'extrémité de l'enceinte du Château, les grandes orientations de sa politique à venir en tant que protecteur de Bohême-Moravie par intérim. Debout, les mains appuyées sur les bords d'un pupitre en bois, sa croix de fer accrochée sur le cœur, ce qui ressemble à une alliance, bien visible, à la main gauche (mais on me dit que les Allemands la portent main droite, normalement), il prend la parole devant les principaux représentants des forces d'occupation. Son visage dégage un air de compétence et d'autorité. Son discours se veut pédagogique avec les compatriotes qui composent son auditoire :

« Pour des raisons tactiques et de conduite de la guerre, nous ne devrons pas chauffer le Tchèque à blanc sur certains points, ni l'amener à croire qu'il n'a pas d'autre issue que la révolte. »

C'est le premier point de sa politique, qui n'en compte que deux : la carotte et le bâton. Le bâton suit, dans un balancement dialectique à l'équilibre incertain :

« Le Reich n'entend pas raillerie et il est maître chez lui. Cela veut dire que pas un seul Allemand ne doit laisser passer quelque chose à un Tchèque, de la même façon qu'à un Juif dans le Reich ; pas un Allemand ne doit dire que le Tchèque est quand même quelqu'un de convenable. Si quelqu'un déclare cela, nous devons le renvoyer – si nous ne formons pas un front uni contre la "tchèquerie", le Tchèque trouvera toujours une voie pour tricher. »

Ensuite Heydrich, peu habitué à faire des discours et loin encore d'être un Cicéron, passe à la phase *illustratio* :

« L'Allemand ne peut se permettre de se mettre un coup dans le nez en public, au restaurant. Soyons francs là-dessus : que l'on se soûle et que l'on puisse se relâcher, personne n'a rien contre, mais on le fera entre quatre murs ou au mess des officiers. Le Tchèque doit voir que l'Allemand se tient droit, en service comme dans le civil, qu'il est un seigneur, et un maître, de la tête aux pieds. »

Après ce curieux exemple, le propos se fait plus concret, et menaçant :

« Je dois sans aucune ambiguïté et avec une dureté inébranlable faire comprendre aux citoyens de ce pays, Tchèques ou autres, qu'ils ne peuvent pas ignorer le fait qu'ils font partie du Reich et qu'en tant que tels, ils doivent faire allégeance au Reich. C'est une priorité absolue dictée par la guerre. Je veux être sûr que chaque ouvrier tchèque fait le maximum en faveur de l'effort de guerre allemand. Cela implique, pour être clair, que l'ouvrier tchèque sera nourri dans la mesure où il fait son travail. »

Le volet social et économique étant réglé, le nouveau protecteur par intérim aborde ensuite la question raciale, dont il peut à bon droit se réclamer d'ores et déjà comme l'un des tout premiers spécialistes au sein du Reich :

« Il est évident que nous devons traiter le peuple tchèque d'une façon entièrement différente de celle dont nous traitons des peuples d'autres races, tels que les Slaves. Les Tchèques de race germanique doivent être traités avec fermeté, mais avec justice. Il nous les faut guider avec la même humanité que notre propre peuple, si nous voulons les garder définitivement dans le Reich et les fondre avec nous. Pour déterminer qui est apte à la germanisation, j'ai besoin d'un inventaire racial.

Nous avons toutes sortes de populations ici. Pour ceux qui sont de bonnes races et sont bien disposés envers nous, les choses seront simples, ils seront germanisés. A l'opposé, ceux des races inférieures avec des intentions hostiles, nous devons nous en débarrasser. Il y a toute la place qu'il faut pour eux, à l'Est.

Entre ces deux extrêmes, il y a ceux dont nous devons examiner les cas attentivement. Nous avons des populations racialement inférieures mais favorablement disposées. Pour cette espèce, nous devrons les déplacer dans le Reich ou ailleurs, mais en nous assurant qu'ils ne se reproduisent plus, car nous n'avons aucun intérêt à leur développement. A terme, cette part d'éléments non germanisables, que l'on peut estimer à environ la moitié de la population, pourrait plus tard être transférée dans l'Arctique, où nous construisons les camps de concentration des Russes.

Il reste un groupe : ceux qui sont racialement acceptables mais idéologiquement hostiles. Ceux-là sont les plus dangereux, parce qu'ils appartiennent à une race de chefs. Nous devons nous demander très sérieusement ce que nous devons faire d'eux.

Nous pouvons reloger certains d'entre eux au sein du Reich, dans un environnement purement allemand, pour les germaniser et les rééduquer. Si cela s'avère impossible, nous devrons les coller contre un mur, car je ne peux me permettre de les transférer à l'Est, où ils formeraient une couche dirigeante qui se retournerait contre nous. »

Je crois qu'il a bien fait le tour de tous les cas de figure. A noter cette discrète et euphémistique métonymie, « à l'Est », dont l'auditoire ignore encore qu'elle signifie : en Pologne, à Auschwitz.

120

Le 3 octobre à Londres, la presse libre tchécoslovaque prend acte du changement politique à Prague avec ce titre : « Meurtres de masse dans le Protectorat ».

121

Un homme d'Heydrich a officié sur place il y a deux ans déjà : Eichmann, après avoir si bien travaillé en Autriche, s'est vu confier la direction du Bureau central pour l'émigration juive de Prague, en 1939, avant de se voir promu responsable des

affaires juives au siège du RSHA à Berlin. Aujour-
d'hui, il revient à Prague, rappelé par son maître.
Mais en deux ans, les choses ont bien changé.
Désormais, lorsque Heydrich organise une conférence, c'est pour discuter de « la Solution finale de
la question juive » dans le Protectorat, et non plus
d'« émigration ». Les données sont les suivantes :
88 000 Juifs vivent dans le Protectorat, dont 48 000
dans la capitale, 10 000 à Brno, 10 000 à Ostrava.
Heydrich décide que Terezín fera un camp de transit idéal. Eichmann prend des notes. Les transports
seront rapides, deux ou trois trains par jour, à raison
de mille personnes par train. Selon une méthode
éprouvée, chaque Juif sera autorisé à prendre avec
lui un bagage sans cadenas contenant jusqu'à 50 kg
d'affaires personnelles et, afin de simplifier la tâche
des Allemands, de la nourriture pour deux à quatre
semaines.

122

Par la radio et par les journaux, les nouvelles du
Protectorat parviennent jusqu'à Londres. Le sergent
Jan Kubiš écoute ce que lui rapporte un ami parachutiste de la situation au pays. Meurtres, meurtres,
meurtres. Quoi d'autre ? Depuis qu'Heydrich est
arrivé, chaque jour est un jour de deuil. On pend,
on torture, on déporte. Quels détails monstrueux
sont parvenus à plonger Kubiš dans cette stupeur,

aujourd'hui ? Comme une mécanique enrayée, il secoue la tête en répétant : « Comment est-ce possible ? Comment est-ce possible ?... »

123

Je suis allé à Terezín, une fois. Je voulais voir cet endroit parce que c'est là que Robert Desnos est mort. Revenu d'Auschwitz, passé par Buchenwald, Flossenburg, Flöha, il a échoué, le 8 mai 1945, à Terezín libéré, au terme d'épuisantes marches de la mort durant lesquelles il aura contracté le typhus qui allait l'emporter. Il est mort le 8 juin 1945, mort comme il a vécu, libre, dans les bras d'un jeune infirmier et d'une jeune infirmière tchèques qui aimaient le surréalisme et admiraient son œuvre. Encore une histoire dont je voudrais faire tout un livre : les deux jeunes gens s'appelaient Josef et Alena...

Terezín, Theresienstadt en allemand, était « une ville fortifiée construite par l'impératrice d'Autriche pour défendre le quadrilatère bohémien des convoitises du roi de Prusse Fréderic II ». Quelle impératrice ? Je ne sais pas, j'emprunte la phrase, parce qu'elle me plaît, à Pierre Volmer, compagnon de Desnos et témoin de ses derniers jours. Marie-Thérèse ? Bien sûr : Theresienstadt, la ville de Thérèse.

En novembre 1941, Heydrich fait transformer la ville en ghetto, et la caserne en camp de concentration.

Mais ce n'est pas, loin de là, tout ce qu'il faut dire sur Terezín.

Terezín n'était pas un ghetto comme les autres.

Le camp servait de camp de transit, c'est entendu : les Juifs regroupés là attendaient d'être déportés vers l'est, en Pologne ou dans les pays baltes. Le premier convoi est parti pour Riga le 9 janvier 1942 : mille personnes, dont cent cinq survivront. Le deuxième, une semaine plus tard, pour Riga lui aussi, mille personnes, seize survivants. Le troisième, en mars, mille personnes, sept survivants. Le quatrième, mille personnes, trois survivants. Rien de notable, somme toute, dans cette gradation effrayante vers les 100 %, marque terrible de la très renommée efficacité allemande.

Mais pendant que les déportations continuent, le ghetto de Terezín doit servir de *Propagandalager*, c'est-à-dire de ghetto-vitrine pour les observateurs étrangers. Les habitants du ghetto devront faire bonne figure lors des visites des observateurs du CICR (le Comité international de la Croix-Rouge).

A Wannsee, Heydrich déclare que les Juifs allemands décorés lors de la Première Guerre, les Juifs allemands de plus de 65 ans, et certains Juifs célèbres, les *Prominenten*, trop célèbres pour disparaître du jour au lendemain sans laisser de traces, doivent être installés à Terezín, dans des conditions décentes, afin de ménager l'opinion allemande, tout de même quelque peu éberluée, en 1942, par la politique du monstre qu'elle n'a pourtant cessé d'acclamer depuis 1933.

Pour que Terezín puisse servir d'alibi, il faudra qu'en façade les Juifs aient l'air correctement traités. C'est pourquoi les nazis autorisent les Juifs du ghetto à organiser une vie culturelle relativement développée : spectacles et arts sont encouragés, sous le contrôle vigilant des SS qui leur demandent en plus d'arborer leur plus beau sourire. Les représentants de la Croix-Rouge, favorablement impressionnés lors de leurs visites d'inspection, remettront des rapports très positifs sur le ghetto, sa vie culturelle, et la façon dont les prisonniers sont traités. Sur les 140 000 Juifs qui vivront à Terezín durant la guerre, seuls 17 000 survivront. D'eux, Kundera écrit :

« Les Juifs de Terezín ne se faisaient pas d'illusions : ils vivaient dans l'antichambre de la mort ; leur vie culturelle était étalée par la propagande nazie comme alibi. Auraient-ils dû pour autant renoncer à cette liberté précaire et abusée ? Leur réponse fut d'une totale clarté. Leur vie, leurs créations, leurs expositions, leurs quatuors, leurs amours, tout l'éventail de leur vie avait, incomparablement, une plus grande importance que la comédie macabre des geôliers. Tel fut leur pari. » Il ajoute, à toute fin utile : « Tel devrait être le nôtre. »

Le président Beneš est extrêmement soucieux, il n'est pas besoin de diriger des services secrets pour s'en apercevoir. Londres évalue sans arrêt la contribution apportée à l'effort de guerre par les différents mouvements clandestins des pays occupés. Or, tandis que, conséquence de « Barbarossa », la France bénéficie de l'entrée en action des groupes communistes, l'activité de la Résistance tchèque, quant à elle, est pratiquement égale à zéro. Depuis qu'Heydrich a pris les rênes du pays, les mouvements clandestins tchèques sont tombés les uns après les autres, et le peu qui reste est largement infiltré par la Gestapo. Cette inefficacité met Beneš dans une position très inconfortable : pour l'instant, même en cas de victoire, l'Angleterre ne veut pas entendre parler d'une remise en question des accords de Munich. Cela signifie que, même en cas de victoire, la Tchécoslovaquie ne serait rétablie que dans ses frontières d'après septembre 1938, amputée des Sudètes, loin de son intégrité territoriale primitive.

Il faut faire quelque chose. Le colonel Moravec écoute les plaintes amères de son président. Cette insistance humiliante avec laquelle les Anglais comparent l'apathie des Tchèques au patriotisme des Français, des Russes, même des Yougoslaves ! Ça ne peut plus durer.

Mais comment faire ? L'état de désorganisation dans lequel elle est plongée rend vaine toute injonction à la Résistance intérieure d'accroître ses activités. La solution est donc ici, en Angleterre. Les yeux de Beneš ont dû briller, et je l'imagine tapant du poing sur la table, lorsqu'il a expliqué à Moravec ce à quoi il songeait : une action spectaculaire contre les nazis – un assassinat préparé dans le plus grand secret par ses commandos parachutistes.

Moravec comprend le raisonnement de Beneš : puisque la Résistance intérieure est moribonde, alors il faut envoyer du renfort de l'extérieur – des hommes armés, entraînés et motivés qui accompliront une mission dont les résonances seront à la fois internationales et nationales. En effet, il s'agira d'une part d'impressionner les Alliés en leur montrant qu'il ne faut pas compter pour rien la Tchécoslovaquie, d'autre part de stimuler le patriotisme tchèque pour faire renaître la Résistance de ses cendres. Je dis « patriotisme tchèque », mais je suis sûr que Beneš a dit « tchécoslovaque ». Je suis sûr aussi que c'est lui qui a demandé impérativement à Moravec de choisir un Tchèque et un Slovaque pour cette opération. Deux hommes pour symboliser l'unité indivisible des deux peuples.

Toutefois, avant d'en arriver là, il faut déjà déterminer la cible. Moravec pense aussitôt à son homonyme, Emanuel Moravec, le ministre le plus engagé dans la voie de la collaboration, sorte de Laval tchèque. Mais c'est une figure trop locale, la résonance internationale serait nulle. Karl Hermann Frank est un peu plus connu, sa férocité et sa haine des Tchèques sont légendaires, et puis c'est un Allemand, et un SS. Il pourrait faire une bonne cible.

Mais après tout, tant qu'à choisir un Allemand, et un SS…

J'imagine ce qu'a dû représenter, tout spécialement pour le colonel Moravec, chef des services secrets tchèques, la perspective d'assassiner l'Obergruppenführer Heydrich, protecteur par intérim de Bohême-Moravie, le bourreau de son peuple, le boucher de Prague, et aussi le chef des services secrets allemands, en quelque sorte son homologue.

Oui, tant qu'à faire, pourquoi pas Heydrich ?…

125

J'ai lu un livre génial qui a pour arrière-plan l'attentat contre Heydrich. C'est un roman écrit par un Tchèque, Jiří Weil, qui s'intitule *Mendelssohn est sur le toit*.

Le roman tire son titre du premier chapitre qui se lit presque comme une histoire drôle : des ouvriers tchèques sont sur le toit de l'Opéra, à Prague, pour déboulonner une statue de Mendelssohn, le compositeur, parce qu'il est juif. C'est Heydrich, épris de musique classique et récemment nommé protecteur de Bohême-Moravie, qui en a donné l'ordre. Mais il y a toute une rangée de statues et Heydrich n'a pas précisé laquelle était Mendelssohn. Or, à part Heydrich, il semble que personne, même parmi les Allemands, ne soit capable de le reconnaître. Mais personne n'oserait déranger Heydrich pour ça. Le SS allemand qui supervise l'opération décide donc d'indiquer aux ouvriers tchèques la statue qui a le plus grand nez, puisqu'on cherche un Juif. Mais catastrophe : c'est Wagner qu'on commence à déboulonner !

La méprise sera évitée de justesse, et, dix chapitres plus loin, la statue de Mendelssohn finalement abattue. Malgré leurs efforts pour ne pas l'abîmer, les ouvriers tchèques lui casseront une main en la couchant. Cette anecdote cocasse est fondée sur des faits réels : la statue de Mendelssohn a bien été renversée en 1941, et a eu, comme dans le roman, une main cassée. Je me demande si la main a été recollée depuis. En tout cas les pérégrinations du pauvre SS préposé aux déboulonnages, imaginées par un homme qui a vécu à cette période, sont un sommet de burlesque typique de la littérature tchèque, toujours imprégnée de cet humour si particulier, doucereux et subversif, dont le saint patron est Jaroslav Hašek, l'immortel auteur des aventures du brave soldat Chvéïk.

126

Moravec observe l'entraînement de ses commandos parachutistes. Des soldats en treillis courent, sautent et tirent. Il remarque un petit homme agile et énergique, qui terrasse tous ses adversaires au corps à corps. Il demande à l'instructeur, un vieil

Anglais ayant servi dans les colonies, comment l'homme se débrouille avec les explosifs. « Un expert », répond l'Anglais. Et avec des armes à feu ? « Un artiste ! » Son nom ? « Jozef Gabčík. » Un nom à consonance slovaque. Il est immédiatement convoqué.

127

Le colonel Moravec s'adresse aux deux parachutistes qu'il a sélectionnés pour la mission « Anthropoïde », le sergent Jozef Gabčík et le sergent Anton Svoboda, un Slovaque et un Tchèque, selon le souhait du président Beneš :

« Vous êtes informés, par la radio et par les journaux, des assassinats insensés qui se commettent chez nous, à la maison. Les Allemands tuent les meilleurs des meilleurs. Cependant cet état de fait n'est que le signe de la guerre, donc il ne faut pas se plaindre, ni pleurer, mais combattre.

Chez nous, les nôtres ont combattu et maintenant ils se trouvent dans une situation qui limite leurs possibilités. Notre tour est venu de les aider de l'extérieur. Une des tâches de cette aide extérieure vous sera confiée. Le mois d'octobre est le mois de notre fête nationale, la plus triste depuis notre indépendance. Il faut marquer cette fête d'une manière éclatante. Il a été décidé que cela se ferait par un acte qui entrerait dans l'histoire, au même titre que les assassinats commis contre les nôtres.

A Prague se trouvent deux personnes qui incarnent cette extermination : Karl Hermann Frank et Heydrich, le nouvel arrivant. D'après nous, et conformément à l'avis de nos chefs, il faut faire en sorte que l'un d'eux paie pour tous, pour montrer que nous rendons coup pour coup. C'est la mission dont vous allez être chargés. Vous allez donc retourner chez nous à deux, pour vous soutenir l'un l'autre. Cela sera nécessaire car, pour des raisons qui vous apparaîtront claires, vous devrez réaliser votre tâche sans la collaboration de nos compatriotes restés au pays. Si je vous dis sans cette collaboration, je veux dire par là qu'une telle aide sera exclue jusqu'à l'accomplissement du travail. Après, vous recevrez d'eux pleine assistance. Vous devez décider vous-mêmes la façon d'accomplir votre tâche et le temps que vous y mettrez. Vous serez parachutés à un endroit qui offre les possibilités maximales d'atterrissage. Vous serez équipés de tout ce que nous pourrons vous offrir. Telle que nous connaissons la situation au pays, vous recevrez le soutien de ceux de nos compatriotes auxquels vous ferez appel. Mais, de votre côté, il faudra agir avec prudence et réflexion. Il est inutile que je répète que votre mission est d'une grande importance historique, et que le risque est grand. Elle dépend des conditions que vous ferez naître par votre adresse. Nous en reparlerons quand vous rentrerez de l'entraînement spécial qui vous attend. Comme je vous l'ai dit, la tâche est sérieuse. Vous devez donc la considérer d'un cœur franc et loyal. Si vous gardez des doutes sur ce que j'ai exposé, dites-le. »

Gabčík et Svoboda n'ont aucun doute, et si le haut commandement hésitait peut-être encore sur le choix de la cible, comme semble le laisser entendre le discours de Moravec, ils savent déjà, eux, de quel côté leur cœur balance. C'est le bourreau de Prague, le boucher, la bête blonde, qui doit payer.

128

Le capitaine Šustr s'adresse à Gabčík : « Les nouvelles ne sont pas bonnes. » Suite à son accident de parachute, lors d'un saut d'entraînement, Svoboda, le deuxième homme d'« Anthropoïde », le Tchèque, souffre toujours de migraines persistantes. Il a été envoyé à Londres, où un médecin l'a examiné. Gabčík doit finir sa préparation tout seul, mais il sait que la mission « Anthropoïde » est d'ores et déjà ajournée. Son partenaire ne partira pas avec lui. « Voyez-vous quelqu'un parmi nos hommes susceptible de le remplacer ? » demande le capitaine. « Oui, mon capitaine, je vois quelqu'un », répond Gabčík.

Jan Kubiš peut faire son entrée sur la grande scène de l'Histoire.

Maintenant, je vais sacrifier au portrait des deux héros avec d'autant moins de réticences que je n'ai qu'à traduire de l'anglais les rapports d'évaluation élaborés par l'armée britannique.

JOZEF GABČÍK :

Soldat vif d'esprit et discipliné.

Ne possède pas les capacités intellectuelles de certains, lent dans l'acquisition des connaissances.

Absolument fiable et très enthousiaste, doté de beaucoup de bon sens.

Confiance en lui pour les opérations pratiques mais manque de confiance s'il s'agit d'un travail intellectuel.

Bon meneur d'hommes quand assuré de ses arrières et obéit aux ordres jusque dans les moindres détails. Il est étonnamment bon en signalisation.

Se révèle aussi posséder des connaissances techniques pouvant être utiles (a travaillé dans une usine de gaz toxiques).

Entraînement physique : TB
Terrain : B
Corps à corps : TB
Maniement des armes : B
Explosifs : B (86 %)
Communications : TB (12 mots/mn en morse)
Rapports : TB
Lecture et tracé de carte : AB (68 %)
Conduite :
vélo oui
moto non
voiture oui

JAN KUBIŠ :

Un bon soldat fiable, calme.
Entraînement physique : TB
Terrain : B
Corps à corps : TB
Maniement des armes : B
Explosifs : B (90 % ; lent dans l'exécution + ins-
tructions)
Communications : B
Rapports : B
Lecture et tracé de carte : TB (95 %)
Conduite : vélo moto voiture.

Quelle fut ma joie d'enfant quand je suis tombé sur ce document, au musée de l'Armée à Prague, seule Natacha pourrait le dire, elle qui m'a vu recopier fébrilement les précieuses fiches.

Ces fiches permettent déjà d'esquisser l'opposition de style et de caractère entre les deux amis : Gabčík, le petit, est un sanguin énergique, tandis que Kubiš, le grand, est débonnaire et réfléchi. Tous les témoignages qui me sont parvenus vont en effet dans ce sens. Concrètement, cela annonce telle répartition des tâches : à Gabčík le fusil-mitrailleur ; à Kubiš les explosifs.

Par ailleurs, ce que je sais de Gabčík m'incline à penser que l'officier qui a établi son rapport d'évaluation a scandaleusement sous-estimé l'étendue de ses capacités intellectuelles. D'ailleurs, mon impression est corroborée par son chef, le colonel Moravec, qui écrit dans ses Mémoires :

« Au cours de l'instruction, il s'est révélé talentueux, malin, et souriant, même dans les situations les plus difficiles. Il était franc, cordial, entreprenant et plein d'initiative. *A natural born leader.* Il surmonta toutes les difficultés de l'entraînement sans jamais se plaindre et avec d'excellents résultats. »

Concernant Kubiš, en revanche, Moravec confirme qu'il était « lent dans ses mouvements, mais endurant et persévérant. Ses instructeurs ont bien rendu compte de son intelligence et de son imagination. Il était très discipliné, discret et fiable. Il était également très calme, réservé et sérieux, en complète opposition avec le tempérament joyeux et extraverti de Gabčík ».

Je tiens à ce livre, *Master of Spies*, obtenu du déstockage d'une bibliothèque de l'Illinois, comme à la prunelle de mes yeux. Le colonel Moravec avait bien des choses à raconter. Si je m'écoutais, je recopierais son livre en entier. Des fois, je me sens comme un personnage de Borges, mais moi non plus, je ne suis pas un personnage.

130

« Si vous êtes assez chanceux pour échapper à la mort lors de l'attentat, vous aurez deux options : essayer de survivre à l'intérieur du pays ou tenter de passer la frontière et rejoindre votre base à Londres. Les deux possibilités sont extrêmement douteuses en raison des réactions à prévoir de la part des Allemands. Mais pour être totalement honnête, le plus probable est que vous soyez tué sur les lieux de l'action. »

Moravec reçoit séparément les deux hommes, pour leur tenir le même discours. Gabčík et Kubiš répondent sans aucune émotion apparente.

Pour Gabčík, la mission est une opération de guerre, et les risques de se faire tuer font partie de son travail.

Kubiš remercie le colonel de l'avoir choisi pour une mission de cette importance.

Les deux hommes déclarent qu'ils préféreront la mort plutôt que tomber entre les mains de la Gestapo.

131

Vous êtes tchèque ou slovaque. Vous n'aimez pas qu'on vous dise quoi faire ni qu'on fasse du mal aux gens, c'est pourquoi vous décidez de quitter votre pays pour aller rejoindre ailleurs des compatriotes qui résistent à l'envahisseur. Vous passez par le nord ou par le sud, la Pologne ou les Balkans, et vous rejoignez la France par mer, au prix de nombreuses complications.

En arrivant, les complications se compliquent encore. La France vous oblige à vous engager dans sa Légion et vous envoie en Algérie ou à Tunis. Mais

vous rejoignez finalement une division tchécoslovaque qui se forme dans une ville où l'on enferme
les réfugiés espagnols et vous allez vous battre aux
côtés des Français quand ils sont à leur tour agressés
par l'ogre hitlérien. Vous vous battez avec courage
et vous êtes de tous les reculs et de toutes les
défaites, vous couvrez la retraite qui n'en finit pas
de reculer, tandis que les avions vrombissent dans
le ciel, vous participez à cette longue agonie, la
Débâcle, pour vous c'est la première, et la dernière.
Dans le sud de la France vaincue, c'est la pagaille,
vous réussissez à nouveau à vous embarquer, et cette
fois vous atterrissez en Angleterre. Comme vous
avez montré votre courage et résisté héroïquement
à ce même envahisseur, comblant ainsi le vide historique de mars 1939, le président Beneš en personne vous décore au milieu d'un champ. Vous êtes
fourbu dans votre uniforme froissé, mais vous êtes
au côté de votre ami lorsque Beneš accroche une
médaille à votre manteau. Puis c'est Churchill *him-
self*, appuyé sur sa canne, qui vous passe en revue.
Vous avez combattu l'envahisseur et, incidemment,
sauvé l'honneur de votre pays. Mais vous ne sou-
haitez pas en rester là.

Vous rejoignez les forces spéciales et vous entraî-
nez dans des châteaux nommés *House*, *Manor*, ou
Villa, à travers toute l'Ecosse et l'Angleterre. Vous
sautez, vous tirez, vous luttez, vous dégoupillez.
Vous êtes bon. Vous êtes tout à fait charmant. Vous
êtes bon camarade et vous plaisez aux filles. Vous
flirtez avec les petites Anglaises. Vous buvez le thé
chez leurs parents qui vous trouvent charmant.

Vous continuez à vous entraîner en vue de la plus grande mission qu'un pays ait jamais confiée à deux hommes seuls. Vous croyez en la justice, et vous croyez en la vengeance. Vous êtes valeureux, volontaire et doué. Vous êtes prêt à mourir pour votre pays. Vous devenez quelque chose qui grandit en vous et progressivement commence déjà à vous dépasser, mais vous restez aussi tellement vous-même. Vous êtes un homme simple. Vous êtes un homme.

Vous êtes Jozef Gabčík ou Jan Kubiš, et vous allez entrer dans l'Histoire.

132

Chaque gouvernement en exil réfugié à Londres possède, au sein de son armée reconstituée, sa propre équipe de foot, et des matchs amicaux sont régulièrement organisés. Aujourd'hui, sur le terrain, la France et la Tchécoslovaquie s'affrontent. Comme toujours, le public, composé de soldats de toutes nationalités et de tous grades, est venu nombreux. L'ambiance est joviale ; les encouragements fusent dans une ambiance d'uniformes colorés. Au milieu de la foule vociférante, sur les gradins, on peut apercevoir Gabčík et Kubiš, coiffés de leur calot marron, qui discutent avec animation. Leurs lèvres bougent très vite et leurs mains aussi. On devine une conversation technique et compliquée. Peu concentrés sur la partie, ils s'interrompent cependant lorsqu'une action dangereuse fait s'élever la clameur du stade. Ils suivent alors la phase de jeu jusqu'à son terme, puis reprennent leur discussion avec le même entrain, au milieu des cris et des chants.

La France ouvre le score. Le camp français manifeste bruyamment sa satisfaction.

Peut-être leur attitude, qui tranche avec celle des autres spectateurs tous profondément absorbés par le match, se remarque-t-elle. En tout cas, parmi les soldats des forces libres tchécoslovaques, on commence à jaser à propos de la mission spéciale qu'ils ont acceptée. Cette opération qu'ils préparent dans le plus grand secret entoure les deux hommes d'une sorte de prestige d'autant plus mystérieux qu'ils refusent de répondre à aucune question, même émanant de leurs plus vieux camarades, ceux de l'évacuation par la Pologne, ceux de la Légion française.

Gabčík et Kubiš discutent à n'en pas douter de leur mission. Sur le terrain, la Tchécoslovaquie presse pour revenir au score. Au point de pénalty, le numéro 10 récupère la balle, arme sa frappe mais écrase son tir, repoussé par un défenseur français. L'avant-centre, en embuscade, reprend du gauche et délivre une frappe sèche sous la barre. Le gardien, battu, roule dans la poussière. La Tchécoslovaquie égalise, le stade explose. Gabčík et Kubiš se sont tus. Ils sont vaguement contents. Les deux équipes se séparent sur un match nul.

Le 19 novembre 1941, lors d'une cérémonie organisée dans les ors de la cathédrale Saint-Guy, au
cœur du Hradčany, sur les hauteurs de Prague, le
président Hácha remet solennellement les sept clés
de la Ville à son nouveau maître, Heydrich. La pièce
où sont entreposées ces grandes clés ouvragées est
également celle où l'on garde la couronne de saint
Wenceslas, le joyau le plus précieux de la nation
tchèque. Il y a une photo où l'on voit Heydrich et
Hácha debout devant la couronne, posée sur un
coussin finement brodé. On raconte qu'à cette occasion, Heydrich n'a pas pu résister, il a mis la couronne sur sa tête. Or une vieille légende raconte que
quiconque coiffe la couronne indûment doit mourir
dans l'année, ainsi que son fils aîné.

En réalité, si l'on observe la photo, on voit un
Hácha qui, de son air de vieux hibou chauve, regarde
l'emblème royal avec méfiance, tandis qu'Heydrich,
quant à lui, semble faire montre d'un respect un peu
contraint, et je le soupçonne de ne pas se sentir littéralement transporté par ce qu'il pourrait très bien
juger être de la verroterie folklorique. En clair, je me
demande si la cérémonie ne l'emmerde pas passablement.

Il n'a jamais été attesté de façon certaine, semble-t-il, qu'Heydrich ait bien coiffé la couronne en
cette occasion. Je pense que certains ont voulu
croire à cet épisode pour en faire rétrospectivement
un acte d'*hubris* qui ne pouvait pas rester impuni.
En fait, je ne crois pas qu'Heydrich se soit cru sou-

dain dans un opéra wagnérien. J'en veux pour preuve qu'il a rendu trois clés sur les sept à Hácha, en guise de témoignage d'amitié, pour donner l'illusion que l'occupant allemand était prêt à partager la direction du pays avec le gouvernement tchèque. Outre le fait que, pour le coup, il s'agissait d'un geste symbolique absolument dépourvu d'aucune réalité, le côté demi-mesure de cet échange de clés fait perdre à la scène toute sa démesure potentielle. On est là dans la diplomatie la plus protocolaire, c'est-à-dire la plus bas de gamme et dénuée de signification. Heydrich doit avoir hâte que ça se termine pour rentrer jouer avec ses enfants ou travailler à la Solution finale.

Et cependant… si l'on y regarde de plus près, on voit la main droite d'Heydrich, sur la photo, partiellement masquée par le coussin sur lequel est posée la couronne. Heydrich a ôté son gant, sa main droite est nue tandis que la gauche est restée gantée. Cette main droite s'avance vers quelque chose. Posé devant la couronne, dépassant à moitié du coussin, sur la photo, un sceptre. Or, même si ce qui se joue ici est caché par ce coussin, on croit deviner, il y a de fortes raisons de penser que la main touche, ou va toucher, le sceptre. Et cet élément nouveau me fait réinterpréter l'expression qu'arbore le visage d'Heydrich. On peut en fait y voir tout aussi bien de la convoitise qui cherche à se dominer. Je pense qu'il n'a pas mis la couronne sur la tête parce que nous ne sommes pas dans un film de Charlie Chaplin, mais je suis sûr aussi qu'il a pris le sceptre, pour le soupeser d'un air négligent : c'est évidemment moins démonstratif, mais c'est quand même du concentré de symbole, et Heydrich, tout pragmatique qu'il était, avait aussi un goût prononcé pour les attributs du pouvoir.

134

Jozef Gabčík et Jan Kubiš trempent des biscuits dans le thé que leur a préparé leur logeuse, Mme Ellison. Tous les Anglais souhaitent participer, d'une façon ou d'une autre, à l'effort de guerre. Aussi, lorsque l'on a proposé à Mme Ellison d'héberger ces deux garçons, a-t-elle accepté avec plaisir. D'autant plus qu'ils sont charmants. Je ne sais pas où et comment il a appris, mais Gabčík est pour ainsi dire *fluent* en anglais. Volubile et charmeur, il fait la conversation, et Mme Ellison est enchantée. Kubiš, moins à l'aise avec la langue, est plus discret, mais il sourit de son air débonnaire, et sa bonté naturelle n'échappe pas à leur hôte. « Vous prendrez bien encore un peu de thé ? » Les deux hommes, assis côte à côte sur le même canapé, acquiescent poliment. Ils ont de toute façon déjà traversé suffisamment d'épreuves pour ne jamais laisser passer une occasion de s'alimenter. Ils laissent fondre les petits gâteaux sous leur palais, j'imagine des genres de spéculos. Soudain, on sonne à la porte. Mme Ellison se lève, mais le bruit de la serrure la précède. Deux jeunes filles apparaissent.

« *Come in, darlings*, venez, que je vous présente ! »
Gabčík et Kubiš se lèvent à leur tour. « Lorna,
Edna, voici Djôseph and Yann, ils vont habiter ici
quelque temps. » Les deux jeunes filles s'avancent,
souriantes. « Messieurs, je vous présente mes deux
grandes filles. » A ce moment précis, les deux
soldats doivent se dire que tout de même, il arrive
parfois qu'il y ait un peu de justice en ce bas monde.

135

« Ma mission consiste en substance à être envoyé
dans mon pays natal avec un autre membre de
l'armée tchécoslovaque, afin de commettre un acte
de sabotage ou de terrorisme en un lieu et selon des
modalités qui dépendront de ce que nous trou-
verons et des circonstances données. Je ferai tout ce
qui est en mon pouvoir pour obtenir le résultat
recherché, non seulement dans mon pays natal mais
aussi en dehors. Je mettrai tout en œuvre, en mon
âme et conscience, pour pouvoir remplir cette mission avec succès, pour laquelle je me suis porté
volontaire. »

Le 1er décembre 1941, Gabčík et Kubiš signent
ce qui ressemble à un document type. Je me
demande s'il était valable pour tous les parachutistes
de toutes les armées basées en Grande-Bretagne.

Albert Speer, architecte d'Hitler et ministre de l'Armement, devrait plaire à Heydrich. Raffiné, élégant, séducteur, intelligent, il tranche avec le niveau culturel des autres dignitaires. Ce n'est pas un éleveur de poulets comme Himmler, ni un illuminé comme Rosenberg, ni un gros porc comme Göring ou Bormann.

Speer est de passage à Prague. Heydrich lui fait visiter la ville en voiture. Il lui montre l'Opéra, sur le toit duquel manque désormais la statue de Mendelssohn. Speer partage son goût de la musique classique. Pourtant les deux hommes ne s'apprécient pas. Speer, l'intellectuel distingué, voit en Heydrich l'exécuteur des basses œuvres d'Hitler, celui à qui l'on confie le sale boulot, et qui l'accomplit sans ciller : une brute cultivée. Heydrich, quant à lui, voit en Speer un homme compétent dont il admire les qualités, mais qui reste un civil, snob et manucuré. Il lui reproche, exactement à l'inverse, de ne pas assez mettre les mains dans la merde.

Speer a été mandaté par Göring, en tant que ministre de l'Armement, pour réclamer d'Heydrich qu'il fournisse 16 000 travailleurs tchèques supplémentaires à l'effort de guerre allemand. Heydrich se fait fort de répondre à la demande dans les plus brefs délais. Il explique à Speer que les Tchèques sont déjà matés, rien à voir avec la France, par exemple, infestée de résistants communistes et de saboteurs.

L'inquiétante file des Mercedes officielles franchit le pont Charles. Speer s'extasie devant les entrelacs d'édifices gothiques et baroques. Tandis que les rues défilent, l'architecte reprend le dessus sur le ministre. Il songe à divers aménagements urbains : cette immense surface inexploitée, dans le quartier de Letna, pourrait servir de terrain à la construction d'un nouveau siège pour le gouvernement allemand. Heydrich ne bronche pas, mais il n'aime pas l'idée qu'on puisse l'obliger à quitter le Hradchine, château des rois de Bohême où il peut se prendre pour un monarque. A Strahov, près du monastère qui possède l'une des plus belles bibliothèques d'Europe, Speer verrait bien sortir de terre une grande université allemande. Il a également beaucoup d'idées pour complètement réaménager les rives de la Moldau. Il préconise par ailleurs la destruction pure et simple de cette petite réplique de la tour Eiffel qui trône sur Petřin, la plus haute colline de la ville. Heydrich explique à Speer qu'il souhaite faire de Prague la capitale culturelle du Reich allemand. Il ne peut s'empêcher de mentionner avec fierté l'œuvre d'ouverture qu'il a programmée pour la saison musicale à venir : un opéra de son père. « Excellente idée », répond poliment Speer, qui ignore tout de la production du papa. « La première est prévue pour quand ? » demande l'architecte. Le 26 mai. Sa femme, dans la deuxième voiture, détaille la tenue de sa voisine, Lina. Les deux épouses se battent froid, paraît-il. Pendant deux heures, les Mercedes noires continuent à sillonner les artères de la ville. A la fin de la visite, Speer a déjà oublié la date.

26 mai 1942. La veille.

Gabčík le Slovaque et Kubiš le Morave ne sont jamais allés à Prague, et c'est aussi un critère de sélection. En effet, l'assurance qu'ils n'y connaissent personne garantit qu'ils ne seront pas reconnus. Mais leur ignorance de jeunes provinciaux constitue aussi un handicap. Ils ne bénéficient pas de la connaissance du terrain. Aussi leur formation intensive inclut-elle l'étude cartographique de leur belle capitale.

Gabčík et Kubiš planchent donc sur une carte de Prague, pour y mémoriser l'emplacement des places principales et des grandes artères. A cette date ils n'ont jamais foulé le pont Charles, la place de la Vieille Ville, le Petit Côté, la place Wenceslas, la place Charles, la rue Nerudova, la colline de Petřin, celle de Strahov, les rives de la Vltava, la rue Resslova, la cour du château Hradčany, le cimetière du château Vyšehrad où Vitězslav Nezval, auteur de l'immortel recueil *Prague aux doigts de pluie*, n'est pas encore enterré, les îles tristes sur le fleuve avec leurs cygnes et leurs canards, la rue Wilsonova qui longe la Gare centrale, la place de la République et sa tour poudrière. Ils n'ont jamais vu de leurs propres yeux les tours bleutées de la cathédrale de Týn, ni l'horloge astronomique de l'hôtel de ville, avec ses petits automates qui s'animent toutes les heures. Ils n'ont pas encore bu un chocolat au café Louvre ou une bière au café Slavia. Ils ne se sont pas fait toiser par la statue de l'homme de fer rue Platnerska. Les lignes sur la carte pour l'instant ne leur évoquent rien de plus que des noms qu'ils ont entendus enfants ou des objectifs militaires. A les voir étudier la topographie du site qui doit constituer le théâtre de leur mission, n'était l'uniforme, on pourrait croire à des vacanciers qui apportent un soin méticuleux à la préparation de leur voyage.

138

Heydrich reçoit une délégation de bouseux tchèques, et l'accueil est glacial. Il écoute silencieusement leurs promesses serviles de coopération, puis leur explique que les fermiers tchèques sont des saboteurs : ils trichent sur l'inventaire du bétail et du grain. Dans quel but ? C'est évident : alimenter le marché noir. Heydrich a déjà commencé à exécuter des bouchers, grossistes et autres tenanciers de bar, mais pour lutter efficacement contre ce fléau qui contribue à affamer la population, seul un contrôle parfaitement efficace de la production agricole peut obtenir des résultats significatifs. En conséquence de quoi, Heydrich menace : tous les fermiers qui ne rendront pas un compte exact de leur production se verront confisquer leurs fermes. Les bouseux sont tétanisés. Ils savent que même si Heydrich décidait d'écorcher vifs les contrevenants sur la place de la Vieille Ville, personne ne viendrait les défendre. Se rendre complice du marché noir, c'est être un affameur du peuple, et sur ce point le peuple soutient les mesures d'Heydrich qui réussit donc un tour de force politique : faire régner la terreur et appliquer une mesure populaire *en même temps*.

Une fois les bouseux partis, Karl Hermann Frank, son secrétaire d'Etat, souhaite dresser séance tenante une liste de fermes à confisquer. Mais Heydrich l'invite à tempérer ses ardeurs : ne seront confisquées que les fermes des fermiers jugés impropres à la germanisation.

C'est vrai, on n'est pas chez les soviets, quand même !

139

La scène s'est peut-être passée dans le bureau lambrissé d'Heydrich. Heydrich s'affaire dans ses dossiers. On frappe à la porte. Un homme en uniforme entre, l'air affolé, un papier à la main.

— Herr Obergruppenführer, la nouvelle vient de tomber ! L'Allemagne déclare la guerre aux Etats-Unis !

Heydrich ne cille pas. L'homme lui tend la dépêche. Il la lit en silence.

Un long moment s'écoule.

— Quels sont vos ordres, Herr Obergruppenführer ?

— Emmenez une brigade à la gare et déboulonnez la statue de Wilson.

— ...

— Demain matin, je ne veux plus voir cette saloperie. Exécution, major Pomme !

140

Le président Beneš sait qu'il devra faire face à
ses responsabilités et s'y prépare peut-être, quelle
que soit, si l'opération « Anthropoïde » réussit,
l'ampleur des représailles que déchaîneront à coup
sûr les Allemands. Gouverner, c'est choisir, et la
décision est prise. Mais prendre une décision est
une chose, l'assumer en est une autre. Et Beneš, qui
a fondé la Tchécoslovaquie avec Tomáš Masaryk en
1918 et qui, vingt ans plus tard, n'a pas su éviter le
désastre de Munich, sait que la pression de l'Histoire est énorme, et que le jugement de l'Histoire
est le plus terrible de tous. Tous ses efforts,
désormais, visent à restaurer l'intégrité du pays qu'il
a créé. La libération de la Tchécoslovaquie, malheureusement, n'est pas de son ressort. C'est la RAF et
c'est l'Armée rouge qui décideront du sort des
armes. Certes, Beneš a pu fournir sept fois plus de
pilotes à la RAF que la France. Et le record d'avions
abattus est détenu par Josef František : l'as de l'aviation anglaise est un Tchèque. Beneš n'en tire pas
peu de fierté. Mais il sait aussi qu'en temps de
guerre, le poids d'un chef d'Etat ne se mesure qu'au
nombre de ses divisions. En conséquence de quoi,

les activités du président Beneš se réduisent presque uniquement à une diplomatie humiliante : il s'agit de donner des gages de bonne volonté aux deux seules puissances qui résistent encore à l'ogre allemand, sans garantie que ces puissances finiront par l'emporter. Il est vrai que face aux bombardements de 1940, l'Angleterre a tenu le choc, et remporté, au moins provisoirement, la bataille des airs. Il est vrai que l'Armée rouge, après avoir reculé jusqu'à Moscou, a stoppé l'avance de l'envahisseur quand celui-ci touchait au but. L'Angleterre et l'URSS, après avoir chacune évité l'effondrement de justesse, semblent aujourd'hui en mesure de contrer un Reich invincible jusque-là. Mais nous sommes fin 1941. La Wehrmacht est quasiment au faîte de sa puissance. Aucune défaite significative n'est encore venue remettre en cause son apparente invincibilité. Stalingrad est encore très loin, loin, très loin les images du soldat allemand vaincu les yeux baissés dans la neige. Beneš ne peut que parier sur une issue incertaine. Bien sûr, l'entrée en guerre des Etats-Unis représente un formidable espoir, mais les GI's n'ont pas encore traversé l'Atlantique, loin s'en faut, et le Japon les accapare assez pour qu'ils négligent le sort d'un petit pays d'Europe centrale. Beneš fait donc son propre pari pascalien : son dieu est un dieu à deux têtes, l'Angleterre et l'URSS, et il parie sur leur survie. Mais plaire à ces deux têtes en même temps n'est pas chose facile. L'Angleterre et l'URSS, bien sûr, sont alliées, et Churchill, malgré son anti-communisme de naissance, fera preuve pendant toute la guerre d'une loyauté indéfectible, d'un point de vue militaire, envers l'ours soviétique. Pour l'après-guerre, si après-guerre il y a et si les Alliés la gagnent, ce sera forcément une autre histoire.

Beneš tente un gros coup avec « Anthropoïde » afin d'impressionner favorablement les deux géants européens. Il a reçu l'aval et le soutien logistique de Londres, et c'est en étroite collaboration avec Londres que l'opération a été montée. Mais il ne faut pas froisser la susceptibilité des Russes, c'est pourquoi Beneš a décidé d'informer Moscou du lancement d'« Anthropoïde ». Maintenant, la pression est donc à son comble : Churchill et Staline attendent de voir. Le futur de la Tchécoslovaquie est entre leurs mains ; il vaut mieux ne pas les décevoir. Si c'est l'Armée rouge qui libère son pays, surtout, il veut pouvoir se poser en interlocuteur crédible face à Staline, d'autant qu'il redoute le poids des communistes tchèques.

Beneš pense probablement à tout ça quand son secrétaire vient l'avertir :

— Monsieur le Président, le colonel Moravec est là avec deux jeunes gens. Il dit qu'il a rendez-vous, mais sa visite n'est pas mentionnée sur le planning d'aujourd'hui.

— Faites entrer.

Gabčík et Kubiš ont été amenés en taxi sans savoir où on les conduisait, dans les rues de Londres, et ils sont maintenant reçus par le président en personne. Sur le bureau de celui-ci, la première chose qu'ils remarquent est une petite réplique de Spitfire en étain. Ils saluent au garde-à-vous. Beneš voulait les rencontrer avant leur départ. Mais il ne souhaitait pas qu'un document officiel garde la trace de cette rencontre, car gouverner, c'est aussi prendre des précautions. Maintenant, les deux hommes sont en face de lui. Pendant qu'il leur parle de l'importance historique de leur mission, il les observe. Il est frappé par leur air juvénile – Kubiš surtout fait très jeune, même s'il n'a qu'un an de moins que Gabčík – et par la touchante simplicité de leur détermination. Soudain, pour quelques minutes, il oublie ses considérations géopolitiques, il ne pense plus à l'Angleterre ni à l'URSS, ni à Munich, ni à Masaryk, ni aux communistes, ni aux Allemands, et à peine à Heydrich. Il s'absorbe complètement dans la contemplation de ces deux soldats, de ces deux garçons dont il sait que, quelle que soit l'issue de leur mission, ils n'ont pas une chance sur mille d'en sortir vivants.

Je ne connais pas les derniers mots qu'il leur adresse. « Bonne chance », ou « Dieu vous garde », ou « le monde libre compte sur vous », ou « vous emportez avec vous l'honneur de la Tchécoslovaquie », ou quelque chose comme ça, probablement. D'après Moravec, il a les larmes aux yeux lorsque Gabčík et Kubiš quittent son bureau. Sans doute pressent-il le futur terrible. Le petit Spitfire, impassible, garde le nez en l'air.

Lina Heydrich, depuis qu'elle a rejoint son mari à Prague, est aux anges. Elle écrit dans ses Mémoires : « Je suis une princesse et je vis dans un pays de conte de fées. »

Pourquoi ?

D'abord parce que Prague, en effet, est une ville de conte de fées. Ce n'est pas par hasard que Walt Disney s'est inspiré de la cathédrale de Týn pour dessiner le château de la reine dans *La Belle au bois dormant*.

Ensuite parce que, évidemment, à Prague, la reine, c'est elle. Son mari est propulsé du jour au lendemain au rang de quasi-chef d'Etat. Dans ce pays de conte de fées, il est le vice-roi d'Hitler, et fait partager à sa femme tous les honneurs dus à son rang. En tant qu'épouse du protecteur, Lina jouit d'une considération que ses parents, les von Osten, n'ont jamais rêvée pour elle ni pour eux. Il est loin le temps où elle tenait tête à son père qui voulait rompre ses fiançailles parce que Reinhard s'était fait chasser de l'armée. Maintenant, grâce à lui, la vie de Lina n'est qu'une suite sans fin de réceptions, d'inaugurations, de manifestations officielles où tout le monde lui témoigne la plus grande déférence. Je la vois sur une photo prise lors d'un concert donné au Rudolfinium pour l'anniversaire de Mozart. Apprêtée, coiffée, maquillée, en robe blanche de soirée et parée de bagues, bracelets, longues boucles d'oreilles, au milieu d'hommes sérieux en smoking qui sollicitent son mari à ses côtés, souriant, détendu et sûr de sa position, elle se tient debout, les mains sagement posées l'une sur l'autre, un air de contentement extatique sur le visage.

Mais ce n'est pas seulement Prague. Désormais, la position de son mari lui permet de fréquenter la haute société du Reich. Himmler, depuis longtemps déjà, lui témoigne son amitié, mais maintenant elle connaît aussi les Göbbels et les Speer, et elle a même eu l'honneur suprême de rencontrer le Führer, qui a émis ce commentaire en la voyant au bras de son mari : « Quel beau couple ! » Elle fait désormais partie du gratin. Et Hitler lui fait des compliments.

Et puis elle a son château à elle : un palais confisqué à un Juif, à 20 kilomètres au nord de Prague, entouré d'un vaste domaine qu'elle entreprend d'aménager avec ferveur. En fait de princesse, elle devient châtelaine. Mais tout comme la reine de la Belle au bois dormant, elle est méchante. Elle rudoie son personnel, insulte tout le monde lorsqu'elle est de mauvaise humeur et, si son humeur est bonne, ne parle à personne. Pour effectuer les vastes travaux qu'elle engage dans sa résidence princière, elle exploite une abondante main-d'œuvre qu'elle fait venir de camps de concentration et qu'elle traite à peu près aussi mal. Elle supervise les travaux en costume d'amazone, une cravache à la main. Elle fait régner un climat de terreur, de sadisme et d'érotisme.

A part ça, elle s'occupe de ses trois enfants et se félicite de l'affection que leur témoigne Reinhard. Il adore spécialement la petite dernière, Silke. Et engrosse sa femme pour un quatrième. Fini aussi le temps où elle couchait avec Schellenberg, son bras droit. Fini le temps où il n'était jamais à la maison. A Prague, il rentre presque tous les soirs. Il lui fait l'amour, fait du cheval, et joue avec les enfants.

142

Gabčík et Kubiš vont embarquer dans l'Halifax qui doit les ramener à la maison. Mais avant, ils ont certaines formalités à remplir. Derrière son guichet, un sous-officier anglais leur demande de se déshabiller. Quel que soit le lieu où ils toucheront le sol, il n'est pas prévu qu'ils courent la campagne tchèque en habit de parachutiste anglais. Ils ôtent donc leur uniforme. « Complètement », ajoute le sous-officier une fois qu'ils sont en caleçon. Les deux hommes, disciplinés, obtempèrent. Ils sont donc totalement à poil lorsqu'on étale tout un choix de vêtements devant eux. Sans se départir de sa sobriété à la fois britannique et militaire, le sous-officier leur fait l'article comme un vendeur de chez Harrod's, commentant avec fierté les produits qu'il leur présente : « Costumes made in Tchécoslovaquie. Chemises made in Tchécoslovaquie. Sous-vêtements made in Tchécoslovaquie. Chaussures made in Tchécoslovaquie. Vérifiez la pointure. Cravates made in Tchécoslovaquie. Choisissez la couleur. Cigarettes made in Tchécoslovaquie. Plusieurs marques disponibles. Allumettes made in... Dentifrice made in... »

Une fois habillés, on leur remet à chacun de faux papiers, dûment tamponnés.

Les deux hommes sont prêts. Le colonel Moravec les attend au pied de l'Halifax dont les moteurs sont déjà en route. Cinq autres parachutistes partent avec eux dans le même avion, mais avec des destinations et des missions différentes. Moravec sert la main de Kubiš en lui souhaitant bonne chance. Mais lorsqu'il se tourne vers Gabčík, celui-ci demande à lui parler en privé quelques instants. Moravec grimace intérieurement. Il a peur d'une défection de dernière minute, et regrette soudain ce qu'il a dit aux deux garçons lorsqu'il les a choisis : qu'ils n'hésitent pas à lui dire franchement s'ils ne se sentaient pas à la hauteur de la tâche qui leur était confiée. Il avait ajouté qu'il n'y aurait rien de honteux à changer d'avis. Il le pense toujours, mais, au pied de l'avion, cela tomberait au plus mal. Il faudrait faire redescendre Kubiš et reporter le départ le temps de trouver un remplaçant à Gabčík. La mission serait ajournée jusqu'à Dieu sait quand. Gabčík commence par des précautions oratoires de mauvais augure : « Colonel, je suis très embarrassé de vous demander ça... » Mais la suite dissipe les craintes de son chef : « J'ai laissé une note de dix livres à notre restaurant. Vous serait-il possible de la régler pour moi ? » Moravec, soulagé, rapporte dans ses Mémoires qu'il ne sut qu'acquiescer de la tête. Gabčík lui tend la main. « Vous pouvez compter sur nous, colonel. Nous remplirons notre mission selon les ordres » furent finalement ses derniers mots avant de disparaître dans la carlingue.

143

Les deux hommes ont rédigé leurs dernières volontés juste avant de s'envoler, et j'ai sous les yeux ces deux magnifiques documents griffonnés à la hâte. Maculés de taches d'encre et de ratures, ils sont quasiment identiques. Datés tous les deux du 28 décembre 1941, divisés tous les deux en deux parties, rajoutés tous les deux de quelques lignes en diagonales. Gabčík et Kubiš demandent que l'on prenne soin de leur famille s'ils venaient à mourir. A cet effet, chacun indique une adresse, en Slovaquie, en Moravie. Tous les deux sont orphelins, et n'ont ni femme ni enfant. Mais je sais que Gabčík a des sœurs, que Kubiš a des frères. Puis ils demandent également que l'on prévienne leurs petites amies anglaises en cas de décès. La feuille de Gabčík mentionne le nom de Lorna Ellison ; celle de Kubiš, Edna Ellison. Les deux hommes étaient devenus des frères, alors ils sortaient avec des sœurs. Glissée dans le livret militaire de Gabčík, une photo de Lorna, parvenue jusqu'à nous. Le profil d'une jeune femme brune, aux cheveux frisés, qu'il ne reverra pas.

Rien ne me dit que ce sont les Anglais du SOE (le Special Operation Executive) qui ont fourni leurs habits à Gabčík et Kubiš. Bien au contraire, il est plus probable que la question des vêtements ait été réglée par les services tchèques de Moravec. Donc il n'y a pas de raison que le sous-officier qui s'occupe de ça soit anglais. Quelle fatigue…

Le commissaire général administrateur de Biélorussie, en poste à Minsk, se plaint des exactions commises par les Einsatzgruppen d'Heydrich. Il déplore que la liquidation systématique des Juifs le prive d'une précieuse main-d'œuvre. En outre, il proteste auprès d'Heydrich quand il constate que des Juifs anciens combattants décorés sont déportés dans son ghetto de Minsk. Il lui soumet une liste de Juifs à libérer, tout en dénonçant l'absence de discernement des Einsatzgruppen qui tuent tout ce qui leur tombe sous la main. Il reçoit cette réponse : « Vous conviendrez avec moi qu'il y a, dans la troisième année de la guerre, même pour la police et les services de sécurité, des tâches plus importantes pour l'effort de guerre que de courir partout pour s'occuper des exigences des Juifs, perdre du temps à faire des listes et distraire tous mes collègues de missions bien plus urgentes. Si j'ai demandé une enquête sur les personnes de votre liste, ce n'est que pour prouver, une fois pour toutes et par écrit, que de telles attaques sont infondées. Je regrette, six ans et demi après l'entrée en vigueur des lois raciales de Nuremberg, d'avoir encore à justifier mes services. »

Au moins, ça a le mérite d'être clair.

146

« Cette nuit-là, à une altitude de deux mille pieds, un énorme avion Halifax vrombissait dans le ciel au-dessus de la campagne glacée de Tchécoslovaquie. Les quatre hélices brassaient des lambeaux de nuages épars, les rabattant contre les flancs noirs et humides de l'appareil, et, du fuselage glacé, Jan Kubiš et Josef Gabchik aperçurent leur terre natale à travers le panneau de sortie, en forme de cercueil, ouvert dans le plancher de l'appareil. »

C'est ainsi que commence le roman d'Alan Burgess, *Sept hommes à l'aube*, écrit en 1960. Et dès les premières lignes, je sais qu'il n'a pas écrit le livre que je veux écrire. Je ne sais pas si Gabčík et Kubiš ont pu voir quelque chose de leur terre natale, à sept cents mètres d'altitude, dans la nuit noire de décembre 1941, et quant à l'image du cercueil, je souhaite éviter autant que faire se peut les métaphores trop lourdes.

« Ils vérifièrent machinalement le mécanisme et les sangles de largage automatique de leur harnachement de parachutistes. Dans quelques minutes, ils plongeraient dans les ténèbres, sachant qu'ils étaient les premiers parachutistes lâchés au-dessus de la Tchécoslovaquie, et que leur mission était l'une des plus rares et des plus risquées qui aient jamais été imaginées. »

Je sais tout ce qu'on peut savoir sur ce vol. Je sais ce que Gabčík et Kubiš avaient dans leur paquetage : un couteau pliant, un pistolet avec deux chargeurs et douze cartouches, une capsule de cyanure, un morceau de chocolat, des tablettes d'extrait de viande, des lames de rasoir, une fausse carte d'identité et des couronnes tchèques. Je sais qu'ils portaient des vêtements civils fabriqués en Tchécoslovaquie. Je sais qu'ils n'ont rien dit pendant le vol, conformément aux ordres qu'ils avaient reçus, à part « salut » et « bonne chance » à leurs camarades parachutistes. Je sais que leurs camarades parachutistes se doutaient, bien que leur objectif fût top secret, qu'ils étaient envoyés au pays pour tuer Heydrich. Je sais que c'est Gabčík qui, pendant le trajet, a fait la meilleure impression au *dispatcher*, l'officier chargé de contrôler le bon ordre des largages. Je sais qu'avant le décollage, on leur a fait à tous rédiger un testament à la hâte. Je connais naturellement les noms de chacun des membres des deux autres équipes qui les accompagnaient, ainsi que la nature de leurs missions respectives. Il y avait sept parachutistes dans l'avion, et je connais également la fausse identité de chacun d'eux. Gabčík et Kubiš, par exemple, s'appelaient respectivement Zdeněk Vyskočil et Ota Navrátil, et leurs faux papiers indiquaient comme profession : serrurier et ouvrier. Je sais à peu près tout ce qu'on peut savoir sur ce vol et je refuse d'écrire une phrase comme : « Ils vérifièrent machinalement le mécanisme et les sangles de largage automatique de leur harnachement de parachutistes. » Bien qu'ils l'aient fait, sans aucun doute.

« Le plus grand des deux, âgé de 27 ans, mesurait environ 1,75 m. Il avait des cheveux blonds et, sous des sourcils bien marqués, ses yeux gris, profondément enfoncés, regardaient le monde avec fermeté. Ses lèvres bien nettes, bien dessinées », etc. J'arrête là. C'est dommage que Burgess ait perdu son temps avec de tels clichés, car, par ailleurs, il était incontestablement très bien documenté. J'ai relevé deux erreurs flagrantes dans son livre, concernant la femme d'Heydrich, qu'il appelle Inga au lieu de Lina, et la couleur de sa Mercedes, qu'il s'obstine à voir verte au lieu de noire. J'ai également repéré des épisodes douteux, que je soupçonne Burgess d'avoir inventés, comme cette sombre histoire de croix gammées tatouées sur les fesses au fer rouge. Mais j'ai par ailleurs appris beaucoup de choses sur la vie de Gabčík et Kubiš à Prague pendant les mois qui ont précédé l'attentat. Il faut dire que Burgess avait un avantage sur moi : vingt ans après les faits, il a pu rencontrer des témoins encore vivants. Quelques-uns, en effet, avaient survécu.

Bref, finalement, ils ont sauté.

Selon Edouard Husson, un universitaire réputé qui prépare une biographie sur Heydrich, tout, dès le début, est allé de travers.

Gabčík et Kubiš sont largués très loin de l'endroit prévu. Ils devaient atterrir à côté de Pilsen, ils se retrouvent à quelques kilomètres… de Prague. Après tout, me direz-vous, c'est là que se trouve leur objectif, et c'est autant de temps gagné. C'est à de telles réflexions qu'on voit bien que vous ne connaissez rien à la clandestinité. Leurs contacts dans la Résistance intérieure les attendent à Pilsen. A Prague, ils n'ont aucune adresse. Ce sont les gens de Pilsen qui doivent les introduire. Donc ils sont à proximité de Prague, et c'est bien là qu'ils doivent se rendre, mais en passant par Pilsen. Ils ressentent tout autant que vous l'absurdité de cet aller-retour, qui est pourtant nécessaire.

Ils le ressentent lorsqu'on leur apprend où ils sont, car, sur le coup, ils n'en ont pas la moindre idée. Ils se retrouvent dans un cimetière. Ils ne savent pas où cacher leurs parachutes, et Gabčík boite bas car il s'est fracturé un orteil en posant le pied sur son sol natal. Ils marchent sans savoir où ils vont, en laissant des traces. Ils dissimulent rapidement leurs parachutes sous un tas de neige. Ils savent que le jour va bientôt se lever, qu'ils sont gravement exposés, et qu'ils doivent se cacher quelque part.

Ils trouvent un abri rocheux dans une carrière de pierres. Protégés de la neige et du froid mais pas de la Gestapo, ils savent qu'ils ne peuvent pas rester, mais ils ne savent pas où aller. Etrangers dans leur pays, perdus, blessés, déjà recherchés sûrement par ceux qui n'auront pas manqué d'entendre dans le ciel les moteurs de l'avion qui les a amenés, les deux hommes décident d'attendre, que faire d'autre ? Penchés sur une carte, qu'espèrent-ils ? Y repérer l'emplacement de cette minuscule carrière ? Leur mission menace d'avorter à peine amorcée, ou bien, en admettant qu'ils ne soient jamais découverts, ce qui est une supposition ridicule, de ne jamais commencer.

Et en effet, ils sont découverts.

C'est un garde-chasse qui les trouve au petit matin. Il a entendu l'avion dans la nuit, il a trouvé les parachutes sous la neige, il a suivi les traces dans la neige. Il est entré dans la grotte. Et il leur dit : « Bonjour, les gars ! » en toussotant.

Selon Edouard Husson, tout est allé de travers dès le début, mais la chance aussi les a bien servis. Le garde-chasse, qui sait qu'il risque sa vie, est un brave homme, et il va les aider.

C'est une longue chaîne résistante qui commence avec ce garde-chasse et qui va mener nos deux héros jusqu'à Prague, et l'appartement des Moravec.

La famille Moravec se compose du père, de la mère et du fils cadet, Ata, tandis que l'aîné est parti en Angleterre piloter un Spitfire. Ce sont des homonymes du colonel Moravec, aucun lien de parenté, mais, comme lui, ils combattent l'occupation allemande.

Et ils ne sont pas les seuls. Gabčík et Kubiš vont rencontrer beaucoup de ces petites gens prêts à risquer leur vie pour leur venir en aide.

C'est un combat perdu d'avance. Je ne peux pas raconter cette histoire telle qu'elle devrait l'être. Tout ce fatras de personnages, d'événements, de dates, et l'arborescence infinie des liens de cause à effet, et ces gens, ces vrais gens qui ont vraiment existé, avec leur vie, leurs actes et leurs pensées dont je frôle un pan infime... Je me cogne sans cesse contre ce mur de l'Histoire sur lequel grimpe et s'étend, sans jamais s'arrêter, toujours plus haut et toujours plus dru, le lierre décourageant de la causalité.

Je regarde une carte de Prague sur laquelle sont pointés tous les appartements des familles qui ont aidé et hébergé les parachutistes, engagement qu'elles ont presque toutes payé de leur vie. Hommes, femmes et enfants, naturellement. La famille Svatoš, à deux pas du pont Charles ; la famille Ogoun, près du Château ; les familles Novák, Moravec, Zelenka, Fafek, situées plus à l'est. Chaque membre de chacune de ces familles mériterait son propre livre, le récit de son engagement dans la Résistance jusqu'à Mauthausen et son tragique dénouement. Combien de héros oubliés dorment dans le grand cimetière de l'Histoire... Des milliers, des millions de Fafek et de Moravec, de Novák et de Zelenka...

Ceux qui sont morts sont morts, et il leur est bien égal qu'on leur rende hommage. Mais c'est pour nous, les vivants, que cela signifie quelque chose. La mémoire n'est d'aucune utilité à ceux qu'elle honore, mais elle sert celui qui s'en sert. Avec elle je me construis, et avec elle je me console.

Aucun lecteur ne retiendra cette liste de noms, pourquoi le ferait-il ? Pour que quoi que ce soit pénètre dans la mémoire, il faut d'abord le transformer en littérature. C'est moche mais c'est comme ça. Je sais déjà que seuls les Moravec, et peut-être les Fafek, trouveront place dans l'économie narrative de mon récit. Les Svatoš, Novák, Zelenka, sans compter tous ceux dont j'ignore le nom ou l'existence, retourneront à leur oubli. Mais après tout, un nom n'est qu'un nom. Je pense à eux tous. Je veux leur dire. Et si personne ne m'entend, ce n'est pas grave. Ni pour eux ni pour moi. Un jour peut-être, d'ailleurs, quelqu'un qui aura besoin de réconfort écrira l'histoire des Novák et des Svatoš, des Zelenka ou des Fafek.

151

Le 8 janvier 1942, Gabčík boitillant et Kubiš foulent le sol sacré de Prague pour la première fois, et je suis sûr qu'ils s'émerveillent de la beauté baroque de la cité. Aussitôt, néanmoins, se posent à eux les trois grands problèmes du clandestin : logement, ravitaillement, papiers. Londres les a certes dotés de fausses cartes d'identité, mais ce n'est pas, loin s'en faut, suffisant. Dans le Protectorat de Bohême-Moravie, en 1942, il est en effet absolument vital de pouvoir produire un permis de travail, et surtout, si l'on est surpris dans la journée à flâner dans les rues, comme ce sera souvent le cas dans les mois qui viennent pour les deux hommes, une bonne raison de ne pas travailler. C'est au docteur qui soigne le pied de Gabčík que la Résistance locale s'adresse : il diagnostique un ulcère au duodénum à Gabčík, et une inflammation de la vésicule biliaire à Kubiš, ce qui permet d'établir leur incapacité de travail. Ainsi, leurs papiers sont en règle. Ils ont de l'argent. Reste la question de l'hébergement. Mais ce n'est pas, comme ils vont le découvrir avec plaisir, les gens de bonne volonté qui manquent en cette époque noire.

Il ne faut pas croire tout ce qu'on raconte, spécialement si ce sont des nazis qui le racontent : en général, soit ils prennent leurs désirs pour des réalités et se trompent lourdement, comme le gros Göring, soit ils mentent éhontément à des fins de propagande, comme Göbbels trismégiste, que Joseph Roth appelait « le haut-parleur personnifié ». Et souvent, les deux à la fois.

Heydrich n'échappe pas à ce tropisme nazi. Lorsqu'il prétend avoir décapité et mis hors d'état de nuire la Résistance tchèque, il le pense probablement sincèrement, et il n'a pas tout à fait tort, mais il se vante un peu quand même. Quand Gabčík heurte maladroitement le sol de son pays natal et se blesse, dans la nuit du 28 décembre 1941, l'état de la Résistance dans le Protectorat est préoccupant, mais pas complètement désespéré. Il lui reste quelques atouts à faire valoir.

Tout d'abord, *Tři králové*, « les trois rois », grande organisation de mouvements unifiés de la Résistance tchèque, quoique durement frappée à la tête, est encore opérationnelle. Les trois rois, ce sont les chefs de l'organisation, trois anciens officiers de l'armée tchécoslovaque. En janvier 1942, deux sont tombés : l'un a été fusillé à l'arrivée d'Heydrich, l'autre se fait torturer dans les geôles de la Gestapo. Mais il en reste un, Václav Morávek (avec un *k* à la fin, si bien qu'on ne le confondra ni avec le colonel Moravec, ni avec la famille Moravec, ni avec Emanuel Moravec, le ministre de l'Education). Il porte des gants hiver comme été parce qu'il s'est sectionné un doigt en se laissant glisser le long d'un câble de paratonnerre pour échapper à un contrôle de la Gestapo. Il est le dernier des trois rois, fait preuve d'une activité intense, coordonne ce qui reste de son réseau, et s'expose à toujours plus de risques. Il attend ce que son organisation demande depuis des mois : l'envoi par Londres de parachutistes.

C'est par lui que transitent vers Londres les incroyables informations fournies par l'un des plus grands espions de la Seconde Guerre mondiale, un officier allemand de très haut niveau travaillant pour l'Abwehr, Paul Thümmel, nom de code A54, alias René. A lui tout seul, il a pu prévenir le colonel Moravec de l'agression nazie contre la Tchécoslovaquie, contre la Pologne, contre la France en mai 1940, contre la Grande-Bretagne lors du plan d'invasion en juin 1940, contre l'URSS en juin 1941. Malheureusement, les pays concernés n'ont pas toujours su ou pu tenir compte de telles informations. Mais la qualité de ces renseignements impressionne grandement Londres, et c'est par le canal tchèque qu'il les fait parvenir, car A54 officie à Prague et, prudent, ne souhaite qu'un seul interlocuteur. Il représente donc un formidable atout dans la manche de Beneš, qui dépense sans compter pour alimenter sa précieuse source.

Enfin, à l'autre bout de la chaîne, les petites mains de la Résistance, ces gens comme vous et moi à ceci près qu'ils acceptent de risquer leur vie en cachant des gens, stockant du matériel, portant des messages, forment une armée des ombres tchèque, non négligeable, sur laquelle on peut encore compter.

Gabčík et Kubiš ne sont que deux pour remplir leur mission, mais en fait, ils ne sont pas seuls.

153

Dans un appartement de Prague, dans le quartier de Smíchov, deux hommes attendent. Une sonnerie les fait sursauter. L'un d'eux se lève et va ouvrir. Un homme d'assez grande taille pour l'époque entre. C'est Kubiš.

— Je suis Ota, dit-il.

— Et moi Jindra, lui répond l'un des hommes.

Jindra est le nom de l'un des plus actifs groupes de résistance, organisé à l'intérieur d'une association de sport et de culture physique, les Sokols.

On sert du thé au nouvel arrivant. Les trois hommes observent un silence pesant, que finit par rompre celui qui s'est présenté au nom de l'organisation :

— Je voudrais vous faire remarquer que la maison est gardée et que chacun de nous a quelque chose dans sa poche.

Kubiš sourit et sort un pistolet de son veston (en fait, il en a un autre dans la manche) :

— Moi aussi j'aime les jouets, dit-il.

— D'où venez-vous ?

— Je ne peux pas vous le dire.

— Pourquoi ?

— Notre mission est secrète.

— Mais vous avez déjà confié à plusieurs personnes que vous veniez d'Angleterre…

— Et alors ?

Un silence, je suppose.

— Ne soyez pas étonné de notre méfiance, nous ne manquons pas d'agents provocateurs dans ce pays.

Kubiš ne répond rien, il ne connaît pas ces gens, il a peut-être besoin de leur aide, mais il a manifestement décidé qu'il n'avait pas de comptes à leur rendre.

— Connaissez-vous en Angleterre des officiers tchèques ?

Kubiš consent à lâcher quelques noms. Il répond plus ou moins de bonne grâce à d'autres questions susceptibles de l'embarrasser. L'autre homme intervient alors. Il lui montre la photo de son beau-fils parti à Londres. Kubiš le reconnaît, ou ne le reconnaît pas, mais il semble à l'aise, puisqu'il l'est. Celui qui s'est présenté sous le nom de Jindra reprend la parole :

— Est-ce que vous êtes de Bohême ?

— Non, de Moravie.

— Quelle coïncidence, moi aussi !

Encore un silence. Kubiš sait qu'il passe un test.

— Et pourriez-vous me dire de quel endroit ?

— Des environs de Třebíč, répond Kubiš, de mauvaise grâce.

— Je connais le coin. Savez-vous ce qu'il y a d'extraordinaire à la gare de Vladislav ?

— Il y a un superbe massif de rosiers. Je suppose que le chef de gare aime les fleurs.

Les deux hommes commencent à se détendre. Kubiš finit par ajouter :

— Ne prenez pas ombrage de mon silence sur notre mission. Je ne peux vous dire que son nom de code : « Anthropoïde ».

Ce qui reste de la Résistance tchèque prend ses désirs pour des réalités, et, une fois n'est pas coutume, elle n'a pas tort :

— Vous êtes venus pour tuer Heydrich ? demande celui qui se fait appeler Jindra.

Kubiš sursaute :

— Comment le savez-vous ?

La glace est rompue. Les trois hommes se resservent du thé. Tout ce qui compte encore de résistants à Prague va se mettre au service de deux parachutistes venus de Londres.

154

Pendant quinze ans, j'ai détesté Flaubert, parce qu'il me semblait responsable d'une certaine littérature française, dénuée de grandeur et de fantaisie, qui se complaisait dans la peinture de toutes les médiocrités, s'abîmant avec délice dans le réalisme le plus emmerdant, se délectant d'un univers petit-bourgeois qu'elle prétendait dénoncer. Et puis j'ai lu *Salammbô*, qui est immédiatement entré dans la liste de mes dix livres préférés.

Quand j'ai eu l'idée de remonter au Moyen Age pour exposer en quelques scènes les origines du contentieux tchéco-allemand, j'ai voulu chercher quelques exemples de romans historiques dont l'action remontait au-delà de l'ère moderne et j'ai repensé à Flaubert.

Dans sa correspondance, pendant qu'il rédige *Salammbô*, Flaubert s'inquiète : « C'est l'Histoire, je le sais bien, mais si un roman est aussi embêtant qu'un bouquin scientifique... » Il a aussi l'impression d'écrire « dans un style académique déplorable » et puis « ce qui (le) turlupine, c'est le côté psychologique de (son) histoire », d'autant plus qu'il s'agit de « donner aux gens *un langage dans lequel ils n'ont pas pensé* ! ». En matière de documentation : « A propos d'un mot ou d'une idée, je fais des recherches, je me livre à des divagations, j'entre dans des rêveries infinies [...]. » Ce problème va de pair avec celui de la véracité : « Quant à l'archéologie, elle sera "probable". Voilà tout. Pourvu que l'on ne puisse pas me *prouver* que j'ai dit des absurdités, c'est tout ce que je demande. » Pour le coup, je suis désavantagé : il est plus facile de me prendre en défaut sur la plaque d'immatriculation d'une Mercedes des années 1940 que sur le harnachement d'un éléphant du IIIe siècle av. J.-C...

Quoi qu'il en soit, je ressens un certain réconfort à l'idée que Flaubert, écrivant son chef-d'œuvre, a ressenti ces angoisses et s'est posé ces questions avant moi. Et c'est encore lui qui me rassure quand il écrit : « Nous valons plus par nos aspirations que par nos œuvres. » Cela signifie que je peux rater mon livre. Tout devrait aller plus vite maintenant.

155

C'est incroyable, je viens encore de trouver un roman sur l'attentat. Ça s'appelle *Like a Man*, d'un certain David Chacko. Le titre est censé être la traduction approximative du mot grec *Anthropoïde*. L'auteur est extrêmement bien documenté, il m'a donné l'impression d'avoir utilisé tout ce qu'on sait à ce jour sur l'attentat et sur Heydrich pour en faire des épisodes de roman. Même des théories très peu connues (et certes parfois sujettes à caution), telles que l'hypothèse de la bombe empoisonnée, se retrouvent dans sa trame narrative. Sa connaissance du dossier m'a grandement impressionné, considérant la foule de détails qu'il a rassemblés, dont j'incline à penser qu'ils sont véridiques, puisque dans la mesure de mon propre savoir, je n'ai pas pu le prendre en défaut une seule fois. A ce propos, il m'a obligé à nuancer mon appréciation de *Sept hommes à l'aube,* le roman d'Alan Burgess, que j'avais jugé assez fantaisiste. J'avais notamment émis le plus grand scepticisme à propos des croix gammées marquées au fer rouge sur le cul de Kubiš. J'avais également relevé avec condescendance une erreur grossière sur la couleur de la Mercedes d'Heydrich, présentée comme verte. Or, le roman de David Chacko confirme, et les croix gammées, et la couleur. Comme, par ailleurs, je ne l'ai pas vu se tromper une seule fois, même sur des détails très pointus dont je pensais, dans un accès d'orgueil à bien y songer légèrement délirant, qu'ils étaient peut-être connus de moi seul, j'accorde forcément beaucoup de crédit à tout ce qu'il peut raconter. Du coup, je m'interroge : cette Mercedes, pourtant, je l'ai vue noire, j'en suis sûr, aussi bien au musée de l'Armée à Prague, où la voiture était exposée, et puis sur les nombreuses photos que j'ai pu consulter. Evidemment, sur une photo en noir et blanc, on peut confondre du noir avec du vert foncé. D'autre part, une petite polémique a couru à propos de la voiture exposée : le musée la présentait comme l'original, ce que certains ont contesté, affirmant qu'il s'agissait en fait d'une Mercedes maquillée à l'identique (avec le pneu crevé et la portière arrière droite déchiquetée), une reproduction. Cela dit, même s'il s'agissait d'une réplique, j'imagine qu'ils ont fait attention à la couleur ! Bon, j'accorde sans doute une importance exagérée à ce qui n'est en fin de compte qu'un élément de décor, je le sais bien. Il me semble que c'est un symptôme classique chez les névrosés. Je dois être psychorigide. Passons.

Quand Chacko écrit : « On pouvait accéder au château par différentes voies mais Heydrich, le showman, passait toujours par l'entrée principale, où se trouvait la garde », je suis fasciné par tant d'assurance. Je me demande : « Comment le sait-il ? Comment peut-il *en être sûr* ? »

Un autre exemple. C'est un dialogue entre Gabčík et le cuisinier tchèque d'Heydrich. Le cuisinier renseigne Gabčík sur la protection dont bénéficie Heydrich à son domicile privé : « Heydrich dédaigne toute protection, mais les SS prennent leur boulot au sérieux. C'est leur chef, vous comprenez. Ils le traitent comme un dieu. Il est l'image de ce à quoi ils aspirent tous à ressembler. La bête blonde. C'est comme ça qu'ils l'appellent dans le service. Vous ne serez capable de bien comprendre les Allemands que lorsque vous aurez compris qu'ils voient ça comme un compliment. »

L'art de Chacko réside ici dans sa faculté à intégrer une information historique – Heydrich était bel et bien surnommé la bête blonde – dans une réplique qui vaut déjà en elle-même par sa finesse psychologique, et surtout, d'un point de vue littéraire, par sa pointe finale. D'une manière générale, d'ailleurs, Chacko excelle dans les dialogues : c'est par leur truchement essentiellement qu'il opère le passage de l'Histoire au roman. Et je dois dire, moi qui répugne pourtant à employer ce procédé, que c'est très réussi, je me suis vraiment fait accrocher par plusieurs passages. Quand Gabčík répond au cuisinier, qui vient de lui faire une description terrifiante d'Heydrich : « Ne vous en faites pas, c'est un être humain. Il y a un moyen de le prouver », je jubile comme devant un western italien.

Bon, certes, les scènes où il décrit Gabčík en train de se faire sucer au milieu du salon ou Kubiš en train de se branler dans la salle de bains sont sans doute inventées. Je *sais* que Chacko *ne sait pas* si

Gabčík s'est fait sucer ni, si c'est le cas, dans quelles circonstances, et encore moins où et quand Kubiš s'est branlé : par définition, ce genre de scène ne comporte aucun témoin – sauf rares exceptions – et Kubiš n'avait aucune raison de rapporter ses branlettes à qui que ce soit et il n'a pas laissé de journal. Mais l'auteur assume parfaitement la dimension psychologique de son roman, bourré de monologues intérieurs, et donc en décrochage avec une exactitude historique à laquelle inversement il ne prétend pas, puisque le livre s'ouvre sur la formule « toute ressemblance avec des faits, etc., ne serait que pure coïncidence ». Chacko a donc voulu faire avant tout un roman, certes très bien documenté, mais sans être esclave de sa documentation. S'appuyer sur une histoire vraie, en exploiter au maximum les éléments romanesques, mais inventer allègrement quand cela peut servir la narration sans avoir de comptes à rendre à l'Histoire. Un tricheur habile. Un prestidigitateur. Un romancier, quoi.

C'est vrai qu'à bien regarder les photos, j'ai un doute sur la couleur. L'exposition remontant à plusieurs années, ma mémoire me trahit peut-être. Je la vois tellement noire, cette Mercedes ! C'est peut-être mon imagination qui me joue des tours. Le moment venu, il faudra que je tranche. Ou que je vérifie. D'une façon ou d'une autre.

J'ai demandé à Natacha, pour la Mercedes. Elle aussi, elle l'a vue noire.

Plus la puissance d'Heydrich s'accroît, plus il se comporte comme Hitler. Désormais, comme son Führer, il inflige à ses collaborateurs de longs discours enflammés sur le destin du monde. Frank, Eichmann, Böhme, Müller, Schellenberg écoutent sagement les commentaires délirants de leur chef quand il se penche sur un planisphère :

« Les Scandinaves, les Néerlandais et les Flamands sont de race germanique... le Proche-Orient et l'Afrique seront partagés avec les Italiens... les Russes seront rejetés au-delà de l'Oural et leur pays sera colonisé par des paysans-soldats... l'Oural sera notre frontière à l'est. Nos recrues y feront leur année de service et seront formées à la guérilla comme gardes-frontière. Celui qui ne combattra pas sans trêve pourra s'en aller, je ne lui ferai rien... »

Vertige du pouvoir par la violence, sans doute, Heydrich, comme son maître, se prend déjà pour le maître du monde. Mais il y a encore une guerre à gagner, des Russes à vaincre, et une liste de princes héritiers à évincer longue comme le bras. Même en étant très optimiste, et s'il est vrai que l'étoile d'Heydrich n'en finit plus de monter dans la nuit noire du Reich, tout ceci reste donc très prématuré.

On sait que depuis le début, la lutte a toujours été féroce entre les dauphins d'Hitler. Où se place Heydrich dans ce marigot ? Beaucoup, fascinés par l'aura maléfique du personnage, et arguant de sa météorique ascension, sont persuadés qu'il aurait fini par succéder au Führer, ou pris sa place.

En 1942, toutefois, la route est encore longue vers le sommet suprême. Heydrich est plus que jamais courtisé par le premier rideau des prétendants, Göring, Bormann, Göbbels, tous tentent de l'arracher à Himmler, qui veille jalousement sur son bras droit. Mais même s'il a pris une autre dimension avec sa nomination à Prague et la charge de la Solution finale qui lui a été dévolue, Heydrich n'est pas encore tout à fait à leur niveau. Göring, bien que distancé dans la course au dauphin, est toujours officiellement numéro deux du régime et successeur désigné d'Hitler. Bormann a remplacé Rudolf Hess à la tête du parti et auprès du Führer. La propagande de Göbbels est plus que jamais l'arc-boutant du régime. Himmler dirige les Waffen-SS dont les divisions combattantes se couvrent de gloire sur tous les fronts, et il contrôle entièrement tout le système concentrationnaire, deux domaines qui échappent largement aux prérogatives d'Heydrich.

Même si son poste de protecteur lui permet désormais de court-circuiter la voie hiérarchique et d'avoir un accès direct à Hitler, Heydrich ne se décide toujours pas à supplanter Himmler : il sait que son chef, si insignifiant qu'il puisse paraître, ne doit pas être sous-estimé, et, de plus, sa position de numéro deux dans la SS lui permet de s'abriter derrière lui le cas échéant, en attendant le jour où il sera devenu si puissant qu'il ne redoutera plus personne.

Les rivaux directs d'Heydrich sont donc encore pour un temps d'une moindre envergure : ce sont Alfred Rosenberg, ministre des Territoires de l'Est et théoricien de la colonisation dans ces territoires ; Oswald Pohl, contrôleur général des camps de concentration, comme lui responsable d'un « office central » (*Haupt Amt*, le *HA* dans *RSHA*) au sein de la SS ; Hans Frank, gouverneur général de Pologne, son homologue à Varsovie ; ou encore Canaris, chef de l'Abwehr, son homologue dans la Wehrmacht... Certes, en cumulant les fonctions et les attributions, son pouvoir dépasse largement le leur, pris un par un. Mais, chacun dans son domaine, ils en restreignent l'étendue. Vu sous cet angle, il faut ajouter Dalüge, chef de la police générale, autre « office central » dépendant directement d'Himmler dans l'organigramme SS. Evidemment, son action se limite aux tâches de gendarmerie, de maintien de l'ordre, de droit commun, mais il n'empêche, l'Orpo, la Schupo, la Kripo, sans avoir la puissance ni le noir prestige de la Gestapo, n'en constituent pas moins des polices qui échappent au contrôle d'Heydrich.

Donc la route est encore longue. Mais Heydrich, il l'a déjà suffisamment montré, n'est pas homme à se décourager facilement.

J'ai retrouvé cette anecdote dans beaucoup de livres : Himmler assistant à une séance d'exécution à Minsk s'est évanoui lorsqu'il a été éclaboussé du sang de deux jeunes filles abattues juste sous ses yeux. C'est à la suite de cette scène pénible qu'il aurait pris conscience de la nécessité de trouver un autre moyen, moins éprouvant pour les nerfs des exécuteurs, de poursuivre le travail d'élimination des Juifs et autres *Untermenschen*.

Mais, si j'en crois mes notes, la fin des exécutions coïncide avec une semblable prise de conscience opérée par Heydrich, lui aussi en visite d'inspection, un jour où il était accompagné de « Gestapo Müller », son subordonné.

Les Einsatzgruppen à l'œuvre procédaient toujours plus ou moins de la même manière : ils faisaient creuser une gigantesque tranchée, amenaient des centaines et même des milliers de Juifs ou de supposés opposants ramassés dans les villes ou les villages des environs, les alignaient au bord, et les abattaient à la mitrailleuse. Parfois, ils les mettaient à genoux pour leur tirer une balle dans la nuque. Mais la plupart du temps, ils ne se donnaient même pas la peine de vérifier que tout le monde était mort, et certains se sont fait enterrer vivants. Quelques-uns ont survécu, abrités derrière un cadavre, à moitié morts eux-mêmes, attendant la nuit pour remonter à la surface en grattant la terre sous laquelle ils étaient ensevelis (mais ces cas sont restés miraculeux). Plusieurs témoins ont décrit le spectacle de ces corps entassés les uns sur les autres, masse grouillante d'où s'échappaient les cris et les gémissements des agonisants. Les tranchées étaient ensuite rebouchées. Au total, avec cette méthode primaire, les Einsatzgruppen ont liquidé environ un million et demi de personnes, Juifs ou autres, mais Juifs très majoritairement.

Heydrich a assisté, en compagnie tantôt d'Himmler, tantôt d'Eichmann, tantôt de Müller, à plusieurs de ces exécutions. Lors de l'une d'elles, une jeune femme lui a tendu son bébé pour qu'il le sauve. La mère et l'enfant ont été abattus juste devant lui. Heydrich, plus hermétique qu'Himmler à aucune forme de sensiblerie, ne s'est pas évanoui. Mais, tout de même impressionné par la cruauté de la scène, s'est interrogé sur la pertinence d'un tel mode d'exécution. Et comme Himmler, il s'est inquiété de l'effet désastreux sur le moral et les nerfs de ses valeureux SS. Ce disant, il a mis la main à sa gourde et a avalé une rasade de slivovice. La slivovice est une eau-de-vie tchèque faite à base de prune, c'est très fort, et de l'avis de nombreux Tchèques, pas très bon. Gros buveur, Heydrich a dû y prendre goût depuis son installation à Prague.

Il aura mis tout de même un certain temps avant d'arriver à cette conclusion que ses Einsatzgruppen ne constituaient pas forcément la solution idéale pour régler la question juive. Lorsque, dès juillet 1941, il a effectué sa première inspection avec Himmler, à Minsk déjà, où les deux hommes se sont rendus par le train spécial du Reichsführer, Heydrich, tout comme son chef, n'a rien trouvé à redire à la tuerie à laquelle il a assisté. Ils auront eu besoin de plusieurs mois pour comprendre l'un et l'autre qu'un tel procédé faisait entrer le nazisme et l'Allemagne dans une sphère de barbarie qui risquait d'attirer au IIIe Reich la condamnation des générations futures. Il fallait faire quelque chose pour remédier à cela. Mais le processus de tuerie était si engagé que le seul remède qu'ils trouvèrent fut Auschwitz.

159

Etonnamment, pendant cette sombre, cette horrible période, le nombre des mariages tchèques ne cesse d'augmenter. En fait, il y a une raison à cela. Le Service du travail obligatoire ne concerne encore, au début 1942, que les célibataires. Du coup, on relève une augmentation significative de citoyens tchèques qui se marient à la hâte. Mais cela, évidemment, n'échappe pas à l'œil inquisiteur des services d'Heydrich. Il est donc décidé que le STO tchèque s'étende à tous les citoyens tchèques mâles sans restriction. Et ce sont des dizaines de milliers de travailleurs tchèques, mariés ou célibataires, qui sont envoyés de force aux quatre coins du Reich pour servir de main-d'œuvre partout où il y en a besoin, c'est-à-dire partout, puisque la Wehrmacht avale les travailleurs allemands par millions. Ils y croisent des

Polonais, des Belges, des Danois, des Hollandais, des Norvégiens, des Français, etc.

Cette politique n'est d'ailleurs pas sans effets secondaires. Dans l'un des nombreux rapports du RSHA qui atterrissent invariablement sur le bureau d'Heydrich, on peut lire :

« De divers endroits dans le Reich, où des millions de travailleurs étrangers sont employés, nous entendons parler de cas de relations sexuelles avec des femmes allemandes. Le danger d'affaiblissement biologique est en augmentation constante. Le nombre de plaintes concernant des jeunes femmes de sang allemand recherchant des travailleurs tchèques en vue de relations sentimentales continue de se multiplier. »

Je suppose qu'Heydrich, à la lecture de ce rapport, fait la moue. Baiser des étrangères ne l'a jamais dérangé, lui. Mais que des femmes aryennes en chaleur cherchent à s'accoupler avec des métèques, voilà qui le dégoûte sûrement, et c'est une raison supplémentaire de mépriser les femmes en général. Il est certain, cependant, que Lina ne pourrait jamais faire une chose pareille, même pour se venger de ses infidélités : Lina est une vraie Allemande, de sang pur, de sang noble, qui préférerait se tuer plutôt que de coucher avec un Juif, un nègre, un Slave, un Arabe ou toute autre race inférieure. Pas comme ces truies sans conscience, qui ne méritent pas d'être allemandes. Il te les foutrait toutes au bordel, et plus vite que ça, ou dans ces élevages d'Aryens, ces haras où de jeunes blondes attendent de s'accoupler avec des étalons SS. Il ferait beau voir qu'elles se plaignent.

Je me demande comment les nazis accommodaient leur doctrine avec la beauté des Slaves : non seulement on trouve en Europe de l'Est les plus belles femmes du continent, mais en plus elles sont souvent blondes aux yeux bleus. D'ailleurs, lorsque Göbbels a eu sa liaison avec Lida Baarová, splendide actrice tchèque, il ne semble pas trop s'être posé de questions sur la pureté de la race. Mais sans doute pensait-il que sa beauté fatale la rendait apte à la germanisation. Quand on songe au physique dégénéré de la plupart des dignitaires nazis – et Göbbels avec son pied bot en est l'un des plus beaux spécimens –, on ne peut que rire en songeant à cette crainte d'« affaiblissement de la race » qui les travaillait tant. Mais pour Heydrich, évidemment, c'est différent. Lui n'est pas un petit nabot brun, et son physique porte haut l'étendard de la germanité. Y croyait-il ? Je pense que oui. On croit toujours très facilement ce qui nous flatte et nous arrange. Je repense à cette phrase de Paul Newman : « Si je n'avais pas eu les yeux bleus, je n'aurais jamais fait une telle carrière. » Je me demande si Heydrich pensait la même chose.

Une fois de plus, je suis tombé par hasard sur une fiction relative à Heydrich. Cette fois-ci, il s'agit d'un téléfilm, *Le Crépuscule des aigles,* tiré d'un roman, *Fatherland*, de Robert Harris. Le personnage principal est joué par Rutger Hauer, l'acteur hollandais consacré par son rôle immortel de répliquant dans *Blade Runner*, de Ridley Scott. Ici, il joue le rôle d'un commandant SS qui sert dans la police criminelle (la Kripo).

L'histoire se déroule dans les années 1960. Le Führer règne toujours sur l'Allemagne. Berlin a été reconstruit selon les plans d'Albert Speer et ressemble à une cité qui mélange les styles baroque, Art nouveau, mussolinien et franchement futuriste. La guerre continue avec la Russie, mais tout le reste de l'Europe est sous la domination du IIIe Reich. Cependant, l'époque est au dégel des relations avec les Etats-Unis. Kennedy doit rencontrer Hitler dans les jours qui viennent pour signer un accord historique. Dans cette fiction, c'est le père, Joseph Patrick, et non le fils, John Fitzgerald, qui a été élu président. Or, le père de JFK n'a jamais caché ses sympathies nazies. Le récit repose donc sur le principe du : « Et si... ? » Il bâtit une histoire alternative à partir d'une hypothèse, ici celle de la pérennité du régime hitlérien. On appelle ça une uchronie.

En l'occurrence, celle-ci prend la forme d'une intrigue policière : de hauts dignitaires nazis se font mystérieusement assassiner. Avec l'aide d'une journaliste américaine, venue couvrir la visite de Kennedy, l'inspecteur SS joué par Rutger Hauer découvre le lien entre tous ces meurtres : Bühler, Stuckart, Luther, Neumann, Lange… tous ont participé à une mystérieuse réunion tenue vingt ans plus tôt, en janvier 1942, organisée à Wannsee par Heydrich en personne. Heydrich, dans les années 1960, est devenu ministre, Reichsmarchall à la place de Göring, et plus ou moins le numéro deux du régime. Hitler, pour ne pas compromettre l'accord qu'il doit signer avec Kennedy, entend faire définitivement disparaître tous ceux qui ont participé à la réunion, afin que son ordre du jour ne soit jamais révélé. C'est là, en effet, le 20 janvier 1942, que la Solution finale a été officiellement entérinée par tous les ministères concernés de près ou de loin. C'est là, sous l'égide d'Heydrich, assisté de son fidèle adjoint Eichmann, qu'a été planifiée l'extermination par gazage de onze millions de Juifs.

L'un des participants, Franz Luther, à l'époque représentant de Ribbentrop pour les Affaires étrangères, ne veut pas mourir. Il possède des preuves irréfutables du génocide des Juifs et entend les monnayer aux Américains en échange de l'asile politique. Le monde entier, en effet, vit dans l'ignorance du génocide : officiellement, les Juifs européens ont bien été déportés, mais ils ont été réinstallés en Ukraine, où la proximité du front russe empêche aucun observateur international de se rendre pour vérifier. Luther, juste avant de se faire assassiner à son tour, contacte la journaliste américaine, qui parvient in extremis, alors qu'Hitler est sur le point d'accueillir Kennedy en grande pompe, à faire remettre les précieux documents au président américain. Du coup, la rencontre entre Kennedy et Hitler est annulée, les Etats-Unis reprennent le combat contre l'Allemagne et le IIIe Reich finit par s'effondrer, avec vingt ans de retard.

Cette fiction fait de la conférence de Wannsee en quelque sorte l'instant crucial de la Solution finale. Certes, ce n'est pas à Wannsee que la décision a été prise. Certes, les Einsatzgruppen d'Heydrich tuent déjà par centaines de milliers sur le front de l'Est. Mais c'est Wannsee qui officialise le génocide. Il ne s'agit plus de confier la tâche plus ou moins en douce (si tant est qu'on puisse tuer des millions de personnes en douce) à quelques unités d'assassins, mais de mettre toutes les infrastructures politiques et économiques du régime au service du génocide.

La réunion elle-même a duré à peine deux heures. Deux heures pour régler essentiellement des questions juridiques : que faire des demi-Juifs ? des quarts de Juifs ? des Juifs décorés de la Première Guerre ? Des Juifs mariés à des Allemandes ? Faudra-t-il indemniser les veuves aryennes de ces Juifs en leur accordant une pension ? Comme dans toutes les réunions, les seules décisions qui sont vraiment prises sont celles qui ont été décidées au préalable. En fait, pour Heydrich, il s'agissait juste d'informer tous les ministères du Reich qu'ils allaient devoir œuvrer en vue d'un objectif : l'élimination physique de tous les Juifs d'Europe.

J'ai sous les yeux le tableau distribué par Heydrich aux participants de la conférence, qui détaille le nombre de Juifs à « évacuer », pays par pays. Le tableau se divise en deux parties. La première regroupe les pays du Reich, parmi lesquels on relève que l'Estonie est déjà *judenfrei*, alors que le Gouvernement général (c'est-à-dire la Pologne) possède encore plus de 2 millions de Juifs. La seconde, qui donne une idée de l'optimisme nazi prévalant encore début 1942, rassemble les pays satellites (Slovaquie 88 000 Juifs, Croatie 40 000 Juifs...) ou alliés (Italie y compris Sardaigne 58 000 Juifs...), mais aussi des pays neutres (Suisse 18 000, Suède 8 000, Turquie partie européenne 55 500, Espagne 6 000...) ou ennemis (les deux seuls d'Europe qui restent à cette date : l'URSS, déjà largement envahie il est vrai, 5 millions de Juifs, dont Ukraine, entièrement occupée, près de 3 millions, et l'Angleterre, 330 000 Juifs, mais très loin d'être envahie). Par la persuasion ou par la force, il était donc prévu d'obliger absolument tous les pays européens à déporter leurs Juifs. Total inscrit au bas de la page : plus de onze millions. La mission sera à moitié remplie.

Eichmann a raconté ce qui s'est passé après la conférence. Une fois les représentants des ministères partis, il n'est plus resté qu'Heydrich et ses deux plus proches collaborateurs, Eichmann lui-même et « Gestapo » Müller. Ils sont passés dans un petit salon aux boiseries élégantes. Heydrich s'est servi un cognac, qu'il a dégusté en écoutant de la musique classique (du Schubert, je crois), et les trois hommes ont fumé un cigare ensemble. Eichmann a rapporté qu'Heydrich était d'excellente humeur.

Hier, Raoul Hilberg est mort. C'était le père des « fonctionnalistes », ces historiens qui pensent que l'extermination des Juifs n'a pas été réellement préméditée, mais plutôt dictée par les circonstances, contrairement aux « intentionnalistes », pour lesquels le projet était clair et net depuis le début, c'est-à-dire, en gros, depuis la rédaction de *Mein Kampf* en 1924.

A l'occasion de sa mort, *Le Monde* publie des extraits d'une interview qu'il avait donnée en 1994, où sont reprises les grandes lignes de sa théorie :

« J'estime que les Allemands ignoraient, au départ, ce qu'ils feraient. C'est comme s'ils conduisaient un train dont la direction générale allait dans le sens d'une violence croissante contre les Juifs, mais dont la destination exacte n'était pas définie. N'oublions pas que le nazisme, bien plus qu'un parti, était un mouvement qui devait toujours aller de l'avant, sans jamais s'arrêter. Confrontée à une tâche qui n'avait jamais eu de précédent, la bureaucratie allemande ne savait que faire : c'est là que se situe le rôle d'Hitler. Il fallait que quelqu'un, au sommet, donnât un feu vert à des bureaucrates conservateurs par nature. »

L'un des arguments majeurs des intentionnalistes est cette phrase d'Hitler, tenue dans un discours public, en janvier 1939 : « Si la finance juive internationale en Europe et hors d'Europe réussit à nouveau à précipiter les peuples dans une guerre mondiale, le résultat n'en sera pas la bolchevisation de la terre et la victoire du judaïsme, mais bien l'extermination de la race juive en Europe. » Inversement, l'indice le plus révélateur qui tendrait à donner raison aux fonctionnalistes est que pendant longtemps les nazis ont réellement cherché des territoires pour y déporter les Juifs : Madagascar, l'océan Arctique, la Sibérie, la Palestine – Eichmann a même rencontré, à plusieurs reprises, des militants sionistes. Mais ce sont les aléas de la guerre qui leur auraient fait abandonner tous ces projets. Le transport des Juifs à Madagascar, notamment, ne pouvait être envisagé tant que le contrôle des mers n'était pas assuré, c'est-à-dire tant que la guerre avec la Grande-Bretagne se prolongeait. Et c'est la tournure de la guerre à l'Est qui aurait précipité la recherche de solutions radicales. Même s'ils ne l'avouaient pas, les nazis savaient que leurs conquêtes à l'Est étaient précaires, et la formidable résistance soviétique pouvait laisser craindre, non pas le pire, car personne en 1942 n'imaginait l'Armée rouge pénétrer en Allemagne pour aller jusqu'à Berlin, mais au moins la perte des territoires occupés. Il fallait donc faire vite. Et c'est ainsi que, de fil en aiguille, la question juive a pris une dimension industrielle.

162

Un train de marchandises s'immobilise dans un crissement interminable. Sur le quai, il y a une longue rampe. Dans le ciel, on entend le croassement des corbeaux. Au bout de la rampe, il y a une grande grille, avec une inscription en allemand sur le fronton. Derrière elle, un bâtiment en pierre brune. La grille s'ouvre. On entre à Auschwitz.

163

Ce matin, Heydrich reçoit une lettre d'Himmler indigné, à propos de quelque cinq cents jeunes Allemands arrêtés par la police de Hambourg parce qu'ils s'étaient adonnés au *swing,* cette danse étrangère dégénérée pratiquée en écoutant de la musique de nègre :

« Je m'élève contre toute demi-mesure en la matière. Tous les meneurs sont à expédier en camp de concentration. Cette jeunesse y recevra d'abord une bonne raclée. Le séjour en camp sera assez long, deux ou trois ans. Il doit être clair qu'ils n'auront plus le droit d'étudier. C'est seulement par une action brutale que nous pourrons éviter une dangereuse propagation de ces tendances anglophiles. »

Heydrich en fera effectivement déporter une cinquantaine. Ce n'est pas parce que le Führer lui a confié la tâche historique de faire disparaître jusqu'au dernier Juif d'Europe qu'il doit négliger les petits dossiers.

164

Journal de Göbbels, 21 janvier 1942 :

« Heydrich a finalement nommé le nouveau gouvernement du Protectorat. Hácha a remis la déclaration de solidarité avec le Reich qu'Heydrich demandait. La politique qu'Heydrich a menée dans le Protectorat peut vraiment être considérée comme un modèle. Il a facilement apaisé la crise qui s'était installée et, en conséquence, le Protectorat se trouve maintenant dans un bien meilleur état, au contraire des autres territoires occupés ou satellites. »

165

Comme tous les jours, Hitler s'abandonne à d'interminables soliloques, et livre en fulminant ses analyses politiques à un auditoire servile et silencieux. Au détour de sa logorrhée, il aborde la situation du Protectorat :

« Neurath s'est fait complètement rouler par les Tchèques ! Encore six mois de ce régime et la production aurait chuté de 25 % ! De tous les Slaves, le Tchèque est le plus dangereux, parce que c'est un ouvrier. Il a le sens de la discipline, il est méthodique, il sait comment dissimuler ses intentions. Maintenant ils vont travailler car ils savent que nous sommes violents et sans merci. »

C'est sa façon à lui de dire qu'il est très satisfait du travail d'Heydrich.

166

Peu de temps après, Hitler reçoit Heydrich à Berlin. Heydrich se retrouve donc en présence d'Hitler, ou bien est-ce l'inverse. Hitler pérore : « Nous réparerons le gâchis tchèque si nous suivons une politique cohérente avec eux. Une grande partie des Tchèques sont d'origine germanique et il n'est pas impossible de les regermaniser. » Ce discours est encore une façon d'encourager le travail du collaborateur qui lui inspire le plus de respect, avec Speer, sans doute, mais dans des genres très différents.

Avec Speer, il peut parler d'autre chose que de politique, de guerre, de Juifs. Il peut discuter de musique, de peinture, de littérature, et puis donner corps à Germania, le futur Berlin dont ils ont dessiné les plans ensemble et que son génial architecte a charge de faire sortir de terre. Speer, pour Hitler, est un bol d'air. Il est son divertissement, sa fenêtre donnant sur un monde extérieur au labyrinthe national-socialiste qu'il a créé et dans lequel il vit enfermé. Certes, Speer est encarté et entièrement dévoué à la cause. D'ailleurs, il met toute son intelligence et son talent à réorganiser la production depuis qu'il a été nommé, en sus de son titre d'architecte officiel, ministre de l'Armement. Sa loyauté, son efficacité sont au-dessus de tout soupçon. Mais ce n'est pas pour ça qu'Hitler le préfère. En matière de loyauté, c'est Himmler, son fidèle Heinrich, comme il l'appelle, qui lui semble imbattable. Et en matière d'efficacité aussi d'ailleurs, sans doute… Mais Speer a tellement plus de classe, tellement plus d'allure dans ses costumes si bien coupés, tellement plus d'aisance dans toutes les situations. C'est pourtant l'un de ces intellectuels qu'Hitler, l'artiste raté, l'ancien clochard de Munich, devrait abhorrer. Mais manifestement, Speer lui donne ce que personne d'autre ne lui a donné : l'amitié et l'admiration d'un homme brillant dont l'aisance sociale lui vaut d'être reconnu comme tel dans tous les milieux.

Evidemment, les raisons pour lesquelles Hitler aime Heydrich sont très différentes, voire opposées. Autant Speer incarne l'élite du monde « normal » auquel Hitler n'a jamais pu appartenir, autant Heydrich est le prototype du nazi parfait : grand, blond, cruel, totalement obéissant et d'une efficacité mortelle. L'ironie du sort veut qu'il ait du sang juif, d'après Himmler. Mais la violence manifeste avec laquelle il combat et triomphe de cette part corrompue de lui-même prouve, aux yeux d'Hitler, la supériorité de l'essence aryenne sur la juive. Et si Hitler le croit vraiment d'origine juive, il n'en est que plus savoureux pour lui d'en faire l'ange exterminateur du peuple d'Israël en lui confiant la responsabilité de la Solution finale.

Je connais bien ces images : Himmler et Heydrich, en tenue civile, devisant avec le Führer, sur la terrasse de son nid d'aigle, le Kehlsteinhaus, gigantesque bunker de luxe flanqué au sommet des Alpes bavaroises. Mais j'ignorais qu'elles avaient été filmées par la maîtresse d'Hitler en personne. Je l'apprends à l'occasion d'une soirée « Eva Braun » organisée par une chaîne du câble. Pour moi, c'est un peu la fête. J'aime pénétrer autant que faire se peut dans l'intimité de mes personnages. Je revois donc avec plaisir ces images d'Heydrich reçu par Hitler, ce grand blond au nez busqué, dominant d'une tête tous ses interlocuteurs, souriant et détendu, dans son costume beige aux manches trop courtes. Mais il n'y a pas le son, et ceci, évidemment, est très frustrant. Or, les réalisateurs du documentaire sur Eva Braun ont vraiment bien fait les choses : ils ont demandé à des spécialistes de lire sur les lèvres. Et voici donc ce qu'Himmler confie à Heydrich, devant la rambarde de pierre qui surplombe la vallée ensoleillée : « Rien ne doit nous dévier de notre tâche. » D'accord. Je vois qu'ils avaient de la suite dans les idées. Je suis un peu déçu, et content à la fois. C'est mieux que rien, quand même. Et puis, qu'est-ce que j'espérais ? Il n'allait pas lui dire : « Vous savez, Heydrich, je crois que ce petit Lee Harvey Oswald fera une très bonne recrue. »

Malgré le poids grandissant de ses énormes responsabilités dans l'organisation de la Solution finale, Heydrich ne néglige pas non plus les affaires intérieures du Protectorat. Ce mois de janvier 1942, il trouve le temps de décider un remaniement ministériel au sein du gouvernement tchèque, suspendu de fait depuis sa fracassante arrivée à Prague en septembre. La veille même de la conférence de Wannsee, soit le 19, il nomme un nouveau Premier ministre, mais cela n'a aucune espèce de signification puisque le poste ne conserve aucune réalité fonctionnelle. Les deux postes clés de ce gouvernement fantoche sont le ministère de l'Economie, confié à un Allemand dont il n'est pas utile dans cette histoire de connaître le nom, et le ministère de l'Education, attribué à Emanuel Moravec. En nommant un Allemand comme ministre de l'Economie, Heydrich impose l'allemand comme langue de travail au sein de l'équipe gouvernementale. En nommant Moravec à la tête de l'Education, il s'assure les services d'un homme dont il a su reconnaître les formidables prédispositions à collaborer. Les deux ministères sont liés par un même objectif : maintenir et développer une production industrielle qui réponde aux besoins du Reich. Pour y parvenir, le rôle du ministre de l'Economie consiste à soumettre toutes les entreprises tchèques à l'effort de guerre allemand. Le rôle de Moravec consiste, quant à lui, à développer un système éducatif ayant pour vocation unique la formation d'ouvriers. En conséquence de quoi, les enfants tchèques ne recevront en guise d'enseignement que le strict nécessaire à leur future profession, un savoir essentiellement manuel, complété par un minimum de connaissances techniques.

Le 4 février 1942, Heydrich tient ce discours qui m'intéresse parce qu'il concerne l'honorable corporation à laquelle j'appartiens :

« Il est essentiel de régler leur compte aux enseignants tchèques car le corps enseignant est un vivier pour l'opposition. Il faut le détruire, et fermer les lycées tchèques. Naturellement, la jeunesse tchèque devra alors être prise en charge en un lieu où l'on pourra l'éduquer hors de l'école et l'arracher à cette atmosphère subversive. Je ne vois pas de meilleur endroit pour cela qu'un terrain de sport. Avec l'éducation physique et le sport, nous assurerons tout à la fois un développement, une rééducation et une éducation. »

Tout un programme : cette fois, c'est le cas de le dire !

Evidemment, la possibilité de rouvrir les universités tchèques, frappées d'une interdiction de trois ans en novembre 1939 pour cause d'agitation politique, n'est même pas envisagée. Il revient à Moravec de trouver un motif pour prolonger la fermeture au-delà des trois ans écoulés.

Ce discours m'inspire trois remarques :

1. En Tchéquie comme ailleurs, l'honneur de l'Education nationale n'est jamais aussi mal défendu que par son ministre. Antinazi virulent à l'origine,

Emanuel Moravec est devenu après Munich le collabo le plus actif du gouvernement tchèque nommé par Heydrich, et l'interlocuteur privilégié des Allemands, bien davantage qu'Emil Hácha, le vieux président gâteux. Les livres d'histoire locale ont pris l'habitude de le désigner sous le terme de « Quisling tchèque », du nom de ce fameux collaborateur norvégien, Vidkun Quisling, dont le patronyme, par antonomase, signifie désormais « collabo » dans la majorité des langues européennes.

2. L'honneur de l'Education nationale est bel et bien défendu par les profs qui, quoi qu'on puisse en penser par ailleurs, ont vocation à être des éléments subversifs, et méritent qu'on leur rende hommage pour cela.

3. Le sport, c'est quand même une belle saloperie fasciste.

169

Nous touchons encore une fois aux servitudes du genre. Aucun roman normal ne s'embarrasserait, sauf à viser un effet très spécial, de trois personnages portant le même nom. Or, moi, je dois faire avec le colonel Moravec, valeureux chef des services secrets tchèques à Londres ; la famille Moravec au comportement héroïque dans la Résistance intérieure ; Emanuel Moravec, l'infâme collabo ministre. Sans compter le capitaine Václav Morávek, chef du réseau de résistance « Tři králové ». Cette homonymie regrettable doit être une pénible source de confusion pour le lecteur. Une fiction aurait tôt fait de mettre de l'ordre dans tout ça, transformant le colonel Moravec en colonel Novak, par exemple, la famille Moravec deviendrait famille Švigar, pourquoi pas, ou le traître serait rebaptisé selon un nom fantaisiste, Nutella, Kodak, Prada, que sais-je ? Naturellement, je ne veux pas jouer à ça. Ma seule concession au confort du lecteur consistera à ne pas décliner les noms propres : si la forme féminine de Moravec devrait être en toute logique Moravcová, je garderai néanmoins la forme de base pour désigner la tante Moravec, afin de ne pas redoubler une complication (les homonymies de personnages réels) par une autre (la déclinaison au féminin ou au pluriel des noms propres en langue slave). Je n'écris pas un roman russe. Et d'ailleurs, on notera que dans les traductions françaises de *Guerre et Paix*, Natacha Rostova redevient, ou reste, Natacha Rostov.

170

Journal de Göbbels, 6 février 1942 :

« Gregory m'a fait un rapport sur le Protectorat. L'ambiance est très bonne. Heydrich a brillamment travaillé. Il a fait preuve d'intelligence politique et de circonspection, si bien qu'on ne peut plus parler de crise. Par ailleurs, Heydrich voudrait remplacer Gregory par un SS-Führer. Je ne suis pas d'accord. Gregory possède une excellente connaissance du Protectorat et de la population tchèque, et la politique du personnel qu'Heydrich mène n'est pas toujours très intelligente, et surtout pas très directive. C'est la raison pour laquelle je tiens à Gregory. »

Qui est ce Gregory, ma foi, je n'en ai pas la moindre idée. Et que l'on ne s'y trompe pas à mon ton faussement désinvolte : j'ai cherché !

171

Journal de Göbbels, 15 février 1942 :

« J'ai eu une longue conversation avec Heydrich sur la situation dans le Protectorat. L'atmosphère s'y est grandement améliorée. Les mesures prises par Heydrich produisent de bons résultats. Toutefois, l'intelligentsia nous reste hostile. Dans tous les cas, le danger que représentent les éléments tchèques pour la sécurité de l'Allemagne a été complètement neutralisé. Heydrich manœuvre avec succès. Il joue au chat et à la souris avec les Tchèques et ils avalent tout ce qu'il dit. Il a lancé une série de mesures particulièrement populaires, au premier rang desquelles la répression active du marché noir. Soit dit en passant, il est tout à fait stupéfiant de voir combien de réserves alimentaires stockées par la population sa lutte contre le marché noir a fait ressortir.

Il est en train de réussir une politique de germanisation forcée d'une grande partie des Tchèques. Il avance en la matière avec une extrême prudence, mais il va sans aucun doute avoir des résultats admirables dans la durée. Les Slaves, souligne-t-il, ne peuvent pas être éduqués comme on éduque des Allemands. On doit soit les briser, soit les faire plier en permanence. Il réussit dans la deuxième voie en un clin d'œil, et cela, avec succès *(sic)*. Notre tâche dans le Protectorat est parfaitement claire. Neurath s'était totalement fourvoyé, ce qui explique pourquoi la crise est survenue à Prague.

Par ailleurs, Heydrich est en train de bâtir un Service de Sécurité pour tous les secteurs occupés. La Wehrmacht lui a posé un tas de problèmes à ce sujet, mais ces difficultés ont tendance à s'aplanir. Plus la situation évolue, et plus la Wehrmacht se montre incapable de régler ces questions.

Par ailleurs, Heydrich a l'expérience de certains corps de la Wehrmacht : ils ne sont pas disposés à une politique ni à une guerre national-socialistes et pour ce qui est de diriger le peuple, ils n'y comprennent absolument rien. »

172

Le 16 février, le lieutenant Bartoš, chef de l'opération « Silver A », transmet, par l'intermédiaire de l'émetteur « Libuše » avec lequel son groupe a été parachuté la même nuit que Gabčík et Kubiš, les recommandations suivantes à Londres, nous permettant ainsi d'avoir une idée assez précise des difficultés rencontrées par les parachutistes dans leur vie clandestine :

« Munissez largement d'argent et habillez convenablement les groupes que vous allez envoyer. Un pistolet de petit calibre dans la poche, une serviette, difficile à trouver ici, conviennent très bien. Le poison doit être emporté dans un tube approprié, plus petit. Suivant les possibilités, parachutez les groupes dans des régions autres que celles où ils doivent se rendre. Cela rend plus malaisées les recherches des organismes de sécurité allemands. La plus grande difficulté ici est de trouver du travail. Personne n'accepte d'embaucher quelqu'un qui ne possède pas un livret de travail. Celui qui en est titulaire est placé par le Bureau du travail. Le danger du travail obligatoire s'accroît beaucoup au printemps et on ne peut donc pas faire engager un plus grand nombre de clandestins sans augmenter le risque de découverte du système entier. C'est pourquoi j'estime plus avantageux d'utiliser au maximum ceux qui sont ici et de limiter au minimum indispensable l'arrivée de nouveaux hommes. Signé Ice. »

Journal de Göbbels, 26 février 1942 :

« Heydrich me remet un rapport très détaillé sur la situation dans le Protectorat. Elle n'a pas vraiment changé. Mais ce qu'il en ressort très clairement est que la tactique d'Heydrich est la bonne. Il se comporte avec les ministres tchèques comme s'ils étaient ses sujets. Hácha se met complètement au service de la nouvelle politique d'Heydrich. En ce qui concerne le Protectorat, en ce moment, il ne faut pas s'en faire. »

Heydrich n'oublie pas la culture. En mars, il organise le plus grand événement culturel de son règne : une exposition, intitulée *« Das Sowjet Paradies »*, qu'il fait inaugurer en grande pompe par l'immonde Frank, en présence du vieux président Hácha et de son infâme ministre collabo, Emanuel Moravec.

Je ne sais pas exactement à quoi ressemble l'exposition, mais l'idée est de montrer que l'URSS est un pays barbare et sous-développé aux conditions de vie absolument déplorables, tout en soulignant, évidemment, le caractère intrinsèquement pervers du bolchevisme. C'est aussi l'occasion d'exalter les victoires allemandes sur le front de l'Est, en exhibant comme des trophées des tanks et du matériel militaire pris aux Russes.

L'exposition dure quatre semaines, elle attire un demi-million de visiteurs, dont Gabčík et Kubiš. C'est sans doute la première et la seule fois que ces deux-là verront un char soviétique.

175

Au début, ça m'avait semblé une histoire simple à raconter. Deux hommes doivent en tuer un troisième. Ils y parviennent, ou non, et c'est fini, ou presque. Tous les autres, pensais-je, étaient des fantômes qui allaient glisser élégamment sur la tapisserie de l'Histoire. Les fantômes, il faut s'en occuper, et cela demande beaucoup de soin, mais cela, je le savais. En revanche, j'ignorais, et j'aurais dû m'en douter pourtant, qu'un fantôme n'aspire qu'à une seule chose : revivre. Et moi, je ne demande pas mieux, mais je suis tenu par les impératifs de mon histoire, je ne peux pas laisser toute la place que je voudrais à cette armée des ombres qui grossit sans cesse et qui, pour se venger peut-être du peu de soin que je lui accorde, me hante.

Mais ce n'est pas tout.

Pardubice est une ville située en Bohême de l'Est, traversée par l'Elbe. D'une population d'environ 90 000 habitants, elle présente une jolie place centrale et de beaux bâtiments style Renaissance. C'est d'ici qu'est natif Dominik Hašek, le mythique gardien, l'un des plus grands joueurs de hockey sur glace de tous les temps.

Il y a un hôtel-restaurant, assez chic, qui s'appelle Vaselka. Comme tous les soirs, il est rempli d'Allemands. Des hommes de la Gestapo sont bruyamment attablés. Ils ont bien mangé et bien bu. Ils appellent le serveur. Celui-ci s'approche, impeccable et obséquieux. Je vois qu'ils veulent du brandy. Le serveur prend la commande. L'un des Allemands porte une cigarette à ses lèvres. Le serveur sort alors un briquet de sa poche, l'allume et, en effectuant une légère courbette, offre du feu à l'Allemand.

Ce serveur est très beau. Il a été engagé très récemment. Jeune, souriant, les yeux clairs, le regard franc, les traits fins dessinant un visage massif. Ici, à Pardubice, il répond au nom de Mirek Šolc. Il n'y a rien, a priori, qui semble justifier qu'on s'intéresse à ce serveur, sauf que la Gestapo, elle, s'y intéresse.

Un beau matin, en effet, elle convoque le patron de l'hôtel. On veut avoir des renseignements sur Mirek Šolc : d'où il vient, qui il fréquente, s'il s'absente et pour aller où. Le patron répond que Šolc vient d'Ostrava, où son père tient un hôtel. Les policiers décrochent leur téléphone et appellent Ostrava. Là-bas, personne n'a entendu parler d'un hôtelier du nom de Šolc. Alors la Gestapo de Pardubice reconvoque le patron du Vaselka, et Šolc avec lui. Le patron vient seul. Il explique qu'il a renvoyé son serveur parce que celui-ci a cassé de la vaisselle. La Gestapo le relâche, et le fait suivre. Mais Mirek Šolc a disparu pour toujours.

Tous les parachutistes ayant opéré dans le Protectorat auront utilisé un nombre incalculable de fausses identités. Miroslav Šolc était l'une d'elles. C'est à celui qui en a fait usage qu'il faut accorder maintenant toute l'attention que mérite son rôle à venir dans l'histoire. Son vrai nom est Josef Valčík, et contrairement à Mirek Šolc, c'est un nom qu'il va falloir retenir. Valčík est donc ce beau jeune homme de 27 ans qui officiait comme serveur à Pardubice. Maintenant, il est en cavale, et tente de gagner la Moravie, pour se mettre au vert chez ses parents, car Valčík est morave, comme Kubiš, mais ce n'est pas, à vrai dire, leur point commun le plus significatif. Le sergent Valčík, en effet, était dans l'Halifax qui a parachuté Gabčík et Kubiš dans la nuit du 28 décembre, mais lui appartenait à un autre groupe, nom de code « Silver A », dont la tâche consistait à être largué avec un émetteur, nom de code « Libuše », pour renouer le contact entre Londres et A54, le super-espion allemand aux informations inestimables, par l'intermédiaire de Morávek (avec un *k*), le dernier des trois lions, le chef de réseau au doigt sectionné.

Evidemment, rien n'a vraiment marché comme prévu. Valčík, lors du parachutage, a été séparé de ses coéquipiers, et a connu les pires difficultés pour récupérer l'émetteur : après avoir essayé de le transporter sur une luge, il a fini par rallier Pardubice en taxi, où des agents locaux lui ont trouvé cet emploi de serveur, excellente couverture, et la fréquentation du lieu par les Allemands a flatté son sens de l'ironie.

Maintenant, sa belle couverture est brûlée et c'est dommage. Mais en un sens, elle l'oblige à gagner Prague, où l'attendent d'autres parachutistes et son destin.

Si mon histoire était un roman, je n'aurais absolument pas besoin de ce personnage. Au contraire, il m'encombrerait plutôt qu'autre chose, doublonnant avec les deux héros, d'autant qu'il va se révéler aussi gai, optimiste, courageux et sympathique que le sont Gabčík et Kubiš. Mais ce n'est pas à moi de décider de quoi l'opération « Anthropoïde » a besoin. Et l'opération « Anthropoïde » va avoir besoin d'un guetteur.

177

Les deux hommes se connaissent, ils sont amis depuis l'Angleterre, où ils ont partagé la même préparation avec les forces spéciales du SOE, et depuis la France peut-être, où ils ont pu se rencontrer dans la Légion étrangère ainsi que dans l'une des divisions de l'armée de libération tchécoslovaque, en combattant aux côtés des Français. Ils portent tous les deux le même prénom. Pourtant, lorsqu'ils se serrent énergiquement la main, avec une joie non dissimulée, ils se présentent :

— Bonjour, je suis Zdenek.

— Bonjour, moi aussi, je suis Zdenek !

Ils sourient de la coïncidence. Jozef Gabčík et Josef Valčík se sont vu attribuer le même faux prénom par Londres. Si j'étais paranoïaque et égocentrique, je croirais que Londres l'a fait exprès pour ajouter à la confusion de mon récit. De toute façon, cela n'a aucune importance, puisqu'ils utilisent tous les deux un nom différent quasiment pour chaque interlocuteur. Je me suis déjà un peu moqué de la légèreté avec laquelle Gabčík et Kubiš parlaient parfois ouvertement de leur mission, mais ils savaient être rigoureux quand il le fallait, et ils devaient être très professionnels pour s'y retrouver, pour se souvenir quelle identité adopter avec quel interlocuteur.

Entre parachutistes, c'est différent, bien sûr, et si Valčík et Gabčík se présentent comme s'ils se rencontraient pour la première fois, c'est uniquement pour que chacun sache comment l'autre se fait appeler, ou plutôt, puisque c'est variable, quel prénom est mentionné sur le jeu de faux papiers qu'il utilise en ce moment.

— Tu loges chez la tante ?

— Oui, mais je bouge bientôt. Où est-ce que je peux te joindre ?

— Laisse un message au concierge, il est sûr. Demande à voir sa collection de clés, ça le mettra en confiance. Le mot de passe, c'est « Jan ».

— La tante m'a dit ça, mais… « Jan », comme Jan ?

— Non, ici, il s'appelle Ota, c'est juste un hasard.

— Ah bon, d'accord.

Cette scène n'est pas forcément très utile, et en plus je l'ai pratiquement inventée, je ne crois pas que je vais la garder.

178

Avec l'arrivée de Valčík à Prague, il y a une dizaine de parachutistes qui rôdent maintenant dans la ville. Chacun, en théorie, poursuit la mission pour laquelle son groupe a été envoyé. Dans un but de cloisonnement, il est souhaitable que les groupes communiquent le moins possible entre eux, afin que si l'un tombe, il n'entraîne pas les autres avec lui. Dans la pratique, c'est presque impossible. Le nombre d'adresses où les parachutistes peuvent trouver asile est limité, alors même que la prudence leur impose de déménager le plus souvent possible. De fait, lorsqu'un groupe ou un parachutiste quitte une adresse, un autre prend sa place, et tous les membres de tous les groupes se croisent plus ou moins régulièrement.

Dans l'appartement des Moravec, notamment, défile à peu près tout ce que Prague compte de parachutistes. Le père ne pose pas de questions ; la mère, qu'ils appellent affectueusement « la tante », leur fait des gâteaux ; le fils, Ata, se pâme d'admiration pour ces hommes mystérieux qui cachent des pistolets dans leurs manches.

Il résulte de ce ballet que Valčík, originellement

rattaché à « Silver A », se rapproche rapidement d'« Anthropoïde ». Bientôt, il aide Gabčík et Kubiš à effectuer leurs repérages.

Il résulte aussi que Karel Čurda, du groupe « Out Distance », rencontre à peu près tout le monde : les parachutistes et ceux qui les hébergent – autant de noms à donner, autant d'adresses à indiquer.

179

« J'adore Kundera, il n'empêche que j'aime moins le seul de ses romans qui se passe à Paris. Parce qu'il n'est pas vraiment dans son élément. Comme s'il avait une très belle veste, mais qu'elle était soit une demi-taille trop grande, soit une demi-taille trop petite pour lui (rires). Moi, j'y crois quand Milos et Pavel marchent dans Prague. »

Voilà ce que dit Marjane Satrapi, dans une interview donnée aux *Inrocks* pour la sortie de son très beau film, *Persepolis*. En lisant ça, je me sens vaguement inquiet. La jeune femme chez qui je feuillette le magazine et à qui je fais part de cette inquiétude me rassure : « Oui, mais toi, tu es allé à Prague, tu as vécu là-bas, tu aimes cette ville. » Oui, mais, pour Kundera, c'est la même chose avec Paris. D'ailleurs, ajoute Marjane Satrapi : « Même si je vivais encore vingt ans en France, je n'ai pas grandi ici. Il y aura toujours un petit fond de l'Iran dans mon œuvre. Evidemment, j'aime Rimbaud, mais Omar Khayam (savant et poète persan du XIIe siècle, ndlr) me parlera toujours plus. » C'est bizarre, je ne m'étais jamais posé le problème dans ces termes. Est-ce que Desnos me parle plus que Nezval ? Je ne sais pas. Je ne pense pas que Flaubert, Camus ou Aragon me parlent plus que Kafka, Hašek ou Holan. Ni d'ailleurs que García Márquez, Hemingway ou Anatoli Rybakov. Est-ce que Marjane Satrapi sentira que je n'ai pas grandi à Prague ? Est-ce que, lorsque la Mercedes surgira du virage, elle n'y croira pas ? Elle dit encore : « Lubitsch a beau être devenu un cinéaste hollywoodien, il a toujours réinventé, refantasmé l'Europe, une Europe de Juif d'Europe de l'Est. Même quand ses films se déroulent aux Etats-Unis, pour moi ça se passe à Vienne ou à Budapest. Et c'est tant mieux. » Mais alors aurait-elle l'impression que mon récit se déroule à Paris, où je suis né, et non à Prague, vers où tout mon être pourtant aspire ? Aura-t-elle des images de la banlieue parisienne qui lui traverseront l'esprit quand je conduirai la Mercedes jusque dans ce virage d'Holešovice, près du pont de Troie, dans les faubourgs de Prague ?

Non, mon histoire commence dans une ville du nord de l'Allemagne, se poursuit à Kiel, Munich, Berlin, puis se déplace en Slovaquie orientale, passe très brièvement par la France, continue à Londres, à Kiev, retourne à Berlin, et va se finir à Prague, Prague, Prague ! Prague, la ville aux cent tours, ce cœur du monde, l'œil du cyclone de mon imaginaire, Prague aux doigts de pluie, rêve baroque d'empereur, foyer de pierre du Moyen Age, musique de l'âme s'écoulant sous les ponts, Charles IV l'empereur, Jan Neruda, Mozart et Wenceslas, Jan Hus, Jan Žižka, Joseph K., *Praha s prsty deště*, le chem incrusté dans le front du Golem, le cavalier sans tête de la rue Liliova, l'homme de fer une fois par siècle attendant d'une jeune fille sa libération, l'épée cachée dans une pile du pont, et aujourd'hui ces bruits de bottes qui résonnent pour combien de temps encore. Un an. Peut-être deux. Trois en fait. Je suis à Prague, pas à Paris, à Prague. Nous sommes en 1942. C'est le début du printemps et je n'ai pas de veste. « L'exotisme est une chose que je déteste », assène encore Marjane. Prague n'a rien d'exotique puisque c'est le cœur du monde, l'hyper-centre de l'Europe, puisque c'est là que, en ce printemps de 1942, va se jouer l'une des plus grandes scènes de la grande tragédie de l'univers.

Bien sûr, contrairement à Marjane Satrapi, Milan Kundera, Jan Kubiš et Jozef Gabčík, je ne suis pas un exilé politique. Mais c'est justement pour ça peut-être que je peux parler d'où je veux sans être toujours ramené à mon point de départ, parce que je n'ai pas de comptes à rendre ni à régler avec mon pays natal. Je n'ai pas pour Paris la nostalgie déchirante ou la mélancolie désenchantée des grands exilés. C'est pourquoi je peux rêver, librement, à Prague.

Valčík aide ses deux camarades en quête du lieu idéal. Un jour qu'il arpente la ville, il attire l'attention d'un chien errant. Quelle familiarité ou quelle étrangeté l'animal décèle-t-il chez cet homme ? Il lui emboîte le pas. Valčík ne tarde pas à sentir une présence dans son dos. Il se retourne. Le chien s'arrête. Il repart. Le chien repart avec lui. Ensemble, ils traversent la ville. Lorsque Valčík rentre chez le concierge des Moravec, où il est hébergé, il l'a adopté et baptisé : quand le concierge rentre à son tour, il lui présente Moula. Désormais, ils vont faire leurs repérages ensemble et, lorsque Valčík ne peut pas l'emmener, il supplie le brave concierge de lui « garder son dragon » (ce devait donc être un gros chien, ou bien un tout petit, si Valčík s'exprimait par antiphrase). Quand son maître s'absente, Moula l'attend sagement couché sous la table du salon, sans bouger pendant des heures. De fait, l'animal n'aura sans doute pas un rôle décisif dans l'opération « Anthropoïde », mais je préfère rapporter un détail inutile plutôt que prendre le risque de passer à côté d'un détail essentiel.

Speer revient à Prague, mais cette fois, moins en grande pompe que lors de sa précédente visite. Il s'agit toujours, je suppose, de discuter main-d'œuvre, entre le ministre de l'Armement et le protecteur de l'un des plus grands pôles industriels du Reich. Au printemps 1942, plus encore qu'en décembre 1941, alors que des millions d'hommes se battent sur le front de l'Est, alors que les chars soviétiques continuent de supplanter ceux des Allemands, alors que l'aviation soviétique relève la tête et que les bombardiers anglais survolent et frappent de plus en plus fréquemment les villes allemandes, la question est vitale. Il faut toujours plus d'ouvriers pour produire plus de tanks, plus d'avions, plus de canons, plus de fusils, plus de grenades, plus de sous-marins, et ces armes nouvelles qui doivent permettre au Reich de remporter la victoire.

Cette fois-ci, Speer est dispensé de visite de la ville et de cortège officiel. Il est venu seul, sans sa femme, pour une réunion de travail avec Heydrich. Ni l'un ni l'autre n'ont le temps pour les mondanités. Speer, dont l'efficacité dans son domaine est reconnue à l'égal de celle d'Heydrich dans le sien, s'en félicite sûrement. Cependant, il ne peut s'empêcher de remarquer que non seulement Heydrich, cette fois-ci, se déplace sans escorte, mais qu'il parcourt tranquillement les rues de Prague dans une voiture découverte, non blindée, sans autre garde du corps que son chauffeur. Il s'en inquiète auprès d'Heydrich, qui lui répond : « Pourquoi voulez-vous que mes Tchèques me tirent dessus ? » Heydrich n'a sans doute pas lu ce qu'écrivait le Juif Joseph Roth, écrivain viennois réfugié à Paris qui, dans un article de journal, se moquait, dès 1937, de la débauche de moyens et d'hommes mobilisés pour assurer la sécurité des dignitaires nazis. Dans cet article, il leur faisait dire : « Oui, voyez-vous, je suis devenu si grand que je suis même obligé d'avoir peur ; je suis si précieux que je n'ai pas le droit de mourir ; je crois tellement en mon étoile que je me méfie du hasard qui peut être fatal à maintes étoiles. Qui ose, gagne ! – Qui a gagné trois fois n'a plus besoin d'oser ! » Depuis, Joseph Roth ne se moque plus de personne car il est mort en 1939 mais peut-être, après tout, Heydrich avait-il lu cet article, paru dans un journal de réfugiés dissidents, donc d'éléments subversifs dont la surveillance ne devait sans doute pas échapper au SD. Toujours est-il que lui, l'homme d'action, l'athlète, le pilote, le combattant, se doit d'expliquer une partie de sa *Weltanschauung* à ce civil manucuré qu'est Speer : s'entourer de gardes du corps est un comportement petit-bourgeois par trop inélégant. Il abandonne cette attitude à Bormann et aux autres hiérarques du parti. De fait, il dément Joseph Roth : plutôt mourir que de laisser croire qu'il a peur.

Il n'empêche que la première réaction d'Heydrich a dû troubler Speer : pourquoi attenter à la vie d'Heydrich ? Comme si les raisons manquaient de tuer les chefs nazis en général, et Heydrich en particulier ! Speer n'est pas dupe de la popularité des Allemands dans les territoires occupés, et il pense qu'Heydrich ne l'est pas non plus. Mais l'homme semble tellement sûr de lui : Speer ne sait pas si le ton paternaliste d'Heydrich parlant de « ses » Tchèques est une fanfaronnade, ou si Heydrich est vraiment aussi fort qu'il le dit. Lui-même a peut-être des réflexes petits-bourgeois, mais dans la Mercedes décapotable qui se faufile dans les rues de Prague, il ne se sent pas tout à fait rassuré.

182

Le capitaine Morávek, dernier des trois rois encore vivant, ultime chef de l'organisation tricéphale de la Résistance tchèque, sait qu'il ne devrait pas se rendre au rendez-vous que lui a fixé son vieil ami René, alias le colonel Paul Thümmel, officier de l'Abwehr, alias A54, le plus grand espion ayant jamais travaillé pour la Tchécoslovaquie. A54 est parvenu à le prévenir : il est grillé, et ce rendez-vous est un piège. Mais Morávek pense sans doute que son audace le protège. N'est-ce pas elle qui lui a sauvé la vie tant de fois ? Celui qui a pris l'habitude d'envoyer des cartes postales au chef de la Gestapo de Prague pour signer ses exploits ne se laisse pas effrayer pour si peu. Allez savoir pourquoi, il veut en avoir le cœur net. Arrivé dans le parc de Prague où le rendez-vous a été donné, il repère son contact, mais aussi les hommes chargés de le surveiller. Il s'apprête à déguerpir, mais deux hommes en imperméable, arrivés dans son dos, l'interpellent. Je n'ai personnellement jamais assisté à une fusillade, et j'imagine mal à quoi cela peut ressembler dans une ville aussi paisible que Prague l'est aujourd'hui. Plus de cinquante coups de feu, pourtant, sont échangés dans la poursuite qui s'engage. Morávek traverse au pas de course l'un des ponts qui enjambent la Vltava (malheureusement j'ignore lequel) et saute dans un tramway en marche. Mais les hommes de la Gestapo se sont multipliés, ils arrivent de partout, c'est comme s'ils se téléportaient, il y en a aussi dans le wagon. Morávek saute du tram. Mais il est touché aux jambes. Il s'écroule sur les rails et, cerné de toutes parts, retourne son arme contre lui. C'est évidemment le moyen le plus sûr de ne rien dire à l'ennemi. Mais ses poches, elles, vont parler : sur son cadavre, les Allemands trouvent une photo d'un homme qu'ils ignorent encore être Josef Valčík.

Cette histoire signe la fin du dernier chef des « trois rois », le légendaire réseau tchèque. Elle est également une épine dans le pied d'« Anthropoïde », puisqu'à cette date, le 20 mars 1942, Valčík y est déjà étroitement associé. Elle permet également à Heydrich de signer un succès supplémentaire, à la fois en tant que protecteur de Bohême-Moravie, qui achève de décapiter l'une des plus dangereuses organisations de la Résistance encore active, remplissant ainsi la mission pour laquelle il a été envoyé, et aussi en tant que chef du SD, puisqu'il démasque un super-espion et que cet espion est un officier de l'Abwehr, le service concurrent de son rival et ancien mentor Canaris. Ce n'est pas la première ni la dernière mauvaise journée que l'Histoire traversera, mais ce 20 mars 1942 n'est définitivement pas à marquer d'une pierre blanche dans la guerre secrète que les Alliés livrent aux Allemands.

A Londres, on s'impatiente. Voilà cinq mois qu'« Anthropoïde » a été parachuté et depuis, quasiment aucune nouvelle. Londres sait pourtant que Gabčík et Kubiš sont encore en vie, et opérationnels. « Libuše », nom de code du seul émetteur clandestin alors en activité, transmet ce genre de renseignements, quand il en a. Par son intermédiaire, Londres décide donc d'assigner une nouvelle mission aux deux agents. De tout temps, les employeurs sont obsédés par le rendement de leurs employés. Cette mission n'annule pas la précédente, mais elle se rajoute à elle. Et de fait, la suspend. Gabčík et Kubiš sont furieux. Ils doivent aller à Pilsen, participer à une opération de sabotage.

Pilsen est une grande ville industrielle située à l'ouest du pays, assez proche de la frontière allemande, renommée pour sa bière, la fameuse Pilsner Urquell. Ce n'est pas pour sa bière, cependant, que Pilsen intéresse Londres, mais pour ses usines Škoda. En effet, Škoda, en 1942, ne produit pas des voitures, mais des canons. Un raid aérien est programmé dans la nuit du 25 au 26 avril. Il s'agit pour les parachutistes d'allumer des feux de signalisation aux quatre coins du complexe industriel pour permettre aux bombardiers anglais de repérer leur cible.

Plusieurs parachutistes, au moins quatre, se rendent donc à Pilsen, séparément, en vue de l'opération. Ils se rejoignent en ville, à un point de rendez-vous convenu à l'avance (le restaurant Tivoli, je me demande s'il existe encore) et, la nuit venue, mettent le feu à une étable et à une meule de paille, à proximité de l'usine.

Quand les bombardiers arrivent, ils n'ont plus qu'à larguer leurs bombes entre les deux points lumineux. Mais ils balancent tout à côté. La mission est un échec total, bien que les parachutistes aient parfaitement accompli ce qui leur était demandé.

Cependant, Kubiš fait la connaissance, durant son bref séjour à Pilsen, d'une jeune vendeuse, membre de la Résistance, qui aide le groupe à remplir sa mission. Où qu'il soit passé, avec sa belle gueule d'acteur américain qui pourrait être le jeune fils de Cary Grant et Tony Curtis s'ils avaient eu un enfant ensemble, Kubiš a toujours eu beaucoup de succès. Au moins, si l'opération est un échec cuisant, lui n'aura pas perdu son temps. Deux semaines plus tard, soit deux semaines avant l'attentat, il écrira une lettre à cette jeune femme, Marie Žilanová. Une imprudence de plus, sans conséquence. J'aurais bien aimé connaître le contenu de la lettre, j'aurais dû la recopier en tchèque quand je l'ai eue sous les yeux.

A leur retour à Prague, les parachutistes sont très énervés. On leur a fait courir beaucoup de dangers, au risque de compromettre leur mission principale, leur mission historique, tout ça pour quelques canons. Ils font envoyer à Londres un message aigre où ils demandent que, la prochaine fois, on leur envoie des pilotes qui connaissent la région.

A vrai dire, dans cette mission parenthèse de Pilsen, je ne suis même pas certain que Gabčík ait été présent. Je sais juste qu'il y avait Kubiš, Valčík, et Čurda.

Or, je m'avise que, à l'exception d'une elliptique allusion au chapitre 178, je n'ai pas encore parlé de Karel Čurda, qui a pourtant, historiquement et dramaturgiquement, un rôle essentiel.

184

Dans toute bonne histoire, il faut un traître. Et dans la mienne, il y en a un. Il s'appelle Karel Čurda. Il a 30 ans et je ne sais pas, d'après les photos dont je dispose, si la trahison peut se lire sur son visage. C'est un parachutiste tchèque dont le parcours ressemble à s'y méprendre à ceux de Gabčík, Kubiš ou Valčík. Engagé dans l'armée puis démobilisé après l'occupation allemande, il quitte le pays par la Pologne et rejoint la France où il s'engage dans la Légion étrangère puis intègre l'Armée tchécoslovaque en exil, et passe en Angleterre après la défaite de la France. A la différence de Gabčík, Kubiš et Valčík, cependant, il n'est pas envoyé sur le front pendant la retraite française. Mais ce n'est pas ce qui le distingue fondamentalement des autres parachutistes. En Angleterre, il se porte volontaire pour des missions spéciales et suit le même entraînement intensif. Il est parachuté sur le Protectorat avec deux autres équipiers dans la nuit du 27 au 28 mars 1942. La suite, il est encore trop tôt pour la raconter.

Mais c'est dès l'Angleterre que le drame se met en place, car c'est là qu'il aurait dû être évité : c'est là que progressivement se révèle le caractère douteux de Karel Čurda. Celui-ci boit beaucoup, et naturellement, ce n'est pas un crime. Mais lorsqu'il a trop bu, il tient des propos qui effarent ses camarades de régiment. Il dit qu'il admire Hitler. Il dit qu'il regrette d'avoir quitté le Protectorat, qu'il vivrait beaucoup mieux à l'heure qu'il est s'il y était resté. Ses camarades lui font si peu confiance, le trouvent si peu fiable, qu'ils écrivent une lettre pour signaler son comportement et ses propos au général Ingr, ministre de la Défense du gouvernement tchèque en exil. Ils ajoutent qu'il a également tenté des escroqueries au mariage dans deux familles anglaises. Heydrich, en son temps, s'était fait chasser de l'armée pour moins que ça. Le ministre transmet les informations au colonel Moravec, chef des services secrets et responsable des opérations spéciales. Et c'est précisément là que le sort de beaucoup d'hommes se scelle. Que fait Moravec ? Rien. Il se serait contenté de noter dans le dossier de Čurda que l'homme est un bon sportif aux capacités physiques certaines. En tout cas, il ne l'écarte pas de la sélection des parachutistes pour les missions spéciales. Et dans la nuit du 27 au 28 mars 1942, Čurda, avec deux autres équipiers, est largué au-dessus de la Moravie. Aidé par la Résistance locale, il parvient à rejoindre Prague.

Après la guerre, quelqu'un fera ce constat : parmi les quelques dizaines de parachutistes sélectionnés pour être envoyés en mission dans le Protectorat, la

quasi-totalité s'était déclarée motivée par un sentiment patriotique. Deux seulement, dont Čurda,
avaient déclaré s'être portés volontaires par goût de
l'aventure, et ces deux-là ont trahi.

Mais la trahison de l'autre, par sa portée, n'aura
aucune commune mesure avec celle de Karel Čurda.

185

La gare de Prague est un magnifique édifice de
pierre sombre, orné de tours parfaitement inquiétantes, qui ressemble à un décor d'Enki Bilal.
Aujourd'hui, 20 avril 1942, jour anniversaire du
Führer, le président Hácha, au nom du peuple tchèque, fait un cadeau à Hitler : il lui offre un train
médical. Par la force des choses, la cérémonie officielle, dont le point d'orgue est la visite du train par
Heydrich en personne, a lieu dans la gare. Pendant
qu'Heydrich visite le train, une foule de badauds
est rassemblée à l'extérieur, à l'endroit même où
l'on peut lire sur un panneau blanc planté dans la
terre : « Ici se dressait le mémorial de Wilson, enlevé
sur l'ordre du Reich-Protektor, SS-Obergruppenführer Heydrich. » Je voudrais bien dire que dans
la foule se trouvent Gabčík ou Kubiš, mais je n'en
sais rien, et j'en doute. Apercevoir Heydrich dans
ces conditions n'a aucun intérêt pratique pour eux,
puisqu'il s'agit d'un événement ponctuel, qui n'est
pas amené à se reproduire, et comme l'endroit est

évidemment lourdement gardé pour l'occasion, leur présence les exposerait à des risques inutiles.

Par contre, je suis presque sûr que la blague qui s'est immédiatement répandue dans toute la ville est partie d'ici. J'imagine que quelqu'un, dans la foule, sans doute un vieux Tchèque garant de l'esprit tchèque, a dit à haute voix, pour que ses voisins l'entendent : « Pauvre Hitler ! Il doit être bien malade, s'il a besoin de tout un train pour se faire soigner... » Du pur soldat Chvéïk.

186

Josef Gabčík, allongé sur son petit lit de fer, écoute au-dehors le grelot du tramway qui remonte vers Karlovo náměstí, la place Charles. Tout près d'ici, la rue Resslova, qui descend vers le fleuve, ignore encore de quelle tragédie elle sera bientôt le théâtre. Quelques traits de lumière se fraient un passage à travers les volets clos de l'appartement qui, ces jours-ci, accueille et cache le parachutiste. De temps à autre, on entend le parquet grincer dans le couloir, sur le palier, ou chez un voisin. Gabčík est aux aguets, comme toujours, mais calme. Ses yeux fixés au plafond dessinent mentalement des cartes d'Europe. Sur l'une d'entre elles, la Tchécoslovaquie a retrouvé sa place et ses frontières. Sur une autre, la peste brune a franchi la Manche pour accrocher la Grande-Bretagne à l'une des branches de sa croix gammée. Gabčík, pourtant, tout comme Kubiš, répète à qui veut l'entendre que la guerre sera terminée dans moins d'un an, et sans doute le croient-ils. Et pas comme les Allemands l'espèrent, évidemment. Déclarer la guerre à l'URSS, erreur fatale du grand Reich. Déclarer la guerre aux Etats-Unis, pour honorer son alliance avec le Japon, deuxième erreur. Il est assez ironique que si la France a été vaincue en 1940 pour n'avoir pas honoré ses engagements envers la Tchécoslovaquie en 1938, ce soit maintenant l'Allemagne qui s'apprête à perdre la guerre parce qu'elle aura honoré les siens envers le Japon. Mais un an ! C'est, rétrospectivement, faire preuve d'un optimisme touchant.

Je suis certain que ces considérations géopolitiques occupent l'esprit de Gabčík et de ses amis, les entraînant dans des discussions sans fin, la nuit, quand ils ne parviennent pas à trouver le sommeil, quand ils peuvent toutefois se détendre un peu en bavardant, à condition d'oublier l'éventualité d'une visite nocturne de la Gestapo, de cesser d'être attentif au moindre bruit dans la rue, l'escalier, la maison, de ne pas entendre dans leur tête des coups de sonnette imaginaires, mais tout aussi bien de guetter les coups de sonnette réels.

C'est une autre époque celle où, chaque jour, les gens attendent avec impatience, non pas des résultats sportifs, mais des nouvelles du front russe.

Cependant le front russe n'est pas la préoccupation première de Gabčík. La chose la plus importante de la guerre, aujourd'hui, c'est sa mission. Combien sont-ils à le croire ? Gabčík et Kubiš en sont persuadés. Valčík, le beau gosse parachutiste qui va les aider, aussi. Le colonel Moravec, chef des services secrets tchèques à Londres. Le président Beneš, pour l'instant. Et moi. C'est tout, je crois. L'objectif d'Anthropoïde n'est connu de toute façon que d'une poignée d'hommes. Mais même parmi eux, certains le désapprouvent.

C'est le cas des officiers parachutistes en activité à Prague, et aussi des chefs de la Résistance intérieure (ou ce qu'il en reste) parce qu'ils redoutent les représailles en cas de succès. Gabčík, il y a peu, a eu une scène pénible avec eux. Ils voulaient le convaincre de renoncer à sa mission ou au moins de changer de cible, de prendre plutôt un éminent Tchèque collabo, Emanuel Moravec par exemple, à la place d'Heydrich. Cette crainte de l'Allemand ! Il est comme un maître qui bat son chien : le chien peut parfois refuser d'obéir à son maître, mais jamais il ne parvient à se retourner contre lui.

Le lieutenant Bartoš, parachuté de Londres pour remplir d'autres missions de résistance, a voulu donner l'ordre d'annuler l'opération. C'est le plus haut gradé parmi les parachutistes à Prague. Mais ici les grades ne signifient rien. L'équipe d'Anthropoïde, composée des seuls Gabčík et Kubiš, a reçu ses instructions à Londres, du président Beneš en personne. Elle n'a plus d'ordre à recevoir de qui que ce soit. Elle n'a qu'à mener sa mission à bien, c'est tout. Gabčík et Kubiš sont des hommes, et tous ceux qui les ont côtoyés ont souligné leurs qualités humaines, leur générosité, leur bonne humeur, leur dévouement. Mais Anthropoïde est une machine.

Bartoš a fait demander à Londres de stopper Anthropoïde. En réponse, il a reçu un message codé indéchiffrable, sauf par Gabčík et Kubiš. Gabčík, allongé sur son petit lit de fer, tient le texte à la main. Personne n'a jamais retrouvé ce document qui a écrit l'Histoire. Mais en quelques lignes cryptées le destin a choisi sa route : l'objectif reste inchangé. La mission d'Anthropoïde est confirmée. Heydrich va mourir. Dehors, un tramway s'éloigne dans un grincement métallique.

187

Le Standartenführer SS Paul Blobel, en charge du Sonderkommando 4a de l'Einsatzgruppe C, celui qui avec tant de zèle s'est acquitté de sa tâche à Babi Yar, en Ukraine, est en train de devenir fou. Lorsque, dans la nuit de Kiev, il repasse en voiture devant le lieu de ses crimes et qu'il contemple à la lumière des phares le spectacle hallucinant offert par le ravin maudit, il est comme Macbeth qui voit les fantômes de ses victimes. Il faut dire que les morts de Babi Yar ne se laissent pas facilement oublier, car la terre qui a servi à les ensevelir, elle, est vivante. Elle fume, des mottes sautent comme des bouchons de champagne, tandis que des bulles, produites par les gaz des corps en décomposition, s'échappent du sol. L'odeur est horrible. Blobel, agité d'un rire dément, explique à ses visiteurs :

« Voici où reposent mes trente mille Juifs ! » Et il fait un geste ample qui embrasse tout le ravin, cet immense ventre gargouillant.

Si ça continue, les morts de Babi Yar auront sa peau. Au bout du rouleau, il fait le voyage jusqu'à Berlin pour demander à Heydrich en personne de le muter ailleurs. Le chef du RSHA l'accueille comme il se doit : « Alors comme ça, vous avez mal au ventre. Vous êtes un mou. Vous êtes devenu pédé. On ne peut plus vous envoyer que dans des magasins de porcelaine. Mais je vais vous enfoncer le nez bien au fond, moi ! » Je ne sais pas s'il s'agit en allemand d'une expression idiomatique. Quoi qu'il en soit, Heydrich ne tarde pas à retrouver son calme. L'homme qu'il a en face de lui est une loque imbibée, il est devenu incapable d'assurer plus longtemps la tâche qui lui a été confiée. Il serait inutile et dangereux de le maintenir dans ses fonctions contre son gré. « Vous vous présenterez chez le Gruppenführer Müller, vous lui direz que vous voulez des vacances, il vous retirera votre commandement de Kiev. »

188

Le quartier ouvrier de Žižkov, situé dans l'est de Prague, passe pour posséder la plus forte concentration de bars de toute la ville. Il comporte également beaucoup d'églises, comme il se doit dans une capitale que l'on surnomme « la ville aux cent clochers ». Dans l'une d'elles, un prêtre se souvient qu'un jeune couple, « lorsque les tulipes étaient en fleur », était venu à sa rencontre. L'homme était de petite taille, il avait le regard perçant et les lèvres fines. La jeune fille était charmante, elle respirait la joie de vivre, je le sais. Ils avaient l'air de s'aimer. Ils voulaient se marier, mais pas tout de suite. Ils souhaitaient réserver une date précise, mais aléatoire : « quinze jours après la guerre ».

189

Je me demande bien comment Jonathan Littell sait que Blobel, le responsable alcoolique du Sonderkommando 4a de l'Einsatzgruppe C, en Ukraine, avait une Opel. Si Blobel roulait vraiment en Opel, je m'incline. J'avoue que sa documentation est supérieure à la mienne. Mais si c'est du bluff, cela fragilise toute l'œuvre. Parfaitement ! Il est vrai que les nazis se fournissaient massivement chez Opel, il est donc tout à fait *vraisemblable* que Blobel ait possédé, ou disposé, d'un véhicule de cette marque. Mais *vraisemblable* n'est pas *avéré*. Je radote, n'est-ce pas ? Les gens à qui je dis ça me prennent pour un maniaque. Ils ne voient pas le problème.

Valčík et Ata, le jeune fils Moravec, viennent d'échapper miraculeusement à un contrôle de police qui s'est soldé par la mort de deux parachutistes. Ils ont trouvé asile chez le concierge de l'immeuble des Moravec, à qui ils racontent leur mésaventure. Je pourrais moi aussi la raconter, mais je me dis qu'une scène de roman d'espionnage de plus, à quoi bon ? Les romans modernes marchent à l'économie, c'est comme ça, et le mien ne saurait échapper continuellement à cette logique mesquine. Il suffit que l'on sache que c'est grâce au sang-froid de Valčík et à sa parfaite appréciation de la situation que les deux hommes n'ont pas été arrêtés, et ne sont pas morts.

Valčík, profitant de la forte impression que cette aventure et lui-même ont produite sur l'adolescent, lui dit ceci, à toutes fins utiles :

— Vois-tu cette caisse en bois, Ata ? Les Boches pourraient la battre jusqu'à ce qu'elle commence à parler. Mais toi, dans un cas pareil, tu ne dois rien dire, rien, tu comprends ?

Cela, par contre, n'est pas une réplique inutile dans l'économie narrative de cette histoire.

Evidemment, on se sera douté que la parution du livre de Jonathan Littell et son succès m'ont un peu perturbé. Je peux toujours me rassurer en me disant que nous n'avons pas le même projet, je suis bien obligé de reconnaître que nos sujets sont assez proches. Je suis en train de le lire, et chaque page me donne envie d'en faire des commentaires. Il faut que je réprime cette envie. Je mentionnerai simplement qu'il y a un portrait d'Heydrich au début du livre. Je ne citerai qu'une seule phrase : « ses mains paraissaient trop longues, comme des algues nerveuses attachées à ses bras », parce que, je ne sais pas pourquoi, j'aime bien cette image.

Je dis qu'inventer un personnage pour comprendre des faits d'histoire, c'est comme maquiller les preuves. Ou plutôt, comme dit mon demi-frère, avec qui je discute de tout cela, *introduire des éléments à charge sur les lieux du crime alors que les preuves jonchent le sol...*

C'est une ambiance de photo en noir et blanc qui flotte fatalement sur Prague en 1942. Les passants hommes portent des chapeaux mous et des costumes sombres, tandis que les femmes portent ces jupes cintrées qui leur donnent à toutes des airs de secrétaires. Je le sais, j'ai les photos devant moi. Enfin non, j'avoue, j'exagère un peu, pas toutes des secrétaires. Des infirmières aussi.

Des policiers tchèques, postés au milieu des carrefours pour régler la circulation, ressemblent bizarrement à des bobbies londoniens, avec leur drôle de casque, alors que l'on vient justement d'adopter la conduite à droite, allez comprendre…

Les tramways qui passent et repassent en émettant leur petit son de clochette ont l'apparence de vieux wagons de train rouge et blanc (mais comment puis-je le savoir, puisque les photos sont en noir et blanc ? Je le sais, c'est tout). Ils ont des phares ronds qui sont comme des lanternes.

Les façades des immeubles dans Nové Město arborent des néons lumineux qui font de la réclame pour toutes sortes de choses : de la bière, des marques de vêtements, et Bata, le célèbre fabricant de chaussures, évidemment, au pied de la place Wenceslas, cette place qui a tout d'une avenue géante, presque aussi longue et large que les Champs-Elysées.

A vrai dire, la ville entière semble se couvrir d'inscriptions, et pas seulement de réclames. Des V prolifèrent partout, symboles au départ de la Résistance tchèque, mais récupérés par les nazis comme une exhortation à la victoire finale du Reich en guerre. Des V sur les tramways, les voitures, parfois même gravés sur le sol, des V partout, que se disputent les forces idéologiques en présence.

Sur un mur nu, des graffittis : *Židi ven*, les Juifs dehors ! Dans les vitrines, des précisions rassurantes : *Čiste arijský obchod*, magasin purement aryen. Et au pub : *Žádá se zdvořile, by se nehovořilo o politice*. Il est demandé à notre aimable clientèle de s'abstenir de parler politique.

Et puis les sinistres affiches rouges, bilingues comme tous les panneaux indicateurs de la ville.

Je ne parle pas des drapeaux et autres bannières, évidemment. Jamais aucun drapeau n'aura autant dit ce qu'il veut dire que cette croix noire sur disque blanc sur fond rouge. Cela dit, quelqu'un m'a fait remarquer un jour que c'était exactement les couleurs de Darty, j'avoue que ça m'a laissé perplexe…

Quoi qu'il en soit, le climat de la Prague des années 1940 ne manque sûrement pas de cachet, à défaut de sérénité. Sur les photos, on pourrait s'attendre à reconnaître Humphrey Bogart parmi les passants, ou Lida Baarová, très belle et très célèbre actrice tchèque (j'ai aussi sa photo sous les yeux, en couverture d'un magazine de cinéma), accessoirement maîtresse de Göbbels avant guerre. Drôle d'époque.

Je connais un restaurant qui s'appelle « Aux deux chats » dans la vieille ville, sous des arcades sur lesquelles une fresque représente deux chats géants dessinés de part et d'autre des arceaux, mais j'ignore où se trouve, et si même elle existe encore, l'auberge « Aux trois chats ».

Trois hommes y boivent une bière et ne discutent pas politique. Ils discutent horaires. Gabčík et Kubiš sont attablés en face d'un menuisier. Mais ce menuisier n'est pas un menuisier ordinaire. C'est le menuisier du Château et, à ce titre, il voit arriver tous les jours la Mercedes d'Heydrich. Et tous les soirs, il le voit repartir.

C'est Kubiš qui lui parle, parce que le menuisier est un Morave, comme lui. Alors son accent le rassure. « Ne t'inquiète pas, tu vas nous aider avant, mais pas pendant. Tu seras loin, quand on l'abattra. »

Ah bon ? C'est là tout le secret de l'opération « Anthropoïde » ? Même le menuisier à qui l'on demande simplement de fournir les horaires est mis au courant sans plus de façons. J'avais lu quelque part que les parachutistes n'étaient pas toujours d'une discrétion extrême. En même temps, à quoi bon peut-être trop dissimuler ? Le menuisier doit bien se douter que ces horaires qu'on lui demande sur Heydrich ne sont pas destinés à renseigner les statistiques sur la circulation des Mercedes à Prague. Et puis, je relis le témoignage du menuisier, Kubiš lui a bien dit, de son plus bel accent morave : « Pas un mot de tout ça chez toi ! » Bon, après tout, s'il l'a dit…

Le menuisier devra donc noter chaque jour l'heure d'arrivée et l'heure de départ d'Heydrich, en précisant à chaque fois s'il est accompagné ou non d'une escorte.

Heydrich est partout, à Prague, à Berlin et, en ce mois de mai, à Paris.

Dans les salons lambrissés de l'hôtel Majestic, c'est le général de police, chef du SD, mandaté par Göring, qui reçoit les principaux officiers supérieurs des troupes d'occupation de la SS, pour les entretenir du dossier dont il a la charge, et que ni le monde ni ses hommes ne connaissent encore sous le nom de « Solution finale ».

En ce mois de mai 1942, les tueries des Einsatzgruppen ont été définitivement jugées trop éprouvantes pour les soldats qui y participent. Elles sont progressivement abandonnées au profit des chambres à gaz mobiles. Ce nouveau système est à la fois très simple et ingénieux : il s'agit de faire grimper les Juifs dans un camion dont on a retourné le pot d'échappement vers l'intérieur, et d'asphyxier les victimes au monoxyde de carbone. L'avantage est double : on peut ainsi tuer plus de Juifs d'un coup, sans trop éprouver les nerfs des exécuteurs. Il y a aussi une curiosité jugée amusante par les responsables : les corps deviennent roses. Le seul inconvénient est que les hommes en train de s'étouffer ont tendance à déféquer, et qu'il faut nettoyer les excréments qui jonchent le sol du camion après chaque gazage.

Mais ces chambres à gaz mobiles, explique Heydrich, demeurent une technique insuffisante. Il dit : « Des solutions plus grandes, plus perfectionnées et assurant plus de rendement vont venir. » Puis il ajoute abruptement, son auditoire suspendu à ses lèvres : « La condamnation à mort a été prononcée pour l'ensemble des Juifs d'Europe. » Vu que les Einsatzgruppen en sont déjà à plus d'un million de Juifs exécutés, je me demande qui, dans l'assistance, n'avait pas encore compris.

C'est la deuxième fois que je surprends Heydrich à ménager ses effets pour formuler ce type d'énoncé. Déjà, lorsqu'il informa Eichmann, peu avant Wannsee, que le Führer avait décidé l'élimination physique de tous les Juifs, il avait fait suivre cette annonce d'un silence qui avait frappé son collaborateur. Or, dans les deux cas, même si rien n'était vraiment officiel, on ne peut pas dire qu'il s'agissait d'une surprise. Plus que le plaisir de délivrer un scoop, je pense qu'Heydrich goûte celui de verbaliser l'inouï et l'impensable, comme pour donner déjà un peu de corps à l'inimaginable vérité. Voilà ce que j'ai à vous dire, vous le savez déjà, mais c'est à moi de vous le dire, et c'est à nous de le faire. Vertige de l'orateur qui doit traiter de l'innommable. Ivresse du monstre à l'évocation des monstruosités qui s'annoncent et dont il est le héraut.

Le menuisier leur montre l'endroit où Heydrich, chaque jour, descend de sa voiture. Gabčík et Kubiš regardent autour d'eux. Ils repèrent un coin derrière une maison où ils pourraient l'attendre, et l'abattre. Mais le secteur est très fortement gardé, évidemment. Le menuisier leur assure qu'ils n'auraient pas le temps de fuir, et qu'ils ne sortiraient pas vivants du Château. Or, Gabčík et Kubiš sont prêts à mourir, depuis le début, c'est entendu. Mais maintenant ils veulent quand même essayer de s'en sortir. Ils veulent un plan qui leur préserve des chances de s'en tirer, minimes mais raisonnables, car tous les deux ont des projets pour après la guerre. Au sein de la Résistance intérieure, parmi tous les Tchèques qui risquent leur vie pour les aider, il y a de courageuses et jolies jeunes femmes. J'ignore presque tous les détails de la vie amoureuse de mes héros, mais le résultat de ces quelques mois passés à Prague dans la clandestinité est que Gabčík veut épouser Libena, la fille des Fafek, et Kubiš la belle Anna Malinova aux lèvres de framboise. Après la guerre… Ils ne se bercent pas d'illusions. Ils savent qu'ils n'ont pas une chance sur mille de survivre à la guerre. Mais ils veulent jouer cette chance. Accomplir leur mission par-dessus tout, d'accord. Mais sans forcément se suicider. Pensée terrible.

Les deux hommes redescendent Nerudova, la longue rue aux enseignes d'alchimistes qui relie le Château à Malá Strana, le Petit Côté. En bas, la Mercedes doit faire un beau virage. Il faut voir.

Contrairement à ce que pense Heydrich, la Résistance tchèque bouge encore. Et même un peu plus que ça. Pour recueillir les informations quotidiennes du menuisier qui renseigne l'équipe d'Anthropoïde sur les horaires d'Heydrich, on trouve un appartement au pied du Château, un rez-de-chaussée. Autant qu'il est nécessaire (c'est-à-dire tous les jours, je suppose), le menuisier vient frapper au carreau. Une jeune fille ouvre la fenêtre (elles sont deux à tour de rôle que le menuisier prend pour des sœurs et pour les petites amies des deux parachutistes, ce qu'elles sont peut-être). Ils n'échangent jamais un mot. Le menuisier remet son petit papier et s'en va. Aujourd'hui, il a écrit : « 9-5 (sans) ». C'est-à-dire : 9 heures. 17 heures. Sans escorte.

Gabčík et Kubiš sont confrontés à un problème insoluble. Ils n'ont aucun moyen de prévoir à l'avance la présence ou l'absence d'une escorte. Les statistiques effectuées sur la foi des rapports du menuisier ne permettent de révéler aucune alternance fixe. Des fois sans. Des fois avec. Sans : ils auront une petite chance de s'en sortir. Avec : aucune.

Pour mener à bien leur mission, les deux parachutistes vont donc s'en remettre à cette loterie atroce : choisir une date sans savoir si sans. Ou avec. Si leur mission est une mission extrêmement risquée ou bien une mission suicide.

De virage en virage, les deux hommes, munis de leurs vélos, font et refont sans cesse le trajet du domicile d'Heydrich au Château. Heydrich habite à Panenské Břežany, une petite localité en banlieue, à un quart d'heure de voiture du centre-ville. Une portion du trajet est particulièrement isolée, c'est une longue ligne droite sans aucune habitation alentour : s'ils parviennent à immobiliser le véhicule, ils pourraient abattre Heydrich loin de tous les regards. Ils songent à arrêter la Mercedes à l'aide d'un câble d'acier tendu en travers de la route. Mais ensuite, comment fuir ? Il leur faudrait eux-mêmes une voiture, ou une moto. Or la Résistance tchèque n'en dispose d'aucune. Non, il faut faire ça en ville, en plein jour, au milieu de la foule. Et il leur faut un virage. Les pensées de Gabčík et Kubiš ne sont que courbes et lacets. Ils rêvent du virage idéal.

Et ils finissent par le trouver.

Enfin, idéal, ce n'est pas exactement le mot.

Le virage de la rue d'Holešovice (*ulice v Holešovíčkách* en tchèque), situé dans le quartier de Libe, possède plusieurs avantages. Tout d'abord il est presque en épingle à cheveux et oblige la Mercedes à fortement ralentir. Ensuite il est au pied d'une hauteur d'où peut se poster un guetteur pour prévenir de l'arrivée de la Mercedes. Enfin il est situé à mi-distance entre Paneské Březany et le Hradčany, dans les faubourgs de Prague, pas en plein centre-ville, mais pas non plus en pleine campagne. Il ouvre donc des possibilités de fuite.

Le virage d'Holešovice possède aussi des inconvénients. Il est à un carrefour où se croisent des lignes de tramway. Si un tramway passe en même temps que la Mercedes, il y a un risque qu'il perturbe l'opération, en masquant la voiture, ou en exposant des civils.

Je n'ai jamais commis d'assassinat, mais je suppose que les conditions idéales n'existent pas, il y a un moment où il faut se décider et, de toute façon, il n'est plus temps de trouver mieux. Ce sera donc Holešovice, ce virage qui, aujourd'hui, n'existe plus, mangé par une bretelle d'autoroute et par la modernité qui se moque de mes souvenirs.

Car je me souviens, maintenant. Chaque jour, chaque heure, le souvenir se fait plus net. Dans ce virage, rue d'Holešovice, j'ai l'impression que j'attends depuis toujours.

199

Je passe quelques jours de vacances dans une belle maison, à Toulon, et j'écris un peu. Cette maison n'est pas une maison ordinaire. C'est l'ancienne demeure d'un imprimeur alsacien qui a côtoyé Eluard et Elsa Triolet (et Claudel aussi) dans le cadre de ses activités professionnelles. Pendant la guerre, il était à Lyon, où il imprimait des faux papiers pour les Juifs et où il stockait le fonds des éditions de Minuit. Au même moment, son terrain de Toulon était occupé par des campements de l'armée allemande, mais personne, semble-t-il, n'a habité la maison qui est restée en l'état. Les meubles et les livres n'ont pas bougé, et ils sont encore là.

Sa petite-nièce, qui connaît l'intérêt que je porte à la période, me montre un mince ouvrage qu'elle sort de la bibliothèque familiale. C'est l'édition originale du *Silence de la mer*, de Vercors, publié le 25 juillet 1943, « jour de la chute du tyran de Rome », comme il est mentionné en fin de volume, et dédicacé par l'auteur au grand-oncle :

A Madame et à Pierre Braun, avec les sentiments qui relient ceux que Le Silence de la Mer *a submergés aux jours sombres, et en hommage sincère de Vercors.*

Je suis en vacances et je tiens un peu d'Histoire entre mes doigts, c'est une sensation très douce et très agréable.

200

Des rumeurs alarmantes courent sur Heydrich. Il quitterait Prague. Définitivement. Demain, il doit prendre l'avion pour Berlin. On ne sait pas s'il reviendra. Ce serait évidemment un soulagement pour la population tchèque. Mais cela signerait aussi le fiasco d'Anthropoïde. Ces nouvelles sont alarmantes pour les parachutistes, et aussi, bien qu'ils ne se doutent de rien, pour... les Français. Il se murmure en effet chez les historiens que peut-être Heydrich, considérant avoir rempli sa mission de mise au pas du Protectorat, lorgne vers, nous dirions aujourd'hui, « un nouveau défi ». Après avoir sévi en Bohême-Moravie avec l'incroyable brutalité qu'on a vue, Heydrich s'occuperait de la France.

Il doit se rendre à Berlin pour discuter avec Hitler des modalités. La France s'agite, Pétain et Laval sont des larves, si Heydrich peut s'occuper de la Résistance française comme il s'est occupé de la Résistance tchèque, ce sera parfait.

Ce n'est qu'une hypothèse, étayée cependant par le passage d'Heydrich à Paris, voici quinze jours.

201

En ce mois de mai 1942, Heydrich a donc passé une semaine à Paris. J'ai trouvé le compte rendu filmé de sa visite dans les archives de l'INA : un extrait des actualités françaises de l'époque, soit 59 secondes de reportage filmé consacré à la visite d'Heydrich, dont le commentaire, prononcé de cette voix nasillarde si typique des années 1940, disait ceci :

« Paris. Arrivée de M. Heydrich, général des SS, chef de la sûreté, représentant du Reich à Prague, chargé par le chef des SS et de la police allemande, M. Himmler, d'installer dans ses fonctions M. Oberg, général de division des SS et de la police en territoires occupés. On sait que la commission internationale de la police criminelle a pour président M. Heydrich et que la France a toujours été représentée à cette commission. Le général a profité de son séjour à Paris pour recevoir M. Bousquet, secrétaire général à la Police, et M. Hilaire, secrétaire général à l'administration. M. Heydrich a également pris contact avec M. Darquier de Pellepoix, qui vient d'être nommé commissaire général à la question juive, ainsi qu'avec M. de Brinon. »

Cette rencontre d'Heydrich et de Bousquet m'a toujours intrigué, j'aurais bien aimé avoir les actes de leur conversation. Après la guerre, Bousquet a longtemps pu faire croire qu'il avait tenu tête à Heydrich. Il est vrai qu'il a catégoriquement refusé de céder sur un point : les prérogatives de la police française ne doivent pas être rognées, ces prérogatives consistant essentiellement à arrêter des gens. Des Juifs, notamment. En réalité, Heydrich ne voit aucun inconvénient à ce que la police locale officie de cette manière, c'est autant de travail en moins pour les Allemands. Il confie à Oberg que d'après son expérience dans le Protectorat, une large auto-nomie de la police et de l'administration réalisera les meilleurs résultats. A condition, naturellement, que Bousquet dirige sa police « dans le même esprit que la police allemande ». Mais Heydrich n'a aucun doute sur le fait que Bousquet est l'homme de la situation. A l'issue de son séjour en France, il dit : « La seule personnalité qui possède à la fois jeunesse, intelligence et autorité, c'est Bousquet. Sur des hommes comme lui, nous pourrons préparer l'Europe de demain, une Europe très différente de ce qu'elle est aujourd'hui. »

Quand Heydrich annonce à René Bousquet la déportation prochaine des Juifs apatrides (c'est-à-dire non français) internés à Drancy, Bousquet propose spontanément d'y ajouter celle des Juifs apatrides internés en zone libre. On n'est pas plus serviable.

202

René Bousquet, toute sa vie durant, est donc, comme chacun sait, resté l'ami de François Mitterrand, mais ce n'est pas ce qu'on lui reproche le plus.

Bousquet n'est pas un flic comme Barbie, ou un milicien comme Touvier, ni même un préfet comme Papon à Bordeaux. C'est un politique de très haut niveau destiné à une brillante carrière, mais qui choisit la voie de la collaboration et qui trempe dans la déportation des Juifs. C'est lui qui s'assure que la rafle du Vél' d'Hiv' (nom de code : « Vent printanier »), en juillet 1942, est bien effectuée par la police française, et non par les Allemands. Il est donc responsable de ce qui est probablement la plus grande infamie attachée à l'histoire de la nation française. Que cela s'appelle l'Etat français ne change évidemment rien à l'affaire. Combien de Coupes du monde faudrait-il remporter pour laver une telle tache ?

Après la guerre, Bousquet passe entre les gouttes de la Sainte Epuration, mais sa participation à Vichy le prive tout de même de la carrière politique à laquelle il semblait destiné. Néanmoins il ne reste pas à la rue et traîne dans plusieurs conseils d'administration, dont celui de *La Dépêche du Midi*, à laquelle il dicte une ligne antigaulliste très dure de… 1959 à 1971, quand même. Bref, il bénéficie de la toujours grande tolérance des classes dirigeantes envers leurs éléments les plus compromis. Par la suite, il se plaît à fréquenter, non sans malice, j'imagine, Simone Veil, rescapée d'Auschwitz et ignorante de ses activités vichystes.

Son passé finit quand même par le rattraper dans les années 1980 et, en 1991, il est inculpé de crime contre l'humanité.

L'instruction est bouclée, deux ans plus tard, quand il est abattu à son domicile par un illuminé. Je me souviens très bien de ce gars-là, donnant une conférence de presse juste après avoir tué Bousquet et juste avant que les flics ne viennent l'arrêter. Je me souviens de son air satisfait, expliquant tranquillement qu'il avait fait ça uniquement pour faire parler de lui. Déjà, à l'époque, j'avais trouvé ça complètement con.

Ce spectaculaire abruti tout droit sorti d'un cauchemar comme Debord lui-même n'a jamais osé en faire nous a donc privés d'un procès qui aurait été dix fois plus intéressant que ceux de Papon et Barbie réunis, plus intéressant que ceux de Pétain et Laval, plus intéressant que Landru et Petiot, le procès du siècle. Pour ce scandaleux attentat contre l'Histoire, l'insondable crétin a pris dix ans, il en a fait sept et il est libre aujourd'hui. Je ressens une très grande répulsion et un profond mépris pour quelqu'un comme Bousquet, mais quand je pense à la bêtise de son assassin, à l'immensité de la perte que son geste représente pour les historiens, aux révélations qui n'auraient pas manqué lors du procès et dont il nous a irrémédiablement privés, je me sens submergé de haine. Il n'a pas tué d'innocents, c'est vrai, mais c'est un fossoyeur de la vérité. Et tout ça pour passer trois minutes à la télé ! Monstrueuse, stupide excroissance warholienne ! Les seuls qui auraient dû avoir un droit de regard moral sur la vie et la mort de cet homme, ce sont ses victimes, les vivants et les morts qui sont tombés dans les griffes nazies par la faute d'hommes comme lui, mais je suis sûr qu'eux le voulaient *vivant*. Quelle déception a dû être la leur à l'annonce de ce meurtre absurde ! La société qui produit de tels comportements, de tels aliénés, me dégoûte. « Je n'aime pas les gens indifférents à la vérité », a écrit Pasternak. Et pires encore sont les punaises qu'elle

indiffère mais qui œuvrent contre elle aussi activement. Tous les secrets que Bousquet a emportés
dans sa tombe… Il faut que j'arrête d'y penser, ça
me rend malade.

Le procès Bousquet, cela aurait dû être l'équivalent français d'Eichmann à Jérusalem.

203

Allons bon, voilà autre chose ! Je tombe sur le
témoignage d'Helmut Knochen, nommé par Heydrich chef des polices allemandes en France, lors
du passage de celui-ci à Paris. Il prétend révéler une
confidence que lui fit Heydrich à cette occasion, et
qu'il n'avait encore jamais répétée à personne. Ce
témoignage date de… juin 2000, cinquante-huit ans
plus tard !

Heydrich lui aurait dit : « La guerre ne peut plus
être gagnée, il faudra trouver une paix de compromis et je crains qu'Hitler ne puisse l'admettre.
Il faut y réfléchir. » Cette réflexion lui aurait donc
été faite en mai 1942, avant Stalingrad, alors que le
Reich n'a jamais semblé aussi fort !

Knochen y voit là l'extraordinaire clairvoyance
d'Heydrich, qu'il considère comme beaucoup plus
intelligent que tous les autres dignitaires nazis. Il
comprend également qu'Heydrich envisage la possibilité de renverser Hitler. Et à partir de là, il nous
livre cette théorie inédite : l'élimination d'Heydrich

aurait constitué une priorité absolue pour Churchill, qui en aucun cas ne voulait qu'on le prive d'une victoire totale sur Hitler. Bref, les Anglais auraient soutenu les Tchèques parce qu'ils avaient peur qu'un nazi avisé comme Heydrich n'écarte Hitler et sauve le régime nazi grâce à une paix de compromis.

Je soupçonne que c'est dans l'intérêt de Knochen de s'associer à l'hypothèse d'un complot contre Hitler, pour minimiser son rôle bien réel dans l'appareil policier du IIIe Reich. Il est même tout à fait envisageable que soixante ans plus tard, lui-même soit convaincu de ce qu'il raconte. Pour ma part, je pense que c'est n'importe quoi. Mais je rapporte quand même.

204

J'ai lu dans un forum un lecteur très convaincu qui disait à propos du personnage de Littell : « Max Aue sonne vrai parce qu'il est le miroir de son époque. » Mais non ! Il sonne vrai (pour certains lecteurs faciles à blouser) parce qu'il est le miroir de *notre* époque : nihiliste postmoderne, pour faire court. A aucun moment, il n'est suggéré que ce personnage adhère au nazisme. Il affiche au contraire un détachement souvent critique vis-à-vis de la doctrine national-socialiste, et en cela, on ne peut pas dire qu'il reflète le fanatisme délirant qui régnait à *son* époque. En revanche ce détachement qu'il affiche, cet air blasé revenu de tout, ce mal-être permanent, ce goût pour le raisonnement philosophique, cette amoralité assumée, ce sadisme maussade et cette terrible frustration sexuelle qui lui tord sans arrêt les entrailles... mais bien sûr ! Comment n'y avais-je pas pensé plus tôt ? Soudain, j'y vois clair : *Les Bienveillantes*, c'est « Houellebecq chez les nazis », tout simplement.

205

Je crois que je commence à comprendre : je suis en train d'écrire un *infra roman*.

206

Le moment approche, je le sens. La Mercedes est en route. Elle arrive. Il flotte dans l'air de Prague quelque chose qui me transperce jusqu'aux os. Les lacets de la route dessinent la destinée d'un homme, et d'un autre, et d'un autre, et d'un autre. Je vois des pigeons qui décollent de la tête de bronze de Jan Hus et, en arrière-plan, le décor le plus beau du monde, Notre-Dame-de-Týn, la cathédrale noire aiguisée de ses tourelles, celle-là même qui me donne envie de tomber à genoux chaque fois que

je peux admirer la grise majesté de sa façade maléfique. Le cœur de Prague bat dans ma poitrine.
J'entends le grelot des tramways. Je vois des hommes
en uniforme vert-de-gris dont les bottes claquent sur
le pavé. J'y suis presque. Je dois y aller. Il faut que
je me rende à Prague. Je dois être là-bas au moment
où cela va se produire.

Je dois l'écrire là-bas.

J'entends le moteur de la Mercedes noire qui file
sur la route comme un serpent. J'entends le souffle
de Gabčík sanglé dans son imperméable, attendant
sur le trottoir, je vois Kubiš en face, et Valčík, posté
en haut de la colline. Je ressens la polissure glacée
de son miroir, au fond d'une poche de sa veste. Pas
encore, pas encore, *už nie, noch nicht.*

Pas encore.

Je sens le vent qui fouette le visage des deux Allemands dans la voiture. Le chauffeur conduit si vite,
je le sais, j'ai mille témoignages qui l'attestent, je ne
suis pas inquiet de ce côté-là. La Mercedes file à
toute allure et c'est la part la plus précieuse de mon
imaginaire, celle dont je suis le plus fier, qui se glisse
silencieusement dans son sillage. L'air s'engouffre, le
moteur ronronne, le passager ne cesse de dire à son
chauffeur, un géant, *« schneller ! schneller ! »*. Plus
vite, plus vite, mais il ignore que le temps a déjà
commencé à ralentir. Bientôt le cours du monde va
se figer dans un virage. La terre cessera de tourner
exactement en même temps que la Mercedes.

Mais pas encore. Je sais bien qu'il est encore trop
tôt. Tout n'est pas encore tout à fait à sa place. Tout
n'est pas dit. Sans doute je voudrais pouvoir reculer

cet instant éternellement, alors même que tout mon être tend si intensément vers lui.

Le Slovaque, le Morave et le Tchèque de Bohême attendent eux aussi et je donnerais cher pour ressentir ce qu'ils ont ressenti alors. Mais je suis bien trop corrompu par la littérature. « Je sens monter en moi quelque chose de dangereux », dit Hamlet, et même en un moment pareil, c'est encore une phrase de Shakespeare qui me vient à l'esprit. Qu'on me pardonne. Qu'ils me pardonnent. Je fais tout ça pour eux. Il a fallu démarrer la Mercedes noire, ça n'a pas été facile. Tout mettre en place, s'occuper des préparatifs, d'accord, tisser la toile de cette aventure, dresser la potence de la Résistance, envelopper le rouleau hideux de la mort dans le rideau somptueux de la lutte. Et tout ça n'est rien, évidemment. Il a fallu, au mépris de toute pudeur, m'associer à des hommes si grands qu'en regardant vers le sol ils n'auraient même pas pu soupçonner mon existence d'insecte.

Il a fallu tricher, parfois, et renier ce en quoi je crois parce que mes croyances littéraires n'ont aucune importance au regard de ce qui se joue maintenant. De ce qui va se jouer dans quelques minutes. Ici. Maintenant. Dans ce virage de Prague, rue d'Holešovice, là où plus tard, beaucoup plus tard, on construira une espèce de bretelle parce que les formes d'une ville changent plus vite, hélas, que la mémoire des hommes.

Cela n'a en fait que peu d'importance. Une Mercedes noire file sur la route comme un serpent, c'est désormais la seule chose qui compte. Je ne me suis jamais senti aussi proche de mon histoire.

Prague.

Je sens du métal qui frotte contre du cuir. Et cette anxiété qui monte chez les trois hommes, et ce calme qu'ils affichent. Ce n'est pas la mâle assurance de ceux qui savent qu'ils vont mourir, car, bien qu'ils s'y préparent, la possibilité d'en réchapper n'a jamais été écartée, ce qui rend, à mon avis, la tension psychologique encore plus insupportable. Je ne sais pas quelle incroyable résistance nerveuse il leur a fallu pour se dominer. Je recense rapidement les occasions où dans ma vie j'ai dû faire preuve de sang-froid. Quelle dérision ! A chaque fois, les enjeux étaient ridicules : une jambe cassée, une nuit au poste ou une rebuffade, voilà à peu près tout ce que j'ai risqué de ma pauvre existence. Comment pourrais-je donner ne serait-ce qu'une infime idée de ce qu'ont vécu ces trois hommes ?

Mais il n'est sans doute plus temps d'avoir ce genre d'états d'âme. Moi aussi, après tout, j'ai des responsabilités, et je dois y faire face. Rester bien calé dans le sillage de la Mercedes. Ecouter les bruits de la vie en ce matin de mai. Sentir le vent de l'Histoire qui se met doucement à siffler. Faire défiler la liste de tous les acteurs depuis l'aube des temps au XIIe siècle jusqu'à nos jours et Natacha. Puis ne conserver que cinq noms : Heydrich, Klein, Valčík, Kubiš et Gabčík.

Dans l'entonnoir de cette histoire, ces cinq-là commencent à apercevoir de la lumière.

Le 26 mai 1942, dans l'après-midi, à quelques heures du concert inaugural de la semaine de la musique organisée à Prague auquel il va assister et pour lequel il a programmé une œuvre de son père, Heydrich tient une conférence de presse devant les journalistes du Protectorat :

« Force m'est de constater que les incivilités, voire les indélicatesses, pour ne pas dire les insolences, particulièrement envers les Allemands, sont de nouveau en hausse. Vous savez bien, messieurs, que je suis généreux et que j'encourage tous les plans de rénovation. Mais vous savez aussi que malgré toute la patience qui est la mienne, je n'hésiterai pas à frapper avec la plus extrême rigueur, si je viens à avoir le sentiment et l'impression que l'on juge le Reich faible et que l'on prend ma bonté d'âme pour de la faiblesse. »

Je suis un enfant. Ce discours est intéressant à plus d'un titre, il montre Heydrich au faîte de sa puissance, sûr de sa force, s'exprimer comme le monarque éclairé qu'il croit être, le vice-roi si fier de sa gouvernance, le maître sévère mais juste, comme si le titre de « Protecteur » s'était imprimé dans la conscience de son porteur, comme si Heydrich se prenait vraiment pour un « protecteur » – Heydrich, fier de son sens aigu de la politique, maniant la carotte et le bâton dans chacun de ses discours ; emblématique du scandale rhétorique de tous les discours totalitaires, Heydrich le bourreau, Heydrich le boucher, invoquant ingénument sa générosité et son progressisme, maniant l'antiphrase avec l'insolence et le savoir-faire des tyrans les plus roués. Mais ce n'est pas tout ça qui retient mon attention dans ce discours. Ce qui retient mon attention, c'est le terme d'« incivilités » qu'il emploie.

208

Le 26 mai au soir, Libena vient voir Gabčík, son fiancé. Mais celui-ci est sorti pour se calmer les nerfs parce qu'il ne supporte plus les atermoiements des membres de la Résistance qui redoutent les conséquences de l'attentat. C'est Kubiš qui l'accueille. Elle avait apporté des cigarettes. Elle hésite un peu, puis les remet à Kubiš. « Mais, Jeníček (c'est le diminutif affectueux qu'elle emploie pour Jan, ce qui indique qu'elle connaît son nom véritable), tu ne dois pas les fumer toutes !... » Et la jeune fille repart, sans savoir si elle reverra son fiancé.

209

Je pense que tout homme auquel la vie n'a pas réservé qu'une suite de malheurs sans fin doit connaître au moins une fois un moment qu'il considère, à tort ou à raison, comme l'apothéose de son existence, et je pense que pour Heydrich, envers qui la vie a su se montrer très généreuse, ce moment est arrivé. Par l'un de ces savoureux hasards dans lesquels, crédules, nous forgeons les destinées, il intervient la veille de l'attentat.

Lorsque Heydrich pénètre dans l'église du palais Wallenstein, tous les invités se lèvent. Il marche, solennel et souriant, le regard haut, sur un bord du tapis rouge qui doit le conduire à sa place, au premier rang. Sur l'autre bord, sa femme Lina, enceinte et radieuse, vêtue d'une robe sombre, l'accompagne. Tous les regards sont tournés vers eux et les hommes de l'assistance qui sont en uniforme font le salut nazi sur leur passage. Heydrich se laisse envahir par la majesté du lieu, je le lis dans ses yeux, il contemple avec orgueil l'autel, surmonté de fastueux bas-reliefs, au pied duquel vont bientôt prendre place les musiciens.

La musique, il s'en souvient ce soir, s'il l'avait oublié, c'est toute sa vie : elle l'accompagne depuis sa naissance et ne l'a jamais quitté. En lui l'artiste l'a toujours disputé à l'homme d'action. C'est le cours du monde qui a décidé pour lui de sa carrière. Mais la musique l'habite toujours, elle sera là jusqu'à sa mort.

Chaque invité tient dans sa main le programme de la soirée où il peut lire la mauvaise prose que le protecteur par intérim a cru bon de rédiger en guise d'introduction :

« La musique est le langage créatif de ceux qui sont artistes et mélomanes, le moyen d'expression de leur vie intérieure. Dans les temps difficiles, elle apporte le soulagement à celui qui l'écoute et elle l'encourage dans les temps de grandeur et de combat. Mais la musique est par-dessus tout la plus grande expression de la production culturelle de la race allemande. En ce sens, le festival de musique de Prague est une contribution à l'excellence du présent, conçu comme le fondement d'une vie musicale vigoureuse dans cette région au cœur du Reich pour les années à venir. » Heydrich n'écrit pas aussi bien qu'il joue du violon, mais il n'en a cure, puisque c'est la musique qui est le vrai langage des âmes artistes.

La programmation est exceptionnelle. Il a fait venir les plus grands musiciens pour jouer de la musique allemande. Beethoven, Haendel, Mozart aussi bien, sans doute, pour une fois, a-t-on échappé à Wagner ce soir-là (je n'en suis pas sûr car je n'ai pas pu me procurer le programme complet). Mais c'est lorsque s'élèvent les notes du concerto pour piano en *do* mineur de Bruno Heydrich, son père, jouées par les anciens élèves du Conservatoire de Halle, accompagnés par un célèbre pianiste virtuose venu tout exprès, qu'Heydrich, laissant la musique couler en lui comme une onde bienfaisante, doit connaître ce sentiment d'apothéose. Je serais curieux d'écouter cette œuvre. Lorsque Heydrich applaudit, à la fin, je peux lire sur son visage l'orgueilleuse rêverie des grands égocentriques mégalomanes. Heydrich goûte son triomphe personnel à travers celui posthume de son père. Mais triomphe et apothéose, ce n'est pas exactement la même chose.

Gabčík est rentré. Ni lui ni Kubiš ne fument dans l'appartement, pour ne pas indisposer la brave famille Ogoun qui les accueille, et pour ne pas éveiller les soupçons des voisins.

Par la fenêtre, on peut voir le Château se découper dans la nuit. Kubiš, perdu dans la contemplation de sa masse imposante, songe à haute voix : « Je me demande ce qu'il en sera demain, à la même heure… » Mme Ogounová demande : « Et que devrait-il se passer ? » C'est Gabčík qui lui répond : « Mais rien, madame. »

211

Le matin du 27 mai, Gabčík et Kubiš s'apprêtent à partir, plus tôt qu'à leur habitude. Le jeune fils de la famille Ogoun qui les héberge révise une dernière fois ses examens, car aujourd'hui c'est le jour du bac, et il est tout nerveux. Kubiš lui dit : « Sois calme, Luboš, tu réussiras, tu dois réussir. Et ce soir, nous fêterons tous ensemble ton succès… »

212

Heydrich, comme à son habitude, a pris son petit déjeuner en consultant les journaux frais qu'on lui apportait de Prague tous les matins à l'aube. A 9 heures, sa Mercedes noire ou vert foncé est arrivée, conduite par son chauffeur, un géant SS de presque deux mètres répondant au nom de Klein. Mais ce matin-là, Heydrich l'a fait attendre. Il a joué avec ses enfants (je me demande bien à quoi la scène pouvait ressembler : Heydrich jouant avec ses enfants) et s'est promené avec sa femme dans les vastes jardins de leur propriété. Lina a dû l'entretenir des chantiers en cours. Des frênes à couper, paraît-il, et le projet de planter des arbres fruitiers à la place. Mais je me demande si Ivanov n'a pas inventé. D'après lui, la petite dernière, Silke, aurait dit à son papa qu'un certain Herbert, inconnu au bataillon, lui aurait appris à charger un revolver. Or, elle a 3 ans. Bon, en ces temps troublés, plus rien ne devrait m'étonner.

213

Nous sommes le matin du 27 mai, jour anniversaire de la mort de Joseph Roth, mort d'alcoolisme et de chagrin trois ans plus tôt à Paris, observateur féroce et visionnaire du régime nazi dans ses jours d'ascension, qui écrivait, dès 1934 : « Quel fourmillement dans ce monde, une heure avant sa fin ! »

Deux hommes montent dans un tramway en se disant qu'il s'agit peut-être de leur dernier voyage, alors ils regardent avidement les rues de Prague défiler par la fenêtre. Ils auraient pu au contraire choisir de ne rien voir, faire le vide en eux, chercher leur concentration en faisant abstraction du monde extérieur, mais j'en doute fort. Etre aux aguets, depuis le temps, est devenu une seconde nature. En montant dans le tramway, ils vérifient machinalement l'allure de tous les passagers hommes : qui monte et qui descend, qui se tient devant chacune des portes, ils peuvent dire instantanément qui parle allemand, même à l'autre bout du wagon. Ils savent quel véhicule précède le tram, quel véhicule le suit, à quelle distance, repèrent le side-car de la Wehrmacht qui double par la droite, jettent un coup d'œil à la patrouille qui remonte le trottoir, notent les deux imperméables de cuir qui font le guet devant l'immeuble d'en face (OK, j'arrête). Gabčík, lui aussi, porte un imperméable, mais même si le soleil brille, il fait encore suffisamment frais à cette heure-ci pour ne pas se faire remarquer avec. Ou alors, il le porte sur le bras. Lui et Kubiš, en quelque sorte, se sont fait beaux pour le grand jour. Et ils serrent tous les deux une lourde serviette.

Ils descendent quelque part dans Žižkov (prononcer « Jijkow »), le quartier qui porte le nom du légendaire Jan Žižka, le plus grand et le plus féroce général hussite, le borgne, l'aveugle qui sut tenir tête pendant quatorze ans aux armées du Saint Empire romain germanique, le chef taborite qui fit s'abattre le courroux du ciel sur tous les ennemis de la

Bohême. Là, ils se rendent chez un contact pour y récupérer leurs véhicules : deux vélos, qu'ils enfourchent. L'un des deux appartient à la tante Moravcová. Sur le chemin d'Holešovice, ils s'arrêtent pour saluer une autre dame résistante, une autre mère de substitution qui les a cachés, elle aussi, et qui leur faisait des gâteaux, une Mme Khodlová, qu'ils veulent remercier. Vous n'êtes pas venus me faire des adieux, non ? Oh non, petite mère, nous passerons bientôt vous voir, peut-être aujourd'hui même, vous serez à la maison ? Mais bien sûr, venez donc…

Lorsqu'ils arrivent enfin, Valčík est déjà là. Il y a peut-être aussi un quatrième parachutiste, le lieutenant Opálka d'« Out Distance », venu leur prêter main-forte, mais son rôle n'ayant jamais été clarifié, ni même sa présence réellement attestée, je m'en tiendrai à ce que je sais. Il n'est pas encore 9 heures, et les trois hommes, après une brève discussion, gagnent leur poste.

214

Dix heures vont sonner et Heydrich n'est pas encore parti à son travail. Le soir même, il doit s'envoler pour Berlin, où il a rendez-vous avec Hitler. Peut-être apporte-t-il un soin particulier à préparer ce rendez-vous. Bureaucrate méticuleux, il vérifie sans doute une dernière fois les documents qu'il emporte dans sa serviette. Toujours est-il qu'il est déjà 10 heures lorsque enfin Heydrich prend place sur le siège avant de la Mercedes. Klein démarre, les grilles du château s'ouvrent, les sentinelles, bras tendu, saluent au passage du protecteur, et la Mercedes décapotable se jette sur la route.

215

Pendant que la Mercedes d'Heydrich serpente sur le fil de son destin noueux, pendant qu'anxieux les trois parachutistes guettent, tous leurs sens en éveil, dans le virage de la mort, je relis l'histoire de Jan Žižka, racontée par George Sand dans un ouvrage peu connu intitulé *Jean Žižka*. Et, une fois de plus, je me laisse distraire. Je vois le féroce général trôner sur sa montagne, aveugle, le crâne rasé, les moustaches tressées à la gauloise tombant sur son torse comme des lianes. Au pied de sa forteresse improvisée, l'armée impériale de Sigismond, qui va donner l'assaut. Les combats, les massacres, les prises de guerre, les sièges défilent sous mes yeux. Žižka était chambellan du roi à Prague. On dit qu'il s'est jeté dans la guerre contre l'Eglise catholique par haine des prêtres, parce qu'un prêtre avait violé sa sœur. C'est l'époque des premières fameuses défenestrations à Prague. On ne sait pas encore que du foyer de Bohême vont s'embraser pour plus d'un siècle les terribles guerres de Religion, et que des cendres de Jan Hus le protestantisme va émerger.

J'apprends que le mot « pistolet » vient du tchèque *pistala*. J'apprends que c'est Žižka qui a quasiment inventé les combats de blindés, en organisant des bataillons de chariots lourdement armés. On raconte que Žižka a retrouvé le violeur de sa sœur, et qu'il l'a durement châtié. On dit aussi que Žižka est l'un des plus grands chefs de guerre qui ait jamais vécu, parce qu'il n'a jamais connu la défaite. Je me disperse. Je lis toutes ces choses qui m'éloignent du virage. Et puis je tombe sur cette phrase de George Sand : « Pauvres laborieux ou infirmes, c'est toujours votre lutte contre ceux qui vous disent encore : "Travaillez beaucoup pour vivre très mal." » Plus qu'une invitation à la digression, une vraie provocation ! Mais concentré sur mon objectif, je ne me laisserai plus distraire, désormais. Une Mercedes noire file comme un serpent sur la route, je l'aperçois.

216

Heydrich est en retard. Il est déjà 10 heures. L'heure de pointe est passée et la présence de Gabčík et Kubiš sur le trottoir d'Holešovice se fait plus visible. En 1942, n'importe où en Europe, deux hommes seuls stationnant trop longtemps au même endroit deviennent rapidement suspects.

Je suis sûr qu'ils sont sûrs que c'est foutu. Chaque minute qui passe les expose au risque de se faire repérer et arrêter par une patrouille. Mais ils attendent encore. Il y a plus d'une heure que la Mercedes aurait dû passer. D'après les horaires relevés par le menuisier, Heydrich n'est jamais arrivé au Château après 10 heures. Tout laisse donc croire qu'il ne viendra plus. Il a pu changer de trajet, ou bien se rendre directement à l'aéroport. Envolé pour toujours, peut-être.

Kubiš est adossé à un lampadaire, à l'intérieur du virage. Gabčík, de l'autre côté du carrefour, fait semblant d'attendre le tramway. Il a dû en voir passer une bonne douzaine, et ne les compte plus. Le flux des travailleurs tchèques décroît progressivement. Les deux hommes sont de plus en plus terriblement seuls. Les rumeurs de la ville se sont estompées petit à petit, et le calme qui s'installe dans le virage résonne comme l'écho ironique du fiasco de leur mission. Heydrich n'est jamais en retard. Il ne viendra plus.

Mais je n'ai pas écrit tout ce livre, bien sûr, pour qu'Heydrich ne vienne pas.

A 10 h 30, soudain, les deux hommes sont frappés par la foudre, ou plutôt par le soleil qui se reflète, en haut de la colline, dans le petit miroir que Valčík a tiré de sa poche. C'est le signal. Donc il arrive. Le voilà. Dans quelques secondes, il sera là. Gabčík traverse la route en courant, et vient se poster à la sortie du virage, masqué jusqu'au dernier moment par la courbe. Contrairement à Kubiš, plus avancé (sauf si celui-ci est en fait placé derrière Gabčík, comme l'affirment certaines reconstitutions, mais cela me semble moins probable), il ne peut pas voir que la

Mercedes qui se profile à l'horizon n'a pas d'escorte. Je parie qu'il n'y a même pas pensé. A cet instant, forcément, il n'a plus qu'une seule idée qui prend toute la place dans son cerveau en feu : abattre la cible. Mais il note à coup sûr le bruit caractéristique d'un tramway qui arrive derrière lui.

Soudain la Mercedes surgit. Comme prévu, elle freine. Mais comme redouté, elle va croiser un tramway rempli de civils au plus mauvais moment : à l'instant exact où elle se portera à la hauteur de Gabčík. Tant pis. Le risque d'exposer des civils a été évalué et il a été décidé de le prendre. Gabčík et Kubiš sont des Justes moins scrupuleux que ceux de Camus, mais c'est parce que leur existence s'inscrit au-delà ou en deçà de simples caractères noirs formant des lignes sur du papier.

217

Vous êtes fort, vous êtes puissant, vous êtes content de vous. Vous avez tué des gens, et vous allez en tuer beaucoup, beaucoup d'autres. Tout vous réussit. Rien ne vous résiste. En l'espace d'à peine dix ans, vous êtes devenu « l'homme le plus dangereux du IIIe Reich ». Plus personne ne se moque de vous. On ne vous appelle plus « la chèvre » mais « la bête blonde » : vous avez indéniablement changé de catégorie dans l'échelle des espèces animales. Tous vous craignent, aujourd'hui, même votre chef, qui est un petit hamster à lunettes, bien qu'il soit lui aussi très dangereux.

Vous êtes calé dans le siège de votre Mercedes décapotable, et le vent fouette votre visage. Vous vous rendez au bureau, et votre bureau est un château. Vous vivez dans un pays, et tous les habitants de ce pays sont vos sujets, vous avez droit de vie ou de mort sur eux. Si vous le décidiez, vous pourriez les tuer tous, jusqu'au dernier. D'ailleurs, c'est peut-être ce qui les attend.

Mais vous ne serez plus là pour le voir, car d'autres aventures vous appellent. Vous avez de nouveaux défis à relever. Tout à l'heure, vous allez vous envoler et abandonner votre royaume. Vous étiez venu remettre de l'ordre dans ce pays, et vous avez brillamment accompli votre tâche. Vous avez fait courber l'échine à tout un peuple, vous avez dirigé le Protectorat d'une main de fer, vous avez fait de la politique, vous avez gouverné, vous avez régné. Vous laisserez à votre successeur la lourde tâche de pérenniser votre héritage, à savoir : empêcher toute résurgence de la Résistance que vous avez brisée ; maintenir tout l'appareil de production tchèque au service de l'effort de guerre allemand ; poursuivre le processus de germanisation que vous avez engagé et dont vous avez défini les modalités.

En songeant à votre passé comme à votre futur vous êtes submergé par un immense sentiment d'autosatisfaction. Vous serrez votre sacoche de cuir posée sur vos genoux. Vous pensez à Halle, à la marine, à la France qui vous attend, aux Juifs qui vont mourir, à ce Reich immortel dont vous aurez posé les fondations les plus solides, enterré les racines les plus profondes. Mais vous oubliez le présent. Votre instinct de policier est-il engourdi par les rêveries qui traversent votre cerveau tandis que file la Mercedes ? Vous ne voyez pas en cet homme qui porte un imperméable sous le bras par cette chaude journée de printemps et qui traverse devant vous l'image de votre présent qui vous rattrape.

Que fait-il, cet imbécile ?

Il s'arrête au milieu de la route.

Pivote d'un quart de tour pour faire face à la voiture.

Croise votre regard.

Fait voler son imperméable.

Découvre une arme automatique.

Pointe l'arme dans votre direction.

Vise.

Et tire.

218

Il tire et rien ne se passe. Je ne sais pas comment éviter les effets faciles. Rien ne se passe. La détente résiste ou au contraire se dérobe mollement et percute le vide. Des mois de préparation pour que la Sten, cette merde anglaise, s'enraye. Heydrich, là, à bout portant, à sa merci, et l'arme de Gabčík ne fonctionne pas. Il presse la détente et la Sten, au lieu de cracher des balles, se tait. Les doigts de Gabčík se crispent sur la tige de métal inutile.

La voiture s'est arrêtée, et cette fois, le temps s'est vraiment arrêté. Le monde entier ne bouge plus, ne respire plus. Les deux hommes, dans la voiture, sont médusés. Seul le tramway continue sa course comme si de rien n'était, à ceci près que quelques passagers ont déjà ce même regard pétrifié, car ils ont vu ce qui se passait, c'est-à-dire rien. Le crissement des roues sur l'acier des rails déchire le temps arrêté. Rien ne se passe, sauf dans la tête de Gabčík. Dans sa tête, ça tourbillonne, et ça va très vite. Je suis absolument convaincu que si j'avais pu être dans sa tête à cet instant précis j'aurais eu de quoi raconter pour des centaines de pages. Mais je n'étais pas dans sa tête et je n'ai pas la moindre idée de ce qu'il a ressenti, je ne pourrais même pas trouver, dans ma petite vie, une circonstance qui m'aurait fait approcher d'un sentiment, même très dégradé, ressemblant à celui qui l'a envahi à cet instant. De la surprise, de la peur, avec un torrent d'adrénaline qui déferle dans les veines comme si toutes les vannes de son corps s'étaient ouvertes en même temps.

« Nous qui mourrons peut-être un jour, disons l'homme immortel au foyer de l'instant. » Je crache sur Saint-John Perse mais je ne crache pas forcément sur sa poésie. C'est ce vers que je choisis maintenant pour rendre hommage à ces combattants bien qu'ils soient au-dessus de tout éloge.

Certains ont émis une hypothèse : la Sten était dissimulée dans une sacoche que Gabčík avait rem-

plie d'herbe, pour cacher l'arme. Drôle d'idée !
Comment justifier, en cas de contrôle, que l'on se
promène en ville avec une sacoche pleine de foin ?
Eh bien, c'est facile, il suffit de répondre que c'est
pour le lapin. Nombreux les Tchèques, en effet, qui,
pour améliorer leur ordinaire, élevaient des lapins
chez eux, et qui allaient ramasser dans les parcs de
quoi les nourrir. Quoi qu'il en soit, c'est cette herbe
qui se serait insinuée dans le mécanisme.

Donc la Sten ne tire pas. Et tout le monde reste
figé de stupeur pendant de très longs dixièmes de
seconde. Gabčík, Heydrich, Klein, Kubiš. C'est tellement kitsch ! tellement western ! ces quatre
hommes changés en statues de pierre, tous le regard
braqué sur la Sten, tous faisant tourner leur cerveau
à une vitesse folle, une vitesse inconcevable pour
des hommes ordinaires. Au bout de cette histoire,
il y a ces quatre hommes dans ce virage. Et en plus
il y a un deuxième tramway qui arrive derrière la
Mercedes.

219

Autant dire qu'on n'a pas toute la journée. C'est
à Kubiš d'entrer en action, Kubiš que les deux Allemands, médusés par l'apparition de Gabčík, n'ont
pas vu, dans leur dos, le calme et gentil Kubiš, sortir
une bombe de sa sacoche.

Médusé, je le suis moi aussi, par la lecture de *Central Europe*, de William T. Vollmann, qui vient de paraître en français. Fébrile, je lis enfin le livre que j'aurais aimé écrire, et je me demande, à la lecture du premier chapitre, qui dure, qui dure, combien de temps va-t-il tenir, ce style, ce ton, cette sourdine, incroyable. En fait, il ne dure que huit pages, mais huit pages magiques durant lesquelles les phrases défilent comme dans un rêve, on n'y comprend rien, et on comprend tout. La voix de l'Histoire résonne peut-être pour la première fois avec cette justesse et je suis frappé par cette révélation : l'Histoire est une pythie qui dit « nous ». Le premier chapitre s'intitule « Acier en mouvement » et je lis : « Dans un instant, l'acier va entrer en mouvement, lentement au début, comme des trains de troupe quittant les gares, puis plus vite et partout, les foules en carrés d'hommes casqués s'avançant, flanquées de rangées d'avions qui brillent ; et ensuite les tanks, les avions et autres projectiles dans une accélération sans rémission. » Et plus loin : « Toujours prêt à émerveiller le somnambule, Göring promet que suivront en un éclair cinq cents autres avions autopropulsés. Puis il file à un rendez-vous galant avec la vedette de cinéma Lida Baarová. » La Tchèque. Je dois faire attention, quand je cite un auteur, à couper mes citations toutes les sept lignes. Pas plus de sept lignes, comme les espions au téléphone, pas plus de trente secondes, pour ne pas se faire localiser. « A Moscou, le maréchal Toukhatchevski annonce que *les opérations de la prochaine guerre seront pareilles à des entreprises de grande manœuvre se déployant à une échelle massive.* Il sera aussitôt abattu. Et les ministres du Central Europe, qui eux aussi seront abattus, apparaissent sur des balcons supportés par de marmoréennes femmes nues, où ils prononcent des discours rêveurs, tout en guettant la sonnerie du téléphone. » Dans le journal, quelqu'un m'explique : c'est un récit « de basse intensité », un « roman merveilleux plus qu'historique » dont la lecture « demande une écoute flottante ». Je comprends. Je m'en souviendrai.

Où en étais-je ?

221

J'en suis exactement là où je voulais en venir. Un volcan d'adrénaline embrase le virage d'Holešovice. C'est le moment précis où la somme de micro-décisions individuelles, uniquement mues par les forces de l'instinct et de la peur, va permettre à l'Histoire de connaître l'un de ses soubresauts, ou de ses hoquets, les plus sonores.

Le corps de chacun prend ses responsabilités. Klein, le chauffeur, ne redémarre pas, et c'est une erreur.

Heydrich se lève et dégaine. Deuxième erreur. Si Klein avait fait preuve de la même vivacité qu'Heydrich, ou si Heydrich était resté tétanisé sur son siège comme Klein, alors sans doute tout aurait été différent, et je ne serais peut-être même pas là à vous parler.

Le bras de Kubiš décrit un arc de cercle, et la bombe s'envole. Mais personne, décidément, ne fait jamais exactement ce qu'il doit faire. Kubiš vise le siège avant mais la bombe atterrit à côté de la roue arrière droite. Néanmoins, elle explose.

Deuxième partie

« Une rumeur alarmante vient de Prague. »

Journal de Göbbels, 28 mai 1942.

222

La bombe explose, et souffle instantanément les vitres du tramway d'en face. La Mercedes décolle d'un mètre. Des éclats frappent Kubiš au visage et le projettent en arrière. Un nuage de fumée inonde l'espace. Des cris jaillissent du tramway. Une veste de SS, posée sur la banquette arrière, s'envole. Pendant quelques secondes, les témoins suffoqués ne verront plus qu'elle : cette veste d'uniforme flottant dans les airs au-dessus d'un nuage de poussière. Moi, en tout cas, je ne vois qu'elle. La veste comme une feuille morte décrit dans l'air d'amples circonvolutions tandis que l'écho de la déflagration s'en va tranquillement résonner jusqu'à Berlin et Londres. Seuls le son qui se propage et la veste qui volette bougent. Il n'y a aucun autre signe de vie dans le virage d'Holešovice. Je parle en secondes, désormais. La seconde suivante, ce sera autre chose. Mais là, ici, en cette matinée claire du mercredi 27 mai 1942, le temps suspend son cours, pour la deuxième fois en deux minutes, quoiqu'un peu différemment.

La Mercedes retombe lourdement sur le bitume. A Berlin, Hitler ne peut pas imaginer un instant qu'Heydrich n'honorera pas son rendez-vous de ce soir. A Londres, Beneš veut croire encore au succès d'Anthropoïde. Quel orgueil, dans les deux cas. Lorsque le pneu crevé de la roue arrière droite, dernier des quatre en suspension dans l'air, retrouve le contact du sol, le temps repart pour de bon. Heydrich porte instinctivement la main à son dos, sa main droite, celle qui tient le pistolet. Kubiš se relève. Les passagers du second tram se collent aux vitres pour voir ce qui se passe, tandis que ceux du premier toussent, crient et se bousculent pour descendre. Hitler dort encore. Beneš feuillette nerveusement les rapports de Moravec. Churchill en est déjà à son deuxième whisky. Valčík observe, du haut de la colline, la confusion qui règne sur le carrefour encombré par tous ces véhicules : une Mercedes, deux trams, deux vélos. Opálka est quelque part dans le coin mais je n'arrive pas à mettre la main dessus. Roosevelt envoie des aviateurs américains en Angleterre pour aider les pilotes de la RAF. Lindbergh ne veut pas rendre la médaille que Göring lui a décernée en 1938. De Gaulle se bat pour légitimer la France libre auprès des Alliés. L'armée de von Manstein fait le siège de Sébastopol. L'Afrika Korps a commencé l'attaque de Bir Hakeim depuis hier. Bousquet planifie la rafle du Vél' d'Hiv'. En Belgique, les Juifs sont obligés de porter l'étoile jaune à partir d'aujourd'hui. Les premiers maquis apparaissent en Grèce. Deux cent soixante avions de la Luftwaffe sont en route pour intercepter un convoi maritime allié qui s'achemine vers l'URSS en essayant de contourner la Norvège par l'océan Arctique. Après six mois de bombardements quotidiens, l'invasion de Malte est reportée sine die par les Allemands. La veste de SS vient délicatement se poser sur les fils électriques du tram, comme un linge qu'on aurait mis à sécher. On en est là. Mais Gabčík n'a toujours pas bougé. Le clic tragique de sa Sten, bien plus que l'explosion, lui a fait l'effet d'une gifle mentale. Comme dans un rêve, il voit les deux Allemands descendre de la voiture et, comme à l'exercice, se couvrir mutuellement. Double appel croisé, Klein se retourne vers Kubiš tandis qu'Heydrich, titubant, se présente seul, face à lui, l'arme à la main. Heydrich, l'homme le plus dangereux du IIIe Reich, le bourreau de Prague, le boucher, la bête blonde, la chèvre, le Juif Süss, l'homme au cœur de fer, la pire créature jamais forgée par le feu brûlant des enfers, l'homme le plus féroce jamais sorti d'un utérus de femme, sa cible, face à lui, titubant et armé. Tiré soudain du saisissement qui l'avait paralysé, Gabčík retrouve l'acuité nécessaire à une compréhension immédiate de la situation, débarrassée de toute appréciation mythologique ou grandiloquente, ainsi qu'à une prise de décision rapide et juste, qui lui permet de faire exactement ce qu'il a de mieux à faire : il jette sa Sten et court. Les premières détonations claquent. C'est Heydrich qui lui tire dessus. Heydrich, le bourreau, le boucher, la bête blonde, etc. Mais le Reichprotektor, champion toutes catégories dans à peu près toutes les disciplines humaines, n'est manifestement pas au mieux.

Il rate tout ce qu'il peut. Pour l'instant. Gabčík parvient à se jeter derrière un poteau télégraphique, qui devait être sacrément épais, puisqu'il décide de rester là. Il ne sait pas, en effet, à partir de quel moment Heydrich peut recouvrer ses facultés et tirer droit. En attendant, le tonnerre gronde. De l'autre côté, Kubiš, en essuyant le sang qui coule sur son visage et lui brouille la vue, distingue la silhouette géante de Klein qui s'avance vers lui. Quelle folie, ou quel effort de lucidité suprême lui rappelle l'existence de son vélo ? Il saisit le cadre de sa machine et l'enfourche. Tous ceux qui ont fait du vélo savent qu'un cycliste, par rapport à un homme à pied, est vulnérable pendant les dix, quinze, mettons vingt premiers mètres au démarrage, après quoi il le distancera irrémédiablement. Kubiš, vu la décision que son cerveau lui fait prendre, doit avoir ça en tête. En effet, au lieu de s'enfuir dans la direction exactement opposée à celle de Klein, comme il aurait semblé naturel à environ 99 % du genre humain confronté à une situation semblable, c'est-à-dire une situation où il s'agit de, très rapidement, prendre la fuite face à un nazi armé qui a au moins une bonne raison de vous en vouloir à mort, il choisit de pédaler vers le tramway, d'où les passagers suffocants ont commencé à s'extraire, décrivant un angle, par rapport à Klein, inférieur à 90°. Je n'aime pas me mettre dans la tête des gens mais je crois pouvoir expliquer le calcul de Kubiš, qui est d'ailleurs peut-être double. D'une part, pour conjurer la relative lenteur du démarrage, et prendre de la vitesse le plus rapidement possible, il engage sa bicyclette *dans le sens de la descente*. Il a très vraisemblablement estimé que pédaler en côte avec un SS énervé dans son dos ne serait pas une option payante. D'autre part, pour avoir une chance, même infime, de s'en sortir vivant, il doit répondre à deux exigences contradictoires : ne pas s'exposer et se mettre hors de portée des tirs ennemis. Mais pour se mettre hors de portée, il faut d'abord franchir une certaine distance qui reste irréductiblement à découvert. Kubiš fait le pari inverse de Gabčík, il tente sa chance maintenant. Mais il ne s'en remet pas exactement au hasard : ce tramway, dont les parachutistes redoutaient la présence inopportune depuis qu'ils avaient arrêté leur choix sur le virage d'Holešovice, Kubiš décide de s'en servir. Les passagers qui en sont descendus sont trop peu nombreux pour faire une foule, mais il va quand même essayer de les utiliser comme un rideau. Je suppose qu'il ne compte pas trop sur les scrupules d'un SS pour ne pas tirer à travers un groupe de civils innocents, mais au moins la visibilité du tireur sera réduite. Ce plan d'évasion me paraît génialement conçu, surtout si l'on songe que l'homme à qui il appartient vient d'être soufflé par une déflagration, qu'il a du sang dans les yeux, et qu'il a disposé d'à peu près trois secondes pour l'élaborer. Cependant il reste un moment où Kubiš ne peut s'en remettre qu'à la chance pure, celui qui le sépare du rideau des passagers suffocants. Or, le hasard, comme souvent, ma foi, décide de distribuer équitablement ses hoquets : Klein, encore choqué par l'explosion, se crispe sur son arme, le percuteur, la gâchette, la culasse ou je ne sais quoi, qui s'enraye à son tour.

Le plan de Kubiš va donc réussir ? Non, car le rideau des passagers se dresse un peu trop compact devant lui. Dans le tas, certains ont déjà repris leurs esprits et, qu'ils soient allemands, sympathisants, avides d'exploit ou de récompense, ou bien terrorisés à l'idée qu'on puisse les accuser de complicité, ou encore, pour les autres, tout simplement tétanisés et incapables de bouger d'un centimètre, ils ne semblent pas disposés à s'écarter sur son passage. Qu'un seul d'entre eux ait manifesté la velléité de l'appréhender, j'en doute, mais peut-être ont-ils arboré un air vaguement menaçant. On en arrive donc à cette scène burlesque (dans chaque épisode, il en faut une, semble-t-il) où Kubiš, à vélo, tire des coups de feu en l'air pour se frayer un passage à travers les usagers du tram éberlués. Et il passe. Klein, stupide, comprend que sa proie lui échappe, se souvient qu'il a un patron à protéger et se retourne vers Heydrich, qui continue à tirer. Mais soudain, le corps du Reichsprotektor tourne sur lui-même et s'effondre. Klein accourt. Le silence qui suit l'arrêt des coups de feu ne tombe pas dans l'oreille d'un sourd. Gabčík décide que s'il veut à son tour tenter sa chance, c'est maintenant ou jamais. Il quitte l'abri précaire de son poteau télégraphique et se remet à courir. Il a déjà récupéré toutes ses facultés et lui aussi parvient à réfléchir : pour optimiser les chances de Kubiš, il doit prendre une direction différente. Du coup, lui attaque la côte. L'analyse n'est pas, toutefois, absolument sans faille puisque ce faisant, il se dirige vers le poste d'observation de Valčík. Mais Valčík, pour l'instant, n'est pas identifié comme un participant à l'opération. Heydrich parvient à se redresser sur un coude. A Klein qui vient à sa rencontre, il aboie : « Rattrape le *Schweine-hund* ! » Klein parvient enfin à armer son foutu pistolet et alors la poursuite s'engage. Il tire devant lui et Gabčík, muni du Colt 9 mm qu'il avait fort heureusement en réserve de la Sten, riposte. Je ne sais pas combien de mètres il possède d'avance. A ce moment-là, je ne pense pas que Gabčík tire, pour ainsi dire par-dessus l'épaule, pour toucher son adversaire, mais plutôt pour l'avertir qu'il y a un risque à se rapprocher trop près de lui. Au pas de course, les deux hommes laissent derrière eux le carrefour livré au chaos. Mais devant eux, une silhouette se profile, de plus en plus nette : c'est Valčík qui vient à leur rencontre. Gabčík le voit courir l'arme au poing, s'arrêter pour viser, puis s'écrouler avant d'avoir tiré.

« *Do píči !* » Au moment où il tombe, la cuisse traversée par une violente douleur, Valčík ne peut rien se dire d'autre que : « Merde, mais quel con ! » Touché par une balle de l'Allemand, pas de chance. Maintenant, le géant SS n'est déjà plus qu'à quelques mètres. Valčík se croit foutu. Il n'aura pas le temps de récupérer son arme, qu'il a laissée tomber. Mais lorsque Klein parvient à sa hauteur, miracle : il ne ralentit pas. Soit que l'Allemand accorde à Gabčík une importance prioritaire, soit que, trop concentré sur sa cible, il n'a pas vu que Valčík était armé et prêt à lui tirer dessus, ou bien il ne l'a pas vu *tout court*, il passe devant lui sans s'arrêter, ni même lui jeter un coup d'œil. Valčík peut s'estimer heureux, mais il peste malgré tout : si ça se trouve, il s'est pris *une balle perdue*. Quelle dérision. Lorsqu'il se retourne, les deux hommes ont disparu.

En bas, la situation est à peine moins confuse. Une jeune femme blonde, cependant, a compris la situation. Elle est allemande et elle a reconnu Heydrich, qui gît en travers de la route en se tenant le dos. Avec l'autorité que donne la conviction d'appartenir à une race de chefs, elle arrête une voiture et ordonne aux deux occupants d'emmener le Reichprotektor à l'hôpital le plus proche. Le chauffeur proteste : sa voiture est chargée de boîtes de bonbons qui encombrent toute la banquette arrière. « Déchargez-la ! *Sofort !* » aboie la blonde. Nouvelle scène surréelle, rapportée par le chauffeur en personne : les deux Tchèques, manifestement peu emballés, commencent à décharger les boîtes de bonbons, comme au ralenti, tandis que la jeune femme blonde, jolie et élégante dans son tailleur, tourne autour d'Heydrich à terre en lui gazouillant des phrases en allemand qu'il semble ne pas entendre. Mais il est dit que c'est le jour de cette Allemande. Un autre véhicule survient au carrefour, que d'un coup d'œil elle juge plus fonctionnel. C'est une petite camionnette Tatra qui livre du cirage et de la cire à parquet. La blonde court vers elle en lui criant de s'arrêter.

— Qu'est-ce qui se passe ?

— Un attentat !

— Et alors ?

— Vous devez conduire Herr Obergruppenführer à l'hôpital.

— Mais… pourquoi moi ?

— Votre voiture est vide.

— Mais c'est que ça ne va pas être très confortable, il y a des caisses de cirage, ça sent mauvais, ce n'est pas convenable de transporter le Protecteur dans des conditions pareilles...

— *Schnell !*

Pas de chance pour le travailleur en Tatra, c'est lui qui s'y colle. Un agent de police, survenu entretemps, amène Heydrich en le soutenant. On voit que le Reichprotektor essaie de marcher droit mais il n'y parvient pas. Du sang coule de son uniforme déchiré. Il installe péniblement son corps trop grand sur le siège du passager avant, serrant dans une main son revolver, dans l'autre sa serviette. La camionnette démarre et se met à rouler dans la descente. Mais le chauffeur se rend compte que l'hôpital est de l'autre côté, alors il fait demi-tour. La manœuvre n'échappe pas à Heydrich qui lui crie : « *Wohin fahren wir ?* » Mon faible niveau d'allemand me permet de comprendre la question : Où allons-nous ? Le chauffeur comprend aussi, mais ne parvient pas à se souvenir comment on dit « hôpital » (*Krankenhaus*), alors il ne répond rien, et alors Heydrich se met à éructer en le menaçant de son arme. Heureusement, la camionnette est revenue à son point de départ. Le chauffeur aperçoit la jeune femme blonde, qui est encore là et qui, en les apercevant, accourt aussitôt. Le chauffeur explique. Mais Heydrich marmonne quelque chose à la blonde. Il ne peut pas rester à l'avant, c'est trop bas pour lui. Alors on l'aide à sortir, puis on l'installe à l'arrière, à plat ventre, au milieu des caisses de cire et des boîtes de cirage. Heydrich demande qu'on lui donne sa serviette. On la jette à côté de lui. La Tatra se remet en route. Heydrich se tient toujours le dos d'une main, et se cache le visage de l'autre.

Pendant ce temps, Gabčík court toujours. La cravate au vent, les cheveux décoiffés, on dirait Cary Grant dans *La Mort aux trousses* ou Belmondo dans *L'Homme de Rio*. Mais évidemment, Gabčík, même très bien entraîné, n'a pas l'endurance surnaturelle que l'acteur français affichera dans son rôle extravagant. Gabčík, contrairement à Belmondo, ne peut pas courir indéfiniment. Il est parvenu, en slalomant dans le quartier résidentiel alentour, à prendre un peu d'avance sur son poursuivant, sans toutefois le semer. Mais chaque fois qu'il tourne à l'angle d'une rue, il possède quelques secondes durant lesquelles il disparaît de son champ de vision. Il doit en tirer profit. A bout de souffle, il avise un magasin ouvert et se jette dedans, exactement dans ce laps de temps où Klein ne peut l'apercevoir. Malheureusement pour lui, il n'a pas pu lire le nom de l'établissement : boucherie Brauner. Lorsque haletant il demande au commerçant de l'aider à se cacher, celui-ci se précipite dehors, aperçoit Klein qui déboule et, sans dire un mot, lui montre sa boutique du doigt. Non seulement ce Brauner est un Tchèque allemand, mais il a de surcroît un frère dans la Gestapo. Très mauvaise pioche, donc, pour Gabčík qui se retrouve acculé dans l'arrière-boutique d'une boucherie nazie. Mais Klein, durant la poursuite, a eu tout le temps de noter que le fugitif est armé. Il n'entre pas, s'abrite derrière un petit poteau de jardin et se met à tirer comme un fou à l'intérieur. Depuis qu'il attendait derrière son poteau télégraphique qu'Heydrich arrête de lui tirer dessus, la situation de Gabčík n'a donc pas tellement progressé. Cependant, soit qu'il se souvienne de ses qualités de tireur, soit qu'un simple SS de deux mètres l'impressionne moins que le bourreau de Prague en personne, il se sent nettement plus réactif. Il se découvre une seconde, distingue un bout de silhouette qui dépasse, ajuste, tire, et Klein s'écroule, touché à la jambe. Sans plus attendre, Gabčík jaillit, passe devant l'Allemand à terre, se jette dans la rue, et se remet à courir. Mais dans le dédale des ruelles pavillonnaires, il est perdu. Arrivé au carrefour suivant, il se fige. Au bout de la rue qu'il s'apprêtait à remonter, il distingue la naissance du virage. Dans sa fuite éperdue, il a tourné en rond, et il est en train de revenir à son point de départ. On dirait un cauchemar de Kafka en accéléré. Il s'engouffre dans l'autre rue du croisement, qui descend, elle, et se précipite vers la rivière. Et moi qui boite dans les rues de Prague et qui remonte Na Poříčí en traînant la jambe, je le regarde courir au loin.

La Tatra arrive à l'hôpital. Heydrich est jaune, il tient à peine sur ses jambes. On le porte immédiatement dans la salle d'opération et on lui enlève sa veste. Torse nu, il toise l'infirmière qui s'enfuit sans demander son reste. Il reste seul, assis sur la table d'opération. Je donnerais cher pour savoir combien de temps exactement dure cette petite solitude. Survient un homme en imper noir. Il voit Heydrich, ouvre de grands yeux ronds, jette un coup d'œil circulaire à la pièce et repart aussitôt téléphoner : « Non, ce n'est pas une fausse alerte ! Envoyez-moi un escadron de SS immédiatement. Oui, Heydrich ! Je répète : le Reichprotektor est là et il est blessé. Non, je ne sais pas. *Schnell !* » Puis un premier médecin, tchèque, lui succède. Il est blanc comme un linge mais commence aussitôt à examiner la blessure, avec une pince et des tampons. Elle fait huit centimètres de long, et contient quantité d'éclats et de petites saletés. Heydrich ne bronche pas pendant que la pince fouille la plaie. Un second médecin, allemand, fait irruption dans la pièce. Il demande ce qui se passe, et aperçoit Heydrich. Aussitôt il claque des talons et crie : *« Heil ! »* On reprend l'examen de la blessure. Le rein n'a pas été touché, la colonne vertébrale non plus, le diagnostic préliminaire semble encourageant. On installe Heydrich sur une chaise roulante et on l'amène en radiographie. Dans les couloirs, des SS investissent l'hôpital. Les premières mesures de sécurité sont prises : on barbouille de peinture blanche toutes les fenêtres donnant sur l'extérieur pour se mettre à l'abri des tireurs d'élite, et on va disposer des mitrailleuses lourdes sur le toit. Et naturellement, on vire les malades encombrants. Heydrich se lève de sa chaise et va s'installer tout seul devant l'appareil à rayons X, déployant des efforts manifestes pour avoir l'air digne. La radio révèle davantage de dommages. Une côte est cassée, le diaphragme est perforé, la cage thoracique est endommagée. On décèle quelque chose logé dans la rate, un éclat de la bombe ou un bout de carrosserie. Le médecin allemand se penche vers le blessé :

— Herr Protektor, nous allons devoir vous opérer...

Heydrich, livide, fait non de la tête :

— Je veux un chirurgien de Berlin !

— Mais votre état exige... exigerait une intervention immédiate...

Heydrich réfléchit. Il comprend qu'il joue sa peau, que le temps n'est pas son allié, et accepte qu'on fasse venir le meilleur spécialiste officiant à la clinique allemande de Prague. On le reconduit immédiatement en salle d'opération. Karl Hermann Frank et les premiers membres du gouvernement tchèque commencent à arriver. Le petit hôpital de quartier connaît une effervescence comme il n'en a jamais connu et n'en connaîtra jamais plus.

Kubiš se retourne sans arrêt mais personne ne le suit. Il a réussi. Mais réussi quoi, exactement ? Pas à tuer Heydrich, qui avait l'air en pleine forme lorsqu'il l'a quitté en train d'arroser Gabčík, ni à aider Gabčík, qui lui semblait en sérieuse difficulté avec sa Sten muette. Quant à se mettre hors de danger, il en saisit naturellement le caractère tout provisoire. La traque va commencer d'une minute à l'autre, et son signalement ne sera pas bien compliqué : un homme à vélo blessé au visage. On fait difficilement plus repérable. Encore un dilemme à résoudre : le vélo lui permet une mobilité précieuse pour s'éloigner au plus vite du secteur de l'attentat, mais il le rend beaucoup trop exposé à n'importe quel contrôle. Kubiš décide de s'en débarrasser. Il réfléchit en pédalant. Contourne le lieu de l'attentat et va déposer son véhicule devant le magasin de chaussures Bata dans le quartier du vieux Libeň. Il aurait été préférable de changer de secteur mais à chaque seconde passée dehors, il peut se faire arrêter. C'est pourquoi il choisit de trouver refuge chez son contact le plus proche, la famille Novák. Il pénètre un immeuble de logements ouvriers et grimpe les escaliers quatre à quatre. Une voisine l'interpelle : « Vous cherchez quelqu'un ? » Il se cache maladroitement le visage.

— Mme Nováková.

— Elle est absente mais je viens de la quitter, elle revient tout de suite.

— Je vais l'attendre.

Kubiš sait que la brave Mme Nováková ne ferme pas sa porte pour que lui et ses amis puissent débarquer quand bon leur semble. Il entre dans l'appartement et se jette sur le canapé. Première seconde de répit dans cette très longue et très éprouvante matinée.

L'hôpital de banlieue Bulovka ressemble désormais à la chancellerie du Reich, au bunker d'Hitler et au siège de la Gestapo réunis. Les troupes de choc SS disposées autour, dans, sur et sous le bâtiment sont prêtes à affronter une division de blindés soviétiques. On attend le chirurgien. Frank, l'ancien libraire de Karlovy Vary, grille cigarette sur cigarette, comme s'il allait être papa. En fait, il rumine : il va falloir informer Hitler.

En ville, c'est le branle-bas de combat : dans Prague, on dirait que tout ce qui porte un uniforme a été pris d'une irrépressible envie de courir dans tous les sens. L'agitation est à son maximum, l'efficacité à peu près nulle. Si Gabčík et Kubiš avaient voulu prendre le train à la gare Wilson (débaptisée) pour quitter la ville dans les deux heures qui ont suivi l'attentat, ils auraient pu le faire sans être inquiétés.

Gabčík, justement, plus mal parti, a maintenant moins de problèmes : il doit trouver un imperméable puisque son signalement va mentionner qu'il n'en a pas, ayant abandonné le sien au pied de la Mercedes, et il a conservé toute son intégrité physique : il n'a aucune blessure corporelle, ni visible ni invisible. A force de courir, il atteint le quartier de Žižkov. Là, il reprend son souffle et son calme, achète un bouquet de violettes et sonne chez le professeur Zelenka, membre de Jindra, l'organisation de résistance des Sokols. Il offre le bouquet de violettes à Mme Zelenka et emprunte un imper, puis il repart. Ou bien il emprunte l'imper chez les Svatoš, qui avaient déjà prêté leur serviette, laissée elle aussi dans le virage, mais les Svatoš habitent plus loin, au cœur de la ville, près de la place Wenceslas ; ici, les témoignages ne sont pas clairs et je m'y perds un peu. Quoi qu'il en soit, il se rend ensuite au domicile des Fafek, où un bain chaud l'attend et où il retrouve sa très jeune fiancée, Libena. Que font-ils, que disent-ils, je l'ignore. Mais nous savons que Libena était au courant de tout. Elle a dû être très heureuse de le revoir vivant.

Kubiš se lave le visage, Mme Novák lui applique de la teinture d'iode, la voisine, bonne pâte, lui prête une chemise de son mari pour qu'il puisse se changer, une chemise blanche à rayures bleues. On complète son déguisement avec un uniforme de cheminot, emprunté à M. Novák. Dans sa tenue d'ouvrier, son visage tuméfié attirera moins l'attention : les travailleurs sont plus sujets aux accidents que les messieurs en costume, c'est bien connu. Reste un problème : il faudrait aller récupérer la bicyclette laissée devant Bata. C'est trop près du virage, la police va la trouver très vite. Ça tombe bien, la petite Jindriska, la benjamine des Novák, déboule, toute joyeuse, de l'école sans doute, et elle a faim, on déjeune tôt en Tchécoslovaquie. Pendant qu'elle va lui préparer son repas, sa maman lui confie une mission : « Un monsieur de ma connaissance a laissé sa bicyclette devant le magasin Bata. Vas-y et rapporte-la dans la cour. Et si quelqu'un te demande à qui est cette bicyclette, ne lui réponds pas, il a eu un accident et il pourrait avoir des ennuis… » La jeune fille s'élance, sa mère lui crie : « Et n'essaie pas de t'en servir, tu ne sais pas ! Et fais attention aux autos !… »

Un quart d'heure plus tard, elle revient avec le vélo. Une dame l'a interrogée, mais, respectant les consignes, elle n'a rien dit. Mission accomplie. Kubiš peut s'en aller, le cœur plus tranquille. Enfin tranquille, façon de parler, évidemment, aussi tranquille que peut l'être quelqu'un qui se sait voué à devenir l'un des deux hommes les plus recherchés du Reich dans les heures, les minutes à venir.

La situation de Valčík, dans la mesure où sa participation n'a pas encore été clairement établie, est peut-être un peu moins délicate. Mais se balader dans une Prague en état d'alerte maximal, boiteux et blessé par balle, ne permet évidemment pas d'envisager l'avenir proche avec sérénité. Il trouve refuge chez un collègue et ami d'Alois Moravec, comme lui employé aux chemins de fer, comme lui résistant et protecteur de parachutistes, et comme lui marié à une femme parfaitement dévouée à ceux qui combattent l'occupant. C'est elle qui fait entrer Valčík, très pâle, qu'elle connaît bien pour l'avoir déjà souvent reçu, hébergé et caché, mais qu'elle appelle Mirek, parce qu'elle ignore sa véritable identité. En revanche, toute la ville bruissant déjà de la rumeur, elle lui demande aussitôt : « Mirek, vous êtes au courant ? Il y a eu un attentat contre Heydrich. » Valčík relève la tête : « Il est mort ? » Pas encore, lui dit-elle, et Valčík rebaisse la tête. Mais elle ne peut s'empêcher de lui poser la question qui lui brûle les lèvres : « Vous êtes dans le coup ? » Valčík a la force de sourire : « Quelle idée ! J'ai un cœur bien trop tendre pour ça. » Elle a eu l'occasion de jauger l'étoffe dont est fait cet homme-là et, par conséquent, comprend qu'il ment. Valčík, d'ailleurs, ne le fait que par réflexe, et n'espère pas être cru. Elle ne réalise pas tout de suite qu'il boite, mais lui demande s'il a besoin de quelque chose. « Un café très fort, s'il vous plaît. » Valčík demande encore s'il est possible d'aller faire un tour en ville pour lui rapporter ce qu'on raconte. Puis il va prendre un bon bain, lui aussi, parce qu'il a mal aux jambes. La femme et le mari se disent qu'il a peut-être trop marché. Ce n'est que le lendemain matin, lorsqu'ils trouveront des taches de sang sur ses draps, qu'ils comprendront qu'il a été blessé.

Vers midi, le chirurgien arrive à l'hôpital, et l'opération commence aussitôt.

A midi et quart, Frank déglutit et appelle Hitler. Comme prévu, le Führer n'est pas content du tout. Le pire est lorsque Frank doit lui avouer qu'Heydrich circulait sans escorte, dans une Mercedes décapotable non blindée. A l'autre bout du fil, pour changer, ça hurle. Les vociférations hitlériennes peuvent se diviser en deux parties : d'une part, ce ramassis de chiens que constitue le peuple tchèque va payer cher son audace. D'autre part, comment Heydrich, son meilleur élément, un homme d'une telle envergure, d'une telle importance pour le bon fonctionnement du Reich tout entier, tout entier, parfaitement, a-t-il pu être assez crétin pour faire preuve d'une négligence aussi coupable, oui, coupable ! C'est bien simple, il faut immédiatement :

1. Fusiller 10 000 Tchèques.

2. Promettre 1 000 000 de Reichsmarks à quiconque aidera à l'arrestation des criminels.

Hitler a toujours été friand de chiffres, et si possible de chiffres ronds.

Dans l'après-midi, Gabčík, accompagné de Libena, parce qu'un couple a toujours l'air moins suspect qu'un homme seul, va s'acheter un chapeau tyrolien, pour faire allemand, un petit chapeau vert avec une plume de faisan. Et, sans attendre, son déguisement approximatif fonctionne au-delà de ses espérances : un SS en uniforme l'interpelle. Il lui demande du feu. Gabčík, cérémonieusement, sort son briquet et lui allume sa cigarette.

Moi aussi, je m'en allume une. Je me sens un peu comme un graphomane neurasthénique errant dans Prague. Je vais peut-être faire une petite pause.

Mais pas de pause qui tienne. Il faut passer ce mercredi.

Le commissaire Pannwitz, l'homme à l'imper noir entrevu à l'hôpital, que la Gestapo avait envoyé aux nouvelles, est chargé de l'enquête. A relever les indices laissés sur le lieu du crime, une Sten, une sacoche avec à l'intérieur une bombe antichar de fabrication anglaise, l'origine de l'attentat ne fait pas mystère : c'est signé Londres. Il fait son rapport à Frank, qui rappelle Hitler. Ce n'est pas la Résistance intérieure qui a fait le coup. Frank déconseille les représailles massives, qui suggéreraient l'existence d'une forte opposition au sein de la population locale. Des exécutions individuelles de suspects ou de complices, avec leur famille, pour faire bonne mesure, ramèneront l'événement à ses justes proportions : une action individuelle, organisée de l'étranger. Il s'agit avant tout de conjurer auprès de l'opinion publique l'impression déplaisante que l'attentat est l'expression d'une révolte nationale. Etonnamment, Hitler se laisse plus ou moins convaincre par cette incitation relative à la modération. Les représailles massives sont provisoirement suspendues. Pourtant, sitôt raccroché, Hitler éructe auprès d'Himmler. Alors comme ça, les Tchèques n'aiment pas Heydrich ? Eh bien, on va leur trouver pire ! Là, évidemment, un temps de réflexion s'impose, puisque trouver pire qu'Heydrich, c'est difficile. Hitler et Himmler se creusent la tête. Il y a bien quelques Waffen-SS de haut rang qui seraient assez indiqués pour organiser une boucherie, mais ils sont tous mobilisés sur le front de l'Est, où, en ce printemps 1942, ils ont fort à faire. Finalement, ils se rabattent sur le choix de Kurt Dalüge parce que celui-ci se trouve opportunément à Prague pour des raisons médicales. L'ironie veut que Dalüge, chef des polices régulières du Reich et fraîchement nommé Oberstgruppenführer, soit un rival direct d'Heydrich. Sauf qu'il est très loin d'avoir son envergure. Heydrich ne le nomme jamais autrement que « l'abruti ». S'il se réveille, il va être très vexé. Dès qu'il sera rétabli, il faudra songer à lui donner une promotion.

Il se réveille, justement. L'opération s'est bien passée. Le chirurgien allemand est plutôt optimiste. Certes, il a fallu procéder à l'ablation de la rate, mais il n'y a eu aucune complication à signaler. La seule chose un peu surprenante, ce sont ces espèces de mèches de cheveux trouvées dans la plaie et dispersées dans le corps. Les docteurs ont mis du temps à comprendre d'où cela provenait : c'est le siège en cuir de la Mercedes, éventré sous le choc, qui était rembourré avec du crin de cheval. A la radiographie, on craignait que des petits éclats de métal ne se soient logés dans les organes vitaux. Il n'en est rien, et le gotha germano-pragois commence à respirer. Lina, qui n'a été prévenue qu'à 15 heures, est à ses côtés. Groggy, il articule faiblement, en s'adressant à sa femme : « Prends soin de nos enfants. » A ce moment-là, lui ne semble pas très sûr de son futur.

La tante Moravec est folle de joie. Elle fait irruption chez son concierge et demande : « Vous êtes au courant pour Heydrich ? » Oui, ils sont au courant, à la radio, on ne parle que de ça. Mais on donne aussi le numéro de série du deuxième vélo abandonné sur les lieux. Son vélo. Ils ont oublié de l'effacer. Sa joie retombe immédiatement et se transforme en plainte amère. Blême, elle reproche aux garçons leur négligence. Mais elle n'en est pas moins résolue à leur venir en aide. Cette petite dame est décidément une femme d'action et ce n'est pas le moment de se lamenter. Elle ne sait pas où ils sont, elle doit les retrouver. Infatigable, elle repart.

On placarde partout en ville les affiches rouges bilingues utilisées dès qu'il y a une communication à faire à la population locale, et celle-ci restera sans aucun doute comme le clou de la collection, qui proclame :

« 1. Le 27 mai 1942 a été commis à Prague un attentat contre le Reichprotektor par intérim, SS Obergruppenfuhrer Heydrich.

Pour l'arrestation des coupables une récompense de dix millions de couronnes est prévue. Quiconque héberge ces criminels, leur fournit une aide ou, les connaissant, ne les dénonce pas sera fusillé avec toute sa famille.

2. Dans la région de l'Oberlandrat de Prague, l'état de siège est proclamé par la lecture de cette ordonnance à la radio. Les mesures suivantes sont arrêtées :

a) Défense à la population civile, sans exception, de sortir dans la rue du 27 mai 21 heures au 28 mai 6 heures.

b) Fermeture absolue des auberges et restaurants, cinémas, théâtres, lieux de distraction, et arrêt de tout trafic sur la voie publique pendant les mêmes heures.

c) Quiconque, en dépit de cette interdiction, apparaîtra dans la rue, sera fusillé s'il ne s'arrête pas à la première sommation.

d) D'autres mesures sont prévues et, au besoin, seront annoncées par la radio. »

A partir de 16 h 30, cette ordonnance est lue à la radio allemande. A partir de 17 heures, la radio tchèque commence à la diffuser toutes les demi-heures. A partir de 19 h 40 toutes les dix minutes, et de 20 h 20 à 21 heures, toutes les cinq minutes. Je suppose que ceux qui ont vécu cette journée à Prague, s'ils sont toujours vivants aujourd'hui, peuvent encore réciter par cœur le texte dans son intégralité. A 21 h 30, l'état de siège est étendu à tout le Protectorat. Entre-temps Himmler a rappelé Frank pour confirmer les nouvelles directives d'Hitler : exécuter immédiatement les cent personnalités les plus significatives parmi les otages incarcérés à toutes fins utiles depuis l'arrivée d'Heydrich à Prague en octobre de l'année dernière.

A l'hôpital, on vide les armoires de toute la morphine qu'on peut trouver pour soulager le grand blessé.

Le soir venu, une rafle démente s'organise. Quatre mille cinq cents hommes des SS, SD, NSKK, Gestapo, Kripo, et autres Schupo, plus trois bataillons de la Wehrmacht, investissent la ville. Avec le concours de la police tchèque, ce sont plus de 20 000 hommes qui participent à l'opération. Toutes les voies d'accès sont neutralisées, tous les grands axes sont bloqués, les rues sont barrées, les immeubles perquisitionnés, les gens contrôlés. Je vois partout des hommes armés sauter de camions débâchés, courir en colonne d'un bâtiment à l'autre, envahir les cages d'escalier dans le martèlement des bottes et le cliquetis de l'acier, tambouriner aux portes, crier des ordres en allemand, sortir les gens de leur lit, retourner leur appartement, les rudoyer en leur aboyant dessus. Les SS, tout spécialement, semblent avoir complètement perdu le contrôle de leurs nerfs et arpentent les rues comme des fous furieux, tirant sur les fenêtres allumées ou simplement restées ouvertes, s'attendant à tout instant à être pris pour cible par des tireurs embusqués. Prague est plus qu'en état de siège. On dirait la guerre. L'opération de police, telle qu'elle est menée, plonge la ville dans un chaos indescriptible. Trente-six mille appartements sont visités dans la nuit, pour un rendement dérisoire, en regard des moyens déployés. On arrête 541 personnes dont trois ou quatre vagabonds, une prostituée, un délinquant juvénile et, tout de même, un chef de la Résistance communiste mais qui n'a aucun lien avec Anthropoïde. On en relâche 430 immédiatement. Et on ne trouve aucune trace de parachutistes clandestins. Pis, on n'a pas l'ombre d'un début de piste. Gabčík, Kubiš, Valčík et leurs amis ont dû passer une drôle de nuit. Je me demande si l'un d'eux est parvenu à dormir. Ça m'étonnerait beaucoup. Moi, en tout cas, je dors très mal en ce moment.

223

Au deuxième étage de l'hôpital, entièrement vidé de tous les malades, Heydrich est allongé dans son lit, faible, les sens engourdis, le corps endolori, mais conscient. La porte s'ouvre. Un garde laisse entrer sa femme, Lina. Il essaie de lui sourire, il est content qu'elle soit là. Elle aussi est soulagée de voir son mari alité, très pâle, mais vivant. Hier, lorsqu'elle l'a vu juste après l'opération, inconscient et tout blanc, elle a cru qu'il était mort ; et lorsqu'il s'est réveillé, son état ne valait guère mieux. Elle n'a pas cru les paroles rassurantes des docteurs. Et si les parachutistes n'ont pas trouvé le sommeil, sa nuit à elle n'a pas été bonne non plus.

Ce matin, elle lui apporte une soupe chaude dans un thermos. Hier victime d'un attentat, aujourd'hui déjà dans la peau d'un convalescent. La bête blonde a la peau dure. Il va s'en sortir, comme toujours.

Mme Moravec vient chercher Valčík. Le brave cheminot chez qui il a dormi ne veut pas le laisser partir comme ça. Il lui donne un livre à lire dans les tramways, pour pouvoir se cacher le visage : *Trente ans de journalisme*, de H. W. Steed. Valčík le remercie. Après son départ, la femme du cheminot range sa chambre et, en faisant son lit, trouve du sang sur les draps. Je ne connais pas la gravité de sa blessure, mais je sais que tous les médecins du Protectorat sont tenus, par ordonnance, de déclarer à la police toute blessure par balle, sous peine de mort.

Réunion de crise derrière les murs noirs du palais Peček. Le commissaire Pannwitz résume : considérant les indices recueillis sur le lieu du crime, ses premières conclusions sont qu'il s'agit d'un attentat planifié par Londres et exécuté par deux parachutistes. C'est aussi l'avis de Frank. Mais Dalüge, nommé de la veille, redoute au contraire que l'attentat ne soit le signal d'un soulèvement national organisé. Il ordonne, à titre de mesures préventives, de fusiller à tour de bras et de rameuter tous les effectifs de police de la région pour renforcer la présence policière en ville. Frank est vert. De toute évidence, l'attentat est signé Beneš, et quand bien même ce ne serait pas le cas ! Politiquement, il se fout de savoir si la Résistance intérieure est impliquée ou non : « L'impression qu'il s'agit d'une révolte nationale doit disparaître de l'opinion mondiale ! Nous devons dire qu'il s'agit d'une action individuelle. » De plus, une campagne d'arrestations et d'exécutions massives risque de désorganiser la production. « Dois-je vous rappeler l'importance vitale de l'industrie tchèque pour l'effort de guerre allemand, Herr Oberstgruppenführer ? » (Pourquoi ai-je inventé cette phrase ? Sans doute parce qu'il l'a vraiment prononcée.) Le vizir pensait son heure venue. Au lieu de ça, on lui impose ce Dalüge, qui n'a aucune expérience d'homme d'Etat, qui ne connaît rien aux dossiers du Protectorat et qui doit à peine savoir situer Prague sur une carte. Frank n'est pas contre une démonstration de force : faire régner la terreur dans les rues, ça ne mange pas de pain, et ça le connaît. Mais il a retenu les leçons politiques de son maître : pas de bâton sans carotte. La rafle hystérique de la nuit dernière a bien montré l'inutilité de ce genre d'action. Une bonne campagne d'appel à la délation, bien menée, sans lésiner, donnera autrement plus de résultats.

Frank quitte la réunion. Il a assez perdu de temps avec Dalüge. Un avion l'attend pour l'emmener séance tenante à Berlin, où il a rendez-vous avec Hitler. Il espère que le génie politique du Führer ne le cédera pas à sa rage proverbiale. Vu l'entretien téléphonique d'hier, il a intérêt à être convaincant. Dans l'avion, Frank prépare soigneusement l'exposé des mesures qu'il préconise. Afin de ne pas passer pour un mou, il recommande d'envahir la ville avec des chars, de déployer des régiments, de couper quelques têtes, mais, encore une fois, d'éviter les représailles de masse. Il conseille plutôt de peser sur Hácha et son gouvernement en les menaçant de supprimer l'autonomie du Protectorat et de faire passer tous les organismes tchèques, de toute nature, sous contrôle allemand. Plus toutes les mesures d'intimidation habituelles, pressions, chantage, vexations, etc., mais, pour l'instant, sous forme d'ultimatum. L'idéal serait d'arriver à faire en sorte que les Tchèques eux-mêmes leur livrent les parachutistes.

Les préoccupations de Pannwitz sont différentes. Son domaine est l'investigation, pas la politique. Il collabore avec deux superdétectives envoyés par Berlin, qui sont encore éberlués par les « proportions catastrophiques » du chaos qu'ils ont trouvé en arrivant. Devant Dalüge, ils se taisent, mais se plaignent à Pannwitz d'avoir eu besoin d'une escorte pour rallier leur hôtel sains et saufs. Sur le comportement de chiens enragés des SS, leur diagnostic est sans appel : « Ils sont complètement fous. Ils ne vont même pas pouvoir retrouver leur chemin pour sortir du chaos qu'ils sont en train de créer, et encore moins trouver les assassins. » Il faut procéder avec plus de méthode. En moins de vingt-quatre heures, les trois enquêteurs ont déjà obtenu des résultats non négligeables : grâce aux témoignages recueillis, ils sont en mesure de reconstituer assez exactement le déroulement de l'attentat, et possèdent, quoique encore un peu vague (ces foutus témoins ne peuvent jamais se mettre d'accord sur ce qu'ils ont *vu* !), un signalement des deux terroristes. Mais pour les conduire à eux, ils n'ont aucun début de piste. Alors, ils cherchent. Loin de l'agitation de la rue, ils épluchent les dossiers de la Gestapo.

Et ils trouvent cette vieille photo ramassée sur le cadavre du vaillant capitaine Morávek, le dernier des Trois Rois, le chef de réseau abattu à l'issue d'une fusillade dans un tramway, il y a deux mois. Sur cette photo, le beau Valčík a l'air inexplicablement bouffi. Mais c'est Valčík quand même. Les policiers ne disposent d'aucun indice qui relie cet homme à l'attentat. Ils peuvent passer au dossier suivant ou décider d'exploiter cette photographie *à tout hasard*. Si on était dans un Maigret, on appellerait ça du flair.

226

Hanka, jeune femme tchèque et agent de liaison, sonne chez les Moravec. On l'introduit dans la cuisine. Elle y trouve, assis dans un fauteuil, Valčík, qu'elle connaît depuis l'époque où il était serveur à Pardubice, la ville où elle vit avec son mari. Toujours aussi affable, il lui sourit en s'excusant : il s'est tordu la cheville et ne peut pas se lever.

Hanka est chargée de transmettre le rapport de Valčík au groupe de Bartoš, resté à Pardubice, pour que celui-ci puisse informer Londres à l'aide de « Libuše », le précieux émetteur. Valčík demande à la jeune femme de ne pas mentionner sa blessure. En tant que responsable de « Silver A », le capitaine Bartoš est toujours officiellement son chef de mission. Mais il désapprouve l'attentat depuis le début. En quelque sorte, Valčík s'est, de lui-même, transféré de « Silver A » à « Anthropoïde ». Vu la tournure des événements, il estime n'avoir plus de comptes à rendre qu'à ses deux amis, Gabčík et Kubiš, dont il espère qu'ils sont saufs, à Beneš en personne, à la rigueur, et à Dieu, peut-être (on m'a dit qu'il était croyant).

La jeune femme file à la gare. Mais avant de prendre son train, elle tombe en arrêt devant une nouvelle affiche rouge. Elle téléphone immédiatement aux Moravec : « Vous devriez venir voir quelque chose d'intéressant. » Sur l'affiche s'étale la photo de Valčík, et en dessous : *100 000 couronnes de récompense.* Suit une description relativement imprécise du parachutiste – et c'est une chance qui s'ajoute au fait que la photo est peu ressemblante. Son nom de famille est mentionné, mais le prénom et la date de naissance (qui le rajeunit de cinq ans) sont erronés. Une petite note, à la fin, rappelle ce qui fait toute la saveur des avis de recherche : « La récompense sera remise avec la plus grande discrétion. »

Mais il y a mieux à voir que cette affiche.

Bata a bâti son empire avant guerre. Parti d'une petite fabrique de chaussures dans sa ville de Zlín, il a développé une immense entreprise qui compte des magasins partout dans le monde et d'abord en Tchécoslovaquie. Pour fuir l'occupation allemande, il a émigré aux Etats-Unis. Mais pendant l'exil du patron, les magasins restent ouverts. Sur la grande avenue Wenceslas, tout en bas, au n° 6, se dresse un immeuble qui est une gigantesque boutique Bata. En vitrine, ce matin, ce ne sont pas des chaussures qui sont exposées mais d'autres articles. Un vélo, deux sacoches en cuir et, sur un portemanteau, un imper et un béret, les pièces à conviction trouvées sur les lieux du crime, accompagnées d'un appel à témoin. Les passants qui s'arrêtent devant la vitrine peuvent lire :

« Considérant la récompense promise de dix millions de couronnes pour les indications qui mèneront à l'arrestation des coupables et qui sera payée intégralement, il convient d'indiquer que les questions suivantes se posent :

1. Qui peut donner des informations sur les criminels ?

2. Qui s'est aperçu de leur présence sur les lieux du crime ?

3. A qui appartiennent les objets décrits et, avant tout, à qui manque cette bicyclette de dame, le manteau, le béret et la serviette ?

Quiconque pourrait fournir les informations demandées et ne les communiquerait pas volontairement à la police sera fusillé avec sa famille, aux termes de l'ordonnance du 27 mai sur la proclamation de l'état de siège.

Toutes les personnes peuvent être assurées que leurs indications seront reçues de manière strictement confidentielle.

En outre, dès le 28 mai 1942, il est du devoir de tous les propriétaires de maison, d'appartement et d'hôtel, etc., de déclarer à la police toutes les personnes dans le Protectorat entier dont le séjour n'aurait pas encore été annoncé aux commissariats de police. L'infraction à cette prescription sera punie de mort.

SS-Obergruppenführer
Chef de la police
auprès du Reichprotektor
de Bohême-Moravie
K. H. Frank »

228

Le gouvernement tchèque en exil déclare que l'attentat perpétré contre le monstre Heydrich est à la fois un acte de vengeance, un rejet du joug nazi et un symbole donné à tous les peuples d'Europe oppressés. Les coups tirés par les patriotes tchèques sont un témoignage de solidarité envoyé aux Alliés et de foi en la victoire finale qui retentira dans le monde entier. De nouvelles victimes parmi les Tchèques tombent déjà sous les balles des pelotons d'exécution allemands. Mais ce nouvel accès de fureur nazie sera encore brisé par la résistance inflexible du peuple tchèque et ne fera que renforcer sa volonté et sa détermination.

Le gouvernement tchèque en exil encourage la population à cacher les héros inconnus et menace d'un juste châtiment quiconque les trahirait.

229

Dans sa boîte postale de Zurich, le colonel Moravec reçoit un télégramme envoyé par l'agent A54 : « Wunderbar – Karl ». Paul Thümmel, alias A54, alias René, alias Karl, n'a jamais rencontré Gabčík et Kubiš et n'a pas participé directement aux préparatifs de l'attentat. Mais avec ce simple mot, il se fait l'écho du sentiment de joie puissante éprouvé à l'annonce de la nouvelle par tous les combattants du nazisme dans le monde.

On sonne chez le concierge. C'est Ata, le jeune fils Moravec, qui vient chercher Valčík. Le concierge ne veut pas qu'il parte. Il pourrait vivre dans le grenier, au cinquième, personne n'irait le chercher là-haut… Valčík aime bien les gâteaux que lui fait la femme du concierge, il dit qu'ils sont aussi bons que ceux de sa mère. Ici, il joue aux cartes en écoutant la BBC. Le premier soir, il est allé se cacher dans la cave parce qu'un agent de la Gestapo est passé dans l'immeuble. Mais il se sent en sécurité chez ces gens. Alors pourquoi ne pas rester ? insiste le concierge. Valčík lui explique qu'il a reçu des ordres, que c'est un soldat, qu'il est tenu d'obéir et qu'il doit rejoindre ses camarades. Le concierge n'a pas à s'inquiéter, on leur a trouvé un abri sûr. Seulement, il y fait très froid. Il leur faudra des couvertures et des vêtements chauds. Valčík prend son manteau, se met une paire de lunettes vertes sur le nez et suit Ata qui doit le conduire à sa nouvelle cachette. Il oublie chez le concierge le livre que son hôte précédent lui avait prêté. A l'intérieur du livre, il y a inscrit le nom du propriétaire. Celui-ci aura la vie sauve grâce à cet oubli.

231

Capitulation et servilité sont les deux mamelles du pétainisme, un art dans lequel le vieux président Hácha, ni plus ni moins gâteux que son homologue français, est décidément passé maître. En témoignage de sa bonne volonté, il décide, au nom du gouvernement fantoche dont il a la charge, de doubler la récompense offerte pour la capture des assassins. Les têtes de Gabčík et Kubiš passent donc à dix millions de couronnes *chacune*.

232

Les deux hommes qui se présentent à la porte de l'église ne viennent pas pour assister à la messe. L'église orthodoxe Saint-Charles-Borromée, aujourd'hui rebaptisée église des Saints-Cyril-et-Méthode, est un édifice massif accroché au flanc de la rue Resslova, cette rue en pente qui part de la place Charles et descend vers le fleuve, en plein cœur de Prague. L'instituteur Zelenka, alias « oncle Hajsky » de l'organisation Jindra, est reçu par le père Petřek, prêtre orthodoxe. Il lui amène un ami. C'est le septième. C'est Gabčík. On le fait pénétrer par une trappe dans la crypte de l'église. Là, au milieu des casiers de pierre où jadis on rangeait les morts, il retrouve ses amis : Kubiš, Valčík, mais aussi le lieutenant Opálka, et trois autres parachutistes, Bublík,

Švarc et Hrubý. Un par un, Zelenka les a rassemblés ici, parce que la Gestapo continue sans relâche à perquisitionner les appartements en ville mais n'a pas encore eu l'idée de fouiller les églises. Il n'y a qu'un seul parachutiste dont on n'a aucune nouvelle : Karel Čurda est introuvable, personne ne sait où il est, s'il se cache ou s'il a été arrêté, et si même il est encore vivant.

L'arrivée de Gabčík fait sensation dans la crypte. Ses camarades se précipitent pour l'embrasser. Il reconnaît Valčík, teint en brun, affublé d'une fine moustache brune, et Kubiš, l'œil gonflé, le visage encore marqué, qui manifestent le plus bruyamment leur joie de le revoir. Gabčík, brisé par l'émotion, pleure, ou rit aux éclats. Il est évidemment très heureux de retrouver ses amis à peu près sains et saufs. Mais il est tellement désolé par la tournure des événements. A peine les retrouvailles achevées, Gabčík commence une litanie amère à laquelle ses amis vont devoir s'habituer : mélange d'excuses et de lamentations, il maudit cette foutue Sten qui s'est enrayée au moment où il tenait Heydrich en joue. Tout est ma faute, dit-il. Je l'avais devant moi, c'était un homme mort. Et puis cette merde de Sten… C'est trop con. Mais il est blessé, tu l'as eu, Jan ? Gravement ? Tu crois ? Les gars, je suis tellement désolé. Tout est ma faute. J'aurais dû le finir au Colt. Ça tirait partout, j'ai couru, et l'autre géant à mes trousses… Gabčík s'en veut mortellement et ses amis ne parviennent pas à le consoler. C'est pas grave, Jozef. C'est déjà énorme, ce qu'on a fait, tu te rends compte ? Le bourreau en personne ! Vous l'avez blessé ! Heydrich est blessé, c'est vrai, il l'a vu tomber, mais on dit qu'il se remet doucement à l'hôpital. D'ici un mois, il sera de retour aux affaires, peut-être même avant, c'est sûr, c'est increvable, ces bêtes-là. De toute façon, les nazis ont toujours une chance insolente pour échapper aux attentats (je me rappelle Hitler, en 1939, qui doit tenir son discours annuel à sa fameuse brasserie de Munich entre 20 heures et 22 heures mais qui quitte la salle à 21 h 07 pour ne pas rater son train, et la bombe qui explose à 21 h 30, tuant huit personnes). Anthropoïde a lamentablement échoué, voilà ce qu'il pense, et c'est sa faute. Jan n'a rien à se reprocher. Il a jeté la grenade, il a manqué la voiture mais c'est lui qui a blessé Heydrich. Heureusement que Jan était là. Ils n'ont pas rempli leur mission mais grâce à lui, ils ont quand même touché la cible. On sait maintenant que Prague n'est pas Berlin et que les Allemands ne peuvent pas s'y comporter comme chez eux. Mais faire peur aux Allemands, ce n'était pas ça, l'objectif d'Anthropoïde. Peut-être après tout cet objectif était-il trop ambitieux : jamais on n'a abattu un dignitaire nazi de ce niveau-là. Mais non, qu'est-ce que je raconte ! Sans cette saloperie de Sten, il lui aurait fait son affaire, à ce porc... La Sten, la Sten !... Une vraie merde, je vous dis.

L'état d'Heydrich s'est brutalement et inexplicablement dégradé. Une forte poussée de fièvre s'est emparée du protecteur. Himmler est accouru à son chevet. Le long corps d'Heydrich est étendu sans forces sous un mince drap blanc trempé de sueur. Les deux hommes philosophent sur la vie et la mort. Heydrich cite une phrase tirée de l'opéra de son père : « Le monde est un orgue de Barbarie que Notre Seigneur fait tourner et nous devons tous danser sur sa musique. »

Himmler demande des explications aux docteurs. La guérison du patient leur semblait en bonne voie mais soudain une violente infection s'est déclarée. La bombe contenait peut-être du poison ou ce sont les crins du siège de la Mercedes qui ont pénétré la rate, il y a plusieurs hypothèses, ils ne sauraient dire laquelle est la bonne. Mais si, comme ils le croient, il s'agit d'un début de septicémie, l'infection va très rapidement se propager et la mort survenir dans les quarante-huit heures. Pour sauver Heydrich, il faudrait quelque chose que le Reich ne possède nulle part sur tout son immense territoire : de la pénicilline. Et ce n'est pas l'Angleterre qui va leur en fournir.

Le 3 juin, l'émetteur Libuše reçoit ce message de félicitation, adressé à Anthropoïde :

« De la part du président. Je suis très heureux que vous soyez parvenu à maintenir le contact. Je vous remercie sincèrement. Je constate votre absolue détermination, et celle de vos amis. Cela me prouve que la nation entière fait bloc. Je peux vous assurer que cela portera ses fruits. Les événements de Prague ont un grand impact ici et font beaucoup pour la reconnaissance de la résistance du peuple tchèque. »

Mais Beneš ne sait pas que le meilleur est à venir. Et aussi le pire.

Anna Maruščáková est une jeune et jolie ouvrière qui s'est fait porter pâle aujourd'hui à son travail. Aussi, lorsque avec le courrier de l'après-midi on apporte une lettre qui lui est adressée, le directeur de l'usine, sans se gêner, l'ouvre et la lit. Elle provient d'un jeune homme et voici ce qu'elle dit :

Chère Ania,
Excuse-moi de t'écrire avec autant de retard, mais j'espère que tu comprendras, car tu sais que j'ai beaucoup de soucis. Ce que je voulais faire, je l'ai fait. Lors

du jour fatal, j'ai dormi à Čabárna. Je vais bien, je viendrai te voir cette semaine, et ensuite nous ne nous reverrons plus jamais.

Milan

Le patron de l'usine est un sympathisant nazi, ou bien même pas, juste un individu habité par cette mentalité ignoble qui sévit toujours un peu partout et s'exprime si bien dans les pays occupés. Il décide qu'il y a peut-être quelque chose de louche et transmet la lettre à qui de droit. A la Gestapo, l'enquête piétine tellement que l'on cherche un os à ronger. On traite le dossier avec une diligence d'autant plus grande qu'après plus de trois mille arrestations, on n'a toujours rien de sérieux, et on découvre très vite qu'il s'agit d'une affaire de cœur : l'auteur de la lettre est un jeune homme marié – sans doute souhaite-t-il mettre un terme à une relation extraconjugale. Les détails de l'histoire ne sont pas très clairs, mais il est vrai que certaines phrases de la lettre peuvent prêter à équivoque – peut-être même ce jeune homme voulait-il suggérer à demi-mot un engagement imaginaire dans la Résistance, afin d'impressionner sa maîtresse, ou bien cherchait-il simplement à créer un climat de mystère pour rompre sans avoir à se justifier. Toujours est-il qu'il n'a rien à voir, de près ou de loin, avec Gabčík, Kubiš et leurs amis. Ils n'ont jamais entendu parler de lui, et il n'a jamais entendu parler d'eux. Mais la Gestapo est tellement en mal de piste qu'elle décide de creuser celle-ci, qui la mène à Lidice.

Lidice est un petit village paisible et pittoresque d'où sont issus deux Tchèques qui se sont enrôlés dans la RAF. En fait de piste, c'est tout ce que les Allemands arrivent à trouver. Il est évident qu'ils font fausse route, même pour eux. Mais la logique nazie a quelque chose d'impénétrable. Ou plutôt c'est très simple : ils trépignent et il leur faut du sang.

Je contemple longuement la photo d'Anna. La pauvre jeune fille pose comme pour un portrait d'Harcourt, alors qu'il s'agit d'une photo d'identité sur son livret de travail. Plus je scrute ce portrait et plus je la trouve belle. Elle ressemble un peu à Natacha, le front haut, la bouche bien dessinée, avec ce même air de douceur et d'amour dans les yeux, très légèrement assombri peut-être par la prémonition d'un bonheur déçu.

236

« Messieurs, s'il vous plaît… » Frank et Dalüge sursautent. Dans le couloir, tout est parfaitement silencieux et je ne sais plus depuis combien de temps ils tournent en rond. Ils entrent dans la chambre d'hôpital en retenant leur souffle. Le silence y est encore plus écrasant. Lina est là, hiératique, blême. Ils s'approchent du lit à pas de loup, comme s'ils avaient peur de réveiller un fauve ou un serpent. Mais le visage d'Heydrich reste impassible. Sur le

registre de l'hôpital, on inscrit l'heure du décès :
4 h 30, et la cause de la mort : infection due à une
blessure.

237

« Puisque c'est l'occasion qui fait non pas seulement le larron mais aussi l'assassin, les comportements héroïques consistant à rouler dans une
voiture découverte et sans blindage ou à marcher
dans les rues sans escorte ne sont que de la foutue
stupidité et ne servent pas le moins du monde les
intérêts du pays. Qu'un homme aussi irremplaçable
qu'Heydrich expose inutilement sa personne au
danger, c'est idiot et stupide ! Les hommes de
l'importance d'Heydrich devraient savoir qu'ils sont
éternellement des cibles de foire et qu'ils sont un
certain nombre à guetter la moindre occasion de les
abattre. »

Göbbels assiste à un spectacle qu'il va être amené
à revoir de plus en plus souvent jusqu'au 2 mai
1945 : Hitler tentant de dominer sa colère en prenant un ton sentencieux pour faire la leçon à la terre
entière, sans y parvenir. Himmler approuve silencieusement. Il n'a pas l'habitude de contredire son
Führer et de plus, il est aussi en colère que lui,
contre les Tchèques et contre Heydrich. Bien sûr,
Himmler se méfiait de l'ambition de son bras droit.

Mais sans lui, privé des compétences de cette implacable machine de terreur et de mort, il se sait plus vulnérable. Avec Heydrich, il perd un rival potentiel mais surtout un atout maître dans son jeu. Heydrich, c'était son valet de trèfle. Et on connaît l'histoire : lorsque Lancelot quitte le royaume de Logres, c'est le début de la fin.

238

Pour la troisième fois, Heydrich fait solennellement le trajet qui le mène au Hradchine, mais cette fois, dans son cercueil. Une scénographie wagnérienne a été orchestrée pour l'occasion. Le cercueil, drapé dans un gigantesque étendard SS, est déposé sur un chariot à canon. Une procession aux flambeaux part de l'hôpital. Une file interminable de véhicules semi-chenillés avance lentement dans la nuit. A bord, des Waffen-SS en armes brandissent des torches qui illuminent la route. Sur les bas-côtés, des soldats au garde-à-vous saluent le convoi tout au long du chemin. La présence d'aucun civil n'a été autorisée et, à vrai dire, personne parmi la population ne souhaite se hasarder dehors. Frank, Dalüge, Böhme, Nebe, casqués et en tenue de combat, font partie de la garde d'honneur qui accompagne le cercueil à pied. Au terme d'un trajet commencé le 27 mai à 10 heures, Heydrich parvient enfin à destination. Pour la dernière fois, il franchit les vantaux ouvragés, passe sous la statue à la dague et pénètre dans l'enceinte du château des rois de Bohême.

239

J'aimerais bien passer mes journées avec les parachutistes, dans la crypte, rapporter leurs discussions, décrire comment leur vie quotidienne s'organise dans la froidure et l'humidité, ce qu'ils mangent, ce qu'ils lisent, ce qu'ils entendent de la rumeur de la ville, ce qu'ils font avec leur petite amie lorsqu'elle leur rend visite, leurs projets, leurs doutes, leurs peurs, leurs espoirs, à quoi ils rêvent, ce qu'ils pensent. Mais ce n'est pas possible parce que je n'ai presque rien là-dessus. Je ne sais même pas comment ils ont réagi quand on est venu leur annoncer la mort d'Heydrich, alors que cela aurait dû constituer l'un des temps forts de mon livre. Je sais que les parachutistes avaient si froid dans cette crypte que le soir venu, certains installaient leur matelas dans la galerie qui surplombait la nef de l'église où il faisait un peu plus tiède. C'est assez mince. Je sais quand même que Valčík était fiévreux (sans doute du fait de sa blessure) et que Kubiš faisait partie de ceux qui essayaient de trouver le sommeil dans l'église plutôt que dans la crypte. Enfin, en tout cas, qu'il a essayé au moins une fois.

Inversement, je dispose d'une documentation colossale sur les funérailles nationales organisées pour Heydrich, de son départ du château de Prague à la cérémonie de Berlin en passant par le transport en train. Des dizaines de photos, des dizaines de pages de discours prononcés en hommage au grand homme. Mais la vie est mal faite parce que je m'en fous un peu. Je ne vais pas recopier l'éloge funèbre de Dalüge (savoureux malgré tout parce que les deux hommes se haïssaient), ni l'interminable apologie qu'Himmler fait de son subordonné. Je vais plutôt suivre Hitler, dans sa volonté de faire court :

« Je me contenterai de quelques mots pour rendre hommage au défunt. C'était l'un des meilleurs nationaux-socialistes, l'un des plus ardents défenseurs de l'idée du Reich allemand, l'un des plus grands adversaires de tous les ennemis du Reich. Il est tombé en martyr pour la préservation et la protection du Reich. En tant que chef du parti et *führer* du Reich allemand, je te décerne, mon cher camarade Heydrich, la plus haute décoration que je puisse attribuer : la médaille de l'ordre allemand. »

Mon histoire est trouée comme un roman, mais dans un roman ordinaire, c'est le romancier qui décide de l'emplacement des trous, droit qui m'est refusé parce que je suis l'esclave de mes scrupules. Je feuillette les photos du cortège funéraire traversant le pont Charles, remontant la place Wenceslas, passant devant le Muséum. Je vois les belles statues de pierre qui bordent le pont se pencher sur les svastikas et je suis vaguement écœuré. Je préfère aller installer mon matelas dans la galerie de l'église, s'il reste une petite place.

240

C'est le soir et tout est calme. Les hommes sont rentrés du travail et dans les petites maisons, les lumières s'éteignent l'une après l'autre, d'où s'exhalent encore les bonnes odeurs des repas du dîner, mêlées toutefois à des relents de chou un peu âcre. La nuit tombe sur Lidice. Les habitants vont se coucher de bonne heure car demain, comme toujours, il faudra se lever tôt pour aller à la mine ou à l'usine. Mineurs et métallos dorment déjà lorsqu'un bruit lointain de moteurs en marche se fait entendre. Le bruit, lentement, se rapproche. Des camions bâchés avancent en file indienne dans le silence de la campagne. Puis les moteurs se taisent. Et c'est un cliquetis continu qui leur succède. Le cliquetis s'étire dans les rues comme un liquide s'engouffrant dans des tubes. Des ombres noires se répandent partout dans le village. Puis, lorsque les silhouettes se sont agglutinées en groupes compacts et que chacun a rejoint sa position, le cliquetis cesse. Une voix humaine déchire la nuit. C'est un signal crié en allemand. Et alors ça commence.

Les habitants de Lidice, tirés de leur sommeil, ne comprennent rien à ce qui leur arrive, ou ne le comprennent que trop bien. On les arrache à leur lit, on les sort de chez eux à coups de crosse, on les rassemble tous sur la place du village, devant l'église. Près de cinq cents hommes, femmes, enfants, habillés à la hâte, se retrouvent, ahuris et terrifiés, encerclés par des hommes en uniforme de la Schutzpolizei. Ils ne peuvent pas savoir qu'il s'agit d'une unité qu'on a fait venir spécialement de Halle-an-der-Saale, la ville natale d'Heydrich. Mais ils savent déjà que demain, personne n'ira au travail. Puis les Allemands commencent à effectuer ce qui deviendra bientôt leur occupation favorite : ils se mettent à trier. Les femmes et les enfants sont enfermés dans l'école. Les hommes sont conduits dans un corps de ferme et entassés dans une cave. Débute alors l'attente interminable, et l'angoisse absolue qui dévore les visages. A l'intérieur de l'école, les enfants pleurent. Dehors, les Allemands se déchaînent. Ils pillent et saccagent, conscencieu-sement et frénétiquement, chacune des quatre-vingt-seize maisons, et tous les édifices publics, église comprise. Les livres et les tableaux, jugés inu-tiles, sont jetés par les fenêtres, entassés sur la place et brûlés. Pour le reste, ils récupèrent des radios, des vélos, des machines à coudre… Ce travail leur prend plusieurs heures, au terme desquelles Lidice est transformé en champ de ruines.

A 5 heures du matin, ils reviennent les chercher. Les habitants découvrent le spectacle de leur village mis sens dessus dessous et les policiers qui conti-nuent à courir partout en criant et en emportant tout ce qu'ils peuvent. Les femmes et les enfants sont embarqués dans des camions qui prennent la direction de Kladno, la ville voisine. Pour les femmes, c'est une étape avant Ravensbrück. Les enfants seront séparés de leur mère et gazés à Chelmno, exception faite d'une poignée d'entre eux jugés aptes à la germanisation, qui seront adoptés par des familles allemandes. Les hommes sont rassemblés devant un mur sur lequel on a disposé des matelas. Le plus jeune a 15 ans, le plus vieux 84. On en aligne cinq, et on les fusille. Puis cinq autres, et ainsi de suite. Les matelas servent à éviter que les balles ne ricochent. Mais les hommes de la Schupo n'ont pas l'expérience des Einsatzgruppen. Avec les pauses, le ramassage des corps, la reformation du peloton, ça n'en finit pas, les heures passent, pendant lesquelles chacun attend son tour. Pour aller plus vite, on décide de doubler la cadence, et on les abat dix par dix. Le maire de la ville, chargé d'identifier les habitants un par un avant leur exécution, fait partie de la dernière série. Grâce à lui, les Allemands épargnent neuf hommes qui ne sont pas du village, mais simplement en visite chez des amis et piégés par le couvre-feu ou invités par de la famille et hébergés pour la nuit. Ils seront quand même exécutés à Prague. Lorsque dix-neuf travailleurs rentrent de leur service de nuit, ils trouvent leur village ravagé, leur famille disparue, les cadavres de leurs amis encore chauds. Et comme les Allemands sont encore là, ils sont, eux aussi, immédiatement fusillés. Même les chiens sont abattus.

Mais ce n'est pas fini. Hitler a décidé que Lidice servirait de défouloir cathartique et symbolique à sa rage de vengeance. La frustration engendrée par l'incapacité du Reich à trouver et punir les assassins d'Heydrich provoque une hystérie systémique au-delà de toute mesure. L'ordre est de rayer Lidice de la carte, littéralement. Le cimetière est profané, les vergers sont retournés, tous les bâtiments sont incendiés et on jette du sel sur la terre pour être sûr que rien ne repousse. Le village n'est plus qu'un brasier infernal. Des bulldozers sont en route pour raser les ruines. Il ne doit rester aucune trace, pas même de l'emplacement du village.

Hitler veut montrer ce qu'il en coûte de défier le Reich, et Lidice lui sert de victime expiatoire. Mais il vient de commettre une grave erreur. Ayant depuis longtemps perdu le sens de toute mesure, ni Hitler ni aucun membre de l'appareil nazi n'a réalisé quel retentissement mondial va provoquer la publicité donnée volontairement à la destruction de Lidice. Jusque-là, les nazis, s'ils ne cherchaient qu'avec mollesse à dissimuler leurs crimes, appliquaient tout de même une discrétion de façade qui permettait à certains, s'ils le désiraient, de se voiler la face quant à la nature profonde du régime. Avec Lidice, le masque de l'Allemagne nazie tombe pour le monde entier. Dans les jours qui suivent, Hitler va comprendre. Pour une fois, ce ne sont pas ses SS qui vont se déchaîner, mais une entité dont il n'appréhende sans doute pas tout le pouvoir : l'opinion mondiale. Les journaux soviétiques déclarent que, désormais, les gens se battront avec aux lèvres le nom de Lidice. Et ils ont raison. En Angleterre, les mineurs de Birmingham lancent une quête en faveur de la reconstruction future du village, et trouvent un slogan qui va faire le tour du monde : « Lidice vivra ! » Aux Etats-Unis, au Mexique, à Cuba, au Venezuela, en Uruguay, au Brésil, on rebaptise des places, des quartiers, des villages même, du nom de Lidice. L'Egypte, l'Inde manifestent officiellement leur solidarité. Des écrivains, des compositeurs, des cinéastes, des dramaturges rendent hommage à Lidice dans leurs œuvres. Les journaux, les radios, les télévisions relaient. A Washington, le secrétaire de la Navy déclare : « Si les générations futures nous demandent pourquoi nous nous sommes battus dans cette guerre, nous leur raconterons l'histoire de Lidice. » Sur les bombes larguées par les Alliés au-dessus des villes allemandes, on écrit au pinceau le nom du village martyr et à l'est, sur les tourelles de canon des T34, les soldats soviétiques font pareil. Hitler, en réagissant comme le vulgaire psychopathe qu'il est, et non comme le chef d'Etat qu'il est aussi pourtant, va connaître avec Lidice sa plus formidable défaite dans un domaine dont il pensait être le maître : à la fin du mois, la guerre de la propagande, au niveau international, est irrémédiablement perdue.

Mais le 10 juin 1942, ni lui ni personne n'en a encore conscience, et surtout pas Gabčík et Kubiš. La nouvelle de la destruction du village plonge les deux parachutistes dans l'horreur et le désespoir. Plus que jamais, la culpabilité les ronge. Ils ont beau se dire qu'ils ont rempli leur mission, que la bête est morte, qu'ils ont débarrassé la Tchécoslovaquie et le monde de l'une de ses créatures les plus maléfiques, ils ont l'impression d'avoir eux-mêmes tué les habitants de Lidice, et aussi que tant qu'Hitler ne les saura pas morts, les représailles continueront indéfiniment. Enfermés dans leur crypte, ils ressassent tout ça dans leurs pauvres têtes brisées par la tension nerveuse et parviennent à la seule conclusion possible : il faut se rendre. Leur cerveau en feu imagine un scénario délirant : ils vont aller demander à être reçus par Emanuel Moravec, le Laval tchèque. Une fois introduits, ils lui remettront une lettre expliquant qu'ils sont responsables de l'attentat, l'abattront, et se tueront dans son bureau. Il faut toute la patience, l'amitié, la force de persuasion, la diplomatie du lieutenant Opálka, de Valčík et de leurs camarades qui partagent leur séjour dans la crypte pour qu'ils renoncent à ce projet insensé. D'abord, c'est infaisable techniquement. Ensuite, les Allemands ne les croiront pas sur leur bonne mine. Enfin, quand bien même ils parviendraient à réaliser leur plan, la terreur et les massacres avaient commencé bien avant la mort d'Heydrich, et continueraient bien après la leur. Rien ne changerait. Leur sacrifice serait complètement vain. Gabčík et Kubiš en pleureraient de rage et d'impuissance. Mais ils finissent par se laisser convaincre. Toutefois, ils n'arrivent toujours pas à se persuader que la mort d'Heydrich a servi à quelque chose.

J'écris peut-être ce livre pour leur faire comprendre qu'ils se trompent.

241

« Polémique sur le net tchèque

Un site Internet conçu pour intéresser les jeunes Tchèques à l'histoire du village de Lidice, entièrement détruit par les nazis en juin 1942, propose un jeu interactif consistant à "brûler Lidice dans un laps de temps le plus court possible". »

(*Libération*, 6 septembre 2006)

242

La Gestapo obtient si peu de résultats qu'on dirait qu'elle ne cherche même plus les assassins d'Heydrich. Elle cherche des boucs émissaires pour expliquer son incurie et elle croit en avoir trouvé un. C'est un fonctionnaire du ministère du Travail qui, le 27 mai au soir, a autorisé le départ d'un train rempli de travailleurs tchèques à destination de Berlin. Vu que les trois parachutistes restent introuvables, cette piste en vaut bien une autre, et la Gestapo a donc « établi » que les trois assassins (oui, l'enquête a quand même un peu progressé, ils savent maintenant qu'ils étaient trois) étaient à bord. Les hommes du palais Peček sont même en mesure de donner des précisions tout à fait étonnantes : les fugitifs se sont tenus cachés sous les banquettes durant le trajet et ont profité d'une brève escale à

Dresde pour descendre du train et disparaître dans la nature. Certes, l'idée que les terroristes aient pu quitter le pays pour aller se réfugier en Allemagne peut sembler légèrement audacieuse, mais il en faut plus pour faire reculer la Gestapo. En revanche, le fonctionnaire n'est pas décidé à se laisser faire, et sa défense les prend de court : oui, il a bien autorisé le départ du train, mais c'est suite à la demande expresse du ministère de l'Air à Berlin. Autant dire de Göring. De plus, ce fonctionnaire méticuleux a conservé copie de l'autorisation de circulation tamponnée par les services de police de Prague. S'il y a eu erreur, la Gestapo devra donc assumer sa part de responsabilité. Au palais Peček, on décide de ne pas insister avec cette histoire.

243

C'est le commissaire Pannwitz, ce vieux briscard, un fin connaisseur de l'âme humaine manifestement, qui trouve une idée pour débloquer la situation. Pannwitz part de ce constat : le climat de terreur créé délibérément depuis le 27 mai est contre-productif. La terreur, il n'a rien contre, n'était qu'elle a un inconvénient : elle produit un effet absolument décourageant sur tous les délateurs de bonne volonté. Plus de deux semaines après l'attentat, personne ne va prendre le risque de venir expliquer à la Gestapo qu'il a des informations mais que jusqu'ici, il hésitait à les livrer. Il faut promettre – et accorder – une amnistie à tous ceux qui viendraient de leur plein gré faire des révélations sur l'affaire, quand bien même ils seraient impliqués.

Frank se laisse convaincre : il décrète une amnistie pour quiconque livrera, *sous cinq jours*, des informations permettant la capture des assassins. Après, il ne pourra plus contenir la soif de sang d'Hitler et d'Himmler.

Mme Moravec, lorsqu'elle l'apprend, comprend immédiatement ce que cela signifie : les Allemands jouent leur va-tout. Si d'ici cinq jours personne ne dénonce les garçons, ils seront à l'abri de la délation et leurs chances de survie augmenteront considérablement. En effet, une fois la période d'amnistie expirée, plus personne n'osera aller voir la Gestapo. Nous sommes le 13 juin 1942. Le même jour, un inconnu passe chez elle, mais il n'y a personne. L'homme demande au concierge si elle n'a pas laissé une serviette pour lui. Il est tchèque mais il ne donne pas le code, « Jan ». Le concierge répond qu'il n'est au courant de rien. L'inconnu repart. Karel Čurda a failli refaire surface.

244

La tante Moravec a envoyé sa famille quelques jours à la campagne, mais elle-même a trop à faire à Prague. Elle lave le linge, repasse, fait les commissions, court partout. Pour ne pas attirer l'attention, elle se fait aider par la femme du concierge. Il ne faut pas qu'on la voie trop souvent avec des colis plein les bras. D'un autre côté, le lieu où se cachent les parachutistes doit rester secret. Alors les deux femmes se donnent rendez-vous place Charles, et la concierge lui remet les sacs de provisions au milieu de la foule et des parterres de fleurs. Ensuite, la tante descend la rue Resslova, entre dans l'église et disparaît. Une autre fois, elles montent dans le même tramway mais la concierge descend deux ou trois stations avant l'arrêt, en laissant ses sacs, et la tante les récupère. Dans la crypte, elle apporte des gâteaux tout chauds sortis du four, des cigarettes, de l'alcool à brûler pour faire fonctionner un vieux réchaud, et des nouvelles du monde extérieur. Les garçons sont tous un peu malades à cause du froid mais le moral est meilleur. La mort d'Heydrich ne peut pas faire oublier Lidice mais tout de même, ils réalisent progressivement la portée de ce qu'ils ont accompli. Valčík accueille la tante en robe de chambre. C'est vrai qu'il a l'air un peu pâlot mais il porte désormais une fine moustache qui, ma foi, lui donne un genre distingué. Il lui demande des nouvelles de Moula, son chien. Moula va bien, les concierges l'ont confié à une famille qui a un grand jardin. Le visage de Kubiš a dégonflé et même Gabčík retrouve un peu de sa gaieté naturelle. La petite communauté des sept s'organise : ils ont fait une passoire avec un tricot de corps, ils aimeraient bien faire du café. La tante promet qu'elle va essayer d'en trouver. Pendant ce temps, l'instituteur Zelenka travaille avec la Résistance sur des plans d'exfiltration très hypothétiques. Anthropoïde avait été conçue comme une mission suicide et personne n'avait vraiment imaginé que la question du retour se poserait. Dans un premier temps, il faudrait tous les transférer à la campagne. Mais la Gestapo est toujours sur les dents, la ville est en état d'alerte maximum, il faut attendre. C'est bientôt la Saint-Adolf et pour fêter ça (car, précision utile, Adolf est le prénom du lieutenant Opálka), la tante voudrait trouver des escalopes. Elle aimerait bien aussi leur faire un bouillon aux boulettes de foie. C'est bien simple, les garçons ne l'appellent plus « tante » mais « maman ». Sept hommes surentraînés réduits à l'inaction, aussi vulnérables que des enfants, cloîtrés dans cette cave humide, s'en remettent entièrement à cette petite dame maternante. « Il faut tenir jusqu'au 18 », se répète-t-elle. Nous sommes le 16.

245

Karel Čurda se tient debout sur le trottoir, tout en haut de la rue Bredovska, que les Tchèques, en souvenir, ont depuis rebaptisée, appellent aussi « la rue des prisonniers », et qui débouche sur la Gare centrale, ex-gare Wilsonovo. En face, le palais Peček est une imposante bâtisse en pierre grise, lugubre et parfaitement inquiétante, qui fait angle. Cet immeuble massif a été édifié après la Première Guerre mondiale par un banquier tchèque qui possédait la quasi-totalité des mines de charbon en Bohême du Nord. Peut-être l'anthracite qui recouvre la façade du bâtiment était-elle comme un rappel de l'origine charbonneuse de sa fortune. Mais le banquier a cédé mines et palais au gouvernement, préférant prudemment quitter le pays pour se rendre en Angleterre juste avant l'invasion allemande. Aujourd'hui encore, le palais Peček est un bâtiment officiel qui abrite le ministère du Commerce et de l'Industrie. Mais en 1942, c'est le quartier général de la Gestapo pour la Bohême-Moravie. Près de mille employés y travaillent aux tâches les plus noires, dans des couloirs si sombres que, même en plein jour, on croirait qu'il fait nuit. Situé au cœur de la capitale, doté d'un équipement ultramoderne, avec une imprimerie, un laboratoire, une poste pneumatique et un central téléphonique, l'édifice est, d'un point de vue fonctionnel, absolument optimal pour la police nazie. Ses nombreux sous-sols et caves ont été, comme il se doit, savamment aménagés. La maison est dirigée par le Docteur Geschke, un jeune Standartenführer dont la seule vue en photo me glace le sang, avec sa balafre, sa peau de femme, ses yeux fous, ses lèvres cruelles, sa raie sur le côté et son crâne à demi rasé. Bref, le palais Peček est l'image même de la terreur nazie à Prague et il faut un certain courage, ne serait-ce que pour stationner devant le bâtiment. Karel Čurda n'en manque pas mais c'est qu'il est motivé par vingt millions de couronnes. Il faut du courage pour dénoncer ses camarades. Et il faut bien peser le pour et le contre. Rien ne lui garantit que les nazis tiendront parole. Il s'apprête à jouer sa vie à quitte ou double : la fortune ou la mort. Mais Čurda est un aventurier. C'est par goût de l'aventure qu'il s'est enrôlé dans les forces tchécoslovaques libres. C'est ce même goût de l'aventure qui l'a fait se porter volontaire pour des missions spéciales dans le Protectorat. Cependant son retour au pays ne lui a pas plu, la clandestinité n'ayant finalement rien d'attrayant. Depuis l'attentat, il vit chez sa mère, en province, dans la petite ville de Kolín, à 60 kilomètres à l'est de Prague. Auparavant il a quand même eu le temps de rencontrer un maximum de personnes impliquées dans la Résistance, dont Kubiš et Valčík, avec lesquels il a participé à l'opération Škoda à Pilsen, ainsi que Gabčík et Opálka, qu'il a croisés à plusieurs reprises au gré des changements de planques à Prague. Il connaît, entre autres, l'appartement des Svatoš, qui ont fourni un vélo et une serviette pour l'attentat. Il connaît aussi et surtout l'adresse des Moravec. Je ne sais pas pourquoi il est passé chez eux il y a trois jours. Avait-il déjà l'intention de trahir ? Ou bien cherchait-il à reprendre contact avec le réseau dont il était sans nouvelles ? Mais pourquoi être revenu à Prague, sinon pour la récompense ? N'était-il pas plus en sécurité chez sa mère, dans la pittoresque petite ville de Kolín ? A vrai dire, pas vraiment : Kolín, en 1942, est un centre administratif allemand ; c'est là aussi que l'on regroupe les Juifs de Bohême centrale, et la gare sert de nœud ferroviaire pour les déportations vers

Terezín. Il est donc possible que Čurda n'ait pas voulu mettre plus longtemps sa famille en danger – outre sa mère, sa sœur vivait à Kolín – et qu'il soit revenu à Prague pour y chercher soutien et refuge auprès de ses camarades. De quel poids pèse alors la porte close qu'il a trouvée en allant frapper chez les Moravec ? Et pourtant, la tante Moravec l'attendait, puisque, au concierge qui lui a parlé d'un mystérieux visiteur, elle a demandé s'il venait de Kolín. Mais elle était sortie... Nous ne pouvons jamais savoir qui, du hasard malin et facétieux ou des puissantes forces d'une volonté en marche, fait que les choses adviennent comme elles adviennent. Quoi qu'il en soit, ce mardi 16 juin 1942, Karel Čurda semble avoir pris sa décision. Il ne sait pas où se cachent ses camarades parachutistes. Mais il en sait bien assez.

Karel Čurda traverse la rue, se présente à la sentinelle qui garde le lourd portail de bois, dit qu'il a des révélations à faire, gravit les grosses marches recouvertes d'un tapis rouge qui le mènent dans le vaste hall d'entrée, et s'engouffre dans le ventre de pierre du palais noir.

Quand et pourquoi les Moravec père et fils sont-ils rentrés à Prague, je l'ignore. Aussitôt partis, aussitôt revenus, une mise au vert de quelques jours, l'impatience du jeune fils, sans doute, à aider les parachutistes ou à ne pas laisser sa mère toute seule. Et le travail du père, peut-être. On dit qu'il n'était au courant de rien mais je ne peux pas le croire. Lorsque sa femme accueillait des parachutistes chez eux, il voyait bien que ce n'étaient pas des scouts. Et d'ailleurs il a fait appel plusieurs fois à ses amis pour trouver qui un vêtement, qui un vélo, qui un docteur, qui une cachette... Toute la famille a donc participé à la lutte, y compris l'aîné, réfugié en Angleterre, pilote dans la RAF, dont on est sans nouvelles et qui mourra le 7 juin 1944 quand son chasseur s'écrasera au lendemain du Débarquement, dans presque deux ans, c'est-à-dire, par les temps qui courent, une éternité.

247

Čurda a franchi le Rubicon mais il n'est pas exactement accueilli en triomphateur. Après toute une nuit d'interrogatoire, durant laquelle la Gestapo a aussitôt reconnu l'importance capitale de son témoignage en le tabassant avec mesure, il attend sagement sur un banc de bois, dans l'un de ces couloirs sombres, que l'on statue sur son sort. Laissé seul un moment avec lui, l'interprète réquisitionné lui pose la question :

— Pourquoi avoir fait cela ?

— Je n'en pouvais plus de tous ces meurtres d'innocents.

Et aussi pour vingt millions de couronnes. Qu'il va toucher.

248

Ce que toute famille redoute en ces années de fer et d'horreur survient un matin chez les Moravec. On sonne à la porte, et c'est la Gestapo. Les Allemands collent la mère, le père et le fils au mur, puis saccagent frénétiquement l'appartement. « Où sont les parachutistes ? » aboie le commissaire allemand, et le traducteur qui l'accompagne traduit. Le père répond doucement qu'il ne connaît personne. Le commissaire retourne voir dans les chambres. Mme Moravec demande si elle peut aller aux toilettes. Un agent de la Gestapo la gifle. Mais juste après, celui-ci est appelé par son chef et disparaît. Elle insiste auprès du traducteur, qui l'y autorise. Elle sait qu'elle dispose seulement de quelques secondes. Aussi va-t-elle prestement s'enfermer dans la salle de bains. Elle sort sa capsule de cyanure, et la croque sans hésiter. Elle meurt instantanément.

De retour dans le salon, le commissaire demande où est la femme. Le traducteur lui explique. L'Allemand comprend immédiatement. Fou de rage, il se rue dans la salle de bains en enfonçant la porte d'un coup d'épaule. Mme Moravcová est encore debout, elle a un sourire sur les lèvres. Puis elle s'affaisse. « *Wasser !* » hurle le commissaire. Ses hommes apportent de l'eau et tentent désespérément de la ranimer, mais elle est morte.

Mais son mari est encore en vie. Et son fils est encore en vie. Ata voit les hommes de la Gestapo transporter le corps de sa mère. Le commissaire s'approche de lui en souriant. Ata et son père sont arrêtés et emmenés, en pyjama.

249

Ils l'ont atrocement torturé, évidemment. Il paraît qu'ils lui ont apporté la tête de sa mère flottant dans un bocal. « Tu vois cette caisse, Ata… » Les paroles de Valčík lui sont sûrement revenues en mémoire. Mais une caisse n'a pas de mère.

250

Je suis Gabčík, enfin. Comment disent-ils ? J'habite mon personnage. Je me vois au bras de Libena marcher dans Prague libérée, les gens rient et parlent tchèque et m'offrent des cigarettes. Nous sommes mariés, elle attend un enfant, j'ai été promu capi-

taine, le président Beneš veille sur la Tchécoslovaquie réunifiée, Jan vient nous voir avec Anna au
volant d'une Škoda dernier cri, il porte sa casquette
de travers, nous allons boire une bière dans une
kaviare au bord de l'eau en fumant des cigarettes
anglaises, nous rions aux éclats en repensant au temps
de la lutte. Tu te souviens de la crypte ? Qu'est-ce
qu'il faisait froid ! C'est un dimanche au bord de
l'eau, j'enlace ma femme, Josef vient nous rejoindre,
et Opálka avec sa fiancée de Moravie dont il nous a
tant parlé, les Moravec sont là aussi, et le colonel qui
m'offre un cigare, et Beneš qui nous apporte des sau-
cisses, il offre des fleurs aux filles, il veut faire un
discours en notre honneur, Jan et moi nous
défendons, non, non, pas encore un discours, Libena
rit, elle me taquine gentiment, elle m'appelle son héros
et Beneš commence son discours dans l'église de
Vyšerhad, il fait frais, je suis en costume de marié,
j'entends les gens qui rentrent dans l'église derrière
moi, j'entends les gens et Nezval qui récite un poème,
une histoire de Juif, de Golem, de Faust sur la place
Charles, avec des clés en or et les enseignes de la rue
Nerudova, et des nombres sur un mur forment ma
date de naissance avant d'être éparpillés par le vent...

Je ne sais pas quelle heure il peut être.

Je ne suis pas Gabčík et je ne le serai jamais. Je
résiste in extremis à la tentation du monologue intérieur et, ce faisant, me sauve peut-être du ridicule
en cet instant décisif. La gravité de la situation ne
constitue pas une excuse, je sais très bien l'heure
qu'il est et je suis parfaitement réveillé.

Il est 4 heures. Je ne dors pas dans les casiers de pierre réservés aux moines morts de l'église des Saints-Cyril-et-Méthode.

Dans la rue, des formes noires recommencent leur ballet furtif, sauf que nous ne sommes plus à Lidice mais au cœur de Prague. Il est beaucoup trop tard pour avoir des regrets désormais. Les camions bâchés arrivent de toutes les directions, dessinant les branches d'une étoile dont le noyau serait l'église. Sur un écran de contrôle, nous verrions les traînées lumineuses des véhicules converger lentement vers la cible mais s'arrêter avant d'avoir opéré leur jonction. Les deux principaux points de stationnement sont les rives de la Vltava et la place Charles, aux deux extrémités de la rue Resslova. On éteint les feux et on coupe les moteurs. De sous les bâches jaillissent les troupes de choc. Devant chaque porte cochère, sur chaque bouche d'égout, un SS prend son poste. Des mitrailleuses lourdes sont installées sur les toits. La nuit, prudemment, se retire. Les premières lueurs de l'aube ont déjà commencé à blanchir le ciel parce que l'heure d'été n'a pas encore été inventée et que Prague, quoique légèrement plus à l'ouest que Vienne, par exemple, est suffisamment tournée vers l'est pour que la froidure des matins clairs la saisisse très tôt dans son sommeil. Le pâté de maisons est déjà encerclé quand arrive le commissaire Pannwitz escorté d'un petit groupe d'agents à lui. L'interprète qui l'accompagne hume la bonne odeur diffusée par les parterres de fleurs de la place Charles (pour être encore là après

415

avoir permis à Mme Moravec d'aller se suicider aux toilettes, ce doit être un très bon interprète). Le commissaire Pannwitz est chargé du bouclage et de l'arrestation ; c'est un honneur mais aussi une lourde responsabilité : il ne faut surtout pas rééditer le fiasco du 28 mai, cet invraisemblable bordel dans lequel, fort heureusement, il n'a pris aucune part. Si tout se passe bien, ce sera le couronnement de sa carrière ; si l'opération se solde par autre chose que l'arrestation ou la mort des terroristes, il aura à coup sûr de graves problèmes. Dans cette histoire, tout le monde joue gros, même du côté allemand où l'absence de résultats devient facilement du sabotage aux yeux des chefs, d'autant plus lorsqu'il s'agit de dissimuler leurs propres erreurs ou d'étancher leur soif de victimes (ici les deux facteurs opèrent en se combinant). Des boucs émissaires coûte que coûte, telle aurait pu être la devise du Reich ; aussi Pannwitz ne ménage-t-il pas sa peine pour rester du bon côté de la barrière, comment lui en vouloir ? C'est un flic de métier qui procède avec méthode. Il a donné des instructions extrêmement strictes à ses hommes. Silence absolu. Plusieurs cordons de sécurité. Maillage du quartier très serré. Personne ne tire sans son autorisation. Il nous les faut vivants. Non pas qu'on lui en tienne rigueur si jamais il les tue mais un ennemi capturé vivant, c'est la promesse de dix nouvelles arrestations. Les morts ne sont pas bavards. Quoique, d'une certaine façon, le cadavre de la Moravcová a su trouver les mots. Pannwitz ricane-t-il intérieurement ? A l'heure d'arrêter enfin les assassins d'Heydrich qui ridiculisent toutes les polices du Reich depuis trois semaines, il doit en tout cas ressentir une certaine nervosité. Après tout, il ignore ce qui l'attend à l'intérieur. Prudemment, il envoie un homme pour se faire ouvrir la porte de la cure. Personne à cet instant ne peut savoir que le silence qui recouvre Prague vit ses dernières minutes. L'agent sonne. Un long moment s'écoule. Puis les gonds finissent par tourner. Un sacristain ensommeillé apparaît dans l'encadrure. Il est frappé et menotté avant d'avoir pu ouvrir la bouche. Il faut lui expliquer cependant le but de cette visite matinale. On souhaite voir l'église. L'interprète traduit. Le groupe traverse un couloir, se fait ouvrir une seconde porte et pénètre dans la nef. Les hommes en noir se déploient comme des araignées, à cette différence qu'ils ne grimpent pas aux murs mais que l'écho de leurs pas résonne en ricochant sur les hautes parois de pierre. Ils cherchent partout mais ne trouvent personne. Il reste à fouiller la galerie qui surplombe la nef. Pannwitz repère un escalier en spirale derrière une grille fermée à clé. Il demande la clé au sacristain qui jure qu'il ne l'a pas. Pannwitz fait briser la serrure à coups de crosse. Au moment où l'on ouvre la grille, un objet sphérique quoique légèrement oblong roule dans l'escalier, et tandis qu'il entend le métal tinter sur les marches, Pannwitz comprend tout, j'en suis sûr. Il comprend qu'il a découvert le repaire des parachutistes, qu'ils sont réfugiés dans la chambre du chœur, qu'ils sont armés et qu'ils ne vont pas se rendre. La grenade explose. Un rideau de fumée s'abat sur l'église.

Simultanément, des Sten entrent en action. L'un des agents présents, le plus zélé de tous d'après l'interprète, pousse un hurlement. Pannwitz donne immédiatement l'ordre de se replier mais ses hommes, aveugles et désorientés, se mettent à courir et à tirer dans tous les sens, pris sous un feu croisé de haut en bas. La bataille de l'église vient de commencer. Visiblement, les visiteurs ne s'étaient pas préparés à ça. Ils ont peut-être cru que ce serait facile puisque d'habitude la seule odeur du cuir de leurs imperméables suffit à pétrifier n'importe qui. L'effet de surprise est donc total en faveur des défenseurs. Tant bien que mal, la Gestapo ramasse ses blessés et parvient à évacuer. Les tirs cessent de part et d'autre. Pannwitz va chercher un escadron SS qu'il lance à l'assaut et qui reçoit le même accueil. Là-haut, d'invisibles tireurs connaissent leur affaire. Parfaitement positionnés pour couvrir tous les angles de la nef, ils prennent leur temps, visent avec soin, tirent avec parcimonie et touchent souvent. Chaque rafale fait crier l'envahisseur. L'escalier étroit et incommode rend la galerie aussi peu accessible que la plus solide barricade. L'assaut se solde par un deuxième repli. Pannwitz comprend qu'il est illusoire de vouloir les prendre vivants. Pour ajouter au chaos ambiant, quelqu'un ordonne aux mitrailleuses postées sur le toit d'en face d'ouvrir le feu. Les MG42 vident leurs chargeurs sur les vitraux qui volent en éclats.

Dans la galerie, trois hommes sont douchés par une pluie de verre chamarré, trois hommes seulement, ce sont Kubiš d'« Anthropoïde », Opálka d'« Out Distance » et Bublík de « Bioscope », qui savent très exactement ce qu'ils ont à faire : barrer l'accès à l'escalier (c'est Opálka qui s'y colle), économiser les munitions, croiser leurs tirs et tuer tout ce qu'ils peuvent. Dehors, les assaillants se laissent gagner par la fébrilité. Lorsque les mitrailleuses se taisent, des vagues d'assaut déferlent dans la nef. On entend Pannwitz qui crie : « *Attacke !* *Attacke !* » De courtes rafales judicieusement délivrées suffisent à les repousser. Les Allemands se précipitent dans l'église et ressortent aussitôt en couinant comme des chiots. Entre deux vagues les mitrailleuses allemandes crachent, elles, de longues et lourdes rafales qui rongent la pierre et déchiquettent tout le reste. Lorsque la parole est aux mitrailleuses lourdes, Kubiš et ses deux compagnons ne sont pas en mesure de riposter mais sont contraints de laisser passer l'orage en se protégeant du mieux qu'ils peuvent, abrités derrière de larges colonnes. Heureusement pour eux, les assaillants ne peuvent pas non plus s'exposer à ce tir de couverture, de sorte que l'action des MG42 neutralise aussi bien l'attaque que la défense. La situation est donc très précaire pour les trois parachutistes mais les minutes passent, qui deviennent des heures, et ils tiennent.

Lorsque Karl Hermann Frank débarque sur les lieux, il pensait peut-être naïvement que tout serait déjà terminé, au lieu de quoi il découvre avec stupéfaction l'invraisemblable chaos qui règne dans la rue et Pannwitz qui transpire sous son costume civil et sa cravate trop serrée. « *Attacke ! Attacke !* » Les vagues d'assaut s'écrasent les unes après les autres.

Le visage des blessés exprime leur soulagement quand on les tire de cet enfer pour les mener au centre de secours. Frank en revanche arbore une mine très contrariée. Le ciel est bleu, il fait très beau, mais le tonnerre des armes a dû réveiller toute la population. Qui sait ce qu'on va raconter en ville ? Tout ça ne sent pas bon. Comme le veut une procédure multiséculaire, dans les situations de crise, le chef incendie son subordonné. Il exige qu'on neutralise les terroristes séance tenante. Une heure plus tard, les balles continuent à siffler de tous les côtés. Pannwitz redouble d'excitation : « *Attacke !* *Attacke !* » Mais les SS ont compris qu'ils ne prendront jamais l'escalier, alors ils changent de tactique. Il faut nettoyer le nid d'en bas. Tirs de couverture, assaut, fusillade, jets de grenades jusqu'à ce que des lanceurs plus adroits ou plus chanceux fassent mouche. Après trois heures d'affrontements, une série d'explosions éclate dans les travées du chœur et le silence se fait enfin. Pendant de longues minutes, personne n'ose bouger. Finalement, on se décide à aller voir là-haut. Le soldat désigné pour monter l'escalier attend avec résignation et néanmoins anxiété la rafale qui va l'étendre raide, mais celle-ci ne vient pas. Il s'engage dans la galerie. Lorsque la fumée se dissipe, il découvre trois corps inanimés. Parmi eux un cadavre et deux blessés inconscients. Opálka est mort, mais Bublík et Kubiš respirent encore. Sitôt informé, Pannwitz appelle une ambulance. L'occasion est inespérée, il faut sauver ces hommes pour pouvoir les interroger. L'un d'eux a les jambes brisées, l'autre n'est pas en meilleur état.

L'ambulance fonce dans les rues de Prague sirène hurlante. Mais lorsqu'elle arrive à l'hôpital, Bublík est mort. Vingt minutes plus tard, Kubiš succombe à ses blessures.

Kubiš est mort. Je regrette d'avoir à écrire ça. J'aurais aimé mieux le connaître. J'aurais voulu pouvoir le sauver. Il paraît, d'après les témoignages, qu'au bout de la galerie il y avait une porte condamnée qui communiquait avec les immeubles voisins et qui aurait pu permettre aux trois hommes de s'échapper. Que ne l'ont-ils empruntée ! L'Histoire est la seule véritable fatalité : on peut la relire dans tous les sens mais on ne peut pas la réécrire. Quoi que je fasse, quoi que je dise, je ne ressusciterai pas Jan Kubiš le brave, l'héroïque Jan Kubiš, l'homme qui a tué Heydrich. Je n'ai pris absolument aucun plaisir à raconter cette scène dont la rédaction m'a coûté de longues semaines laborieuses, et pour quel résultat ? Trois pages de va-et-vient dans une église et trois morts. Kubiš, Opálka, Bublik, morts en héros mais morts quand même. Je n'ai même pas le temps de les pleurer car l'Histoire, cette fatalité en marche, ne s'arrête jamais, elle.

Les Allemands fouillent les décombres et ne trouvent rien. Ils déposent le cadavre du troisième homme sur le trottoir et font venir Čurda pour l'identification. Le traître baisse la tête et murmure : « Opálka. » Pannwitz se réjouit : bonne pioche. Il suppose que les deux hommes dans l'ambulance sont les deux auteurs présumés de l'attentat, dont Čurda a lâché les noms pendant son interrogatoire,

Josef Gabčík et Jan Kubiš. Il ignore que Gabčík est juste sous ses pieds.

Gabčík a forcément compris quand les tirs ont cessé que son ami est mort puisque jamais ils ne se seraient livrés vivants aux mains de la Gestapo. Maintenant, aux côtés de Valčík et de deux autres camarades, Jan Hrubý de « Bioscope » et Jaroslav Švarc de « Tin », ce dernier fraîchement envoyé par Londres pour commettre un autre attentat sur la personne, cette fois-ci, d'Emanuel Moravec le ministre collabo, il attend que les Allemands fassent irruption dans la crypte ou repartent sans les avoir débusqués.

Au-dessus d'eux, on s'agite encore mais on ne trouve toujours rien. L'église semble avoir été ravagée par un tremblement de terre, et la trappe qui donne accès à la crypte est dissimulée sous un tapis que personne n'a l'idée de soulever. Quand on ne sait pas ce qu'on cherche, évidemment, toute perquisition perd en efficacité, sans compter que les nerfs des policiers et des soldats ont été durement éprouvés. Tout le monde se dit qu'il n'y a probablement plus rien à faire ici, la mission a été remplie et Pannwitz va proposer à Frank de lever le camp. Mais un homme trouve quelque chose, néanmoins, qu'il apporte à son chef : un vêtement, je ne sais même pas si c'est une veste, un pull, une chemise ou des chaussettes, qu'il a ramassé dans un coin. L'instinct du policier se met aussitôt en alerte. Comment décide-t-il que ce vêtement n'appartient pas à l'un des trois hommes abattus dans la galerie, je l'ignore, mais il ordonne de chercher encore.

Il est 7 heures passées quand ils trouvent la trappe.

Gabčík, Valčík et leurs deux camarades sont faits comme des rats. Leur cachette devient leur prison et tout porte à croire qu'elle sera leur tombeau, mais en attendant, ils vont en faire un bunker. La trappe se soulève. Lorsque les jambes d'un uniforme SS apparaissent, ils lâchent à leur tour une courte rafale, comme la signature du sang-froid qui les habite. Hurlement. Les jambes disparaissent. Leur situation est très mauvaise et désespérée mais aussi assez solide, d'une certaine manière, au moins à court terme, plus encore que dans la galerie. Kubiš et ses deux camarades bénéficiaient d'une position en surplomb qui leur permettait de dominer les agresseurs. Ici, c'est l'inverse, puisque l'assaillant arrive par le haut, mais l'étroitesse de la voie d'accès oblige les SS à descendre un par un, laissant tout le temps aux défenseurs de les ajuster pour les abattre l'un après l'autre. C'est un peu le même principe qu'aux Thermopyles, si on veut, sauf que la tâche remplie par Léonidas ici a déjà été accomplie par Kubiš. Protégés par d'épais murs de pierre, Gabčík, Valčík, Hrubý et Švarc disposent donc d'un peu de temps, au moins pour réfléchir. Comment sortir de là ? Au-dessus d'eux, ils entendent : « Rendez-vous, il ne vous sera fait aucun mal. » L'unique accès de la crypte est cette trappe. Il y a aussi la meurtrière horizontale, à quelque trois mètres au-dessus du sol : ils disposent d'une échelle pour l'atteindre mais elle est trop étroite pour laisser passer un homme, et de toute façon elle donne directement sur la rue

Resslova envahie par des centaines de SS. « Vous serez traités comme des prisonniers de guerre. » Il y a bien aussi ces quelques marches qui mènent à une ancienne porte condamnée mais celle-ci, en admettant qu'on arrive à la briser, ne donnerait accès qu'à l'intérieur de la nef qui grouille d'Allemands. « On me dit de vous dire que vous devez vous rendre. Donc je vous le dis. Que rien ne vous arrivera de fâcheux, qu'on vous traitera comme des prisonniers de guerre. » Les parachutistes reconnaissent la voix du prêtre, le père Petřek, qui les a accueillis et cachés dans son église. L'un d'eux répond : « Nous sommes des Tchèques ! Nous ne nous rendrons jamais, vous entendez, jamais, jamais ! » Ce n'est sans doute pas Gabčík, qui aurait précisé : « des Tchèques et des Slovaques » ; à mon avis, c'est Valčík. Mais une voix répète : « Jamais ! » et ponctue d'une rafale. Là, je reconnais plus le style de Gabčík (mais la vérité, c'est que je n'en sais rien du tout).

Toujours est-il que la situation est bloquée. Personne ne peut ni entrer ni sortir de la crypte. Dehors, des haut-parleurs répètent en boucle : « Rendez-vous et sortez les mains en l'air. Si vous ne vous rendez pas, nous allons faire sauter toute l'église et vous serez ensevelis sous les décombres. » À chaque annonce, les occupants de la crypte répondent par une salve. La Résistance, bien que fréquemment dénuée de parole, s'exprime aussi avec une merveilleuse éloquence. Dehors, on demande à des SS alignés en rang de se porter volontaires pour descendre dans la crypte. Personne ne moufte. Le commandant réitère, menaçant. Quelques soldats, livides, s'avancent. Le reste est désigné d'office. On choisit à nouveau un homme pour descendre par la trappe. Même punition : une rafale dans les jambes, un horrible hurlement, un estropié de plus chez les surhommes. Si les parachutistes disposent de munitions en quantité, ça peut durer longtemps.

La vérité, c'est que je ne veux pas finir cette histoire. Je voudrais suspendre éternellement ce moment où les quatre hommes dans la crypte décident de ne pas se résigner et de creuser un tunnel. Sous l'espèce de vasistas-meurtrière, avec je ne sais quels outils, ils constatent que le mur, placé au-dessous du niveau du sol, est fait de briques qui s'effritent et se descellent aisément. Peut-être après tout y a-t-il un moyen, peut-être, si nous pouvons creuser dans la pierre. Derrière le fragile mur de brique, ils atteignent de la terre meuble qui les fait redoubler d'effort. Combien peut-il y avoir jusqu'à une canalisation, un égout, un chemin qui mènerait au fleuve ? Vingt mètres ? dix mètres ? Moins ? Les sept cents SS sont dehors le doigt sur la détente, paralysés ou surexcités par le trac et la peur de ces quatre hommes, par la perspective d'avoir à déloger des ennemis retranchés, décidés et pas impressionnés, qui savent se battre et dont ils ignorent d'ailleurs le nombre, comme s'il pouvait y avoir des bataillons entiers là-dedans (la crypte fait quinze mètres de long) ! Dehors, on s'agite dans tous les sens et Pannwitz donne des ordres. Dedans, on creuse avec l'énergie du désespoir, peut-être s'agit-il de lutter pour lutter et rien d'autre, peut-être personne ne croit-il à ce plan d'évasion insensé, délirant, pré-hollywoodien, mais moi j'y crois. Les quatre hommes piochent, se relaient-ils pour piocher, tandis qu'on entend la sirène des pompiers dans la rue ? Ou peut-être n'y a-t-il pas de sirène, je dois consulter à nouveau le témoignage du pompier qui a participé à cette journée terrible. Gabčík ahane en piochant dans la terre, il transpire maintenant, lui qui avait si froid depuis des jours, je suis sûr que c'est lui qui a eu l'idée du tunnel, il est tellement optimiste de nature, et c'est lui qui creuse aussi, il ne supporte pas l'inaction, l'attente mortelle d'un destin fatal, non, pas sans rien faire, pas sans essayer quelque chose. Kubiš ne sera pas mort pour rien. Il ne sera pas dit que Kubiš est mort pour rien. Avaient-ils commencé à creuser pendant l'assaut de la nef, profitant du tumulte des explosions pour couvrir le bruit des coups de pioche ? Je l'ignore aussi. Comment peut-on savoir tant de choses et si peu à la fois sur des gens, une histoire, des événements historiques avec lesquels on vit depuis des années ? Mais au fond de moi je sais qu'ils vont réussir, je le sens, ils vont se tirer de ce guêpier, ils vont échapper à Pannwitz, Frank sera fou de rage et l'on fera des films sur eux.

Où est ce foutu témoignage du pompier ?

Aujourd'hui nous sommes le 27 mai 2008. Quand les pompiers arrivent, vers 8 heures, ils voient des SS partout et un cadavre sur le trottoir car personne n'a cru bon d'enlever le corps d'Opálka. On leur explique ce qu'on attend d'eux. C'est Pannwitz qui a eu cette idée lumineuse : les enfumer, ou si ça ne marche pas, les noyer comme des rats. Aucun pompier ne souhaite se charger de cette besogne, au lieu de quoi on entend l'un d'eux siffler dans les rang : « Alors là, faut pas compter sur nous. » Le chef des pompiers s'étrangle : « Qui a dit ça ? » Mais quel homme serait entré chez les pompiers pour se charger d'un travail pareil ? Un volontaire est donc désigné d'office pour aller enfoncer la grille qui obstrue la meurtrière. Elle tombe au bout de quelques coups. Frank applaudit. Une nouvelle bataille s'engage alors autour de cet orifice horizontal, long de moins d'un mètre de long sur trente centimètres de haut à vue d'œil, trou noir ouvrant sur l'inconnu et la mort pour les Allemands, trait de lumière tout aussi mortel pour les occupants de la crypte. Cette lucarne devient la case de l'échiquier convoitée par toutes les pièces encore debout pour obtenir un avantage positionnel décisif dans une partie où les blancs (car ici ce sont les noirs qui commencent et bénéficient de l'initiative) joueraient la défense à un contre cent.

28 mai 2008. Les pompiers parviennent à glisser leur lance à incendie dans l'orifice de la meurtrière. Le tuyau est branché sur une borne à incendie. Les pompes sont activées. L'eau s'écoule par la meurtrière.

29 mai 2008. L'eau commence à monter. Gabčík, Valčík et leurs deux compagnons ont les pieds dans l'eau. Dès qu'une ombre s'approche de la meurtrière, ils décochent une rafale. Mais l'eau monte.

30 mai 2008. L'eau monte un peu mais très lentement. Frank s'impatiente. Les Allemands jettent des grenades lacrymogènes dans la crypte pour enfumer les occupants mais ça ne marche pas parce que les grenades tombent dans l'eau. Pourquoi n'ont-ils pas essayé ça dès le début ? Mystère. Je n'exclus pas qu'ils agissent, comme souvent, dans le désordre et la précipitation. Pannwitz m'a l'air d'un homme très réfléchi mais ce n'est pas lui, je suppose, qui a la main sur toutes les opérations militaires, et puis après tout, peut-être cède-t-il lui aussi à la panique. Gabčík et ses camarades ont les pieds dans l'eau mais à ce rythme, ils seront morts de vieillesse avant d'être noyés.

1er juin 2008. Frank est extrêmement nerveux. Plus le temps passe, plus il craint que les parachutistes ne trouvent un passage pour s'échapper. L'eau pourrait même les y aider s'ils arrivaient à repérer une fuite en suivant l'endroit où elle s'écoule, puisque manifestement la crypte ne se distingue pas par une étanchéité à toute épreuve. A l'intérieur, on s'organise. L'un s'occupe de ramasser les grenades et de les renvoyer dans la rue. Un autre s'acharne sur le tunnel qu'ils ont commencé à creuser. Un troisième, armé d'une échelle, s'en sert pour repousser la lance à incendie de la meurtrière. Le dernier balance des rafales dès qu'on s'approche. De l'autre côté du mur de pierre, des soldats et des pompiers courbés en deux sont chargés de ramasser la lance et de la remettre en place en évitant les balles.

2 juin 2008. Les Allemands installent un gigantesque projecteur pour éblouir les occupants de la

crypte et les empêcher de viser. Avant même qu'il soit allumé, une rafale, comme une ponctuation ironique, le met hors service.

3 juin 2008. Les Allemands s'obstinent à vouloir glisser des tuyaux dans la crypte, pour les noyer ou les enfumer, mais à chaque fois les occupants utilisent l'échelle comme un bras télescopique pour les repousser. Je ne comprends pas pourquoi ils ne pouvaient pas faire passer leurs tuyaux par la trappe, restée béante à ma connaissance, à l'intérieur de la nef. Peut-être les tuyaux étaient-ils trop courts ou bien l'accès par la nef impraticable avec le type de matériel requis ? Ou bien est-ce une improbable providence qui ôte toute lucidité tactique aux assaillants ?

4 juin 2008. Les parachutistes ont de l'eau jusqu'aux genoux. Dehors, on a fait venir Čurda et Ata Moravec. Ata refuse de parler mais Čurda lance à travers la fente : « Rendez-vous, les gars ! Ils m'ont bien traité. Vous serez des prisonniers de guerre, tout ira bien. » Gabčík et Valčík reconnaissent la voix, ils savent désormais qui les a trahis. Ils envoient la réponse habituelle : une rafale. Ata a la tête baissée, le visage tuméfié, l'air absent d'un jeune homme déjà à demi entré dans le monde des morts.

5 juin 2008. Après quelques mètres, la terre du tunnel devient dure. Les parachutistes arrêtent-ils de creuser pour se concentrer sur le tir ? Je ne peux pas le croire. Ils s'acharnent sur la terre. Ils creuseront avec leurs ongles s'il le faut.

9 juin 2008. Frank n'en peut plus. Pannwitz réfléchit. Il doit bien y avoir un autre accès. On déposait

les moines morts dans la crypte. Par où descendait-on les corps ? On continue à fouiller l'église, on déblaie les décombres, on arrache les tapis, on démolit l'autel, on sonde la pierre, on cherche partout.

10 juin 2008. Et on trouve encore. Sous l'autel, on dégage une lourde dalle qui sonne creux. Pannwitz fait venir les pompiers et leur demande de briser la dalle. Un plan de coupe montrerait les pompiers piocher la pierre en surface tandis que les parachutistes piochent la terre en sous-sol. Le tableau s'intitulerait : « course contre la mort à cent contre un ».

13 juin 2008. Vingt minutes se sont passées, pendant lesquelles les pompiers se sont escrimés en vain sur la dalle. Ils bredouillent en mauvais allemand aux soldats en armes qui se tiennent derrière eux qu'il leur est impossible d'entamer la pierre avec les outils dont ils disposent. Les SS excédés les renvoient et apportent de la dynamite. Les artificiers s'affairent autour de la dalle puis, lorsque tout est prêt, on évacue l'église. Dehors, on fait reculer tout le monde. Dessous, les parachutistes se sont sûrement arrêtés de creuser. Le silence qui suit le vacarme a dû les alerter. Quelque chose se prépare, ils en ont fatalement conscience. La déflagration vient le confirmer. Un nuage de poussière s'abat sur eux.

16 juin 2008. Pannwitz ordonne qu'on déblaie les gravats. La dalle s'est brisée en deux. Un agent de la Gestapo passe la tête dans le trou béant.

Aussitôt, les balles sifflent autour de lui. Pannwitz sourit d'un air satisfait. Ils ont trouvé l'entrée. On fait descendre des SS mais se pose encore le problème de la voie d'accès : un escalier de bois exigu empêche à nouveau de laisser passer plus d'un homme à la fois. Les premiers infortunés SS sont abattus comme des quilles. Mais désormais, les parachutistes doivent surveiller trois brèches différentes. Profitant que leur attention est détournée de la meurtrière, un pompier se saisit de l'échelle au moment où l'un des occupants repoussait un tuyau pour la énième fois et parvient à la hisser à l'extérieur. Dehors, Frank applaudit. Le pompier sera récompensé pour son zèle (mais puni à la Libération).

17 juin 2008. La situation se complique horriblement. Les défenseurs sont désormais privés de leur bras télescopique de fortune et leur bunker prend eau de toute part, au sens propre comme au figuré. A partir du moment où les SS disposent de deux voies d'accès, en plus du danger représenté par la meurtrière, les parachutistes comprennent que c'est la fin. Ils savent qu'ils sont foutus. Ils arrêtent de creuser, si ce n'était déjà fait, pour se concentrer uniquement sur le tir. Pannwitz ordonne une nouvelle vague d'assaut par l'entrée principale, tandis qu'on balance des grenades dans la crypte et qu'on essaie de faire descendre à nouveau un homme par la trappe. Dedans, les Sten crachent tout ce qu'elles peuvent pour repousser les agresseurs. La confusion est totale, c'est Fort Alamo et ça dure, ça dure, ça n'en finit pas, ça arrive de tous les côtés, par la

trappe, par l'escalier, par la meurtrière, et pendant que les grenades tombent dans l'eau et n'explosent pas, les quatre hommes vident leurs chargeurs sur tout ce qui bouge.

18 juin 2008. Ils arrivent à leur dernier chargeur et c'est le genre de choses dont on s'aperçoit très vite, je suppose, même et surtout dans le feu de l'action. Les quatre hommes n'ont pas besoin de se parler. Gabčík et son ami Valčík échangent un sourire, j'en suis sûr, je les vois. Ils savent qu'ils se sont bien battus. Il est midi quand quatre détonations mates trouent le tumulte des armes, qui cesse immédiatement. Le silence retombe enfin sur Prague comme un linceul de poussière. Chez les SS, tout le monde s'est arrêté, personne n'ose plus tirer ni même bouger. On attend. Pannwitz est tout raide. Il fait signe à un officier SS qui, hésitant, très loin de la mâle assurance qu'il devrait pourtant statutairement afficher en toute circonstance, demande à deux de ses hommes d'aller voir. Ils descendent prudemment les premières marches et s'arrêtent. Comme deux petits garçons, ils se retournent vers leur commandant qui leur fait signe de continuer, *weiter, weiter !* Tous les observateurs présents dans l'église les suivent du regard en retenant leur souffle. Ils disparaissent dans la crypte. De longues secondes se passent encore puis on entend un appel, littéralement, d'outre-tombe, en allemand. L'officier bondit le revolver au poing et s'engouffre dans l'escalier. Il ressort, le pantalon mouillé jusqu'aux cuisses, et crie : « *Fertig !* » C'est fini. Quatre corps flottent dans l'eau, ceux de Gabčík, Valčík, Švarc et Hrubý,

tués de leur propre main pour ne pas tomber dans celles de l'ennemi. A la surface de l'eau flottent des billets de banque déchirés et des papiers d'identité déchirés aussi. Parmi les objets éparpillés, un réchaud, des vêtements, des matelas, un livre. Sur les murs, des traces de sang, sur les marches de l'escalier en bois, des flaques de sang (celui-là au moins est allemand). Et des douilles, mais pas une cartouche : ils s'étaient gardé la dernière pour eux.

Il est midi, il a fallu près de huit heures aux huit cents SS pour venir à bout de sept hommes.

251

Mon histoire touche à sa fin et je me sens complètement vide, pas seulement vidé mais vide. Je pourrais m'arrêter là mais non, ici, ça ne marchera pas comme ça. Les gens qui ont participé à cette histoire ne sont pas des personnages ou en tout cas, s'ils le sont devenus par ma faute, je ne souhaite pas les traiter comme tels. Avec lourdeur, sans faire de littérature ou tout au moins sans désir d'en faire, je dirai ce qu'il est advenu de ceux qui, le 18 juin 1942 à midi, étaient encore en vie.

Quand je regarde les actualités, quand je lis le journal, quand je rencontre des gens, quand je fréquente des cercles d'amis et de connaissances, quand je vois comment chacun se débat et se glisse comme il peut dans les sinuosités absurdes de la vie, je me dis que le monde est ridicule, émouvant et cruel. C'est un peu la même chose pour ce livre : l'histoire est cruelle, les protagonistes émouvants et je suis ridicule. Mais je suis à Prague.

Je suis à Prague, je le pressens, pour la dernière fois. Les fantômes de pierre qui peuplent la ville m'entourent comme toujours de leur présence menaçante, bienveillante ou indifférente. Je vois passer sous le pont Charles le corps sculptural-évanescent d'une jeune femme brune à la peau blanche, une robe d'été collée sur son ventre et ses cuisses, l'eau ruisselant sur sa poitrine dénudée avec sur ses seins, comme dans un coffre ouvert, des formules magiques en train de s'effacer. L'eau du fleuve lave le cœur des hommes emportés par le courant. Le cimetière est déjà fermé, comme d'habitude. De la rue Liliova me parvient l'écho des sabots d'un cheval heurtant les pavés. Dans les contes et légendes de la vieille Prague des alchimistes, il est dit que le Golem reviendra quand la ville sera en danger. Le Golem n'est pas revenu protéger les Juifs ni les Tchèques. L'homme de fer, figé dans sa malédiction séculaire, n'a pas bougé non plus quand ils ont ouvert Terezín, quand ils ont tué les gens, quand ils ont spolié, brimé, torturé, déporté, fusillé, gazé, exécuté de toutes les manières possibles. Lorsque Gabčík et Kubiš ont débarqué, il était déjà bien tard, le désastre était là, l'heure n'était plus qu'à la vengeance. Elle fut éblouissante mais par eux, par leurs amis et par leur peuple cher, bien cher payée.

Leopold Trepper, chef du réseau « Orchestre Rouge », organisation légendaire ayant opéré en

France, avait observé une chose : lorsqu'un résistant tombait entre les mains de l'ennemi et se voyait offrir la possibilité de coopérer, il pouvait accepter ou non. S'il acceptait, il avait encore la possibilité de limiter les dégâts et d'en dire le moins possible, de tergiverser, de lâcher les informations au compte-gouttes, de gagner du temps. C'est la stratégie qu'il adopta lorsqu'il se fit arrêter, et c'est aussi ce que fit A54. Mais dans les deux cas il s'agissait de professionnels, d'espions de très haut niveau. La plupart du temps, celui qui acceptait de se faire retourner, même s'il avait jusque-là résisté aux pires tortures, dès l'instant qu'il craquait, dès l'instant qu'il avait pris sa décision, alors, je me souviens de son expression, Trepper avait constaté que celui-là, le plus souvent, « se roulait dans la trahison comme dans la boue ». Karel Čurda ne s'est pas contenté de mettre la Gestapo sur la trace des auteurs de l'attentat mais a également fourni les noms de tous les contacts qu'il avait et de tous les gens qui lui étaient venus en aide depuis son retour au pays. Il a *vendu* Gabčík et Kubiš mais il a *donné* tous les autres. Rien ne l'obligeait à mentionner l'existence de « Libuše », l'émetteur radio, par exemple. Au lieu de quoi, il a lancé la Gestapo sur la piste des deux derniers rescapés du groupe de Valčík, « Silver A », le capitaine Bartoš et le radiotélégraphiste Potuček. La piste mène à Pardubice, où Bartoš, cerné, se suicide comme ses camarades au terme d'une course-poursuite dans la ville. Sur lui, malheureusement, on trouve un petit carnet avec des tas d'adresses. Ainsi Pannwitz peut-il continuer à dérouler la pelote. Le fil passe par un tout petit village du nom de Ležaky qui devient le Nagasaki de Lidice. Le 26 juin, le radiotélégraphiste Potuček, dernier des parachutistes encore vivant, émet l'ultime dépêche de « Libuše » : « Le village de Ležaky où je me trouvais avec mon poste émetteur a été rasé. Les gens qui nous avaient aidés ont été arrêtés [seules deux petites filles blondes aptes à la germanisation survivront]. Grâce à leur soutien, j'ai pu me sauver et sauver la station. Ce jour-là, Freda [Bartoš] n'était pas à Ležaky. Je ne sais pas où il est et lui ne sait pas où je suis actuellement. Mais j'espère que nous réussirons à nous retrouver. Maintenant je reste seul. Prochaine émission le 28 juin à 23 heures. » Il erre dans les forêts, se fait repérer dans un autre village, parvient encore à s'échapper en s'ouvrant la route à coups de revolver mais, traqué, affamé, épuisé, il est finalement capturé et fusillé le 2 juillet près de Pardubice. J'ai dit que c'était le dernier parachutiste mais ce n'est pas vrai : il reste Čurda le traître qui touche son argent, change de nom, se marie avec une Allemande de souche et devient agent double à temps plein pour le compte de ses nouveaux maîtres. Pendant ce temps, A54, le superagent allemand, est envoyé à Mauthausen, où il parvient à différer sans cesse son exécution en jouant les Schéhérazade. Mais tous n'ont pas autant d'histoires à raconter.

Ata Moravec et son père, Anna Malinová, la fiancée de Kubiš, Libena Fafek, celle de Gabčík, 19 ans, sans doute enceinte, avec toute sa famille, et les Novák, les Svatoš, les Zelenka, Piskáček, Khodl, j'en oublie tant, le prêtre orthodoxe de l'église et toute sa hiérarchie, les gens de Pardubice, tous ceux qui de près ou de loin ont été convaincus d'avoir aidé les parachutistes sont arrêtés, déportés, fusillés ou gazés. L'instituteur Zelenka a toutefois le temps de croquer sa capsule de cyanure lors de son arrestation. On dit que Mme Nováková, la mère de la jeune fille à la bicyclette, est devenue folle avant d'être emmenée à la chambre à gaz avec ses enfants. Ils sont très peu à être passés à travers les mailles du filet comme le concierge des Moravec. Même Moula le chien, dont Valčík lui avait confié la garde, s'est laissé mourir de chagrin d'avoir perdu son maître, dit-on. Encore l'animal avait-il accompagné Valčík dans ses repérages. Mais s'ajoutent aussi tous ceux qui n'avaient aucun rapport avec l'attentat, des otages, des Juifs, des prisonniers politiques exécutés en représailles, des villages entiers, Anna Maruščaková et son amant, dont la correspondance innocente a engendré le massacre de Lidice, et aussi les familles des parachutistes dont le seul crime était de leur être affiliées, des Kubiš et des Valčík par poignées, tous déportés et gazés à Mauthausen. Seule la famille de Gabčík, son père, ses sœurs, échappèrent au massacre grâce à leur nationalité slovaque, car la Slovaquie était un Etat satellite mais pas un Etat occupé et, pour préserver les apparences de son indépendance, elle ne s'est pas résolue à exécuter des compatriotes, même pour complaire à son menaçant allié. Il reste qu'au total, des milliers de personnes périrent des conséquences de l'attentat. Mais parmi elles, on dit que tous ceux qui furent jugés pour avoir apporté aide et soutien aux parachutistes déclarèrent bravement qu'ils ne regrettaient rien et, à la face des nazis qui les jugeaient, qu'ils étaient fiers de mourir pour leur pays. Les Moravec ne trahirent pas leur concierge. Les Fafek ne trahirent pas la famille Ogoun qui survécut également. Respect pour ces hommes et ces femmes de bonne volonté, voilà à peu près ce que je voulais dire, ce que je ne voulais pas oublier de dire, avec toute ma maladresse, avec toute l'inhérente maladresse des hommages ou des condoléances.

Aujourd'hui Gabčík, Kubiš et Valčík sont des héros dans leur pays où leur mémoire est régulièrement célébrée. Ils ont chacun une rue à leur nom, à proximité du lieu de l'attentat, et il existe en Slovaquie un petit village du nom de Gabčíkovo. Ils continuent même à monter en grade à titre posthume (je crois qu'ils sont capitaines, actuellement). Ceux qui les ont aidés directement ou indirectement ne sont pas aussi connus et, exténué par les efforts désordonnés que j'aurai produits pour rendre hommage à tous ces gens, je tremble de culpabilité en songeant aux centaines, aux milliers de ceux que j'ai laissés mourir anonymes, mais je veux penser que les gens existent même si on n'en parle pas.

Le plus juste hommage rendu par les nazis à la mémoire d'Heydrich ne fut pas le discours prononcé par Hitler aux funérailles de son serviteur zélé mais probablement ceci : en juillet 1942 débute le programme d'extermination de tous les Juifs de Pologne, avec l'ouverture de Belzec, Sobibor et Treblinka. De juillet 1942 à octobre 1943, plus de 2 millions de Juifs et près de 50 000 Roms vont périr dans le cadre de ce programme. Le nom de code donné au programme est *Aktion Reinhard*.

A quoi pense ce travailleur tchèque au volant de sa camionnette en ce matin d'octobre 1943 ? Il roule dans les rues sinueuses de Prague, une cigarette aux lèvres, et sans doute sa tête est-elle pleine de soucis. Derrière, il entend sa cargaison qui bringuebale, des cageots ou des caisses en bois qui glissent et heurtent les parois du véhicule au rythme des virages. En retard ou pressé d'en finir avec sa corvée pour aller boire un verre avec ses camarades, il roule vite sur le mauvais tarmac abîmé par la neige. Il ne voit pas la petite silhouette blonde qui court sur le trottoir. Lorsque celle-ci se précipite sur la route avec la soudaineté dont seuls les enfants sont capables, il freine mais il est trop tard. La camionnette percute l'enfant qui va rouler dans le caniveau. Le conducteur ne sait pas encore qu'il vient de tuer le petit Klaus, fils aîné de Reinhard et Lina Heydrich, ni qu'il va être déporté pour ce fatal moment d'inattention.

254

Paul Thümmel, alias René, alias Karl, alias A54, a pu survivre à Terezín jusqu'en avril 1945. Mais maintenant que les Alliés sont aux portes de Prague, les nazis évacuent le pays et ne souhaitent pas laisser de témoins gênants derrière eux. Lorsqu'on vient le chercher pour être fusillé, Paul Thümmel demande à son camarade de cellule de transmettre ses compliments au colonel Moravec, s'il en a l'occasion. Il ajoute ce message : « Ce fut un réel plaisir de travailler avec les services de renseignements tchécoslovaques. Je regrette que cela doive se terminer ainsi. Mon réconfort est que tout ceci n'aura pas été accompli en vain. » Le message sera transmis.

— Comment avez-vous pu trahir vos camarades ?

— Je pense que vous auriez fait la même chose
pour un million de marks, Votre Honneur !

Arrêté par la Résistance près de Pilsen pendant
les derniers jours de la guerre, Karel Čurda est jugé
et condamné à mort. Il est pendu en 1947. Il monte
sur l'échafaud en lançant au bourreau des plaisan-
teries obscènes.

Mon histoire est finie et mon livre devrait l'être,
mais je découvre qu'il est impossible d'en finir avec
une histoire pareille. C'est mon père, encore, qui
m'appelle pour me lire un texte qu'il a recopié au
musée de l'Homme, où il sortait d'une exposition
sur Germaine Tillion, anthropologue et résistante,
déportée à Ravensbrück, récemment décédée. Le
texte disait ceci :

« Les expériences de vivisection sur 74 jeunes
détenues constituent l'une des plus sinistres particu-
larités de Ravensbrück. Les expériences, menées
d'août 1942 à août 1943, consistaient en des opérations très mutilantes visant à reproduire les blessures
qui avaient coûté la vie à Reinhardt Heydrich, le gau-

leiter de Tchécoslovaquie. Le professeur Gerhardt, n'ayant pu le sauver d'une gangrène gazeuse, souhaitait prouver que l'emploi des sulfamides n'y aurait rien changé. Il inocula donc volontairement des germes infectieux aux jeunes femmes dont beaucoup moururent. »

Je passe sur les approximations (« gauleiter », « Tchécoslovaquie », « gangrène gazeuse »…). Je sais donc que cette histoire ne se terminera jamais vraiment pour moi, que je continuerai toujours à apprendre des choses en relation avec cette affaire, avec l'extraordinaire histoire de l'attentat organisé contre Heydrich le 27 mai 1942 par des parachutistes tchécoslovaques venus de Londres. « Surtout, ne cherchez pas à être exhaustif », disait Barthes. Voilà une recommandation qui m'avait complètement échappé…

257

C'est un paquebot aux armatures rouillées qui glisse sur la Baltique comme un poème de Nezval. Derrière lui, Jozef Gabčík laisse les côtes sombres de la Pologne et quelques mois drapés dans les ruelles de Cracovie. Avec lui, d'autres fantômes de l'armée tchécoslovaque sont enfin parvenus à embarquer pour la France. Ils circulent à bord, fatigués, inquiets, incertains, joyeux pourtant à la perspective de se battre enfin contre l'envahisseur, sans rien savoir encore de la Légion étrangère, de l'Algérie, de la campagne française ou du brouillard de Londres. Dans les coursives étroites, ils se bousculent maladroitement, à la recherche d'une cabine, d'une cigarette ou d'une connaissance. Gabčík, accoudé, regarde la mer, si étrange à ceux qui viennent d'un pays enclavé comme le sien. C'est sans doute pourquoi son regard n'est pas dirigé vers l'horizon, trop facile représentation symbolique de son avenir, mais vers la ligne de flottaison du bâtiment, là où les va-et-vient de l'eau ondulent et s'écrasent sur la coque, puis s'écartent, puis s'écrasent de nouveau, en un mouvement de balancier hypnotique et trompeur. « Tu as du feu, camarade ? » Gabčík reconnaît l'accent morave. Il éclaire de son briquet le visage du compatriote. Une fossette au menton, des lèvres épaisses pour fumer, et dans les yeux, c'est frappant, un peu de la bonté du monde. « Je m'appelle Jan », dit-il. Une volute se disperse dans l'air. Gabčík sourit sans répondre. Ils auront tout le temps, durant la traversée, de faire connaissance. D'autres ombres se sont mêlées aux ombres des soldats en civil qui arpentent le navire, vieillards déboussolés, dames seules au regard voilé, enfants sages qui tiennent leur petit frère par la main. Une jeune femme qui ressemble à Natacha se tient sur le pont, les mains posées sur le bastingage, une jambe repliée jouant avec l'ourlet de sa jupe, et moi aussi, peut-être, je suis là.

Composition réalisée par PCA

———————

Achevé d'imprimer en avril 2011, en France sur Presse Offset par
Maury-Imprimeur - 45330 Malesherbes
N° d'imprimeur : 163768
Dépôt légal 1ʳᵉ publication : mai 2011
LIBRAIRIE GÉNÉRALE FRANÇAISE - 31, rue de Fleurus - 75278 Paris Cedex 06